Elisabeth Büchle

Liv – Neuanfang mit Hindernissen

Über die Autorin

Elisabeth Büchle hat zahlreiche Bücher veröffentlicht und wurde für ihre Arbeit schon mehrfach ausgezeichnet. Ihr Markenzeichen ist die fesselnde Mischung aus gründlich recherchiertem historischem Hintergrund, abwechslungsreicher Handlung und einem guten Schuss Romantik. Sie ist verheiratet, Mutter von fünf Kindern und lebt im süddeutschen Raum.
www.elisabeth-buechle.de

Elisabeth Büchle

Liv

Neuanfang mit Hindernissen

Roman

GerthMedien

Vorwort und Dank

Liebe Leserinnen und Leser,
zuletzt habe ich an zwei Romanen zu durchaus schwierigen und ernsten geschichtlichen Themen gearbeitet (beide noch nicht erschienen). Zwischendurch brauchte ich dann mal etwas „Leichtes".

Mit dem vorliegenden Roman habe ich es gewagt, eine etwas längere humorvolle „Wohlfühlgeschichte" zu verfassen, als dies bei der „Unter dem"-Reihe und der „Liliensee"-Reihe der Fall war. Dabei habe ich zwar sowohl auf ein historisches Thema – obwohl der Roman im Jahr 1959 spielt – als auch auf meine heiß geliebten Action- und Spannungsszenen verzichtet, dem Ganzen aber durchaus Tiefe verliehen, wie Sie beim Schmökern bemerken werden. Viel wichtiger war mir hier ein Blick auf das Zwischenmenschliche. Außerdem dürfen Sie auf ein Wiedersehen mit bereits bekannten Romanfiguren aus dem Büchle-Schwarzwalduniversum gespannt sein.

Wie immer freue ich mich über eine Rückmeldung von Ihnen.

Sie finden mich auf Facebook und Instagram. Gern dürfen Sie auch eine kurze Rezension verfassen. Besonders freuen würde es mich, wenn wir uns einmal persönlich kennenlernen. Laden Sie mich doch zu einer Lesung ein. Mehr dazu finden Sie auf meiner Homepage www.elisabeth-buechle.de.

Wenn Sie immer auf dem neuesten Stand sein möchten, was gerade in der „Büchle-Schreibstube" passiert, können Sie sich für meinen (unregelmäßigen) Mail-Rundbrief anmelden. Schreiben Sie einfach eine E-Mail an elisabeth.buechle@gmx.de mit dem Betreff „Rundbrief" und Ihrem formlosen Einverständnis, dass ich Ihre Mailadresse in den Verteiler aufnehmen darf.

Ohne die Mithilfe vieler fleißiger Hände – neben denen, die über die Tastatur tanzen – entsteht und verkauft sich kein Buch. An dieser Stelle deshalb wieder ein herzliches Dankeschön an das Gerth-Medien-Team, an meinen Co-Autor und die ganze Familie, an alle Rezensenten, Buchhändler, Büchertischbetreiber …

Wenn Sie eines Tages im Schwarzwald auf ein Dorf namens Vierbrücken stoßen sollten … sagen Sie mir bitte Bescheid, denn ich würde auch gern einmal dorthin reisen. Aber seien Sie gewarnt: Fragen Sie dort niemanden, warum es fünf statt vier Brücken gibt!

Kapitel 1

Frühling 1959

Hier also würde sie sich für einige Zeit verstecken. Liv trat mit ihren hellblauen Satinschuhen auf den Bürgersteig und sah sich neugierig um. Dabei strich sie den farblich passenden Doppelrock glatt, der ihr bis knapp unter die Knie reichte, und stemmte die Hände in die Taille, die durch den schmalen Schnitt des Kleides betont wurde.

Das kleine Dorf war einfach perfekt! Es lag herrlich versteckt zwischen bewaldeten Bergen und war zu unspektakulär, als dass es ihr irgendwelche Ablenkung bieten würde. Die idyllischen Wanderwege luden förmlich dazu ein, erkundet zu werden. Beim Wandern könnte sie sich Gedanken über die eigene Zukunft machen, Entscheidungen treffen … Und das Beste war, dass niemand hier wusste, wer sie war.

Liv betrachtete ein Haus mit putzigen Fenstern, dunkler Holzverkleidung und einem weit nach unten gezogenen Walmdach. Es sah aus wie ein typisches Schwarzwaldhaus, wenngleich es dafür eigentlich zu klein war. Zugleich aber auch zu groß für ein Hexenhäuschen, fand Liv. Außerdem war es windschief und schien sich der nebenan wachsenden knorrigen Eiche entgegenzubeugen. Über der rustikalen Eingangstür prangte ein pinkfarbener Schriftzug, der darauf hinwies, dass dies Ritas Schönheitssalon war. Das Schild fügte sich ebenso harmonisch in das Gesamtbild ein, als hätte Leonardo da Vinci der Mona Lisa einen Oberlippenbart verpasst.

Der Omnibus, mit dem Liv in das idyllisch gelegene Tal gekommen war, stieß ein lustlos klingendes Stöhnen aus, fuhr dann aber doch knatternd und stinkend weiter die schmale Straße entlang.

Liv drehte sich um, da sie sehen wollte, was das Gefährt bis jetzt verdeckt hatte. Direkt neben der Hauptstraße sprudelte glasklares, in der Frühlingssonne silbern schimmerndes Flusswasser über Kiesel hinweg und gluckste dabei fröhlich vor sich hin, als amüsiere es sich über die Fremde, die es gewagt hatte, aus der Großstadt Hamburg in dieses kleine Tal im Schwarzwald zu kommen.

Über den Fluss führte eine mit Schnitzereien verzierte hölzerne Fußgängerbrücke – eine von vieren, so vermutete Liv, denn immerhin nannte sich das Dorf Vierbrücken.

Rund ein Dutzend Häuser reihten sich an der Straße entlang wie Perlen an einer Kette. Jenseits des Flusses, an teils sanften, teils steilen Hängen, lagen sonnengeküsste Wiesen, frisch bestellte Felder und hübsche Baumhaine; dahinter wuchsen noch weitaus höhere und bewaldete Berge dem blauen Himmel entgegen. Auf den Wiesenhängen verteilt standen einige wenige Gebäude; typische Schwarzwaldhäuser und kleine windschiefe Scheunen, deren Holzwände von der Witterung nahezu schwarz verfärbt waren. Sie wirkten, als hätte ein Schachspieler sie von dieser Seite des Flusses – dem Spielbrett – auf die andere gesetzt.

„Hübsch", tat Liv ihre Meinung laut kund, schulterte ihren schweren Rucksack und drehte sich in die Richtung, aus der ihr der Omnibus nun wieder entgegenkam. Offenbar gab es hinter Vierbrücken kein Weiterkommen, sodass der Fahrer hatte wenden müssen.

Sie ließ das knatternde Vehikel passieren, überquerte die Straße und trat auf den deutlich schmaleren, ebenfalls gepflasterten Gehweg, der am Flussufer entlangführte. Von hier aus konnte sie den Verlauf der verspielten Flusswindungen bewundern, gleichzeitig spendeten ihr einige Laubbäume Schatten.

Liv atmete tief den frischen Duft von Wald und Frühlingssonne, Frieden und Freiheit ein, der diese kleine Ortschaft auszumachen schien. Ein kräftiger Windstoß brachte die Blätter an den Bäumen zum Brausen und wehte ihr eine ihrer dunkelblonden Haarsträhnen ins Gesicht. Eigentlich hatte sie sich jene moderne kinnlange Frisur schneiden lassen, wie Marilyn Monroe sie trug, doch ihre wilden Locken machten daraus, was sie wollten: einen Wuschelkopf. Amüsiert lächelte Liv vor sich hin. Sie sah zumindest nie *ungewollt* zerzaust aus – weil sie es einfach immer war.

Laut der Wegbeschreibung, die ihre Freundin Annemarie ihr gegeben hatte, lag das einzige Hotel von Vierbrücken am Ortsausgang. Also schritt Liv kräftig aus, was ihr aufgrund ihrer langen Beine leichtfiel, geriet aber ins Stocken, als sie einen kleinen Jungen und dessen Begleiter bemerkte, die ihr, vertieft in ein angeregtes Gespräch, entgegenkamen. Der etwa Neun- oder Zehnjährige war ein blonder Bengel im kurzärmeligen karierten Hemd und mit kurzen Hosen, sein Weggefährte, der watschelnd mit ihm Schritt hielt, eine große graue Gans.

„Grüß Gott, Fräulein!“, rief das Kind Liv bereits aus einigen Metern Entfernung zu und entblößte beim Lächeln eine Zahnlücke.

„Guten Tag, junger Mann“, antwortete sie zögernd und behielt dabei vorsichtshalber die Gans im Blick.

„Machen Sie hier Urlaub?“ Die dialektgeschwängerte Aussprache des Jungen war für Liv eine ziemliche Herausforderung. Sie musste sich gehörig anstrengen, um den Sinn seiner Worte zu verstehen.

„Ja“, erwiderte sie leise, da das nicht ganz der Wahrheit entsprach. Sie hatte zwar im einzigen Hotel Vierbrückens ein Zimmer gebucht, allerdings nicht, weil sie hier Urlaub machen wollte, sondern weil sie untergetaucht war. Aber das brauchte sie dem kleinen Kerl ja nicht auf die neugierige Stupsnase zu binden.

„Das ist Fräulein Ansgar.“ Das Kind deutete auf die Graugans, die Liv misstrauisch beäugte und dabei den Kopf mal nach links, mal nach rechts neigte.

„Ich glaube, Fräulein Ansgar mag Sie.“

„Wie kommst du darauf?“, erkundigte sich Liv nach kurzem Abwägen und in der Annahme, den Sinn seiner Worte verstanden zu haben. *Das kann ja heiter werden, wenn ich nicht einmal imstande bin, so kurze Sätze zu verstehen.*

„Fräulein Ansgar faucht nicht, und sie verjagt Sie auch nicht.“

Liv hob die Augenbrauen. „Da bin ich aber froh.“ Sie wusste, dass Gänse ziemlich unangenehme Zeitgenossen sein konnten. Und anscheinend übernahm dieses prachtvolle Exemplar die Rolle des Beschützers für den Jungen. Ob das in dieser Gegend so üblich war? Hofhunde, die sich als Gänse tarnten?

„Das können Sie auch sein. Den Curt kann sie nämlich nicht ausstehen und jagt ihn deshalb immer durch das halbe Dorf." Dieses Mal hatte sich der Junge mit der Aussprache sehr viel Mühe gegeben. Offenbar war ihm eingefallen, dass er Touristen gegenüber langsam und deutlich sprechen musste – und zumindest annähernd so etwas wie Hochdeutsch.

„Curt also …" Liv unterdrückte ein Kichern. Der Freund des Jungen tat ihr leid. Die Gans war groß und vermutlich einst eine echte Wildgans gewesen. „Dann danke ich dem Fräulein Ansgar für die mir entgegengebrachte Sympathie."

„Ich habe sie Ansgar genannt, weil Graugans auf Latein *Anser anser* heißt. Irgendwann haben wir dann bemerkt, dass unser Gänserich eine Sie ist. Deshalb das Fräulein."

Livs Augen verengten sich zu Schlitzen, als sie herzlich auflachte. Der Kleine und seine Gänsedame gefielen ihr ausnehmend gut.

„Ich bin Eddi. Also, eigentlich Edmund Schuster der Vierte", stellte der Junge sich nun vor und streckte ihr seine Rechte entgegen. Während Liv sich fragte, warum Eltern auf die unpraktische Idee kamen, ihrem Kind eine Zahl im Namen mit auf den Lebensweg zu geben, ging sie in die Hocke, ergriff die Kinderhand und erwiderte: „Sehr erfreut, Eddi der Vierte. Ich heiße Liv Benediktsdóttir."

„Hä?" Eddi blinzelte verwirrt. „Ist das ein Name?"

„Ja, ein isländischer Name. Liv bedeutet Leben, und Benediktsdóttir besagt, dass ich die Tochter von Benedikt bin."

„Das ist … komisch."

Nicht komischer, als mit einer Wildgans spazieren zu gehen. Laut erwiderte sie: „Hier ist es ungewohnt, ja. Aber in Island ist es ein normaler Nachname, so wie deiner Schuster ist."

Eddi schaute sie lange an und blähte dabei ihm Wechsel die linke und die rechte Wange auf. Die Gans umrundete das ungleiche Paar, als wolle sie Liv von allen Seiten prüfend in Augenschein nehmen.

Schließlich reckte Eddi der Vierte die Schultern und fragte: „Darf ich Sie einfach nur Fräulein Liv nennen, Fräulein Liv? Sie sind doch ein Fräulein, oder?“

„Ja, du darfst mich Fräulein Liv nennen.“ Die Frage nach ihrem Beziehungsstatus ließ sie gern unbeantwortet.

„Ich muss jetzt weitergehen. Fräulein Ansgar und ich wollen noch zur Badestelle.“ Eddi winkte Liv zu, pfiff kurz nach der Gans, da diese mittlerweile den kleinen Abhang zum Flussufer hinuntergewatschelt war, nun jedoch stracks wieder heraufgeflattert kam, und wandte sich um. Bereits im Gehen begriffen, rief er Liv zu: „Sie sind nett. Aber ich finde es komisch, dass Sie zwei Röcke übereinander tragen, auch wenn der obere gewellt und kürzer ist als der untere. Hier tragen alle nur einen Rock. Und der ist normalerweise viel länger.“

Liv betrachtete ihr kurzärmeliges weißes Oberteil und den modischen Doppelrock, dann zuckte sie mit den Schultern, die aufgrund ihres prall gefüllten Lederrucksacks allmählich unangenehm zu schmerzen begannen. Sie fühlte sich wohl in dieser Garderobe, ebenso wie in Bluejeans oder Keilhosen, die dort, wo sie in den vergangenen elf Jahren gelebt hatte, fast schon zum Stadtbild gehörten. Allerdings war Liv klar, dass die Betonung hierbei auf dem kleinen Wörtchen „fast“ lag.

Sie wandte den Blick nach vorn und strebte wieder auf das Hotel zu, kam jedoch nur vier Schritte weit, bevor sie mit dem rechten Fuß umknickte und auf die Knie stürzte.

„Gänseleberpastete noch mal!“, entfuhr es ihr. Mit verzerrter Miene rieb sie sich den schmerzenden Knöchel.

Als ein Schatten auf sie fiel, hob sie den Kopf. Vor ihr ging ein breitschultriger junger Mann in die Hocke, der mit den interessantesten Augen, in die sie jemals gesehen hatte, in die Welt schaute. Die Iriden bestanden aus einem wilden Flickwerk aus Grau und Grün, das von einem schwarzen Rand zusammengehalten wurde. Der Rest um seine Augenpartie herum war ebenfalls nicht zu verachten, wie Liv gleich darauf feststellte. Und sie war wirklich froh, dass dieser Kerl – entgegen der Überzeugung von Eddi dem Vierten – keinen Rock trug. Vielmehr steckte der Mann in einem dreiteiligen Einreiher aus feinem hellbraunem Zwirn.

„Haben Sie sich wehgetan, Fräulein?“ Er sprach sehr deutlich, wenngleich mit unüberhörbarem Einschlag.

„Ja, leider. Ich bin in“, sie brach kurz ab und sah sich um, „dieses Loch hier getreten. Meine Güte, darin könnte man ja ein Feuer entfachen und eine Gans braten.“ Aufgebracht betrachtete sie das gut zehn Zentimeter tiefe Loch im Bürgersteig. Vermutlich war es der einzige Makel weit und breit in dieser hübschen Ortschaft – und sie hatte ihn gleich an ihrem ersten Tag hier gefunden. Zielsicher wie immer.

„Das ist eine wirklich gute Idee, wie wir diesen Schandfleck sinnvoll nutzen können“, erwiderte der Mann und lächelte sie gewinnend an. Unübersehbar war er von ihrem Vorschlag mit dem Gänsebraten äußerst angetan. „Ich helfe Ihnen beim Aufstehen, Fräulein. Belasten Sie bitte vorsichtig Ihren Fuß, um zu sehen, ob Sie das schmerzfrei bewerkstelligen können. Einverstanden?“

Liv nickte, ergriff dankbar die ihr dargebotenen Hände und ließ sich von ihrem Retter hochziehen. Erstaunt stellte sie fest, dass er einen ganzen Kopf größer war als sie, was selten vorkam. Immerhin war sie mit ihren 1,77 Metern nicht eben klein.

Sie klammerte sich an seine warmen Hände und setzte vorsichtig den rechten Fuß auf. „Autsch“, entfuhr es ihr wenig eloquent.

„Seit Wochen, also seit sich dieser Gänsebräter aufgetan hat, bitte ich darum, dass er verschlossen wird!“, schalt der Mann halblaut vor sich hin. „Offenbar muss das Loch erst eine Touristin verschlingen, ehe etwas geschieht.“

Liv biss sich auf die Unterlippe, um ein herzliches Auflachen zu unterdrücken. Dieser große, kräftige Kerl mit den faszinierenden Augen und dem hellblonden Haar war einfach nur hinreißend.

„Gleich gegenüber ist unsere Arztpraxis. Am besten, ich bringe Sie zu Dr. Schuster.“

„Das … vielleicht …“ Liv zog eine Grimasse. Eigentlich wollte sie nicht gleich an ihrem ersten Tag in Vierbrücken einen Arzt aufsuchen. Das würde ihr Vorhaben, hier inkognito zu bleiben, erheblich gefährden.

„Da Sie nicht auftreten können, sollte sich das auf jeden Fall ein Arzt ansehen", erklärte ihr Helfer freundlich, aber bestimmt, bevor Liv endgültig Widerspruch einlegen konnte.

„Na gut. Dr. Schuster, sagten Sie? Ist das der Vater von Eddi dem Vierten?"

„Sie haben den kleinen Eddi bereits kennengelernt?"

„Gerade eben, ja." Liv wurde den Eindruck nicht los, dass der Mann plötzlich seltsam nervös war.

„Dann kommen Sie schnell, ich bringe Sie hinüber. Und nein, Eddis Vater ist Edmund der Dritte. Unser Arzt heißt Bernhard Schuster. Und … ach, lassen wir das, das wird zu kompliziert." Er stockte kurz, fügte dann aber doch noch hinzu: „In dieser Ortschaft gibt es hauptsächlich drei Familiennamen: Schuster, Weiß und Stein. Letzteren trage ich." Der junge Mann sah sich gehetzt um, umfasste kräftig ihren Arm und drängte sie förmlich über die Straße, auf der, seitdem der Bus die Rückfahrt angetreten hatte, nicht ein einziges weiteres Gefährt aufgetaucht war.

„Haben Sie sich wehgetan?" Die Kinderstimme hinter ihnen ließ den Mann spürbar zusammenzucken. Offenbar hatte Eddi der Vierte Liv über die Straße humpeln sehen und war umgekehrt. Livs Helfer umfasste von hinten ihre Taille und hob sie über den recht hohen Bordstein auf den Gehweg. „Die Praxis von Dr. Bernhard Schuster ist gleich hier. Ich hoffe, es ist nichts Schlimmes, und Sie können Ihren Aufenthalt in Vierbrücken uneingeschränkt genießen." Der Mann winkte kurz zum Abschied und eilte davon.

Irritiert über diesen wirklich sportlichen Abgang neigte Liv den Kopf zur Seite und betrachtete die schlackernden Hosenbeine seiner Anzugshose. Ganz offensichtlich kleidete diese Ortschaft ihre Spitzensportler in sehr feines Tuch.

Ein gefährlich anmutendes Fauchen und einige hektische Bewegungen lenkten Livs Augenmerk auf die gegenüberliegende Straßenseite zurück. Dort stand Eddi der Vierte, und neben ihm setzte Fräulein Ansgar soeben flügelschlagend zu einer Verfolgungsjagd an. Offenbar hatte die Gans Livs Retter als Opfer auserkoren. Und damit erschloss sich Liv auch der Vorname des Mannes mit den Ambitionen auf eine Olympiateilnahme im Sprint: Curt.

Dem schmerzenden Knöchel zum Trotz konnte Liv sich ein leises Auflachen nicht verkneifen. Eddi hatte völlig recht: Die Gänsedame konnte Curt nicht ausstehen. Dieser bog soeben in eine Gasse ein, die zu einer zweiten, leicht erhöht liegenden Häuserreihe führte. Sofort ließ Fräulein Ansgar von der Verfolgung ab und wackelte vergnügt über ihren Sieg mit dem Kopf.

„Ich gehe dann mal zu eurem Arzt", rief Liv über die Straße hinweg und deutete auf Dr. Bernhard Schusters Namensschild, das an der Eingangstür des vor ihr aufragenden Gebäudes hing. Dieses Haus war deutlich moderner als der Friseursalon zu seiner Rechten und das wuchtige Schwarzwaldhaus zu seiner Linken, fügte sich dank des weit heruntergezogenen Daches und dunklen Fachwerks jedoch harmonisch in das Gesamtbild ein.

„Das ist –" Eddi brach ab, stemmte die Hände in die nicht vorhandene Taille und fragte: „Hat Curt gesagt, Sie sollen *da* hingehen?"

„Ja, das hat er. Und ich fürchte, er hat damit völlig recht."

„Na gut. Dann … alles Gute!" Eddi gab Fersengeld, seine flügelschlagende zahme Wildgans folgte ihm auf dem Fuße.

Vielleicht hätte es Liv eine Warnung sein sollen, dass der kleine Kerl ihr „alles Gute" wünschte. Stattdessen hielt sie Eddi den Vierten einfach nur für sehr wohlerzogen.

Kapitel 2

Neben der Eingangstür waren zwei Klingeln angebracht. Die eine war mit „Dr. Bernhard Schuster“ beschriftet, die andere mit dem Wort „Praxis“. Also klingelte Liv dort.

„Dr. Schuster ist noch zu Mittag. Aber Sie können schon reinkommen und gleich in Zimmer zwei gehen“, drang eine träge Frauenstimme durch das zum Lüften geöffnete Fenster nach draußen. Liv hatte nicht alles verstanden, nahm jedoch an, dass sie eintreten durfte. Sie öffnete die schwere, massive Holztür und trat über die hohe Schwelle. Ein dunkler Flur führte geradewegs auf eine Hintertür zu. Eine nach rechts abgehende Tür gehörte vermutlich zu den Privaträumen des Arztes, an einer linken hing ein weiteres Schild mit der Aufschrift „Praxis“.

Liv entschied sich für Letztere, drückte die Klinke hinunter und trat über eine weitere hohe Schwelle in einen Wartebereich ein, der ihr überraschend weitläufig vorkam. Die hellen Holzwände verschluckten beinahe die mit rot-weiß karierten Sitzpolstern ausgestatteten Holzstühle und den winzigen Tresen. Hinter diesem saß eine grauhaarige Dame in einem braunen Kleid – als wollte auch sie optisch mit den Holzpaneelen verschmelzen. Ohne den Kopf aus ihrer Zeitschrift zu heben, deutete sie auf den abgehenden Flur.

Da die Frau sicher ebenfalls Mittagspause hatte, wollte Liv sie nicht weiter stören. Also humpelte sie schweigend an ihr vorbei und betrat den Raum, an dessen Holztür eine rote Zwei aufgemalt war. Irritiert betrachtete sie die seltsam futuristisch anmutende Ausstattung. Diese wirkte so fortschrittlich, dass Liv einige der Gerätschaften – für eine Dorfpraxis – ungewöhnlich experimentell erschienen. Erfreulich waren jedoch die großen Fenster, die viel Licht hereinließen und einen Blick auf hochgewachsene Bäume gewährten. Zwischen den Stämmen hindurch konnte sie die weißen Verstrebungen eines Pavillons sehen, außerdem hörte sie das leise Plätschern von Wasser, was vermutlich von einem Brunnen herrührte. Offenbar befand sich gleich hinter der Arztpraxis eine schmucke, liebevoll gepflegte Grünanlage.

Liv nahm ihren Rucksack ab, stellte ihn neben einen Stuhl mit Metallbeinen und einem leuchtend roten Lederbezug und ließ sich auf dem Sitzmöbel nieder. Sie schlüpfte aus dem Schuh und betrachtete betroffen ihren geschwollenen Knöchel. Mit einem Blick auf ihre Armbanduhr musste sie annehmen, dass der Arzt womöglich noch eine volle Stunde Mittagspause machen würde.

Umso erstaunter war sie, als sich kurze Zeit später schwere Schritte näherten und die Tür schwungvoll aufgestoßen wurde. Ein Mann trat ein, der kaum älter als sie selbst sein konnte. Er steckte in einem blau karierten Hemd, dessen Ärmel weit nach oben gekrempelt waren, und einer nicht ganz sauberen Texashose, die ihm ein Stirnrunzeln seitens ihrer Großmutter eingebracht hätte. Mindestens. So wie ihr, wenn sie ihr einziges Exemplar Bluejeans trug. Immerhin standen diese noch immer für Protest gegen alles, was Traditionen oder Autoritäten anbelangte. *Offenbar sind in diesem Dorf die Spitzensportler deutlich besser und angemessener gekleidet als die Mediziner.*

Der Mann strich sich das dunkelbraune Haar zurück und zuckte beim Anblick von Liv erschrocken zusammen.

Noch ehe sie sich vorstellen konnte, verließ er rückwärtsgehend den Raum und brüllte: „Frau Klein, warum haben Sie mir nicht gesagt, dass ich einen Patienten in der Zwei habe?“

„Ach je, das habe ich völlig vergessen“, lautete die unaufgeregte Antwort. Liv wartete auf eine Entschuldigung der Sprechstundenhilfe, die allerdings ausblieb. Da der junge Arzt schon wieder eintrat – diesmal vorwärtsgehend –, war offenbar auch mit keiner zu rechnen.

Liv lag die rebellische Frage auf der Zunge, ob jemand, der Klein mit Nachnamen hieß – statt Schuster, Stein oder Weiß –, in Vierbrücken überhaupt zugegen sein durfte. Sie verkniff sich das aber lieber, zumal weitere Fragen diese verdrängten, denn Dr. Bernhard Schuster sah sich suchend um. Ob er etwas Wichtiges verloren hatte?

Liv räusperte sich vernehmlich. Es erstaunte sie, dass sie einfach übersehen wurde, denn eigentlich passierte ihr das sonst nie.

Endlich wandte der Arzt sich zu ihr um. Blaue Augen, beinahe so klar wie das Flusswasser vor der Arztpraxis, musterten sie fragend, und Liv stellte fest, dass der Mann sich heute offenbar noch nicht rasiert hatte. Der dunkle Bartschatten gab ihm etwas Verwegenes, in Kombination mit dem derben Hemd und der verschmutzten Jeans wirkte der Mediziner vielmehr wie ein Landwirt denn ein Akademiker.

„Entschuldigen Sie bitte das Desinteresse von Frau Klein. Ich nehme an, sie hat Sie nicht einmal angesehen, sonst hätte sie bemerkt, dass Sie nicht von hier sind, und Ihren Namen erfragt."

Liv nickte und lächelte begeistert, weil sie den Arzt mühelos verstehen konnte. Vermutlich stammte er nicht von hier – auch wenn er Schuster hieß –, oder er hatte sich während des Studiums weiter im Norden des Landes aufgehalten. Dabei war es ihm offenbar gelungen, die für hier typische, schwer verständliche Mundart nahezu vollständig abzulegen.

„Wie kann ich Ihnen helfen?"

Liv streckte das Bein aus und deutete auf ihren geschwollenen Knöchel.

Der Arzt besah sich aus der Entfernung ihre Verletzung, hob dann den Blick und betrachtete Livs Gesicht, als bestünde die Gefahr, dass ihr der Fuß jeden Moment abfallen könnte.

„Ähm, ich bin *Ben* Schuster."

„Sehr erfreut. Ich bin *Liv* Benediktsdóttir." Sie betonte ihren Vornamen ebenso deutlich, wie er es getan hatte, auch wenn sie den Sinn dahinter nicht verstand. *Irgendetwas ist hier … komisch. Allerdings hat Annemarie mich gewarnt, dass diese Hinterwäldler seltsam sein können.*

Liv neigte den Kopf zur Seite und war sich sicher, dass ihre Freundin, die hier vor zwei Jahren Urlaub gemacht hatte, damit nicht ganz falschlag. Wenn sie an Eddi den Vierten, seine Gans und Curts überhastete Flucht dachte, an das Desinteresse der Sprechstundenhilfe an den Patienten und an Dr. *Ben* Schusters irritierendes Verhalten …

„Ich wäre Ihnen sehr dankbar, wenn Sie sich mein Bein ansehen könnten. Ich warte aber gern, falls Ihre sicher wohlverdiente Mittagspause noch nicht zu Ende ist."

„Was ist passiert?"

„Ich bin draußen auf dem Gehweg in dieses riesige Loch getreten."

„In *jenes* Loch?"

„Ich habe mir kein spezielles ausgesucht, falls Sie das meinen."

„Na ja, Sie sind nicht von hier."

„Richtig. Anscheinend ist das Loch eine Touristenfalle. Oder eine gute Einnahmequelle für den hier ansässigen Humanmediziner?"

Auf Bens Gesicht breitete sich ungewöhnlich langsam ein flegelhaftes Grinsen aus, das ihn deutlich attraktiver aussehen ließ, als wenn er sie so irritiert musterte, wie er es bisher ausgiebig getan hatte.

„Da könnte was dran sein", gab er zu. Endlich trat er näher, ging vor ihr in die Hocke und nahm ihr Bein in seine angenehm warmen, für einen Arzt jedoch auffällig schwieligen Hände. Ihm hing ein leichter Geruch nach Pferd an, was Liv zu der Annahme verleitete, dass er seine Mittagspause bei seinem Reittier im Stall verbracht hatte.

Dr. Schuster bewegte behutsam ihren Fuß, tastete ihn ab und blickte dann zu ihr auf. Fasziniert schaute sie ihm in die eisblauen Augen. *Das Dorf ist eine Brutstätte für Männer mit außergewöhnlich schönen Augen.*

„Ich denke, er ist nur verstaucht. Das ist natürlich sehr schmerzhaft, was mir leidtut, denn sicher sind Sie zum Wandern hergekommen?"

„Aha", erwiderte Liv nur und entzog ihm eilig ihr Bein. Der Arzt blieb dennoch vor ihr hocken und schaute sie erneut mit diesem flegelhaften Grinsen im Gesicht an.

„Warten Sie bitte einen Moment. Wir sollten eine zweite Meinung einholen." Ben stand auf und verließ mit wenigen großen Schritten den Raum. Dies gab Liv die Gelegenheit, laut auszuatmen. Dieser Arzt benötigte eine zweite Meinung, um eine einfache Verstauchung zu diagnostizieren? Kopfschüttelnd rief sie sich zur Geduld, immerhin war der Mann kaum älter als sie und arbeitete womöglich noch nicht lange in diesem Beruf.

Wenige Minuten später trat ein grimmig dreinblickender älterer Herr ein, dessen schwarzes Haar von grauen Strähnen durchzogen war, was ihm ein äußerst distinguiertes Erscheinungsbild verlieh. Livs zweiter Blick galt seinen Augen, die jedoch eine recht gewöhnliche braune Farbe aufwiesen.

Er sah sie für den Bruchteil eines Augenblicks an, drehte sich um und bellte in Richtung Tür, wo Ben an der Zarge lehnte: „Was soll der Blödsinn? Sie ist unverkennbar weder ein Rindvieh noch ein Huhn oder eine Sau."

„Sie ist nun mal zu mir gekommen."

Liv verschluckte sich, hustete und riss dabei die Augen weit auf.

„Nichts für ungut, Fräulein." Der ältere Herr trat näher, kniete sich vor sie und nahm eine zweite Untersuchung vor. „Eine Verstauchung. Kein Wunder, bei diesem untragbaren Loch. Ich gehe nach nebenan und hole eine Salbe, lege Ihnen einen Verband an und gebe Ihnen zwei Gehhilfen mit, damit Sie den Fuß schonen können. Morgen früh möchte ich Sie bitte noch einmal sehen. Aber wenn möglich in *meiner* Praxis."

„Aber …"

„Ich bin Dr. Bernhard – *Hardi* – Schuster, der Humanmediziner. Dieser Kerl da in der Tür ist Dr. Bernhard – *Ben* – Schuster, der Veterinär."

Liv senkte den Kopf und betrachtete ihren malträtierten Knöchel. Ob Curt, wenn er Fräulein Ansgars Näherkommen nicht als Startschuss für einen Spurt verstanden hätte, ihr wohl noch verraten hätte, dass hier nicht nur ein Drittel der Einwohner Schuster hießen, sondern die Leute es zudem lustig fanden, ihren Söhnen die gleichen Vornamen zu verpassen? Und dass diese Söhne dann alle Medizin studierten, wenngleich einer von ihnen lieber Tiere als Menschen behandelte? Oder dass ihre Praxen in unmittelbarer Nähe zueinander lagen? Da lobte sie sich den genialen Einfall der Edmund – oder Eddi – Schusters. Die nummerierten sich wenigstens durch.

Mit einem dicken Verband um den Knöchel und ausgestattet mit zwei Holzkrücken bewegte sich Liv vorsichtig die Straße entlang. Sie unternahm einen weiteren Versuch, ihr Hotel aufzusuchen. Neben ihr ging Ben, der von Hardi dazu verdonnert worden war, ihren Rucksack zu tragen und auf sie aufzupassen. *Als ob ich das nötig hätte! Aber vielleicht gibt es hier noch mehr Touristen fressende Löcher?*

„Wie sind Sie und der andere Dr. Bernhard Schuster denn verwandt?", erkundigte sich Liv nach einer längeren Zeit gegenseitigen Anschweigens.

„Gar nicht. Es gibt zwei Linien von Schusters: die Westseiten- und die Ostseiten-Schusters."

„Das erklärt, warum Sie sich nicht durchnummeriert haben. So wie die Edmunds."

Bens Lachen schien tief aus seinem Inneren zu kommen. Verwundert stellte Liv fest, dass es etwas in ihr zum Vibrieren brachte.

„Haben Sie es einem der Edmunds zu verdanken, dass Sie fälschlicherweise in meiner Praxis gelandet sind?"

„Nein, eher dem sportlichen Curt und seiner Angst vor Fräulein Ansgar. Oder der Tatsache, dass an Ihrer Tür nur *Praxis* steht. Sie haben die Wahl."

„Sie hatten eine Chance von fünfzig zu fünfzig. Immerhin wohnt Hardi hinter der Tür, die rechts abgeht, seine Praxis ist aber nebenan."

„Etwa in dem zu groß geratenen Hexenhaus mit der Aufschrift *Ritas Schönheitssalon?*"

Wieder ließ Ben dieses herrlich ansteckende Lachen hören. „So sehr wollen wir unsere Touristen dann doch nicht in die Irre führen. Aber die Idee ist gut, falls wir mal eine Steigerung brauchen."

„Das ist also alles Absicht? Die immer gleichen Namen, die verwirrende Beschriftung an der Tür, die zwei Arztpraxen direkt nebeneinander, das Loch im Gehweg und der entzückende Junge mit seiner zahmen Graugans?"

„Ich bin beeindruckt, dass sie wissen, zu welcher Gattung Fräulein Ansgar gehört."

„Ich habe meine ersten Lebensjahre in Island verbracht. Da kennt man seine Nachbarn."

„Daher Ihr ungewöhnlicher Name?"

„Mein Vater war Deutscher, hat aber eine waschechte Wikingerin geheiratet." Liv senkte den Kopf. Obwohl ihre Eltern schon lange tot waren, vermisste sie sie noch immer schmerzlich. „Aber Sie lenken ab. Womöglich mit Absicht?"

„Bitte verraten Sie mich nicht. Denn hinter dem Ganzen steckt tatsächlich System." Ben beugte sich zu ihr hinunter, obwohl er nur wenig größer war als sie, und flüsterte: „Wir sind auf unsere Touristen angewiesen. Aber manchmal sind sie einfach nur … nervtötend. Um das auszuhalten, sind wir froh über jeden kleinen Scherz, der auf Kosten der Eindringlinge geht. Nur das mit den Nachnamen … das hat sich im Laufe der Jahrhunderte tatsächlich so ergeben."

„Und dieses lebensgefährliche Loch, das mich beinahe verschluckt hätte?"

„Das tut mir wirklich leid. Ich hoffe, dass sich dahin gehend jetzt endlich etwas bewegen wird. Curt, der hiesige Notar und zugleich unser Ortsvorsteher, hat schon lange den Auftrag, jemanden mit der Reparatur zu betrauen. Aber offenbar geschieht da nichts."

„Na, dann hoffe ich mal, dass mein Opfer nicht umsonst war", meinte Liv trocken.

„Das hört sich ja so an, als hätte Curt Sie in das Loch gestoßen."

„Diese Version der Geschichte behalte ich im Hinterkopf, um sie rechtlich zu nutzen, falls mir als Touristin hier noch weitere Streiche gespielt werden."

Ben zog ein schuldbewusstes Gesicht, weil er das Dorfgeheimnis ausgeplaudert hatte, doch als er den Kopf abwandte, konnte Liv einen Blick auf sein belustigtes Schmunzeln erhaschen.

Eine weitere Flussbiegung später blieb Liv entrüstet stehen und stützte sich schwer auf die Lederpolster ihrer Krücken. „Das gibt es doch nicht!", entfuhr es ihr.

Ben, der einige Schritte vorausgegangen war, fuhr herum, kam eilig zurück und betrachtete sie besorgt. „Was ist passiert?“ Er sah sich um, als rechne er mit einer Gefahr für Leib und Leben.

„Es gibt eine fünfte Brücke!“

Ben blinzelte verwundert, dann betrachtete er den breitesten aller Übergänge und vermittelte dabei den Eindruck, als würde er in Gedanken die Holzbrücken von Vierbrücken zusammenzählen.

„Stimmt“, resümierte er endlich.

„Warum heißt –“

Ben legte seinen Zeigefinger auf ihre Lippen und schüttelte den Kopf. Er zog den Finger allerdings so schnell wieder weg, als hätte er sich an ihr verbrannt, betrachtete ihn mit gerunzelter Stirn und vergrub seine Hand schließlich tief in der Hosentasche. Mit einem Mal wirkte er seltsam verschreckt. Vielleicht über seinen eigenen Mut, sie einfach zu berühren? Und dann auch noch ausgerechnet ihre Lippen?

In Liv begann etwas zu hüpfen, als hätten sich winzige Frösche aus dem Gewässer in sie hineinverirrt. Sie fand die pittoreske Ortschaft und deren Bewohner überaus amüsant. Und charmant. Ein schmerzhaftes Ziehen in ihrem Knöchel rief ihr jedoch schnell die weniger angenehmen Seiten von Vierbrücken in Erinnerung.

„Stellen Sie bitte *niemals* die Frage, weshalb es in Vierbrücken fünf Brücken gibt“, riet Ben ihr und bedeutete durch ein ruckartiges Anheben seines breiten Kinns, dass sie beide weitergehen sollten.

Liv hätte ihn gern mit gut einem Dutzend Fragen bestürmt, unterließ es aber. Stattdessen humpelte sie zügig voran, stellte sich Ben in den Weg und sagte: „Es ist ja nicht mehr weit bis zum Hotel. Den Rest des Weges kann ich allein gehen. Vielen Dank für Ihre Hilfe.“

„Ich begleite Sie bis zum Hirschen“, stellte er klar. „Und ich trage Ihren Rucksack. Was haben Sie da eigentlich drin? Backsteine? Gold?“

„Das müssen Sie wirklich nicht tun. Es wartet doch bestimmt eine Menge Arbeit auf Sie.“

„Die läuft nicht weg.“ Ben ging einfach um sie herum. Reaktionsschnell griff Liv nach ihrem Rucksack, was den Mann kurz zum

Straucheln brachte. Zudem fiel eine ihrer Gehhilfen um und traf Ben am Schienbein. Er musterte sie unter zusammengezogenen Augenbrauen, was ihn wirklich bedrohlich wirken ließ. Selbst seine sonst himmelblauen Augen nahmen einen deutlich dunkleren Farbton an.

Liv presste die Lippen zusammen. Vor genau zwei Tagen hatte sie beschlossen, von nun an unabhängig durchs Leben zu gehen, und jetzt trug schon wieder jemand ihr Gepäck. *Wie konnte ich nur! So schnell wirft man seine Überzeugungen doch nicht über Bord.*

Sie wollte ihr Leben unbedingt allein meistern. Allerdings hatte die Überreaktion, die mit der Erinnerung an ihren kürzlich gefassten Plan einhergegangen war, wohl für Unmut beim hiesigen Tierarzt gesorgt.

„Ich würde meinen Rucksack wirklich gern selbst tragen", versuchte sie zu erklären, weshalb sie Ben beinahe zu Fall gebracht und mit einer Krücke nach ihm geworfen hatte.

„Wie Sie meinen, Fräulein." Er nahm das Gepäckstück herunter, stellte es auf den Gehsteig und verschränkte die Arme vor der Brust. In Liv keimte der Verdacht auf, dass Ben nicht nur fröhlich und hilfsbereit war, sondern durchaus auch ein klein wenig … eigensinnig. Genau wie sie.

„Wenn ich wandern gehen möchte, muss ich meinen Rucksack doch auch allein tragen können", fügte sie noch hinzu, was ihr einen zweifelnden Blick auf ihren Knöchel einbrachte. „Und das gilt es zu trainieren, nicht wahr?"

„Falls es Ihrer Aufmerksamkeit entgangen sein sollte: Ich habe Ihren Rucksack längst abgesetzt."

„Ja, richtig." Liv lächelte entschuldigend, beugte sich vor und geriet bedenklich ins Schwanken, als sie die schwere Ledertasche aufhob. Aus dem Augenwinkel konnte sie sehen, dass Ben die Arme heruntemahm. Vielleicht, weil er befürchtete, sie auffangen zu müssen. Mehr tat er allerdings nicht.

Brauchst du auch nicht. Ich schaffe das allein. Liv atmete tief durch, schwang sich den Rucksack auf den Rücken, wobei ihr die zweite Gehhilfe ebenfalls entglitt und sich klappernd über die andere legte. Sie lagen da wie zwei überkreuzte Schwerter. Als hätte Liv Ben den Kampf angesagt. Und jedem anderen, der meinte, sie bemuttern und bevormunden zu müssen.

Sie ging in die Hocke, zog die sperrigen Holzkrücken zu sich und schwankte beim Aufrichten erneut, da ihre Knie zitterten. Doch es gelang ihr, wenngleich ihr inzwischen kleine Schweißperlen auf der Stirn standen. Sie wischte sie mit dem Arm weg, drehte sich um und ging weiter in Richtung der Brücke, die es eigentlich nicht geben durfte. Vielleicht war sie genau aus diesem Grund auch so trotzig breit, weshalb nicht nur Fußgänger, Radfahrer oder andere kleine Vehikel sie überqueren konnten, sondern auch größere motorisierte Verkehrsmittel. Sicher war der Bus über die Brücke gefahren und hatte auf dem Vorplatz des Hotel Hirschen gewendet, da die schmale Straße nur wenige Meter weiter an einem schmiedeeisernen Tor und einer hohen Steinmauer endete – vermutlich der Eingang zum Friedhof der kleinen Gemeinde.

So schnell es Liv mit den Krücken möglich war, schritt sie auf die Brücke zu, die sich ebenfalls mit gedrechselten Holzstreben und kunstvollen Verzierungen schmückte. An den Geländern hingen Blumenkästen, in denen rot-weiße Pelargonien wuchsen. Die gleichen Blüten fanden sich auch vor den Sprossenfenstern des großen Schwarzwaldhauses, das durch mehrere Anbauten erweitert worden war und in dem Liv das Hotel vermutete. Das Gebäude lag jenseits der Brücke, eingerahmt von einer gepflegten Rasenfläche, auf der Liegestühle und kleine Sitzgruppen zum Verweilen einluden, und von schlanken Birken, die wie Wächter um das Grundstück herum aufgereiht waren. Im Hintergrund, bevor die ersten mit Wildblumen geschmückten Hügel anstiegen, waren noch einige unscheinbare Nebengebäude zu sehen. Das Ensemble wirkte aufgeräumt, verträumt und gemütlich, aber auch ländlich-rustikal. Derlei Ambiente war Liv nach elf Jahren in Hamburg – und nach mehreren Aufenthalten in New York – nicht mehr gewohnt.

Ben ging nicht länger neben ihr, doch sie hörte das Aufsetzen seiner derben Stiefel nur wenige Meter hinter sich. Wollte er ihr das Gefühl geben, dass sie ihren Willen durchgesetzt hatte? Weshalb er nicht lieber in seine Praxis zurückkehrte, erschloss sich Liv nicht. Vielleicht fühlte er sich schuldig, weil er sie anfangs in dem Glauben gelassen hatte, er wäre Humanmediziner. Oder er hatte ein schlechtes Gewissen, weil er sie als Touristin verärgert hatte. Hatte er ihr nicht selbst erklärt, dass Vierbrücken diese benötigte, um überleben zu können? Er könnte natürlich auch in Sorge um ihren Gesundheitszustand sein, da sie mit den Krücken sichtlich ungeschickt herumhantierte.

Liv fand noch zwei weitere Erklärungsansätze, und diese verleiteten sie zu einem amüsierten Schmunzeln. Entweder wollte er ebenfalls seinen Dickkopf durchsetzen oder er hegte die Befürchtung, sie könnte das bisher gut gehütete Geheimnis Vierbrückens verraten – anderen Touristen oder einem Dorfbewohner gegenüber –, was ihn als Verräter enttarnen würde. Aus diesem Grund musste er wohl oder übel verhindern, dass sie ihr Wissen um die Streiche preisgab.

Das Grinsen verging Liv allerdings, als ihr klar wurde, dass er dann ständig um sie herum sein müsste. Und das für die gesamte Dauer ihres Aufenthaltes.

Die Holzbohlen der Brücke dröhnten unter ihren Schritten. Das Geräusch, untermalt vom Gurgeln des Flusses, fand Liv angenehm heimelig. Als sie endlich den Vorplatz des Hotels erreicht hatte, wandte sie sich zu ihrem schweigsamen Schatten um. „So, jetzt haben Sie mich sicher bis hierhergeleitet. Vielen Dank nochmals. Den Rest schaffe ich aber wirklich allein."

„Prima!", erwiderte Ben. Er tippte sich grüßend an seinen nicht vorhandenen Hut, ging an ihr vorbei und trat durch die weit geöffnete Tür in den Flur. Dabei bückte er sich, wohl, um sich nicht den Kopf am Türrahmen zu stoßen. Liv fand das lächerlich. So groß war der Mann nun auch wieder nicht. Und außerdem: Hätte er ihr nicht einfach sagen können, dass er ohnehin hierhermusste?

Sie folgte ihm und blieb prompt mit ihrem mintfarbenen Pillbox-Hütchen am oberen Türbalken hängen. Schnell griff sie nach ihrer Kopfbedeckung und schob sie notdürftig wieder zurecht, ehe sie durch den schmalen dunklen Flur und vorbei an einer nicht besetzten Rezeption in einen Gastraum trat. Dieser wies zwar zwei übereinanderliegende Fensterreihen auf, doch die Fenster selbst waren so klein, dass sie nur wenig Licht hereinließen. Die rot-weiß gemusterten Vorhänge schluckten zusätzlich den herrlichen Sonnenschein, der von draußen hereinschien. Beim Anblick der roten Sitzpolster und rot-weiß karierten Tischdecken stellte sich Liv die Frage, ob in Vierbrücken alle Farben außer Rot und Weiß auf der schwarzen Liste standen.

Die unzähligen Lampen zwischen den freiliegenden Holzbalken sorgten dennoch für eine ausreichende Beleuchtung, sodass Liv das hohe Alter der Tische und Stühle erkennen konnte, ebenso wie die Astlöcher in den hölzernen Bodendielen. Mit einem zweiten Blick durch den Raum stellte sie zufrieden fest, dass hier viel Wert auf Sauberkeit gelegt wurde.

„Grüß Gott, Pferde-Amrei“, hörte sie Bens tiefe Stimme, der einige Meter von ihr entfernt stand. Eine große Frau drehte sich um und lächelte den Tierarzt einnehmend an. Liv betrachtete interessiert deren Aufmachung, trug sie doch jene an den Oberschenkeln weit ausgestellten Reithosen, schwarze Stiefel und ein Herrenhemd. Auf ihrem Kopf mit dem dicken geflochtenen Zopf, der ihr bis zu der schlanken Taille hinunterreichte, saß eine weit in den Nacken geschobene Schiebermütze.

„Grüß dich, West-Schuster Ben.“

„Wie geht es dem Amerikaner und Micki? Grüß die beiden mal von mir. Ebenso meine Kollegin in eurer Ecke des Schwarzwalds.“

„Sie sind alle wohlauf, danke. Der Hirschen-Hubert und seine Frau haben drei meiner Schwarzwälder Fohlen gekauft. Sie will, dass du noch einen Blick auf die Tiere wirfst, bevor ich zurückreite.“

„Und wir beide wissen, dass das unnötig ist. Deine Zucht ist großartig, und du würdest nie jemandem ein krankes Pferd andrehen.“

„Alma Weiß ist unbelehrbar misstrauisch. Aber dieses Misstrauen kannst du ihr ja zusätzlich in Rechnung stellen.“

Als die Pferde-Amrei an Liv vorbeiging und ihr dabei grüßend zunickte, konnte Liv sie etwas genauer in Augenschein nehmen. Sie schätzte die selbstbewusste und offenbar erfolgreiche Geschäftsfrau auf etwa dreißig. *So möchte ich in ein paar Jahren auch sein. Das ist mein Ziel. Na gut, vielleicht nicht unbedingt in der gleichen Garderobe.*

Ben folgte der burschikosen Erscheinung und tippte sich im Vorbeigehen erneut an seinen imaginären Hut.

„Die Pferde-Amrei wäre was für deinen Ben", vernahm Liv eine kratzige Männerstimme im Hintergrund.

„Die ist mit dem Amerikaner verheiratet, schon vergessen?", gab ein anderer Mann zurück, dessen Stimme knatterte wie der Motor des VW-Käfers, den Livs Freundin Annemarie fuhr.

Neugierig, wie sie nun mal war, bewegte Liv sich weiter in den Gastraum hinein und entdeckte gleich hinter dem ausladenden Tresen und einer Wand aus vertikal zusammengefügten Holzstämmen vier ältere Herren, die Spielkarten in den Händen hielten.

Eine der Holzdielen knarrte verräterisch unter Livs Füßen, sodass die Kartenspieler gleichzeitig und wie ein eingespieltes Team die Köpfe in ihre Richtung drehten.

„Und wer sind Sie?" Die kratzige Stimme gehörte zu einem Mann, den Liv auf achtzig Jahre schätzte. Auf seinem kahlen Schädel spiegelten sich die Lichter der Lampen über dem Stammtisch.

„Liv Benediktsdóttir. Ich habe hier ein Zimmer gebucht."

„Herzlich willkommen. Ich bin Otto Weiß. Mir hat der Hirschen früher mal gehört, jetzt wird er von meinem Sohn Hubert und dessen Frau Alma geführt. Und das hier sind die Brüder Theodor und Julius Stein, von dem Stein-Hof, den es nicht mehr gibt, und Edmund Schuster." Damit deutete er auf den Vierten im Bunde, der ein Glas Wasser in der Hand hielt und Liv grüßend zuprostete.

„Sind Sie der Großvater von Eddi dem Vierten?"

„Von *dem* Bengel? Nein."

Zu diesem Edmund gehört also die Käfermotor-Stimme, stellte Liv fest. „Die nummerierten Edmunds sind die Ost-Schusters. Ich bin ein West-Schuster und stolz darauf. Meinen Sohn müssten Sie gerade gesehen haben. Der Veterinär, der eben rausgegangen ist. Und zuvor reingekommen. Beides, ohne mich zu beachten."

Liv lächelte etwas gequält über eine Reihe von Erkenntnissen, die sich ihr nun offenbarten. Sofern sie das Kauderwelsch richtig verstanden hatte, gab es also auch Edmunds in der anderen Schuster-Familie.

Und die beiden Clans verstanden sich offenbar nicht sonderlich gut. Außerdem stammte Ben – trotz seiner gut verständlichen Aussprache – aus einer alteingesessenen Familie dieses Dorfes.

Liv war unendlich froh, dass sie hier nur Urlaub machte und sich das verworrene Geflecht aus Namen und Familienzugehörigkeiten nicht merken musste. Sie stützte sich schwerer auf die Krücken, da ihr Knöchel keine Lust mehr hatte, sie noch länger zu tragen. „Ob mir wohl jemand mein Zimmer zeigen könnte?"

Die Stein-Brüder, die bisher geschwiegen hatten, nickten synchron. Auch sie waren offenbar der Meinung, dass Liv dringend ein Zimmer brauchte, um den schweren Rucksack abzunehmen und ihr Bein hochzulegen.

Otto erhob sich, wobei die Stuhlbeine laut über den Boden schabten. Er ging ein paar Schritte und rief dann nach einer gewissen Ursula, erhielt jedoch keine Antwort.

„Deine Enkelin hängt sicher wieder halb aus dem Fenster hinaus und schmachtet Ben an", kam es von Julius, während Theodor erneut nickte.

„Ich dachte, die himmelt Curt an?" Otto wirkte zutiefst irritiert.

„Vermutlich versucht sie ihr Glück bei beiden", vermutete Julius und kraulte sich den struppigen grauen Vollbart.

„Da ist sie nicht die Einzige", wusste Edmund, und Liv kam um den Verdacht nicht herum, dass den älteren Herren die Spekulationen über die Schwärmereien der Dorfbewohnerinnen durchaus gefielen. Ebenso wie das Durcheinander um die familiären Verstrickungen und die verwirrende Namensgleichheit. Und vermutlich auch, dass es in Vierbrücken nicht vier, sondern fünf Brücken gab.

Liv war sich sicher: Sie hatte soeben die für jedes Dorf obligatorischen Tratschtanten kennengelernt.

Kapitel 3

Während Ben so tat, als untersuche er sorgfältig Amreis Jungpferde, die, wie nicht anders zu erwarten, vollkommen gesunde, kräftige und dazu wunderschöne Schwarzwälder waren, blickte er immer wieder zur Wiese hinüber. Diese Fremde mit dem seltsamen Namen hatte es nicht lange in ihrem rustikalen Hotelzimmer ausgehalten, und nun hantierte sie mit einer Sonnenliege, einem Gästehandtuch, einem Buch, einer ständig rutschenden Sonnenbrille und ihren Krücken herum. Sie wirkte unbeholfen und in ihrem modischen hellblauen Ensemble vor dem traditionellen Holzhaus mit dem Reetdach ziemlich fehl am Platz.

Zwar reisten die Touristen gern in ihren mondänen Garderoben an, verwandelten sich aber oft schon nach kürzester Zeit in typische Urlauber. Dabei sahen viele von ihnen recht albern aus, was daran lag, dass sie sich allerhand Tand andrehen ließen, von dem sie meinten, dass dieser hier üblicherweise getragen wurde. Die Krönung war eine ältere Dame gewesen, die im vorletzten Jahr tatsächlich mit einem Bollenhut – mit roten Bollen, die den unverheirateten Mädchen zustanden – angereist war. Natürlich warb die gesamte Schwarzwaldregion mit jener auffälligen Tracht, aber offenbar wussten die meisten Touristen nichts über die regionalen Unterschiede, was derlei Kleidung anbelangte – und dass sie heute so gut wie gar nicht mehr getragen wurde. Vor allem nicht an einem ganz gewöhnlichen Wochentag.

Diese Liv hingegen hatte weder einen der bequemen Röcke aus der Hotelboutique erstanden noch eine der dort angepriesenen Wanderhosen. Sie trug auch keinen Badeanzug, aber dafür war es auch noch ein wenig zu kühl. Offenbar hatte sie nicht an zweckmäßige

Freizeitkleidung gedacht, als sie ihren Rucksack gepackt hatte, denn sie lag nun in diesem doppellagigen Kleid auf der Sonnenliege, wenngleich sie zumindest ihre feinen, sicher teuren Schuhe abgestreift hatte – was aber auch ihrem schmerzenden Knöchel geschuldet sein könnte.

„Ich schätze, die Hirschen-Alma bezahlt dich dafür, dass du dir ihre Schwarzwälder Fohlen anschaust, nicht die himmelblaue Erscheinung dort drüben." Amreis Stimme riss Ben aus seinen Überlegungen. Schnell beugte er sich hinunter und hob den Huf der Stute an, obwohl er sich diesen gerade schon angesehen hatte. Aber er musste dringend seinen heißen Kopf verstecken. Amrei war meist sehr direkt, und ihrem beißenden Spott wollte er sich lieber nicht aussetzen.

„Dem blauen Fohlen würden ein paar nahrhafte Mahlzeiten nicht schaden", überlegte Amrei laut weiter. „Und jemand, der ihr sagt, dass die Frühlingssonne hier ziemlich stark herunterbrennen kann."

„Tu dir keinen Zwang an, Amrei."

„Ach, das sollte der Touristin doch besser ein studierter Mediziner mitteilen."

„Sie weiß bereits, dass ich Veterinär bin."

„Wie schade!" Amrei lachte. Ben grinste sie von unten herauf an und richtete sich auf. Prüfend fuhr er mit der Hand über das Fell der entspannt dastehenden Stute. Ebenso gelassen hatte Liv auf die Tatsache reagiert, von einem Tierarzt behandelt zu werden. Offenbar hatte sie an der Verwechslung sogar Spaß gefunden. Die junge Frau besaß Humor und einen scharfen Verstand, das hatte Ben schnell bemerkt. Entsprechend schade fand er es, dass ihre heutige Begegnung wohl die erste und letzte gewesen war, da die Touristen gern für sich blieben. Die Dorfbewohner waren für die Fremden nicht weiter interessant, solange sie die in den Urlaubskatalogen versprochenen Dienstleistungen ablieferten. Da das blaue Fohlen, wie die Pferde-Amrei Liv titulierte, ohne einen Schoßhund oder eine Katze angereist war, würde sich wohl kaum ein weiteres Treffen zwischen ihnen beiden ergeben.

„Hervorragende Stuten hast du da wieder, Amrei. Ich hoffe, die Hirschen-Alma hat dich entsprechend gut bezahlt."

„Du kennst mich doch."

Ben lächelte und öffnete das Gatter zur Weide. Die drei Kaltblüter galoppierten zügig hinaus und schlugen dabei übermütig aus, warfen die Köpfe und buckelten. „Du bist der härteste Verhandlungspartner, den ich kenne."

„Ach, ich werde allmählich milder."

„Weil du es dir leisten kannst?"

„Richtig. Die Reitpension läuft gut, die Zucht hat sich etabliert und Toms Hotels sind erfolgreich. Was leider bedeutet, dass er viel unterwegs ist. Er spielt mit dem Gedanken, sich ein Flugzeug anzuschaffen."

„Und du würdest es noch vor ihm fliegen."

„Darauf kannst du dich verlassen!" Amrei stieß ihn leicht mit der Schulter an. „Ich muss los. Alles in Ordnung mit meinen drei Kleinen?"

„Wie es zu erwarten war."

„Na, dann kannst du dich ja jetzt auf Rechnung des Hirschen um das blaue Fohlen kümmern. Und zusehen, dass es nicht rot wird."

Aufgebracht schaute Ben Amrei nach, wie sie mit großen Schritten davonging, über den Zaun sprang und eine dunkelbraune Araberstute losband. Wie es aussah, hatte sie die neue Touristenattraktion des Hirschen nicht mit ihrem aus Kriegszeiten stammenden umgebauten Armeelastwagen hergebracht.

Fröhliche Kinderstimmen lenkten Bens Aufmerksamkeit auf das blaue Fohlen. Liv saß nun auf der Liege, neben ihr hatten sich Bärbel und Bernd Stein, die Kinder eines Bauernehepaars aus der Gegend, niedergelassen, während Eddi der Vierte über die Wiese stolzierte und dabei wild die Arme schwang.

Ben konnte ein Grinsen nicht unterdrücken. Vermutlich erzählte der Junge gerade von Fräulein Ansgars neuester Jagd auf ihren Ortsvorsteher.

Er legte die Arme auf den obersten Querbalken des neuen Koppelzauns und beobachtete das ungleiche Quartett. Ihm gefiel, was er da sah. Die Touristin gab sich doch tatsächlich mit den Kindern aus Vierbrücken ab. Wobei das auch daran liegen könnte, dass sie aufgrund ihrer Verletzung wortwörtlich festsaß. Jedenfalls sah es ganz so aus, als hätten sie und die Kleinen viel Spaß.

Einige Zeit später erwischte sich Ben dabei, dass er die Fremde noch immer beobachtete. Wie lange stand er jetzt schon hier und schaute ihr zu, obwohl sie wenig mehr tat, als gestenreich zu sprechen, aufmerksam zuzuhören und fröhlich zu lachen? Für gewöhnlich fand er Tiere deutlich interessanter als die hier ständig an- und abreisenden Touristinnen. Und zudem war seit geraumer Zeit eine von Amreis Jungstuten damit beschäftigt, an seinem Hemdsärmel herumzuknabbern.

Liv hatte schlecht geschlafen, was einerseits an ihrem schmerzenden Knöchel lag, andererseits daran, dass sie von einem Tierarzt geträumt hatte, der ihr den Blinddarm entfernen wollte. Dabei war er von vier Damen abgelenkt worden, von denen eine Ursula gewesen war.

Die junge Frau, Liv schätzte sie auf Anfang zwanzig, hatte ihr am Vortag ihr Zimmer gezeigt und ihr die üblichen Abläufe im Hotel erklärt. Dabei war ihr hübsches rundes Gesicht zwar dauerhaft von einem Lächeln geschmückt gewesen, doch dieses hatte weder ihre Augen erreicht noch ihre Stimmbänder zu einem warmherzigen Ton animiert. Wie es schien, war sie alles andere als erfreut darüber, dass Ben, für den sie sich offenbar gern mal weit aus dem Fenster lehnte, die neue Touristin von der Arztpraxis bis zum Hotel begleitet hatte. Davon war Ursula von den Binokel-Spielern – außer Theodor, der wohl meist schwieg – in Anwesenheit von Liv in Kenntnis gesetzt worden.

Eine weitere Frau in Livs Traum war jene mysteriöse Pferde-Amrei gewesen. Die beiden anderen Damen waren seltsam gesichtslos geblieben. Assistiert hatten bei der Operation ein kleiner Junge mit großen blauen Augen, dem man eine rote Vier auf die Stirn gemalt hatte, und eine schnatternde Graugans.

Liv war schweißgebadet aufgewacht – zu Recht, wie sie fand –, zumal auch noch ihre Großmutter aufgetaucht war, in deren Gesellschaft Liv die letzten Jahre verbracht hatte. Sie hatte einen weißen Arztkittel getragen und ein weißes Pferd hinter sich hergeführt, auf dem ein Reiter in feinem, ebenfalls weißem Zwirn gesessen hatte.

Inzwischen saß Liv an einem kleinen Tisch im Speiseraum des Hotels und genoss ein schmackhaftes, reichhaltiges Frühstück. Nebenbei beobachtete sie Ursula und deren Mutter Alma, die sie und die anderen Gäste bewirteten. Deren Anzahl hielt sich jetzt im späten April aber in einem überschaubaren Rahmen.

Am Tisch neben ihr saß ein älteres Ehepaar. Die beiden befanden sich, so vermutete Liv, noch im Halbschlaf, da sie kein Wort miteinander sprachen. Der Mann hatte sich hinter seiner Zeitung verkrochen, die er sich vermutlich eigens hatte nachschicken lassen, denn die vielen Seiten konnten unmöglich mit den Ereignissen aus einem so winzigen, langweiligen Nest wie Vierbrücken gefüllt sein. Es sei denn, die Zeitung enthielt gleich mehrere Artikel darüber, warum es hier fünf Brücken gab oder weshalb das touristenfeindliche Loch noch nicht geschlossen worden war. Hilfreich, so sinnierte Liv, wären auch Tipps, wie man die Leute hier auseinanderhalten konnte und bei welchem Leiden es sich empfahl, Dr. Bernhard Schuster oder doch besser Dr. Bernhard Schuster aufzusuchen.

Die Ehefrau des Zeitungslesers aß langsam und zelebrierte ihr Frühstück; sie kaute jeden Bissen mindestens dreißig Mal. Vermutlich war auch sie bei Livs Großmutter aufgewachsen.

Bei dem Gedanken an ihre Großmutter bedrängte etwas Livs Herz, was sie eindeutig als ein schlechtes Gewissen identifizierte. Was einerseits gut war, denn das musste nicht medizinisch behandelt werden und stellte sie damit nicht vor die Entscheidung, zu welchem Dr. Schuster sie gehen sollte. Andererseits verriet ihr dieses miserable Gefühl aber auch, dass sie gerade mal wieder dabei war, mit dem Kopf durch die Wand zu rennen.

Liv beruhigte sich damit, dass ihre Großmutter inzwischen den Brief erhalten haben musste, den sie noch in Hamburg aufgegeben hatte. Darin hatte Liv ihr Vorhaben kundgetan, für einige Wochen die Stadt zu verlassen. Sie hoffte, dass damit zumindest ein Großteil der Wogen, die ihr Verschwinden geschlagen haben musste, geglättet worden war.

Ursula, mit einer großen Porzellankanne in der Hand, näherte sich den hinteren Tischreihen. Offenbar wollte sie Kaffee nachschenken, was Liv begrüßte. Sie schob sich den letzten Rest ihres Marmeladenbrots in den Mund und rückte auffordernd Tasse und Untertasse nah an die Tischkante.

Ursula schenkte der Dame am Nebentisch nach und wandte sich an den Zeitungsleser. Dieser schrak hoch, als er angesprochen wurde – offenbar war es ein Verbrechen, ihn während seiner Lektüre zu stören. Ursula zuckte ebenfalls heftig zusammen. Ihr entglitt die Kanne, die auf der Tischkante aufschlug. Klirrend zerbarst das Porzellan. Heißer Kaffee spritzte auf wie Wasser in einer Regenpfütze, wenn ein Kind hineinspringt.

Ursula wich reaktionsschnell zurück, sodass nur wenige Tropfen ihren roten Rock und die weiße Schürze trafen. Doch der Zeitungsleser schrie gellend auf. Taumelnd kam er auf die Füße; sein Stuhl fiel polternd zu Boden. Die Zeitung starb auf dem Tisch den Tod durch Ertrinken, obwohl die rot-weiß karierte Tischdecke sich große Mühe gab, den Kaffee rasch aufzusaugen.

„Sie unfähige dumme Gans!", zeterte die Frau, ihr Schweigegelübde vergessend. „Gustav, das kommt davon, wenn man Urlaub bei Hinterwäldlern macht! Ich hatte dir gesagt, dass wir wieder nach München reisen sollten."

Gustav zischte nur durch die Zähne und versuchte, die durchnässten Hosenbeine von seiner Haut wegzuziehen. Ursula rang hilflos die Hände, in ihren Augen über den hochroten Wangen schimmerten Tränen.

Bei diesem Anblick sprang Liv auf und kniff vor Schmerz die Lippen zusammen. Doch ihr verstauchter Knöchel hinderte sie nicht daran, den Krug mit Wasser, das sie zu ihrem Kaffee dazu bestellt hatte, zu ergreifen und den Inhalt über Gustavs Beine zu schütten. Erst quiekte er erschrocken auf, dann schloss er erleichtert die Augen.

„Sind hier denn alle verrückt?", fauchte seine Ehefrau Liv an.

„Wohl eher hilfsbereit", murmelte Liv auf Isländisch. Das brachte ihr weitere verwirrte Blicke ein, da sich inzwischen alle Frühstücksgäste dem unruhigen Schauplatz zugewandt hatten.

Nun gesellte sich Ursulas Mutter zu ihnen. Die dralle Frau hatte ebenfalls einen hochroten Kopf und fuchtelte mit den Händen herum.

Sie goss einen Schwall Entschuldigungen über das Paar aus wie Liv zuvor das Wasser über den Mann, während sie mit der Hüfte Ursula beiseiteschob. Über deren pausbäckiges Gesicht rollten inzwischen doch die ersten Tränen, zumal der weibliche Gast sie erneut beschimpfte. Mit gesenktem Kopf und zitternd stand sie da und ließ die Beleidigungen wie Hagelkörner auf sich niederprasseln.

„Jetzt ist es aber gut!" Liv schob sich zwischen die schimpfende Touristin und Ursula. „Das war doch nur ein Versehen. Ich denke, Ihnen ist ebenfalls schon das eine oder andere Missgeschick passiert, oder etwa nicht?"

Die Frau zeterte einfach weiter. Liv runzelte die Stirn. Offensichtlich waren hier deutlichere Worte vonnöten. „Es war übrigens die heftige Reaktion Ihres Ehemanns, die das Unglück heraufbeschworen hat. Ich finde es äußerst unangemessen, dass Sie dafür diesem armen Mädchen die Schuld geben und sie auf derart unfreundliche Weise beschimpfen."

„Was erlauben Sie sich!" Die Frau erhob sich nun ebenfalls und stemmte die Hände in die füllige Taille.

„Ich erlaube mir, ein Mädchen in Schutz zu nehmen, das –"

Ursula ergriff Liv am Arm und zog sie einfach weg. Irritiert schaute Liv auf die junge Frau hinunter, die einen guten Kopf kleiner war als sie.

„*Mädchen?* Denken Sie, ich bin noch ein Kind?!", fuhr Ursula sie an.

„Was …? Ich habe keine Ahnung, wie alt Sie sind. Darum ging es mir doch gar –"

„Halten Sie einfach den Mund", zischte Ursula mit wütend zusammengezogenen Augenbrauen. „Sie machen alles nur noch schlimmer."

„Sie müssen sich zur Wehr setzen, Fräulein Ursula. Diese Frau darf Sie nicht einfach –"

„Doch, das darf sie. Denn sie ist der Gast."

„Aber –"

„Mischen Sie sich nicht in Angelegenheiten ein, die Sie nichts angehen!" Ursula warf Liv einen vernichtenden Blick zu, ehe sie sich wieder neben ihre Mutter stellte, sich devot für ihren Fehler entschuldigte und Gustav anbot, ihn sofort zum Arzt zu geleiten. Alma unterstrich das

Friedensangebot mit dem Hinweis, dieses Frühstück selbstverständlich nicht auf die Rechnung zu setzen.

Verwirrt und auch verletzt ergriff Liv ihre Gehhilfen, verließ den Gastraum und trat nach draußen. Zu hoffen, dass Ursula den Mann zu Ben statt zu Hardi geleiten würde, war wohl vergebens.

Sie humpelte über einen gekiesten Weg um das Gebäude herum und ließ sich schwer auf eine Holzbank fallen, die direkt an der Hausfassade des Anbaus stand. Durch das offene Fenster neben sich hörte sie das Klappern von Kochtöpfen und Geschirr. Der Duft nach gebratenem Fleisch und einem blumigen Spülmittel wehte herbei und vermengte sich mit dem nach morgenfeuchter Erde und Flieder, da Letzterer nicht weit entfernt auf der Wiese wuchs und eine Sitzecke mit weißen Metallstühlen vor neugierigen Blicken schützte.

„Habt ihr das gerade mitbekommen?“ Eine aufgeregte Frauenstimme drang durch das Fenster nach draußen, begleitet von einem seltsam hämischen Kichern.

„Dieses Fräulein Liv hat vielleicht Mumm“, glaubte Liv zu hören, war sich aber nicht sicher, da sie entschieden zu wenige Worte verstanden hatte.

„Oder sie ist einfach nur dumm.“

Das wiederum hätte Liv gern missverstanden.

Dieselbe Frauenstimme fuhr fort: „Der Hirschen hatte im letzten Jahr viel zu wenig Gäste. Die Weißens haben sich mit den ganzen Anbauten finanziell übernommen. Wenn diese Gäste jetzt verfrüht abreisen – und das werden sie wohl nach dem Debakel und der Aufmerksamkeit, die das Eingreifen der anmaßenden Fremden zusätzlich hervorgerufen hat –, fehlen noch mehr Einnahmen und …“

Liv schürzte die Lippen. Das Wort „anmaßend“ war frei von jeglichem schwäbischen Einschlag und deshalb ganz klar zu verstehen gewesen.

„… das werden alle Unternehmer hier zu spüren bekommen, die auch nur im Entferntesten auf den Tourismus angewiesen sind.“

„Das konnte dieses Fräulein Liv aber nicht wissen.“

„Genau!“, pflichtete Liv flüsternd bei.

„Man mischt sich nicht ein. Vor allem, wenn man *keine Ahnung* hat und die Leute nicht kennt. Das lernt doch jedes Kind."

Liv zog den Kopf ein. *Da könnte etwas Wahres dran sein.*

„Ich denke, sie wollte Ursi nur helfen."

„Sie hat alles verschlimmert."

„Aber sie hat es gut gemeint."

Die heimliche Lauscherin nickte.

„Jetzt wird Ursi auch noch von Frau Weiß eine gehörige Abreibung bekommen."

„Das wollte ich nicht", flüsterte Liv, lehnte den Hinterkopf an die Holzfassade und schloss die Augen. Sie hatte wieder einmal ein Fettnäpfchen gefunden und war zielsicher hineingetreten. Prompt sandte ihr Knöchel ein schmerzhaftes Ziehen aus und erinnerte sie daran, dass sie noch zu einem der Dr. Schusters gehen musste.

Dennoch blieb sie sitzen und ließ sich die Sonne ins Gesicht scheinen. Sie lauschte dem Rauschen der Bäume und einem unbeschwerten Vogelkonzert. Dem fügten sich sanftes Grillenzirpen und das leise Plätschern des Flusses bei, der sich hier teilte und sowohl vor als auch hinter dem Hotel vorbeisprudelte.

Weniger harmonisch klang dafür das Klappern in der Küche. Doch zumindest war die Unterhaltung über die fremde Unruhestifterin beendet, sodass das Idyll des Tals nicht länger durch Misstöne gestört wurde. Allerdings gab es da noch Livs Gedanken. Die sprangen laut und unruhig durch ihren Kopf wie jene Kieselsteine, mit denen die Jungen auf Straßenlaternen werfen.

Schließlich ging Liv in ihr Zimmer zurück, kramte ihre Geldbörse aus der Handtasche und schob sie seitlich in den breiten, ihr bis zur Taille reichenden Bund ihrer schmal geschnittenen karamellfarbenen Hose aus Trikotstoff. Immerhin hatte sie mit den Krücken beide Hände voll zu tun. Sie warf einen Blick in den Spiegel und betrachtete ihren ungezähmten Lockenkopf und das heute make-up-freie Gesicht. Ihre Haut hatte am Vortag ein wenig zu viel Sonne abbekommen. Sie zuckte mit den Schultern, verließ ihr Zimmer und gleich darauf auch das Hotel.

Für einen Tag im April war es überraschend warm. Deshalb – und aufgrund der erschwerten Umstände – geriet Liv schnell ins Schwitzen und ein wenig außer Atem. Vor einem der Schwarzwaldhäuser, an denen sie vorbeikam, fegte eine ältere Frau den Gehweg. Liv grüßte höflich und wurde mit einem freundlichen Kopfnicken bedacht. Als sie sich wenig später umdrehte, musste sie allerdings feststellen, dass die Frau ihr mit gerunzelter Stirn nachblickte und vorwurfsvoll den Kopf schüttelte. Im Weitergehen fragte sich Liv, ob die Kunde von ihrer Einmischung, die weder begrüßt worden noch zielführend gewesen war, bereits die Runde machte.

Ein weiteres Mal war sie erleichtert, hier nicht wohnen zu müssen. Dörfer wie dieses hatten ihren Ruf. Die Bewohner waren Fremden gegenüber misstrauisch, was bei einem Touristenort vermutlich gekonnt verborgen blieb, und jemand, der neu zuzog, hatte es reichlich schwer, akzeptiert zu werden. Zudem kannte jeder jeden und wusste alles über alle. Da lobte Liv sich doch die zumindest in großen Teilen von Hamburg herrschende Anonymität.

Warum bin ich gleich noch mal von dort geflohen? Liv zog eine Grimasse und wäre dabei fast in eine Frau hineingelaufen. Diese trug ein modisches rotes Kostüm, das sie in Livs Augen ebenfalls als Touristin auswies. An einer Dame von etwa Ende vierzig wirkte es allerdings viel zu jugendlich. Umso erstaunter war Liv, als sie ein herzliches „Grüß Gott" entgegengeschmettert bekam.

„Guten Morgen", erwiderte Liv freundlich.

„Sie sind der Gast mit dem seltsamen Namen, nicht?"

„Richtig. Ich heiße weder Schuster noch Stein oder Weiß. Und ich bin auch nicht Edmundine die Vierhunderteinunddreißigste."

„Und Sie sind außerdem nicht auf den Mund gefallen." Die Frau lachte, ehe sie hinzufügte: „Das erklärt vermutlich Ihren Fauxpas von vorhin."

Liv schmunzelte über das französische Wort zwischen dem bemühten Hochdeutsch, wurde aber sofort wieder ernst. „Gerüchte wachsen hier schneller als Unkraut, nicht wahr?", fragte sie empört und ebenso beschämt.

„Das ist die Untertreibung des Jahrzehnts." Die Frau verdrehte gekonnt die Augen und streckte Liv eine mit rot lackierten Fingernägeln geschmückte Hand entgegen. „Rita Stein."

„Oh." Liv biss sich auf die Unterlippe. Wie es aussah, hatte sie eine Stein und damit sicher eine waschechte Vierbrückenerin vor sich. Ausgerechnet ihr gegenüber hatte sie soeben ihren Spott über die Ortschaft ausgeschüttet.

„Oh, und weiter?" Rita lächelte so offen und breit, dass Liv nicht um den Gedanken herumkam, es hier mit der Dorfrebellin zu tun zu haben. Das erklärte auch, weshalb die Frau – anders als Eddi Liv weisgemacht hatte – keinen langen Rock trug.

„Oh Liv Benediktsdóttir."

„Sehr erfreut, Fräulein Oh. Lassen Sie sich bitte eines von mir sagen: Ganz egal, wie scheel die Dorfbewohner Sie fortan ansehen, weil Sie vermutlich einen gut zahlenden Gast vertrieben haben: Sie hatten völlig recht. So darf niemand beschimpft werden. Von dem Mann wäre das noch halbwegs verständlich gewesen – unter Schmerzen –, nicht aber von der Frau, die nicht einen einzigen Kaffeetropfen abbekommen hatte. Doch leider verstecken sich die Menschen hier immerzu hinter Höflichkeiten und falscher Freundlichkeit, nur um nicht anzuecken und damit womöglich einen Gast zu verschrecken."

„Na ja, wenn man aber doch auf die Urlauber angewiesen ist …", warf Liv vorsichtig ein, da ihr Ritas Rede ein wenig zu pathetisch erschien und sie nach wie vor Schuldgefühle plagten.

„Ich halte es für falsch, sich selbst zu verlieren, nur des Geldes wegen. Und ich darf das sagen, immerhin bin ich ebenfalls darauf angewiesen, dass nicht nur Einheimische aus Vierbrücken oder den umliegenden Gemeinden zum Haareschneiden zu mir kommen, sondern auch der eine oder andere Tourist."

„Und denen sagen Sie offen alles ins Gesicht?"

„Sicher."

„Und wie läuft Ihr Friseursalon so?"

Rita hob die Augenbrauen, ehe sie zu lachen begann und dabei den Kopf schüttelte. „Sie gefallen mir. Wollen wir mal zusammen im

Schdüble einen Kaffee trinken? Sie können aber auch gern zu mir in den Salon kommen." Rita beäugte kritisch Livs Locken. Diese grinste. Offenbar war Rita dringend auf neue Kundschaft angewiesen – auf solche mit dickem Fell?

„Der Einladung folge ich gern, doch zuerst muss ich Dr. Schuster meinen Knöchel vorführen."

„Sicher, tun Sie das. Und dann schauen Sie noch kurz bei mir vorbei. Aber gehen Sie bitte zum richtigen Dr. Schuster." Ritas Worte und ihr verschwörerisches Zwinkern verrieten Liv, dass ihr Besuch beim Tierarzt längst der Dorfbelustigung diente. *Bin ich froh, dass ich nicht hier – ach, den Gedanken hatte ich jetzt oft genug.*

Wenig später saß Liv im Vorzimmer von Hardis Praxis und beäugte die anderen Wartenden. Darunter waren zwei Kinder, die mit Bauklötzen „Schwimmen im Fluss" spielten, was, so viel verstand Liv, das allergrößte Vergnügen der jungen Leute im Dorf darstellte. Die beiden wurden von ihrer Mutter begleitet, deren erdverkrustete derbe Schuhe immer wieder kleine Krümel verloren, die wie Hasenköttel auf dem gefliesten Boden herumlagen – was wohl eher in Bens Wartezimmer passte. Der einzige andere wartende Patient war Theodor, der schweigsame der beiden Brüder vom Binokel-Stammtisch. Er blieb auch jetzt seinem Grundsatz treu und richtete kein Wort an niemanden. Liv wagte es nicht, ihn zu fragen, inwieweit er mit Rita verwandt war, vorrangig deshalb, weil sie befürchtete, beim Gedankenlesen seiner Antwort gänzlich zu versagen.

Hardi streckte den Kopf ins Wartezimmer, musterte die Anwesenden und rief dann Liv auf. Unangenehm berührt betrachtete diese die spielenden Kinder, deren Mutter und Theodor, die alle vor ihr da gewesen waren.

„Ich kann gern warten, bis –"

„Kommen Sie bitte. Ich habe nicht den ganzen Tag Zeit!" Hardis herrische Worte ließen Liv aufspringen und ihm folgen. In seinem Untersuchungszimmer setzte sie sich auf einen Stuhl vor dem massiven Schreibtisch und legte die Gehhilfen neben sich auf den Boden. Während Hardi sich einige Notizen machte und sie fragte, ob ihr Name bei ihrer Anmeldung richtig geschrieben worden sei, was sie sofort bejahte, weil sie der jungen Frau sowohl ihren Vor- als auch ihren Nachnamen buchstabiert hatte, zog sie ihren Schuh aus und wickelte den Verband ab.

Endlich kam der Arzt um den Tisch herum, ging leise ächzend vor ihr in die Knie und begutachtete ihren geschwollenen Fuß. Er nickte zufrieden, als wäre es erstrebenswert, einen Elefantenknöchel zu haben. Dann setzte er sich zurück auf seinen Stuhl, um sich noch mehr zu notieren. Schließlich faltete er seine Hände auf dem Schreibblock und schaute Liv an, als hätte er seine Enkelin vor sich, die gerade dabei erwischt worden war, wie sie vorn am Empfang das Glas mit den rot-weißen Lutschern mitgehen ließ. An dem Behältnis klebte ein handgeschriebenes weißes Schild mit – wie könnte es anders sein? – roter Schrift. Es warnte davor, dass die Leckerei einen ungesunden Inhaltsstoff enthielt, der sich „Schloddzr" schrieb.

„Ein kleiner Hinweis an Sie, um Ihren Aufenthalt hier angenehmer zu gestalten", begann Hardi in schulmeisterlichem Tonfall. In Livs Nacken stellten sich prompt die Härchen auf. Das klang verdächtig nach Einmischung und Bevormundung, und beides konnte sie nicht ausstehen. Zumindest, wenn es sie betraf. Doch sie zwang sich dazu, erst einmal zu schweigen.

„Sie wollen mindestens sechs Wochen bleiben?"

Liv riss die Augen auf und nickte. *Gibt es eigentlich irgendetwas, was hier nicht herumgetratscht wird?*

„Wir lieben unsere Touristen."

Ja, so sehr, dass man Löcher buddelt, in die sie fallen, wilde Gänse auf den Gehwegen spazieren führt, sie zu falschen Ärzten schickt und sie verbal angreift, wenn sie helfen wollen.

„Wie heißt es so schön: Der Gast in König. Leider ist das heute im Hirschen nicht der Fall gewesen, sodass ein Ehepaar, das die beste Suite gemietet hat, überstürzt abreisen will."

Es gibt in dem Bauernhaus-Hotel eine Suite? Wo? Unter dem überdimensionalen Dach ohne ein einziges Fenster? Und übrigens: Ich war es nicht, die heißen Kaffee über den Zeitungsleser gegossen hat. Da verbreitet der Dorftratsch falsche Tatsachen. Schweig, Liv. Schweig und lerne!

„Das, was Sie getan haben, mag gut gemeint gewesen sein. Immerhin wirkt Ursula sehr … verletzlich." Hardi nickte ihr zu, was Liv als Anerkennung verstand, weshalb sie sich ein bisschen aufrechter auf den unbequemen Stuhl setzte.

„Aber Sie machen sich hier keine Freunde, wenn Sie unsere Gäste verprellen."

„Nur um eines klarzustellen, Dr. Schuster: Ich suche hier keine Freunde, sondern Erholung. Ich bin ebenfalls ein zahlender Gast." *Und ich wurde nicht wie eine Königin behandelt.*

„Ach, wirklich?"

Was weiß er über mich? Ein Anflug von Panik machte sich in Liv breit. Sie atmete tief durch. *Hamburg ist zu weit weg, als dass diese Dörfler dort einen Spitzel haben könnten.*

Hardi blieb freundlich. Und deutlich. „Ja, sehen Sie, dann müssen Sie sich auch wie ein Gast verhalten. Genießen Sie Ihre Zeit in unserem wunderbaren, *friedliebenden* Dorf inmitten der herrlichen Landschaft, und lassen Sie sich vom hoch qualifizierten und gut ausgebildeten Personal unseres Hirschen verwöhnen. Denn dieses gut geschulte Personal ist auch gegenüber, sagen wir mal, schwierigen Gästen immerzu freundlich, höflich, zurückhaltend und überaus aufmerksam. Mehr zu tun, ist nicht Ihre Aufgabe."

Liv kam um den Verdacht nicht herum, dass nicht das streitbare Ehepaar, sondern *sie* der schwierige Gast in Hardis Vortrag war. Irgendjemand hatte den Arzt damit beauftragt, ihr diese kleine Standpauke zu halten. Wie praktisch es doch war, dass das ganze Dorf wusste, dass er sie in seine Praxis bestellt hatte. Und da er garantiert der einzige Humanmediziner weit und breit war, musste er nicht befürchten, durch allzu deutliche Worte einen Patienten zu verlieren. Wobei – immerhin gab es hier ja noch einen zweiten Dr. Bernhard Schuster …

Liv nahm sich fest vor, beim nächsten Mal, wenn sie in ein Loch treten sollte, wieder Ben aufzusuchen. Ein drittes Mal durfte ihr das aber nicht passieren. Denn ziemlich sicher war auch Ben auf der Seite der Vierbrückener – und eine weitere Person, die Medizin studiert hatte, würde sie in unmittelbarer Nähe vermutlich nicht finden.

Kapitel 4

Warum werde ich behandelt wie ein Schwerverbrecher, nur weil ich einem armen Mädchen helfen wollte, dem man unverhältnismäßig heftige Vorhaltungen gemacht hat?"

Rita sah auf, legte die Schere beiseite und verdrehte die Augen – eine Geste, die sie meisterhaft beherrschte, was vielleicht an ihren großen braunen Augen lag, die sie mit kohlschwarzem Kajal überdeutlich betonte. Für eine beinahe Fünfzigjährige in einem einsam gelegenen Schwarzwalddorf war sie wirklich überaus modern zurechtgemacht.

Liv ließ sich auf den freien Frisierstuhl gleich neben der Tür fallen, warf die Krücken neben sich auf den mit schwarzen und weißen Fliesen im Schachbrettmuster ausgelegten Boden und lehnte sich seufzend zurück.

Mit einem Rundumblick stellte sie fest, dass – gleichgültig, wie rebellisch Rita sich geben mochte – auch die Friseurin der Farbe Rot verfallen war. Wie offenbar alle in diesem Dorf. Ritas Stühle waren rot gepolstert, die Umrandungen der Spiegel waren rot, ebenso die Wartebank und der Tisch, auf dem eine alte hölzerne Registrierkasse, vermutlich eine Nichte von Livs Krücken, thronte.

Liv runzelte die Stirn, als Rita ein seltsam warnend klingendes Räuspern von sich gab.

„Das liegt sicher daran, dass es sich bei Ursula nicht um ein Mädchen handelt, sondern um eine junge Frau." Diejenige, die Liv gerade mit tadelnder Stimme mit einer Antwort bedacht hatte, zog die gezupften Augenbrauen weit hoch, wohl, um ihre Missbilligung zu unterstreichen. Das tat ihrer auffälligen Schönheit jedoch keinen Abbruch. Das goldblonde Haar, an das Rita gerade mit der Schere zu Werke gehen wollte, fiel ihr glatt und – obwohl die Frau beim Friseur war – perfekt über die Schultern. Die Makellosigkeit ihrer Haut wurde noch übertroffen von ihrer schlanken Taille, wohlproportionierten Beinen, soweit der luftige Rock samt Petticoat diese zeigte, und ihrer grazilen Art zu sitzen. Die rot geschminkten Lippen öffneten sich erneut und offenbarten zwei Reihen makellos weißer Zähne – aber auch eine scharfe Zunge. „Oder daran, dass Sie sich in etwas eingemischt haben, was Sie nicht verstehen und was Sie nichts angeht, sodass Sie alles nur noch unnötig verschlimmert haben."

Liv öffnete nun ihrerseits den Mund, wurde jedoch vom erhobenen Zeigefinger der jungen Schönheit vom Sprechen abgehalten.

„Sie sollten sich nicht wundern, wenn die Einwohner unserer bezaubernden Ortschaft Ihnen fortan mit Misstrauen begegnen und Ihnen aus dem Weg gehen. Schließlich birgt der Umgang mit Ihnen die Gefahr, weitere Gäste zu verprellen."

„Dabei ist der Gast hier König."

„Sie sagen es, Fräulein." Die junge Frau lächelte mit geschlossenen Lippen und wirkte im höchsten Maße zufrieden. Wohl, weil sie annahm, dass Liv ihre Lektion gelernt, akzeptiert und verinnerlicht hatte.

Liv öffnete erneut den Mund, wurde diesmal allerdings von Rita daran gehindert, etwas zu der Unterhaltung beizutragen.

„Fräulein Liv, ich möchte Ihnen gern Fräulein Marianne Schuster vorstellen, die Nichte unseres Dr. Hardi Schuster und …"

Liv war dankbar für Ritas wegwerfende Handbewegung, die sie vor Ausführungen über weitere familiäre Verwicklungen bewahrte.

„Und das ist Fräulein Hanna Schuster, die Cousine von Fräulein Marianne und deshalb ebenfalls eine Nichte von Dr. Hardi Schuster."

Erst jetzt bemerkte Liv eine zweite junge Frau im Stuhl hinter Marianne. In ihrem dunklen Haar steckten riesige Lockenwickler. Sie war etwas weniger grazil als ihre Cousine, aber ebenso hübsch. Ihr Lächeln fiel eine Spur herzlicher aus als das von Marianne. Doch dann zog auch sie die Augenbrauen hoch. Ob Hanna gerade eingefallen war, dass sie ihre Missbilligung, was Liv anbelangte, besser schleunigst zum Ausdruck brachte?

„Fräulein Marianne, Fräulein Hanna, das ist Liv Benediktsdóttir, ein *Gast.* Sie hat sich zur *Erholung* in Vierbrücken eingefunden."

„Wie schön", murmelte Hanna, der sich der Sinn hinter Ritas überzogener Betonung der Worte „Gast" und „Erholung" offenbar nicht entzog.

„Ich komme später wieder", sagte Liv nach geraumer Zeit des Schweigens, in der niemand sich gerührt hatte und sie lediglich von drei Augenpaaren angestarrt worden war, als erwarte man von ihr – *ja, was denn?* Liv wollte die beiden jungen Vierbrückenerinnen nicht gegen Rita aufbringen, indem sie ihnen verriet, dass die Friseurin mit ihr Kaffee trinken wollte. Im Schdüble. Was und wo auch immer das war.

Sie nahm sich fest vor, sich ab sofort an die ungeschriebenen Gesetze in Vierbrücken zu halten, um die Dorfbewohner nicht noch mehr gegen sich aufzubringen. Dies würde ihr sicher gelingen. Sie musste nur darauf achten, ja niemandem Widerworte zu geben.

„Wir können gleich eine Uhrzeit für ein gemütliches Kaffeetrinken ausmachen", rief Rita ihr nach. Liv ließ die Türklinke wieder los, die sie bereits heruntergedrückt hatte. Der aufreizende Unterton in Ritas Stimme klang nun deutlich nach Rebellion.

„Fräulein Stein!", kam es erschrocken und eigentümlich gepresst aus Hannas Mund.

„Ich dachte, Ihnen müsste ich nicht erklären, dass wir zu den Touristen einen professionellen Abstand einhalten", rügte Marianne prompt und noch immer in übertrieben gestelztem Hochdeutsch.

„Um fünfzehn Uhr im Hirschen? Ursula backt eine wunderbare Schwarzwälder Kirschtorte." Ritas Grinsen reichte ihr beinahe bis zu den Ohren. Ihre Freude daran, Marianne und Hanna zu düpieren, war nicht zu übersehen.

„Gern. Vielleicht wollen Fräulein Marianne und Fräulein Hanna sich uns anschließen?" Mit diesen Worten drehte Liv sich um und verließ vergnügt das windschiefe Hexenhäuschen. Zurück blieben Hanna mit vor Schreck weit aufgerissenen Augen und Marianne mit wütend zusammengezogenen Augenbrauen. Und Rita, deren Lächeln nicht hätte breiter sein können, als sie wieder zur Schere griff, um die drei Härchen zu eliminieren, die sich in Mariannes Frisur widerspenstig zeigten.

Liv schwang vergnügt ihre Krücken. Niemanden zu reizen oder zu verärgern – das beherrschte sie wirklich hervorragend!

Wilhelm Neumann strich sich über den grauen Backenbart und fühlte sich so überfordert wie seit fünfundvierzig Jahren nicht mehr. Anno dazumal hatte er als frischgebackener Jurist das erste Mal einem ehrwürdigen Richter gegenübergestanden. Oder gut drei Monate später, als er im Schützengraben lag und auf französische Nachbarjungen schießen musste, die die Hosen genauso voll hatten wie er.

Und dann wieder 1945, als alles zusammengebrochen war und niemand wusste, wie es weitergehen würde …

Sein heutiges Problem betraf ihn nicht direkt. Das machte es jedoch nicht weniger … gravierend. Vielleicht war er mit beinahe siebzig Jahren inzwischen einfach zu alt für derlei.

Die Tür seiner Kanzlei ging auf und Peter trat ein. Wie immer war er äußerst sorgfältig gekleidet. Sein helles Haar war ordentlich zurückgekämmt, der Bart akkurat gestutzt, und in seinen Schuhen konnte man sich spiegeln. Er wirkte … elegant. Harmlos.

„Ich entschuldige mich für die Verspätung."

Wilhelm winkte ab, setzte sich auf seinen durchgesessenen Stuhl und bedeutete Peter, dass er sich ihm gegenüber in einen der deutlich bequemeren Sessel setzen sollte. Der Anwalt wollte das Gespräch so schnell wie möglich hinter sich bringen.

„Sie ist jetzt seit mehr als fünf Tagen spurlos verschwunden", begann er und musste sich räuspern.

Peter nickte, faltete die Hände im Schoß und wartete schweigend ab. Wilhelm runzelte die Stirn. Liv Benediktsdóttir hätte sicher nicht einfach untertauchen können, wenn Peter in der Nähe gewesen wäre.

„Du musst sie finden. Unbedingt. Dringend." Wilhelm räusperte sich erneut. Was diesen Fall anbelangte, verlor er sogar seine sonst so wohlgerühmte und – das hatte er in all seinen Berufsjahren nie zugegeben – mühsam antrainierte Eloquenz.

„Sie hat keinen einzigen Hinweis hinterlassen, wohin sie gegangen ist“, warf Peter ein. Wilhelm schnaubte ungehalten und ungeduldig. Peter würde eines Tages von seinem Erbe profitieren. Bis dahin musste er sich aber dringend noch ein wenig eigenen Ruhm erarbeiten. Das war einer der Gründe, weshalb ihm diese Aufgabe übertragen worden war.

„Finde Fräulein Liv. So schnell wie möglich und ehe etwas Schlimmes geschieht. Frag am Bahnhof nach, bei Taxiunternehmen, Reiseveranstaltern und meinetwegen auch an den Flughäfen im näheren Umkreis. Irgendjemand muss sie doch gesehen haben! Sie hat Hamburg sicher nicht auf Schusters Rappen verlassen!“

Die Schweißperlen auf seiner Stirn bereiteten Wilhelm Sorge. Er sollte sich nicht so aufregen. Sein Herz war nicht mehr so robust, wie es das noch vor zehn Jahren gewesen war. „Du bist im Besitz eines aktuellen Lichtbildes von ihr?“

Peter nickte und klopfte mit der Hand auf eine seiner Jacketttaschen, wo vermutlich seine Geldbörse steckte.

„Dann immer voran, Junge. Ich wünsche dir viel Erfolg. Und beeile dich bitte! Wer weiß schon, was das Fräulein sich in den Kopf gesetzt hat.“

„Ich finde sie“, beteuerte Peter, erhob sich und verließ mit großen Schritten das Büro. Wilhelm hörte die Haustür im Erdgeschoss zufallen und lehnte sich zurück. Dabei wurde ihm bewusst, dass er sich nicht sicher war, ob er überhaupt wollte, dass man Liv fand. Denn eigentlich tat sie ihm ein wenig leid.

Nach drei Tagen Übung kam Liv zwar deutlich besser mit den Gehhilfen zurecht, hatte durch die damit einhergehende Einschränkung jedoch genug von ihnen. Ihr Knöchel schmerzte allerdings weiterhin, vor allem, wenn sie ihn zu stark belastete. Also blieb ihr nichts anderes übrig, als sich weiterhin auf dreieinhalb Beinen durch das Dorf zu bewegen.

Dennoch hatte sie sich bereits einige Sehenswürdigkeiten dieses urigen Tals angeschaut. Zum Beispiel den Friedhof. Er war ein friedlicher, ruhiger Ort – wie Vierbrücken selbst, was sie zu der Überlegung gebracht hatte, ob die Lebenden womöglich kaum lebendiger waren als die Bewohner des Friedhofs.

Sie hatte den Park mit seinen akkurat gewachsenen Laubbäumen – etwas anderes würden die Pflanzen in Vierbrücken sicher nicht wagen –, dem kleinen Brunnen und der Sandkiste für Kleinkinder besucht. Am besten gefiel ihr der bezaubernde Holzpavillon, der nicht rot, sondern weiß gestrichen war, teilweise von wildem Wein bedeckt wurde und mit üppigem Blumenschmuck aufwartete. Selbst dort war es, wie nicht anders zu erwarten, idyllisch schön, friedlich und sehr ruhig.

Und schließlich hatte sie sich dreimal mit Rita getroffen. Immer im Schdüble. Liv hatte noch rechtzeitig herausgefunden, dass dieses Wort der Geheimcode für den Hotelspeiseraum war. Ursula kreierte wirklich wunderschöne und leckere Schwarzwälder Kirschtorten, und der Kaffee war ebenfalls hervorragend – allerdings in einer Tasse, nicht auf dem Hosenbein.

Liv sah in Rita mittlerweile eine neue Freundin, obwohl die Friseurin beinahe doppelt so alt war wie sie. Das machte Rita durch jugendliche Leichtigkeit allemal wett. Liv vermutete in ihrer Art, sich zu kleiden, und in ihren revolutionären Ansichten eine Reaktion darauf, dass der Frau klar geworden sein musste, mit ihren beinahe fünfzig Jahren die Lebensmitte bereits überschritten zu haben. Rita schien auf der Suche nach ihrem Platz in der zweiten Lebenshälfte zu sein – und sah sich dabei erst einmal im Teenageralter um. Vielleicht hatte Liv gerade deshalb so viel Spaß mit der deutlich älteren Freundin.

Ganz anders verhielt sich das mit Ursula, Marianne und Hanna – die von Rita leicht spöttisch als „Hühnchen“ betitelt wurden. Die drei jungen Frauen ignorierten Liv, allerdings nie, ohne ihr ihre gerunzelten Stirnen, hochgezogenen Brauen oder zusammengekniffenen Augen zu präsentieren. Ähnlich erging es Liv mit Alma und Hubert, den Hotelwirten, mit Dr. Hardi Schuster und einigen weiteren Einheimischen, die versuchten, ihr aus dem Weg zu gehen. Gleichzeitig schien sie aber als unterhaltsamer Gesprächsstoff durchaus interessant zu sein, wie so manches peinlich berührte Schweigen verriet, sobald sie sich den Dorfbewohnern näherte.

Nur Curt, die Geschwister Bärbel und Bernd Stein, deren Freund Eddi der Vierte und Fräulein Ansgar begegneten ihr unvoreingenommen, wobei die Gans schlicht kein Interesse an ihr zeigte. Auch die Binokel-Männer waren weiterhin freundlich – bei Theodor konnte Liv das nur vermuten, da er noch immer kein Wort mit ihr gewechselt hatte. Aber er nickte stets zu dem, was seine drei Stammtischfreunde sagten.

Lediglich bei Ben war sie nicht sicher, wie er zu ihr stand, denn ihn hatte sie in den vergangenen Tagen nicht ein einziges Mal zu Gesicht bekommen. Das lag vermutlich daran, dass sie weder kalbte noch Koliken oder einen Wurmbefall hatte oder an einem Stacheldraht hängen geblieben war – wenngleich sie zumindest das beinahe hinbekommen hätte.

An diesem erneut ungewöhnlich warmen Sonnentag Anfang Mai waren plötzlich erstaunlich viele kleine und große, jüngere und ältere Schusters, Steins und Weißens – wie Liv annahm – auf den Straßen von Vierbrücken unterwegs. Darunter mischten sich einige Touristen, sie selbst und der Pfarrer, der aus einem der Nachbarorte herübergekommen war, weil der Gottesdienst an diesem Sonntag in Vierbrücken abgehalten wurde. Deshalb vermutete Liv auch, dass sich unter die Vierbrückener ein paar Familien aus umliegenden Gemeinden gemischt hatten, die den sonntäglichen Gottesdienst auf keinen Fall verpassen wollten.

Sie beobachtete die Mädchen in ihren züchtigen Röcken und Blusen, den Wollstrümpfen und dem derb wirkenden Schuhwerk, und die Jungen, die sehr zu ihrer Überraschung auch ein Paar lange Hosen hatten, zu denen sie weiße Hemden trugen. Manch einem war sogar eine Krawatte um den Hals gebunden worden.

Bei den Erwachsenen gab es etliche Doppelgänger der Kinder, aber auch einige, wie Rita natürlich, die sich durch elegant geschnittene Kostüme, geblümte, schwingende Kleider und schicke Pumps und Nylonstrümpfe modisch von der Menge abhoben. Die Männer trugen heute entsprechend feinere Anzüge als die üblichen braunen Stoffhosen oder Jeans und die sicher bequemen, optisch allerdings nicht sonderlich vorteilhaften Jacken.

Liv sah an sich hinunter und war erleichtert, dass sie in ihrem ärmellosen pastellgrünen Kleid mit dem schwingenden Rock, dem breiten weißen Gürtel und den kleinen weißen Blümchen auf dem Matrosenkragen unter den Kirchgängern nicht weiter auffiel. Allerdings schien sie die einzige Touristin zu sein, die sich der Prozession zu der winzigen Kirche angeschlossen hatte. Wobei man bei ihr vielmehr von einem Hinterherhecheln reden musste, denn der Weg den Hügel hinauf war nur ein ausgetretener, gekiester Trampelpfad, der mit Krücken kaum zu bewältigen war.

Als sie gerade durch das niedrige Portal schlüpfen wollte, sah sie aus dem Augenwinkel eine Gruppe weiterer Kirchgänger auf sich zukommen. Ihre Augen weiteten sich, als sie fünf Frauen und fünf Männer in Trachten erkannte, unter ihnen Marianne, Hanna und Ursula.

Marianne und Ursula trugen schwarze Wollröcke und darüber eine schwarz-rot gemusterte Schürze. Unter dem schweren Rock schauten strahlend weiße Strümpfe und schwarze Lackschuhe hervor. Die weißen Blusen hatten üppige Puffärmel und wurden durch am Rock angenähte schwarze Mieder in Form gehalten. Auf ihren Köpfen trugen die Frauen schwarze Tücher, die am Hinterkopf zu einer Art Turnüre aufgestellt waren.

Hanna hingegen hatte sich eine weiße Schürze umgebunden, ihr Mieder war leuchtend rot, und auf ihrem rotbraunen Haar thronte ein großer Blumenkranz aus Maiglöckchen. In ihrem deutlich einfacheren Kleid sah sie viel jünger aus als ihre beiden Freundinnen.

Ihre männlichen Begleiter, Liv entdeckte Curt und Hardi unter ihnen, trugen schwarze Hosen, rote Wämser und darüber schwarze Jacken mit jeweils zwei Reihen in der Sonne blitzender Knöpfe. Den krönenden Abschluss bildete ein tellergroßer flacher Hut.

Unwillkürlich fragte sich Liv, ob den Hühnchen und Curt klar war, dass sie – im Gegensatz zu der deutlich älteren Rita – den Anschluss an die neusten Modetrends völlig verpasst hatten?

Marianne, Hanna und Ursula passierten Liv mit den ihr bereits vertrauten, weit in die Luft gestreckten Näschen und dem entsprechenden Stirnrunzeln, Augenbrauenheben und Augenzusammenkneifen. Die zwei älteren Frauen straften sie durch Nichtbeachtung ab. Eine von ihnen war Alma, in der anderen vermutete Liv die Mutter von Hanna und Eddi dem Vierten und somit die Schwägerin von Hardi und Tante von Marianne.

Liv fiel erst auf, dass sie ein breites Grinsen zur Schau trug, als vier der Männer mit ihren roten Westen bereits an ihr vorbeigegangen waren, wobei sie nicht vor ihr, sondern beim Eintreten in das Gotteshaus die Hüte zogen.

Curt blieb vor ihr stehen. „Sie sollten unsere Traditionen nicht ins Lächerliche ziehen, Fräulein Liv. Auch wenn wir Ihnen hinterwäldlerisch erscheinen, was bei einer Frau, über die die Kinder sagen, dass sie ihr halbes Leben in Hamburg und New York verbracht hat, vermutlich der Fall ist."

Liv riss die Augen auf und presste kurz die Lippen zusammen. „Es tut mir leid. Ich habe nichts gegen Traditionen", beteuerte sie eilig. „Es ist nur … eine junge Frau wie Marianne, die sich so viel Mühe mit ihrem äußeren Erscheinungsbild gibt, plötzlich in dieser altertümlichen Tracht zu sehen, ist einfach … überwältigend."

Curt lächelte und hob einladend den Arm. Liv hakte sich bei ihm unter.

„Falls es Sie beruhigt, verrate ich Ihnen, was Sie wohl nicht mitgeteilt bekommen haben: Wir begehen heute unser alljährliches Dorffest. Dazu sind alle Gäste und auch Bekannte aus den umliegenden Ortschaften eingeladen. Wir von der Trachtengruppe sind Teil des Programms und haben uns deshalb so in Schale geworfen."

„Schließt die Einladung an alle Gäste auch mich ein?" Liv duckte sich vorsichtshalber, als sie über die Schwelle in die Kirche traten; sie befürchtete, mit ihrem weißen Hut am Türbalken hängen zu bleiben. Curt nahm seine Kopfbedeckung schnell noch ab.

„Auch wenn sich offenbar niemand getraut hat, Sie einzuladen: So ist es. Wir sind sehr gastfreundlich."

„Ja, und höflich und zuvorkommend. Vor allem Touristen gegenüber", witzelte Liv und konnte eine Spur von Sarkasmus nicht unterdrücken.

„Sie klingen bereits wie eine Einheimische", konterte Curt, was in Liv die Frage aufwarf, ob er damit das Gesagte oder die leicht vorwurfsvolle Betonung meinte. Am Dialekt würde sie vermutlich noch fünf Jahrzehnte feilen müssen.

„Ich bin durchaus gelehrig."

„So?" Sein Grinsen machte das dunkle Innere des völlig überfüllten Gebäudes ein wenig heller.

Liv schlug ihm spielerisch auf die Hand, ehe sie seinen Arm losließ und sich in die hinterste Bank setzte. Curt begab sich zu der Reihe, die, so nahm Liv an, seit Generationen für die Steins reserviert war, saßen dort doch bereits Theodor und Julius, ebenso wie Rita. Dies verriet, dass Livs neue Freundin nicht nur den gleichen Nachnamen wie Curt und die Binokel-Brüder trug, sondern auch verwandtschaftlich mit ihnen verbandelt war.

Neugierig sah Liv sich um und wartete auf den Beginn des Gottesdienstes, wobei sie hoffte, dass der Prediger nicht in breitestem Dialekt sprach.

Jemand stimmte auf einer kleinen Orgel ein Kirchenlied an, doch mehr als die erste Strophe, die Liv auswendig kannte, konnte sie nicht mitsingen, da sie sich am Eingang keines der ausgelegten Gesangbücher mitgenommen hatte. Also lehnte sie sich zurück und hörte zu, schrak jedoch auf, als sich plötzlich jemand schwer neben ihr auf die Bank fallen ließ. Herber Stallgeruch und ein Hauch von Männerschweiß wehten ihr entgegen. Als sie den Kopf zu ihrem neuen Sitznachbarn umwandte, beugte sich Ben lächelnd zu ihr herüber. „Guten Morgen, Fräulein Liv. Ich hoffe, es stört Sie nicht, dass ich etwas streng rieche. Aber ich musste kurz vor dem Gottesdienst noch einem Fohlen auf die Welt helfen."

„Nein, alles in Ordnung", gab sie zurück und betrachtete seine geputzten Schuhe, die graue Hose und das weiße Hemd. Allem Anschein nach hatte er sich zumindest noch die Zeit genommen, sich umzuziehen, auch wenn es für ein Bad nicht mehr gereicht hatte.

„Aber müssten Sie nicht in einer West-Schuster-Bank sitzen?“

„Glauben Sie mir, die Bank weint mir keine Träne nach.“

Liv schmunzelte, was ihr jedoch schnell verging, denn Ben beugte sich erneut zu ihr herüber und flüsterte: „Und? In den letzten Tagen in kein Loch mehr getreten?“

„Doch, man nennt sie gemeinhin auch Fettnäpfchen.“

„Ja, davon stehen hier viele ’rum.“

In der Reihe vor ihnen drehte sich eine alte Frau um, die sich einen schwarzen Häkelschal über die knochige Schulter gelegt hatte. Sie versuchte, Liv und Ben mit ihrem grimmigen Blick zu erdolchen.

„Entschuldigen Sie bitte, Frau Weiß“, sagte Ben und lehnte sich in der Bank zurück, was diese mit einem bedauernden Knarren quittierte.

„Sehen Sie, wieder eines gefunden“, raunte Liv ihrem Sitznachbarn zu. Der blätterte in seinem schwarzen Gesangbuch, das reichlich zerfleddert aussah. Offenbar war es häufig in Gebrauch.

„Das nehme ich auf mich, immerhin habe ich die Unterhaltung angefangen“, gab Ben zurück, jedoch erst, als die Gemeinde nach einem kurzen Zwischenspiel erneut zu singen begonnen hatte. „Allerdings frage ich mich, was Sie heute bereits verbrochen haben. Marianne und Ursula bedenken Sie mit diesen vor dem Spiegel perfektionierten missbilligenden Blicken.“

Liv beugte sich weit zu Ben hinüber, um den Mittelgang entlang nach vorn sehen zu können. Tatsächlich gab es in einer der Ost-Schuster-Bankreihen zwei Personen, die weder nach vorn noch in ihr Gesangbuch schauten, sondern nach hinten.

Livs Meinung nach lag das daran, dass Dr. Ben Schuster sich ausgerechnet neben die geschmähte Touristin gesetzt hatte und sich, anstatt zu singen, mit dieser unterhielt. Dabei lag ihr die Frage auf der Zunge, ob Marianne und Hanna, immerhin beide Ost-Schusters, mit einem West-Schuster überhaupt anbandeln durften. Vermutlich würde das Romeo und Julia gleichkommen, nur dass es Julia gleich in doppelter Ausführung gab.

Kapitel 5

Der alte Pfarrer hatte eine etwas langatmige, aber durchaus interessante Predigt darüber gehalten, dass man seinen Nächsten nur dann lieben könne, wenn man sich selbst geliebt fühle und sich selbst liebe.

Während die Einheimischen nach dem Gottesdienst plaudernd und lachend das Gebäude verließen, grübelte Liv vor sich hin, ob sie sich wirklich selbst mochte und ob sie sich so akzeptierte, wie sie nun einmal war. Die Liv, die sie in Hamburg zurückgelassen hatte, fand sie nicht sonderlich sympathisch. Demnach musste es richtig gewesen sein, sich davonzustehlen, um sich selbst zu finden und einen Neuanfang zu wagen. Sie war auf dem Weg, sich neu zu definieren, hatte aber nicht vor, sich dabei zu verlieren. Also musste es für sie einen Mittelweg geben zwischen einer bewussten Veränderung und dem, was sie ausmachte. Nur, wie fand man diesen Weg? Hoffentlich, indem sie hier wirklich einmal zur Ruhe kam; ohne all jene Ablenkungen, denen sie in Hamburg oder New York immerzu ausgesetzt gewesen war.

In den vergangenen Tagen hatte Liv viel Zeit gehabt, über sich, Gott und die Welt nachzudenken. Genau das war es, was diese idyllische kleine Ortschaft in dem wunderbar grünen Tal ausmachte, das von bewaldeten Bergen wie von Wächtern umgeben war. Das, was für Liv als kopflose Flucht begonnen hatte, wandelte sich allmählich in Erholung von all dem, was ihr Dasein bisher so umtriebig und herausfordernd gemacht hatte. Hin zu einem Leben, das … anders zu werden versprach? Weil es besser zu ihr passte, weil sie endlich ihre eigenen Ziele verfolgen und den Mut sammeln konnte, eine Enttäuschung für ihre Großmutter zu sein.

Liv erhob sich langsam und humpelte als Letzte auf die Pforte zu. Sie war tief in Gedanken versunken und erschrak über die plötzlich in ihre Richtung ausgestreckte Hand. Pfarrer Schlecht stand an der Tür, um seine Schäflein zu verabschieden. Und ganz offensichtlich war ihm nicht entgangen, dass es da noch ein verlorenes gab. Eines, das den Anschluss verpasst hatte oder wie in ihrem Fall nirgends richtig dazupassen wollte.

„Es freut mich, dass Sie den Weg in unsere Kirche gefunden haben, mein Kind."

Liv ergriff seine Hand und drückte kräftig zu. „Das ist bei der Größe dieser Ortschaft nicht weiter schwer."

Der Geistliche lächelte und erwiderte ihren Händedruck, sodass Liv froh war, als er ihre Finger endlich aus dem Schraubstock ließ. Für einen Mann seines Alters und in Anbetracht der Tatsache, dass er wohl eher selten körperliche Arbeit verrichtete, war sein Handschlag bemerkenswert fest.

„Sie sind keine Zugezogene, sondern verbringen Ihren Urlaub in Vierbrücken?"

„Ich könnte mir nicht vorstellen, hier zu leben. Aber ja, um zur Ruhe zu kommen und einige wichtige Entscheidungen zu treffen, ist dieses Tal einfach perfekt."

„Sie sind Fräulein Liv, nicht? Das Mädchen, das bei Ben statt bei Hardi seinen Fuß untersuchen ließ und ein Touristenehepaar vertrieben hat."

Mit offenem Mund schaute Liv in das ausdrucksstarke, von Falten und Altersflecken gezeichnete Gesicht des Pfarrers. Dieser beugte sich ihr leicht entgegen und flüsterte: „Ich habe heute Morgen bei Binokel-Edmund und Ben gefrühstückt, doch Ben wurde zu einer schweren Fohlengeburt gerufen. So hatten Binokel-Edmund und ich viel Zeit, um uns über die Veränderungen in Vierbrücken zu unterhalten."

„So?" *Jetzt bin ich schon zu einer Veränderung aufgestiegen. Ist das nun ein Kompliment oder eine Schande?* Obwohl Liv kaum ihre Heiterkeit verbergen konnte, nahm sie sich vor, der Stammtischrunde mal einen kleinen Vortrag zu halten. Darüber, dass Tratschen etwas

Schreckliches war. Die Steigerung von Klatsch – auch etwas, was sie hier gelernt hatte – war Männerklatsch.

„Wissen Sie, es ist ungewöhnlich, dass ein weiblicher Gast allein anreist. Und dass diejenige gleich mehrere Wochen bleiben will, ist ebenso ungewöhnlich. Die Kombination aus beidem beunruhigt so manchen Vierbrückener Bürger."

„So?" *Fein, ich steige auf der dörflichen Karriereleiter immer weiter nach oben.* Irritiert stellte Liv fest, dass sie keineswegs spöttisch darüber dachte. Selbst bei dem Versuch, ihren *beunruhigenden Gast* im Auge zu behalten, behielten die Dorfbewohner ihren einzigartigen Charme bei. Liv fand das bewundernswert.

„Vorrangig in Sorge ist die ledige Weiblichkeit." Der Pfarrer zwinkerte Liv keck zu, was sie zu einem leisen Lachen animierte. Auch er schien ein Original zu sein.

„Ich habe nicht vor, mir hier einen Ehemann zu angeln, falls Sie das meinen. Wie ich bereits sagte: Ich kann mir nicht vorstellen, in so einer kleinen Ortschaft zu leben. Allein deshalb, weil hier offenbar niemand ein Geheimnis wahren kann."

Ihr Gesprächspartner lehnte sich seitlich an den massiven Türrahmen. „Wissen Sie, eine Gemeinschaft funktioniert am besten, wenn man keine Geheimnisse voreinander hat. Sehen Sie sich die Ost- und West-Schusters an. Einige Generationen vor dieser gab es einen Streit zwischen zwei Schuster-Männern, der regelmäßig eskaliert ist. Seit etwa fünfzig Jahren ist das anders."

Liv verlagerte das Gewicht, da ihr Knöchel zu schmerzen begann, und unterließ es vorsichtshalber, nach dem Grund der generationenübergreifenden Auseinandersetzung zu fragen. Vielleicht, so sinnierte sie, hatte das ja mit der rätselhaften fünften Brücke zu tun und war somit ebenfalls ein Tabuthema.

„Die Schusters tun sich noch immer etwas schwer mit dem Miteinander, doch das wird unverhüllt kommuniziert. Inzwischen arbeiten sie zusammen, wenn es sein muss, sprechen miteinander, wenn sie sich treffen, aber ansonsten haben sie nichts gemein. Kommt es zu Meinungsverschiedenheiten, werden diese offen angesprochen und geklärt. So wissen sowohl die Schusters als auch die anderen Dorfbewohner immer, woran sie sind. Es gibt keine Lagerbildung mehr, keine heimlichen Vorwürfe, keine damit einhergehenden Komplikationen. Nur so kann das Leben in Vierbrücken gut funktionieren. Man muss nicht mit allen Menschen eng befreundet sein oder mit jedermann klarkommen. Man sollte aber immer im Hinterkopf behalten, dass Gott alle Menschen liebt und es uns deshalb geboten ist, respektvoll miteinander umzugehen."

„Noch besser wäre es wohl, wenn man die alten Streitigkeiten ein für alle Mal beilegen könnte", murmelte Liv.

„Wir sind hier auf der Erde, nicht im Paradies. Wir alle sind nur Menschen mit Fehlern, gewaltigen Dickköpfen und einem mehr oder weniger ausgeprägten Egoismus. Glauben Sie mir, der Umgang dieser Dorfbewohner untereinander ist heute weit besser, als er es über Jahrhunderte hinweg war. Erfreulich ist zudem, dass die junge Generation der Schusters sich tatsächlich noch weiter annähert." Pfarrer Schlecht richtete sich wieder gerade auf. „Und nein, ich halte nichts davon, wenn böswillig über jemanden gesprochen wird und diese Person möglicherweise nicht in der Lage ist, sich und ihr Handeln zu erklären. Dennoch ist es von Vorteil, wenn nicht alles unter den Teppich gekehrt wird. Auch darin drückt sich Liebe aus, denn nur so erkennt mein Gegenüber, was er oder sie falsch gemacht hat, und kann daraus lernen. Soweit ich weiß, hat man Ihnen sehr offen gesagt, dass die beiden Gäste abgereist sind, weil Sie sich eingemischt haben?"

Liv schnappte nach Luft, doch der Pfarrer hob beschwichtigend die Hand. „Ihre Einmischung war gut gemeint und ist aller Ehren wert, mein Kind. Dennoch wäre es für die Hirschen-Weißens von Vorteil gewesen, wenn Ursula die Vorhaltungen einfach hingenommen hätte und die zahlenden Gäste geblieben wären. Die Weißens brauchen gerade jeden Pfennig. Sie, Fräulein Liv, hätten Ursula später gern trösten und ihr wieder Mut zusprechen können. In einem vertraulichen Gespräch ohne Zuhörer."

Liv nickte verstehend, bis ihr ein neuer Gedanke kam. „Aber die anderen Touristen werden mit Freundlichkeit und Höflichkeit überschüttet und nicht mit dieser Ehrlichkeit, die mich getroffen hat. Obwohl ich doch auch eine Touristin bin."

„Sie sind ein cleveres Mädchen", lachte der Mann und stieß sich von der Zarge ab, setzte sich seinen Hut auf und marschierte einfach davon.

Liv sah ihm grübelnd nach und schlug sich dann mit der flachen Hand an die Stirn. *Natürlich! Zu Anfang hat er gesagt, dass man mich nicht für eine Touristin hält, weil ich allein angereist bin und viel zu lange bleibe. Vermutlich denken die Leute, dass ich hierherziehen möchte, ich hier einen Laden eröffnen will oder etwas in der Art.*

Sie sah einer Horde lachender Jungen hinterher, die sich gegenseitig schubsten und die Mützen von den Köpfen zogen, dabei jedoch in Richtung Festplatz hinunterstrebten. *Etwas in der Art? Denken die Leute womöglich, ich bin darauf aus, hier einen Ehemann zu finden?*

Liv lachte über den Gedanken und ging zu ihren neben der Kirchentür abgestellten Gehhilfen. Dabei gestand sie sich ein, dass sie sowohl Ben als auch Curt ungemein charmant und witzig fand. Und offenbar waren das genau die Männer, auf die Ursula, Hanna und Marianne ihr Augenmerk gerichtet hatten. Schon so war das ein Mädchen zu viel. Mit ihr wären es zwei. Kein Wunder, dass die drei sie misstrauisch beäugten. Wobei … Ben als West-Schuster kam für Marianne und Hanna doch eigentlich gar nicht infrage.

Liv blieb stehen und lauschte dem fröhlichen Lachen und den scherzenden Zurufen, die vom unterhalb gelegenen Dorf auf den Hügel heraufdrangen. Womöglich waren Dorffeste wie das heutige für die jungen Frauen und Männer so enorm wichtig, weil sich dort andere Gleichaltrige aus benachbarten Gehöften und Ortschaften einfanden. Vermutlich kam dieses Fest einem Debütantinnenball gleich. Das versprach lustig und spannend zu werden, also beeilte sich Liv, den unebenen Pfad hinunterzugehen, zumal jetzt eine Volksweise an ihr Ohr drang, gespielt mit Akkordeon, Mundharmonika und einem Schlagzeug.

Die zehnjährige Bärbel strahlte Liv an, und ihre blauen Augen funkelten wie Diamanten. Ihr jüngerer Bruder Bernd, Eddi der Vierte sowie Ernst und Werner, zwei weitere Lausbuben aus Vierbrücken, waren inzwischen davongelaufen, da oberhalb des Festplatzes verschiedene Wettkämpfe stattfanden, an denen sie teilnehmen wollten. Bärbel fragte Liv nun seit gut einer Stunde darüber aus, wie es war, in New York zu leben. Seit Liv den Kindern davon erzählt hatte, war Bärbel Feuer und Flamme für die große, fremde Stadt.

„Ich will da eines Tages unbedingt hin", flüsterte das Mädchen und blickte verträumt an Liv vorbei auf die weißen Verstrebungen des Pavillons.

„Vielleicht erfüllt sich dein Wunsch ja!", flüsterte Liv zurück, wobei sie sich eingestehen musste, nichts über die finanzielle Situation der Familie Stein zu wissen. An Bärbels Sonntagsrock war jedenfalls schon zweimal eine Stelle geflickt worden, was auf die Sparsamkeit der Bauersleute hinweisen konnte – immerhin wuchsen Kinder in dem Alter rasant und brauchten ständig neue Kleidung – oder auf deren leeren Geldbeutel.

„Ja, wenn ich erwachsen bin, so wie Sie, Fräulein Liv. So ungebunden und … wunderschön."

Liv lachte auf und strich dem Mädchen über das braune Haar. „Du bist wunderschön. Mit deinem vollen glatten Haar und diesem Engelsgesicht. Vermutlich wirst du eines Tages einen schwerreichen Mann auf dich aufmerksam machen, der dich nicht nur nach New York begleitet, sondern auch in viele andere interessante Städte."

Rita stieß sie leicht mit dem Ellenbogen an, und Liv wandte sich zu ihrer Freundin um. „Setz dem Kind keine Flausen in den Kopf", sagte Rita leise und in warnendem Tonfall.

„Man darf doch Träume haben."

„Es gibt einen großen Unterschied zwischen den Träumen einer wohlhabenden Städterin und denen einer Bauerstochter, deren Familie gerade so über die Runden kommt."

„Träume sind Träume."

„Und Schäume."

„Ist gut", gab Liv nach. Wenn Rita schon so überraschend vernünftig war, sollte sie das wohl ebenfalls sein. Also wandte sie sich wieder dem Mädchen zu. „Sich etwas zu erträumen, ist schön, Bärbel. Aber du weißt ja: Nicht alle unsere Wünsche gehen in Erfüllung."

„Ja, Fräulein Liv. Es ist wie mit den Gebeten. Die erfüllen sich auch nicht immer so, wie wir das wollen. Deshalb ist vor zwei Jahren mein kleiner Bruder gestorben, obwohl ich ganz fest für ihn gebetet habe."

„Das tut mir sehr leid." Liv schaute Bärbel mitfühlend an und sah Tränen in ihren Augen schimmern. Sanft legte sie ihren Arm um die schmalen Schultern des Kindes, das sich vertrauensvoll an sie schmiegte.

„Mama sagt, wir müssen darauf vertrauen, dass Gott keine Fehler macht. Und dass er es gut mit uns meint, auch wenn wir das, was passiert ist, nicht verstehen können."

„Glaube ist selten mal einfach."

Bärbel nickte an Livs Schulter. Gleich darauf stürmten Eddi und Bernd herbei und nahmen das Mädchen mit zu einem der Spiele auf der nahe gelegenen Wiese.

Livs Blick wanderte zu der provisorischen Bühne vor dem Pavillon, auf der die fünf Trachtenpaare seit einer halben Stunde traditionelle Tänze zu sanften Melodien aufführten. Es war wirklich hübsch anzusehen, das gab Liv gern zu. Dennoch war ihr schmissigere Musik wie die von Caterina Valente, Ralf Bendix oder Peter Alexander lieber, oder besser noch die von Pat Boone und natürlich Elvis Presley.

Liv wandte sich ihren schwäbischen Linsen zu. Sie hatte das Gericht an einem der Stände gekauft, die über Nacht förmlich aus dem Boden gewachsen waren und aus Holzgestellen und rot-weiß gestreiften Stoffplanen bestanden, die als Dach, Rück- und Seitenteile dienten. Die gehissten Flaggen an drei Fahnenmasten und ein Plakat über dem Dorfbrunnen verrieten ihr, warum die Vierbrückener so versessen auf Rot waren: In ihrem Dorfwappen fand sich diese Farbe wieder, ebenso wie eine der vier offiziellen, vielleicht aber auch die geheimnisvolle fünfte Brücke.

„Herr Weiß", wandte sie sich an Otto, der sich mit seinen drei Binokel-Stammtischbrüdern ihr gegenüber an den rustikalen Holztisch und auf einen der eigens herbeigeholten Baumstümpfe gesetzt hatte. Selbstverständlich waren diese mit flachen roten Stuhlauflagen gepolstert. „Wären Sie bitte so freundlich und würden mir erklären, warum es in Vierbrücken fünf Brücken gibt?"

Otto hob die Augenbrauen. Auf seiner Stirn bildeten sich tiefe Falten, die sich weit über seinen haarlosen Kopf ausbreiteten. Wie die Wellen auf einem See, wenn man einen Stein ins Wasser wirft.

„Ja, also …", begann er und rutschte unbehaglich auf dem Baumstumpf herum. Dann beugte er sich über den Tisch, als sei er im Begriff, ihr ein großes Geheimnis anzuvertrauen. Vielleicht wollte er aber auch einfach nur sichergehen, dass sie ihn über den Trubel hinweg verstehen konnte, zumal sein bemühtes Hochdeutsch stets mit einer Menge unverständlicher Worte gespickt war.

„Ursprünglich haben sich in diesem Tal vier Familien angesiedelt. Sie haben den Grundstock für das Dorf gelegt, dessen Gründungstag wir heute feiern. Zwei Familien ließen sich rechts, zwei links des Flusses nieder, allerdings so weit voneinander entfernt, dass jede ihre eigene Brücke baute. Eines Tages heiratete eine der Töchter einen Auswärtigen. Sie zogen hierher und bauten ein eigenes Haus und eine fünfte Brücke, da –"

„So ein Blödsinn!", ging Julius dazwischen, und Theodor nickte mit grimmigem Blick.

Liv richtete sich auf und blickte Julius fragend an, da er ganz offensichtlich anderer Meinung war, was die Existenz der überzähligen Brücke anbelangte. *Das kann ja lustig werden.*

„Die Gründer unseres wunderschönen Dorfes zogen aus einer Nachbargemeinde fort, weil es dort zu einem ausufernden Streit über Wege- und Wasserrechte gekommen war. Damit sich das hier nicht wiederholte, baute man an strategisch wichtigen Punkten insgesamt vier Brücken und benannte die Ortschaft nach diesen, um ihre Bedeutung hervorzuheben. Als Mahnung für die nachfolgenden Generationen, miteinander in friedlicher Gemeinschaft zu leben. Mit dem Wachsen von Vierbrücken – ja, grinsen Sie nur, Fräulein Liv, ich weiß sehr wohl, dass dies ein winziger Fleck ist, dennoch war er früher noch kleiner –

wurde eine neue Brücke gebaut, um einem Wegerechtsstreit aus dem Weg zu gehen. Die fünfte Brücke hat natürlich keinen Einfluss mehr auf den Dorfnamen genommen, ist aber –", Julius wandte sich nun demonstrativ an Otto, „– ein Symbol der Vernunft, des anhaltenden Friedens und des Fortschrittes, sowohl was die Geschichte unserer Heimat anbelangt als auch die Nächstenliebe zwischen den Einwohnern. Und deshalb darf die bedeutungsvolle Historie der fünften Brücke nicht durch irgendwelche Lügengeschichten verwässert werden."

Otto verschränkte die Arme vor der Brust und presste die Lippen zusammen.

„Jetzt wartet mal", sagte Edmund leise, und Liv war erleichtert, dass Bens Vater beschwichtigend einzugreifen gedachte.

„Nein!" Otto sprang auf. „Deine Version ist eine schreckliche Verzerrung unserer Dorfgeschichte!"

„Deine etwa nicht?", fragte Edmund zurück, klang aber nicht angriffslustig, sondern überaus gelassen.

Jetzt erhob sich auch Theodor, schüttelte heftig den Kopf, warf Edmund und Otto je einen bösen Blick zu und stapfte mit wütend anmutenden Schritten in Richtung Pavillon davon.

„Ihr alten verbohrten Waldschrate", knurrte Otto, eindeutig der Älteste in der Runde, und gestikulierte hinter Julius her, der ebenfalls aufgestanden war, seinen und Theodors Hut vom Tisch genommen hatte und sich in diesem Moment breitbeinig vor Edmund aufbaute.

Liv zog unwillkürlich den Kopf ein. Worte flogen hin und her, von denen sie nicht ein einziges verstand. Doch das wollte sie auch gar nicht, denn mit ziemlicher Sicherheit handelte es sich dabei nicht um Koseworte.

Plötzlich stand Ursula neben Otto, umfing seine ausladende Mitte mit einem Arm, flüsterte ihm etwas ins Ohr und zerrte ihn unnachgiebig mit sich. Gefügig wie ein Schoßhündchen folgte er seiner Enkelin, die aufgebrachte Röte in seinem Gesicht reichte ihm bis in den Nacken und sah äußerst ungesund aus.

Rita, die zuvor aufgestanden war, um sich einen Saft zu holen, putzte nun wortreich Julius herunter, wobei Liv mehrmals das Wort „Papa" verstand. Ehe Rita den Mann – die Annahme, dass er ihr Vater war, war wohl nicht ganz unbegründet – mit sich zog, drückte sie kurz Livs Arm. Diese atmete erleichtert auf. Ursulas Blick hatte sie schlicht zu einem Eiszapfen erstarren lassen, dank Ritas Berührung glaubte sie nun, zumindest eine Chance zu haben, wieder aufzutauen.

Plötzlich tauchte auch Ben auf und klopfte seinem Vater schwer auf die Schulter. Edmund erhob sich grummelnd und trottete mit hängendem Kopf davon.

„Was ist passiert?" Livs Stimme zitterte, was sie von sich gar nicht kannte. Nervös strich sie über den fließenden Stoff ihres Kleides und richtete den Matrosenkragen, der von einem Windstoß aufgebauscht worden war.

„Es gibt nur einen Grund, warum diese friedliebenden, gemütlichen und seit Kindheitstagen miteinander befreundeten Männer in Streit geraten", sagte Ben und verschränkte nun ebenfalls die Arme vor der Brust. Dabei spannte das Hemd über seinen muskulösen Oberarmen, etwas, was Liv bei seiner schlanken Statur gar nicht vermutet hätte.

„Ich habe nach der fünften Brücke gefragt", gab sie leise zu, genau das getan zu haben, wovor Ben sie gewarnt hatte. Erst jetzt bemerkte sie, dass nicht wenige Festbesucher sie anstarrten. Die Musiker hatten aufgehört zu spielen, die Tanzpaare im Pavillon schienen in ihren Bewegungen erstarrt zu sein. Curt, der mit Ursula getanzt hatte, stand seltsam verloren da, die Arme erhoben, als hielte er die Hände seiner Partnerin immer noch fest.

Wenn Liv nicht ein furchtbar schlechtes Gewissen geplagt hätte, weil das, von dem sie geglaubt hatte, dass es lustig zu werden versprach, allen den Spaß verdorben hatte, hätte sie vermutlich laut gelacht.

„Das dachte ich mir schon." Ben klang weiterhin freundlich, sein eindeutig beunruhigter Blick huschte aber in Richtung der eingefrorenen Tänzer. Liv zog ein bekümmertes Gesicht. *Sorgt er sich etwa um mich? Das ist ja reizend.* Sie rief sich rasch zur Vernunft, denn sie wollte nicht riskieren, dass Ben ihretwegen Ärger mit seinen Freunden bekam. Immerhin musste er in Vierbrücken bleiben, während sie wieder abreisen würde.

„Ich habe Ihr Fest verdorben, nicht wahr? Kann ich vielleicht irgendetwas tun –?“

„Sie hätten Ihren Urlaub dreihundert Kilometer von hier entfernt buchen können“, schlug Ben vor. Sein schelmisches Lächeln traf einen Fleck in Livs Herzen, von dem sie gar nicht geahnt hatte, dass es ihn dort gab. So wie sie bis vor wenigen Tagen nicht gewusst hatte, dass es eine so entzückende Ortschaft wie Vierbrücken gab, wenngleich sie die Bewohner und deren Regularien gelegentlich extrem anstrengend fand.

„Sie könnten der Ortsgemeinde auch eine Spende von mehreren Tausend Mark zukommen lassen. Und alle Ihre Verwandten und Bekannten dazu animieren, ihren Urlaub in Vierbrücken zu verbringen?“

„Haben Sie zufällig auch einen Vorschlag parat, den ein Mädchen wie ich verwirklichen kann?“

Ben hob die Augenbrauen und musterte Liv mit einer Intensität, die ihr das Blut in den Kopf steigen ließ. Und dabei war sein Blick keineswegs anzüglich, sondern einfach nur … interessiert. Als sähe er sie heute zum ersten Mal.

„Sie könnten in den nächsten Tagen die Fettnäpfchen den anderen Touristen überlassen und den Vierbrückenern zeigen, wie Sie wirklich sind. Charmant, humorvoll und offen, auch denjenigen gegenüber, denen andere lieber aus dem Weg gehen. Eine wohlerzogene Dame eben.“

„Mit denjenigen, denen andere aus dem Weg gehen, meinen Sie aber nicht die Binokel-Männer oder Rita in ihrer Selbstfindungsphase oder vielleicht … Marianne und ihre Ost-Schuster-Sippe?“

„Ich hatte vielmehr Fräulein Ansgar vor Augen.“

Als wäre dies ihr Stichwort, kam die zeternde Gänsedame aus einer Gasse herbeigelaufen, stockte jedoch und bog nach rechts ab. Hinter ihr lief Ernst, einer von Eddis Freunden, der schließlich keuchend vor dem Pavillon zum Stehen kam. Seine beigefarbene Sonntagshose mit den schmalen dunklen Längsstreifen war schmutzig und zerrissen, das Hemd sah nicht besser aus. Mit weit aufgerissenen Augen, zerzaustem Haarschopf und hochrotem Gesicht, das vor Schweiß glänzte, wirkte der Junge so alarmierend, dass ihm gleich mehrere Erwachsene besorgt entgegeneilten.

„Eddi, Bärbel und Bernd sind eingeklemmt! Ganz schlimm eingeklemmt!“ Die Kinderstimme überschlug sich. In dem Augenblick, als eine Frau, wohl die Mutter von Ernst, ihn erreichte und vor ihm auf die Knie sank, begann er, herzzerreißend zu weinen, und stammelte nur noch Unverständliches vor sich hin. Schließlich war auch sein Vater bei ihm und herrschte ihn an, endlich zu sagen, was sie angestellt hätten. Sofort stand Ernst stramm und berichtete, während ihm unablässig Tränen über das Gesicht liefen: „Wir haben auf dem Polter beim Riesenwässerle gespielt. Dann sind die Stämme verrutscht. Eddi, Bärbel und Bernd sind nicht rechtzeitig weggekommen.“

Liv musste sich zusammenreimen, was der schluchzende Junge da erzählte, entnahm aber seinem Gebaren, dass die Kinder dort wohl nicht hätten spielen dürfen. Weil es gefährlich war? Und nun, da sie das Verbot missachtet hatten, war etwas Schlimmes geschehen?

Eine Frau stürmte mit weit hochgerafftem Rock herbei. Sie fiel vor dem Jungen auf die Knie und schlug die Hände vors Gesicht. Liv nahm an, dass es sich um die Mutter von Bernd und Bärbel handelte.

Plötzlich geschah alles gleichzeitig. Der kleine Unglücksbote erhielt von seinem Vater eine Backpfeife, die ihn seitlich wegtaumeln ließ. Seine Mutter schrie entsetzt auf. Curt rannte in die Richtung, aus der Ernst gekommen war; mehrere Männer folgten ihm. Einige Frauen, darunter auch Rita, scharten sich um die verzweifelte Mutter. Andere Besucher verließen mit ernsten Gesichtern den Festplatz. Auch der weinende Junge trottete mit gesenktem Kopf und hängenden Schultern davon. Jemand murmelte: „Wie schrecklich! Und dann gleich beide Kinder der Steins. Sie haben doch schon das Baby verloren!“

Liv drehte sich einmal um die eigene Achse. Sie fühlte sich hilflos und auch beschämt. Wie gern hätte sie etwas Sinnvolles getan, ja dazugehört.

Die Holzbuden standen verlassen neben dem Brunnen, die rot-weißen Planen flatterten verhalten vor sich hin. Auch das Plakat und die

Flaggen wehten im plötzlich auffrischenden Wind, als wolle dieser die letzten Überreste der gesprengten Feier mit sich davontragen. Rote Papierservietten trudelten über das verwaiste Kopfsteinpflaster, eine Mütze lag zwischen halb vollen Gläsern und Tassen, Tellern mit nur zum Teil verzehrtem Linseneintopf und von Bienen umschwirrten Kuchenstücken. Spatzen hüpften umher und pickten Krümel auf, weit entfernt heulte ein PS-starker Motor auf, erstarb aber schnell wieder.

Was sollte sie jetzt tun? Sie war fremd hier und hatte keine Ahnung, wie sie helfen konnte, die Kinder zu befreien, die offenbar unter einige gewaltige Baumstämme geraten waren. Kinder, die sie kannte und bereits ins Herz geschlossen hatte.

Keine der Frauen, die ebenfalls allmählich den Platz verließen, vertraute ihr, also konnte Liv ihnen keinen Trost spenden, und es waren auch keine kleinen Kinder zugegen, auf die sie hätte aufpassen können. Sie fühlte sich schlicht nutzlos; eingeschränkt in ihrer Handlungsfreiheit. Abhängig davon, dass man ihr sagte, was sie zu tun hatte. Dies waren Gefühle, die sich wie alte Bekannte in ihr Herz schlichen, es belagerten, aushöhlten und Schmerz mit sich brachten.

Pfarrer Schlecht hatte recht: So unterschiedlich die Menschen in Vierbrücken auch waren, gleichgültig, ob sie gut miteinander auskamen oder sich lieber aus dem Weg gingen, zusammen Feste feierten oder gerade mitten in einem Disput steckten – wenn es darauf ankam, halfen sie sich gegenseitig und standen einander bei. Sie wussten, was sie aneinander hatten, und taten alles dafür, dass das auch so blieb.

Und ich bin der Störfaktor? Liv ließ sich schwer auf einen Baumstumpf fallen, stützte die Ellenbogen auf die Oberschenkel und den Kopf in die Hände. *Nur weil ich eine Frau bin, die allein in den Urlaub gefahren ist? Weil ich nicht nur zehn oder vierzehn Tage bleibe, sondern mehrere Wochen? Und weil ich mich in Angelegenheiten eingemischt habe, von denen ich nicht wirklich viel verstehe?*

Sie erinnerte sich daran, dass ihre Großmutter – wie das inzwischen abgereiste Ehepaar im Hirschen – ebenfalls stets mit freundlichen Worten beruhigt worden war, dass man ihr Annehmlichkeiten als Entschuldigung angeboten und sie mit Samthandschuhen angefasst hatte, sobald sie sich in einem Hotel über den Service beschwert hatte. Liv hatte sich nie gefragt, ob ihre Großmutter mit ihren Vorwürfen wirklich im Recht gewesen war oder einfach nur spitzfindig. Verwöhnt. Rechthaberisch. Sie hatte sich über die zusätzlichen Annehmlichkeiten gefreut, die man ihr und ihrer Großmutter offeriert hatte. Kein einziges Mal war ihr der Gedanke gekommen, dass sich ein Zimmermädchen oder ein Kellner düpiert, ja verletzt gefühlt haben könnte, dass Missgeschicke jedem passierten und man einfach darüber hinwegsehen konnte.

Liv hob den Kopf. Ihr Neuanfang musste offenbar noch weit drastischer ausfallen, als sie das bislang angenommen hatte. Sie konnte nicht einfach nur abstreifen, was ihr selbst unangenehm war. Vielmehr musste sie sich auch Gedanken darüber machen, welche Unannehmlichkeiten sie anderen bereitete.

Eine Serviette streifte ihr Bein und legte sich auf ihren spitz zulaufenden cremefarbenen Schuh mit dem hohen Absatz, der absolut ungeeignet war, um damit den Kiesweg zur Kirche hinaufzusteigen oder über Kopfsteinpflaster zu flanieren. Ganz abgesehen davon, dass ihr verstauchter Knöchel zwar fest bandagiert war, aber noch immer schmerzte.

Liv knüllte die Serviette zusammen, öffnete die schmalen Riemchen ihrer Schuhe und streifte diese ab. Anschließend nahm sie nur eine Krücke, um den verletzten Fuß nicht allzu sehr zu belasten, und machte sich daran, die Tische abzuräumen. Die Servietten und Essensreste landeten in der Metallmülltonne neben der Bude mit dem allmählich erkaltenden Linseneintopf. Teller, Besteck, Gläser und Tassen stapelte Liv in den nahe der Getränkeausgabe stehenden Kisten und Wannen, in denen das Geschirr, so vermutete sie, zum Festplatz gebracht worden war.

Sie war gerade dabei, an einem der Tische die letzten Gläser zusammenzustellen, als sie eilige Schritte hinter sich vernahm. Hardi kam von der Unfallstelle zurück. Sein sonst so ordentlich zur Seite gekämmtes Haar stand ihm wild vom Kopf ab, als habe er es sich gerauft. Sein bartloses Gesicht war hochrot vor Anstrengung. Schweißflecken auf seinem zuvor makellos weißen Trachtenhemd zeugten von der Eile, die er an den Tag legte.

„Dr. Schuster", rief Liv laut, da der Mann, vermutlich auf dem Weg zu seiner Praxis, über den Platz eilte, ohne sie zu beachten. Weil er noch mehr Verbandsmaterial benötigte, als er in seiner Tasche gehabt hatte? Oder weil sich in seiner Praxis eines der wenigen Telefone im Dorf befand und er einen Krankenwagen rufen musste? Stand es denn so schlimm um die Kinder?

Der Arzt blieb stehen und wandte sich irritiert zu ihr um. Offensichtlich hatte er sie zuvor nicht bemerkt.

„Wie geht es den Kindern?"

„Schlecht", sagte er einsilbig und fuhr sich mit dem Hemdsärmel über das Gesicht. Dabei fielen einige Holzspäne aus seinem Haar.

„Kann ich irgendetwas tun?"

„Nein. Wir bekommen sie nicht unter den Stämmen heraus. Der Fahrzeugkran des Sägewerks hat einen Motorschaden."

Liv riss die Augen auf. „Wie komme ich zum Unfallort?"

„Das ist nicht … bleiben Sie lieber dort weg." Hardi schüttelte den Kopf und lief weiter.

Ärgerlich presste Liv die Lippen zusammen und humpelte so eilig zu ihrer zweiten Gehhilfe, dass sie beinahe gestürzt wäre. Sie ergriff diese und kämpfte sich über das Kopfsteinpflaster des Festplatzes zu der Straße vor, über die der Arzt gekommen war. Sie kam an einigen Wohnhäusern vorbei, ehe die Seitenstraße in einen Feldweg überging. Liv ließ die am Fuße des Hanges erbauten Häuser links liegen, unter denen sich sowohl Curts hübsches Fachwerkhaus befand als auch das Schwarzwaldhaus, in dem Mariannes Familie wohnte. Wenig später passierte sie die abseits gelegene Sägemühle und das Zuhause von Eddis und Hannas Familie. Oberhalb des Sägewerks erreichte sie den Waldrand. Liv keuchte, ihre Arme und Beine zitterten aufgrund ihrer Bemühungen, so schnell wie möglich das Riesenwässerle zu erreichen – was auch immer das sein mochte.

Zwei halb im Graben neben dem Waldweg geparkte Automobile und einige achtlos hingeworfene Fahrräder verrieten ihr, dass es nicht mehr weit sein konnte. Allerdings bestand der Weg nun nur noch aus tiefen Spurrillen.

Liv hielt kurz inne, atmete kräftig durch und gönnte ihren Gliedmaßen einen Augenblick der Entspannung. Doch eine innere Unruhe trieb sie schon bald wieder voran.

Sie hörte Stimmen, das Ratschen einer Schrotsäge, schließlich einen warnenden Ruf. Dieser brachte alles zum Schweigen bis auf das Rauschen der Baumwipfel im Wind, das Klopfen eines Spechtes und das leise Murmeln einer Männerstimme. Letztere war die des Pfarrers, der in ein Gebet versunken war, wie Liv feststellte, als sie endlich auf der Lichtung ankam.

Gewaltige entastete Fichtenstämme lagen teils übereinandergestapelt, teils wie willkürlich hingeworfen herum. Dazwischen standen mehrere Männer, aufgeteilt in kleine Gruppen. In ihren Sonntagshosen und zumeist weißen Hemden wirkten sie reichlich fehl am Platz. Einige der noch übereinanderliegenden Baumstämme waren mit Seilen gesichert. Curt und Ben standen schweißgebadet neben einem Stamm, der seitlich aus dem Stapel gerutscht war, und hatten offenbar versucht, den Koloss zu zersägen. Zwei andere Männer in grünen Försteruniformen – Vater und Sohn, so vermutete Liv – standen abwartend daneben. Sicher hatten die vier sich an der Zwei-Mann-Schrotsäge abgewechselt, bis jener warnende Ruf sie bei der Arbeit unterbrochen hatte. Vermutlich, weil ihre Bemühungen die ohnehin instabile Konstruktion erneut ins Rollen gebracht hatten.

Dies war wohl auch der Grund, weshalb eine Kettensäge unbeachtet neben dem Bach lag, der aus den bewaldeten Bergen kommend in einem eigentümlich schmutzig gelben, da lehmigen Bachbett dahinfloss. *Das muss das Riesenwässerle sein.*

Im Mittelpunkt der verzweifelt anmutenden Szenerie stand ein Hebekran mit gewaltigen Schaufelkrallen, einem Ungeheuer aus einem Albtraum nicht unähnlich. Allerdings rührte dieses sich nicht. Der Kran war auf einem Fuhrwerk angebracht, vor das vier kräftige rotbraune Pferde mit hellen Mähnen gespannt waren. Gleich drei Männer werkelten auf dem Anhänger herum.

Von Eddi, Bernd und Bärbel, die von Stämmen des zusammenbrechenden Polters erfasst und unter ihnen eingeklemmt worden waren, war nichts zu sehen. Liv verspürte eine Spur Erleichterung darüber, vermutete sie doch, dass der Anblick der Kinder für sie unerträglich wäre. Wo sich die drei ungefähr befinden mussten, verriet eine zwischen Farnen kauernde Gestalt, in der Liv den Vater von Bernd und Bärbel vermutete. Der Mann redete ohne Unterlass vor sich hin, in dem Versuch, die Kleinen zu beruhigen; sie wissen zu lassen, dass Hilfe nahe war und dass sie nicht allein waren.

Liv drohte es beim Anblick der hängenden Schultern und des fahlen Gesichts des Vaters den Magen umzudrehen. Energisch warf sie die Krücken beiseite und humpelte auf das Fuhrwerk zu. Sie wurde nicht beachtet, bis sie Edmund den Dritten ansprach, der sich mit zwei anderen Männern über den Antrieb des Kranes beugte.

„Herr Schuster? Würden Sie mir bitte hinaufhelfen?"

„Warum?", bellte Edmund sie an, ohne sich zu ihr umzudrehen.

„Weil ich mit meinem verletzten Fuß nicht allein hinaufklettern kann."

„Hier ist die Aussicht auch nicht besser!", fuhr der Mann sie ungehalten an.

„Also, hören Sie mal! Glauben Sie tatsächlich, ich bin zum Zuschauen hergekommen? Was denken Sie denn von mir!" Liv stemmte die Hände in die Taille und funkelte Eddis und Hannas Vater aufgebracht an. Ihm entging das jedoch, weil er weiterhin mit einem Werkzeug im Antrieb des Krans herumstocherte.

„Ich kann den Motor reparieren." *Hoffentlich.* „Also, helfen Sie mir. Bitte!", fügte sie schnell noch hinzu.

Die drei Männer ignorierten sie. Hilflos wandte Liv sich um und winkte Ben und Curt herbei, die nach wie vor untätig neben dem Polter ausharrten. Curt lehnte die Handzugsäge an einen der Stämme und folgte Ben, da dieser, ohne zu zögern, ihrer Aufforderung nachgekommen war.

„Sie kennen sich mit Motoren aus?", fragte Ben, und der Zweifel in seiner Stimme schmerzte Liv. Dachte er wirklich, sie scherze angesichts der verzweifelten Lage? Curts Blick auf ihr Kleid veranlasste sie, ebenfalls an sich hinunterzusehen. Sie steckte noch immer in dem Kleid mit den weißen Blümchen. Dazu trug sie eine Perlenkette und den weißen Strohhut, der leicht schräg und somit äußerst keck auf ihren Locken saß. Das Einzige, was nicht überaus feminin und nach verwöhnter Urlauberin aus der Großstadt aussah, waren ihre nackten Füße.

Mit fliegenden Fingern zog Liv die Hutnadeln heraus, drückte diese und das Hütchen in Curts Hände, gefolgt von der Perlenkette. Kurz zögerte sie, doch sie beschloss, dass es wohl übertrieben wäre, sich auch des Kleides zu entledigen, um in Hemdchen und Petticoat einen Motor zu reparieren.

Während sie weiteren hinderlichen Tand ablegte, erklärte sie an niemand Bestimmtes gewandt: „Mein Vater hat in Island landwirtschaftliche Maschinen und Autos repariert und mir vieles darüber beigebracht. In meiner Zeit in Hamburg war mein bester Freund ein Junge, der leidenschaftlich gern an Motoren herumgebastelt hat. Inzwischen ist er ein erfolgreicher Monteur. Ich habe mich oft von zu Hause fortgestohlen, um ihm zu helfen. Also, bitte, lassen Sie mich nach dem streikenden Antrieb sehen. Um der Kinder willen!"

Sie erntete verblüffte Blicke und Schweigen, selbst der Gottesmann hatte sein Murmeln unterbrochen. Ob er sie gar für eine Gebetserhörung hielt? Oder eher für verrückt?

„Dr. Schuster, wenn Sie bitte so freundlich wären und mir Ihr Knie als Tritt anbieten würden, damit ich auf diesen … Absatz am Wagen steigen kann. Von dort kann ich dann allein nach oben –"

Ben umgriff einfach ihre Taille, hob sie auf die vorstehende Kante und behielt seine Hände vorsorglich dort, wo sie waren, bis Liv auf die Rampe geklettert war.

„Meine Herren, würden Sie bitte zur Seite treten, damit ich mir das Problem näher ansehen kann?"

Edmund der Dritte und die beiden anderen Männer wichen zurück, wie sich einst das Meer vor den Israeliten geteilt haben musste. Dabei waren ihnen die Zweifel über das eigene Handeln in die verblüfften Gesichter geschrieben. Sicher, weil es ihnen widernatürlich erschien, auf die Anweisung einer jungen Frau zu hören, die zudem behauptete, einen Motor reparieren zu können.

„Mein Monteur ist heute bei seiner Mutter zu Besuch“, stammelte Edmund, auf der Suche nach einer Entschuldigung dafür, dass das Gerät seinen wichtigen, vielleicht lebensrettenden Dienst versagte. Liv nickte ihm nur zu, während sie sich breitbeinig vor den Metallkasten stellte, der das Aggregat beherbergte.

Kapitel 6

Ben wich einen Schritt zurück, ließ Liv aber keinen Moment aus den Augen. Sie war einfach unglaublich. Und falls es ihr gelingen sollte, diesen ständig streikenden Motor wieder in Schwung zu bringen, würde er sich vermutlich hoffnungslos in sie verlieben. Mit einem Seitenblick auf Curt kam er zu der Annahme, damit wohl nicht der Einzige zu sein. Allerdings stand ihnen beiden deutlich vor Augen, dass es sich bei Liv nur um eine Touristin handelte. In ein paar Wochen würde sie wieder abreisen. Es sei denn, die Gerüchte stimmten …

Liv richtete sich auf. Der Wind blies ihr durch die wilden Locken und ließ sie noch verwegener aussehen, als der Anblick einer jungen Frau im Blümchenkleid neben einem wuchtigen Kran und ölverschmierten Männern es ohnehin schon war. Ihr Gesichtsausdruck war nachdenklich, ja ernst. Als einmal mehr das Wehklagen einer Kinderstimme über die Lichtung drang, sah Ben sie erbleichen.

Pfarrer Schlecht neigte erneut den Kopf und betete weiter. Wahrscheinlich um Weisheit für diese Städterin, die etwas von Motoren verstand, und für die Rettung von Bernd, Bärbel und Eddi.

„Hat Ihr Monteur sein Werkzeug hiergelassen?“, fragte Liv. Einer von Edmunds Sägewerksarbeitern, ein bulliger Kerl um die fünfzig, schob ihr mit dem Fuß eine gewaltige Holzkiste und gleich darauf einen Metallkasten hin. Offenbar fühlte er sich äußerst unwohl neben der groß gewachsenen Dame mit dem taillierten Kleid.

Ben legte die Stirn in Falten. Es wäre wirklich wünschenswert, dass Liv den Kran zum Laufen brachte, damit die Kinder endlich befreit und medizinisch versorgt werden konnten. Sollte ihr das allerdings gelingen, wäre es für die drei Männer ziemlich peinlich.

Die Minuten zogen sich in die Länge wie zähes Rindfleisch. Bärbel und Bernds Vater sprach weiterhin auf die Kleinen ein, obwohl von ihnen nichts mehr zu hören war, was nicht nur Ben in Unruhe versetzte. Die Männer kamen einfach nicht an die Verschütteten heran, wussten nicht, ob die Kinder schwer verletzt waren. Jede verstreichende Minute war eine zu viel.

Curt trat von einem Bein auf das andere und warf immer wieder besorgte Blicke auf den in sich zusammengefallenen Holzstapel. Die Binokel-Männer standen einträchtig schweigend beieinander und behielten die zum Abtransport vorbereiteten Fichten im Auge. Sie wirkten, als wollten sie allein durch Willenskraft verhindern, dass diese ein zweites Mal ins Rollen gerieten. Weitere Männer hatten die Hände tief in die Taschen ihrer Sonntagshosen geschoben, sodass sich die Hosenträger lang zogen. Zur Untätigkeit verbannt zu sein – und die damit einhergehende Hilflosigkeit –, nagte an ihnen allen, schließlich waren sie es gewohnt, viele Stunden am Tag hart zu arbeiten. Gefahren und Schmerzen, die ihre Berufe mit sich brachten, waren ihnen nicht fremd, nun aber drei kleine Kinder in dieser bedrohlichen Lage zu wissen, war unerträglich für sie. Das ganze Dorf bangte, zitterte und betete. Und nun lag all ihre Hoffnung auf einer Touristin.

Liv kramte in der Holzkiste herum, dass das Werkzeug nur so klapperte. Sie prüfte ausgebaute Teile, tauschte eines gegen ein anderes aus. Gleich darauf beugte sie sich tief über den Rand des Motorgehäuses, während ihr Äußeres zunehmend dem der mit Motoröl verschmierten drei Männer neben ihr glich.

Ben wurde in seiner Beobachtung gestört, als sich eine keuchende Gestalt zu ihm gesellte.

„Ist das etwa diese unmögliche Person aus Island?“ Hardi stützte sich an Bens Schulter ab, um sich von dem Wettlauf, den er gegen die Zeit geführt hatte, zu erholen.

„Ja“, presste Ben hervor. „Kommt der Krankenwagen aus Rottweil?“

„Ist unterwegs. Aber du weißt, wie lange der braucht, selbst bei diesem schönen Wetter.“

„Noch haben wir die Kinder ja nicht mal da raus“, brummte Ben.

„Warum versuchen wir es nicht noch mal mit –“

„Schuster und auch Förster Vogel sind der Meinung, dass das alles zu instabil ist. Schon durch unser Sägen sind die Fichtenstämme in Bewegung geraten. Wir müssen äußerst behutsam einen Baumstamm nach dem anderen anheben und entfernen. Wie bei einem Mikado-Spiel. Sobald ein Stamm verrutscht und einen zweiten berührt, kann das ein Desaster auslösen“, erklärte Ben.

„Und das geht nur mit dem Kran?“

„Nur so, sagt Schuster. Gott sei Dank ist Treitmann da. Er ist Schusters fähigster Kranführer.“ Ben deutete auf den stämmigen älteren Mann auf dem Wagen, der Liv und ihre Bemühungen jedoch ignorierte. Offenbar fühlte er sich bereits in seiner Ehre gekränkt, obwohl die Frau noch keinen Erfolg vorweisen konnte.

Liv richtete sich ein weiteres Mal auf, streckte den Rücken durch und zog beim Schweißabwischen eine schwarze Ölspur über ihr Kinn.

„Wer ist der Herr Kranführer?“

„Ich.“ Treitmann drehte sich zu Liv um und bedachte sie mit einem zweifelnden, ja abschätzigen Blick.

„Versuchen Sie bitte, den Motor zu starten.“ Liv ignorierte die ihr entgegengebrachte Missbilligung und beugte sich über das Aggregat, während Treitmann schulterzuckend um den Motorblock herumging.

Ben trat einen Schritt nach vorn. Hoffentlich war Liv vorsichtig, sobald der Motor ansprang. Er wollte nicht, dass sie sich verletzte. Begleitet von einem warmen Gefühl in seinem Inneren wurde ihm klar: Er rechnete schlicht mit dem Erfolg ihrer Bemühungen.

Etwas klackte, dann spuckte der Motor wie ein hustender alter Mann. Liv beugte sich tiefer hinab, Ben hielt besorgt den Atem an. Der Kran sprang dröhnend und knatternd an.

Curt stieß einen Jubelruf aus, als hätte die Vierbrückener Fußballmannschaft die Weltmeisterschaft gewonnen, und schlug sowohl Ben als auch Hardi kräftig auf die Schulter. Ben strahlte, der Arzt schüttelte den Kopf. Edmund der Dritte kniff die Augen zusammen, sein Angestellter neben ihm schien ein ganzes Stück zu schrumpfen, und Treitmann tauchte erst gar nicht hinter dem Motorblock auf.

Trotz des lärmenden Motors hörte Ben, wie Liv dem Kranführer zurief: „Das haben Sie sehr gut gemacht. Behutsam genug und doch mit der richtigen Effizienz. Hervorragend!"

Sie verstaute zwei Werkzeuge in der Metallkiste und wandte sich dann an Edmund und seinen Angestellten. „Jetzt sind Sie gefragt, meine Herren. Sie wissen am besten, mit welchem Baum der Herr am Hebekran beginnen muss und wo die Stämme aufzugreifen sind, damit nichts ins Rutschen gerät."

„Sicher, ja!", beteuerte Edmund und sprang umgehend vom Fuhrwerk herunter, um vor den Fichtenstapel zu treten und diesen einer eingehenden Prüfung zu unterziehen. Der andere Mann folgte ihm. Die beiden diskutierten kurz, und schließlich legte Edmund seinen Schlips auf einen der vorderen Stämme, sodass er wie ein Pfeil nach hinten zeigte.

„Treitmann! Nimm zuerst den obersten, du musst ihn genau auf Höhe meiner Krawatte packen."

„Das denke ich auch!", drang es hinter der Schutzscheibe hervor, gleich darauf hob sich der Metallarm mit den Greifhaken. Die Binokel-Männer applaudierten, Theodor schwenkte sogar seinen Hut in der Luft.

„Ben, ich habe im Auto zwei Krankentragen und noch mehr Verbandszeug. Ich denke, wir holen beides schon mal her. Ich werde auch deine Hilfe bei der Erstversorgung der Kinder brauchen." Hardi deutete auf die Stelle, wo man die Verletzten vermutete.

„Natürlich", erwiderte Ben und folgte dem Humanmediziner über die Lichtung auf den Pfad. Dort wandte er sich kurz um und sah, wie Curt Liv vom Fuhrwerk hob, das unter dem Gewicht des ersten angehobenen Stammes regelrecht ächzte. Für seinen Geschmack beließ Curt seine Hände viel zu lange an Livs Taille. Er nahm sie erst weg, als sich die Binokel-Männer zu ihnen gesellten und Liv für sich beanspruchten. Sie wirkten wie wohlmeinende Großväter, die schon immer gewusst hatten, was für eine beeindruckende Persönlichkeit Liv war.

Ich habe das als Erster erkannt. In meiner Praxis. Als sie es souverän und mit Humor hingenommen hat, dass ein Veterinär sie untersucht.

Und das trotz ihrer Schmerzen. Mit einem seltsamen Gefühl von Besitzanspruch im Herzen wandte sich Ben um und folgte Hardi.

Liv lehnte sich an den nun wieder verstummten Kranwagen. Endlich hatte man die Kinder befreien können. Sie presste die Lippen zusammen, als Bärbels schlaffer Körper auf eine der Tragbahren gelegt wurde, und hörte, wie Hardi eine erste Einschätzung vornahm und Ben knapp erläuterte, wie der das Kind erstversorgen sollte. Denn schon trug der Bergungstrupp den Bruder des Mädchens herbei. Bernd wimmerte in einem fort, gelegentlich stieß er sogar spitze Schmerzensschreie aus. Liv wurde mulmig zumute, so sehr litt sie mit den Kleinen. Sie war nur froh, dass sie sich anlehnen konnte. Wenig später hatten sie auch Eddi befreit, der sich wie Bärbel nicht rührte.

Liv konnte nicht länger hinsehen. Das Leid der Kinder brannte Löcher in ihr Herz und trieb ihr Tränen in die Augen. Über das kräftige Brausen der Bäume hinweg hörte sie die weiteren Anweisungen von Hardi; schließlich erklang von weit her eine Sirene, die immer näher kam. Der bestellte Krankenwagen war auf dem Weg in das entlegene Tal.

Als sich zerschrammte schwarze Sonntagsschuhe in ihr Blickfeld schoben, hob Liv den Kopf. Vor ihr stand Edmund der Dritte, der Eigentümer des Sägewerks und somit des Hebekrans. Und Eddis Vater. Sein guter Anzug war ebenso hinüber wie Livs Kleid, sein Gesicht hatte eine auffällig rote Farbe. Er rieb sich die großen schrundigen Finger, Zeugen harter Arbeit, und sah sich Hilfe suchend um. Treitmann, sein Kranführer, trat prompt zu ihnen.

„Fräulein Liv …“ Edmund räusperte sich und fuhr sich mit einer Hand durch das zerzauste, mit Nadeln und Holzspänen gespickte Haar. Unverkennbar hatte er sich bei dieser Rettungsaktion mächtig ins Zeug gelegt. Ob er seinen unternehmungslustigen Sohn dafür verantwortlich machte, dass die Kinder verbotenerweise auf dem Polter gespielt hatten?

Liv neigte fragend den Kopf zur Seite. Sie wartete darauf, dass Edmund weitersprach. Treitmann kam seinem Chef jedoch zuvor. Er streckte Liv seine kräftige, gebräunte Rechte entgegen, die sie nach kurzem Zögern ergriff. Ihre Skepsis war durchaus berechtigt, denn der Mann hatte offenbar vor, ihre Finger zu Brei zu quetschen.

„Das haben Sie wirklich großartig gemacht, Fräulein. Ich gebe es ungern zu, doch ich bin beeindruckt von Ihren Fähigkeiten, was diesen immerzu muckenden Motor betrifft."

„Ich habe gern geholfen, Herr Treitmann. Aber ein funktionierender Motor hätte nichts genutzt, wenn Sie und Herr Schuster nicht die Fertigkeit besitzen würden, diese riesigen Baumstämme so behutsam anzuheben wie meine Großmutter ihre Porzellantasse mit Goldrand."

Ein Schmunzeln zeigte sich auf dem bärtigen Gesicht des Kranführers, dann ließ er ihre Hand los. Eilig versteckte Liv sie hinter ihrem Rücken in den Rockfalten, damit Edmund nicht auch noch auf die Idee kam, ihre Finger zerquetschen zu wollen. Der verneigte sich knapp, sah aber endlich weniger beschämt drein als zuvor.

Liv atmete erleichtert auf. Sie hatte nur das getan, was sie von Kindesbeinen an gelehrt bekommen hatte. Und das schmälerte keineswegs die Leistungen der beiden Holzarbeiter. Genau so funktionierte doch eine Gemeinschaft wie dieses Dorf, hatte ihr der Pfarrer nach dem Gottesdienst zu verstehen gegeben.

„Gehen Sie nur zu Ihrem Sohn, Herr Schuster", ermutigte Liv Edmund, der sich prompt umwandte und davoneilte.

Erneut entstand Unruhe auf der Lichtung. Sechs Männer, darunter Curt, hoben die Stofftragen mit den Kindern an. Begleitet von den beiden Medizinern eilten sie zum Waldweg, wo der Krankenwagen hatte parken müssen.

„Räumen wir auf", schlug der ältere der beiden Förster vor, was sowohl Treitmann als auch einige weitere Anwesende in Bewegung setzte. Zwei Männer und der Pfarrer sammelten die herumliegenden Jacketts, Westen, Pullover, Krawatten, Mützen und Hüte ein und trugen sie in Richtung Dorf. Liv, die nun wieder allein bei dem Fuhrwerk stand, atmete ein weiteres Mal tief durch.

„Die können Sie sicher noch gebrauchen, verehrtes Fräulein."

Liv lächelte Bens Vater an und nahm ihm die Gehhilfen ab. Erst jetzt bemerkte sie, dass ihr Knöchel heftig schmerzte und ihre Fußsohlen brannten. Sie war es nicht mehr gewohnt, barfuß zu gehen, und hatte – durch die an den Tag gelegte Eile und beseelt von dem Wunsch, zu helfen – nicht darauf geachtet, wohin sie getreten war.

Otto kam ebenfalls herbei und ergriff Livs Hand. Sie unterdrückte den Instinkt, ihm diese sofort zu entziehen. Ihre Finger schmerzten vom letzten Händedruck noch genug. Doch der alte Charmeur führte ihre Rechte an seine Lippen, hauchte einen Kuss darauf und verbeugte sich tief vor ihr.

„Sie haben meine Hochachtung, Fräulein Liv. Auch wenn sich das für eine Dame eigentlich nicht schickt, bin ich zutiefst beeindruckt von Ihren außergewöhnlichen Fähigkeiten."

Liv knickste leicht, konnte das erfreute Hüpfen in ihrem Inneren über die ihr zuteilwerdende Anerkennung allerdings nicht restlos auskosten. Zu groß war die Sorge ob des Zustandes der Kinder.

Julius tat es Otto gleich, deutete den Handkuss jedoch nur an. „Sie sind eine Heldin, Fräulein. Vielleicht sollten wir die fünfte Brücke nach Ihnen benennen."

Otto, Edmund und Julius lachten leise auf, was Liv erleichtert zur Kenntnis nahm. Der Friede zwischen den Binokel-Männern war wiederhergestellt. Theodor blieb wie gewohnt im Hintergrund, hob aber kurz die Hände, um ihr zu signalisieren, dass er ihr Hütchen und die restlichen Accessoires zu tragen gedachte. Liv empfand diese Geste als die größte Form von Anerkennung überhaupt.

Gemeinsam wandten sie sich dem Waldweg zu, doch Liv hatte erhebliche Mühe, mit den älteren Herren Schritt zu halten. Offenbar reagierte ihr Körper verspätet auf die ganze Aufregung und ließ nun ihre Arme und Beine weich wie Pudding werden. Zudem schmerzten ihre Fußsohlen bei jedem einzelnen Schritt. Es war Bens Vater Edmund, der als Erster bemerkte, dass sie nicht mehr hinterherkam. Er drehte sich um und beobachtete sie mit leicht gerunzelter Stirn. Liv fiel zum ersten Mal die Ähnlichkeit zwischen ihm und seinem Sohn auf. Schließlich kam er zu ihr zurück, nahm ihr wortlos die Krücken ab und bat Julius, diese zu tragen. Dann wandte er Liv den Rücken zu und ging in die Hocke. „Ich nehme Sie huckepack."

„Sie wollen, dass ich …? Nein, ich bin viel zu schwer für Sie!" Liv wich erschrocken zurück, was ihre Füße mit einem heißen Brennen quittierten.

„Wollen Sie mich beleidigen, junge Dame? Ich helfe meinem Sohn noch immer bei schweren Großtiergeburten. Ich habe Kraft genug, um ein Fohlen auf dem Rücken bis nach Freudenstadt zu tragen."

„Du übertreibst mal wieder maßlos, Herr Viehdoktor", kam es von Otto, der sich dennoch sofort an Liv wandte. „Aber er hat recht. Er ist ein Ochse."

„Er meint, ich bin so stark wie ein Ochse", übersetzte Edmund hastig, wohl in der Hoffnung, die Frau aus dem Norden hätte die dialektgeschwängerten Worte nicht verstanden. Doch allmählich hörte Liv sich ein, wenngleich sie sich noch immer das eine oder andere zusammenreimen musste.

„Da ich Sie natürlich nicht beleidigen möchte, komme ich Ihrer Einladung nach, mich bis nach Freudenstadt zu tragen." Liv kletterte auf Edmunds Rücken, zuckte aber zusammen, als zwei kräftige Männerarme ihre Beine umgriffen. Schwankend richtete Bens Vater sich auf.

Julius sagte etwas, allerdings nicht in ihre Richtung, sodass Liv lediglich erahnen konnte, was „Siehsch aus wie en Essel und bisch au oiner!" zu bedeuten hatte. Sie war nur froh, dass Julius seinen Freund und nicht sie meinte.

Die Binokel-Männer bildeten die Vorhut, und bald hatten sie den Wald hinter sich gelassen und gelangten zum Feldweg. Der Krankenwagen war so nahe, wie es ihm möglich gewesen war, an den Waldrand herangefahren. Nun wendete er umständlich und brauste davon. Die Männer zerstreuten sich, nur Curt und Ben blieben zurück und betrachteten die sich ihnen nähernde Prozession. Schließlich kam Ben ihnen entgegen, während sich Curt auf den Nachhauseweg begab.

„Was soll das werden, wenn es fertig ist, alter Mann?", fragte Ben und baute sich vor seinem Vater auf.

„Wer hat dich denn erzogen, Lümmel!", gab Edmund keuchend zurück. „Zeig gefälligst etwas Respekt vor dem Alter."

„Hm", machte Ben nur, und Liv schaute an Edmunds Kopf vorbei, da sie sehen wollte, was Ben abgelenkt hatte. Sein Blick war zweifellos auf ihren rechten Unterschenkel und den dazugehörigen Fuß gerichtet.

„Ich denke, Sie können mich jetzt absetzen, Herr Dr. Schuster."

Theodor prustete bei der Anrede, und Julius erklärte: „Ben ist unser Dr. Schuster." Er kratzte sich am Kopf. „Und Hardi, wenn man so will. Dieser Esel hier war schon immer der Herr Viehdoktor oder der Binokel-Edmund."

Liv grinste und streckte ihre Beine, sodass dem Herrn Viehdoktor nichts anderes übrig blieb, als sie abzusetzen. Rasch zog sie den nach oben gerutschten Rock und den Petticoat hinunter.

„Das Fräulein hat sich bei ihrem bewundernswerten Hilfseinsatz die Fußsohlen verletzt", erläuterte Edmund, warum er Liv getragen hatte. Er klang, als hätte ihn nicht sein Sohn, sondern sein Vater bei seiner gut gemeinten Heldentat erwischt.

„Lassen Sie mal sehen", brummte Ben und ergriff Livs Ellenbogen, während sie erst das eine, dann das andere Bein nach hinten knickte und sich dabei wie ein Pferd vorkam, dessen Hufe Ben begutachtete.

„Ich kümmere mich um die Heldin des Tages", sagte Ben an die vier Binokel-Männer gewandt. „Bringt ihr bitte ihre Sachen in den Hirschen?"

„Selbstverständlich, Junge", entgegnete Otto vergnügt grinsend, stieß Julius mit dem Ellenbogen an und setzte seinen Marsch fort. Allerdings nicht, ohne Liv zuvor mit einem Zwinkern zu bedenken. Unklar blieb, ob er sich darüber amüsierte, dass sie sich schon wieder in die Hände eines Tierarztes begab, oder ob es ihm gefiel, wie aufmerksam Ben sich um sie bemühte.

Erst als die vier bereits außer Sichtweite waren, fiel Liv auf, dass sich mit ihnen auch ihre Gehhilfen aus dem Staub gemacht hatten.

„Und wie komme ich jetzt in Ihre Praxis?", fragte sie Ben, der offenbar ein großes Interesse an ihrem Kinn entwickelt hatte. Oder an ihren Lippen? Das konnte sie nicht so genau sagen.

Ben riss sich von seiner Betrachtung los, ging ein paar Meter zurück und zog ein Fahrrad aus dem Graben zwischen dem Feldweg und der Heuwiese, auf der inmitten von grünen Halmen weißer Kerbel und reichlich violetter Klee blühten und einige Grillen ein schrilles Konzert gaben.

„Mit meinem Stahlross", erklärte er.

„Deshalb umgibt Sie immer der Geruch nach Heu und Pferd", erwiderte Liv schmunzelnd.

Ben schwang sich grinsend auf den Ledersattel, behielt eine Hand am Lenker und bedeutete Liv mit der anderen, dass sie sich vor ihm auf die Stange setzen sollte.

Liv schüttelte entschieden den Kopf. Sie würde garantiert nicht zwischen seinen Armen sitzen. „Ich nehme den Rücksitz", erklärte sie und ließ sich auf dem Gepäckträger nieder. Der wackelte allerdings bedenklich und klapperte laut. Sofort rutschte sie wieder hinunter und betrachtete den Verräter grimmig. „Na gut, doch die Stange", murmelte sie und untersagte es sich, in Bens Gesicht zu sehen. Etwas umständlich, obwohl Ben das Rad so neigte, dass sie keine Probleme hatte, sich auf die Stange zu setzen, nahm sie dort Platz. „Der Rücken Ihres Vaters war bequemer", stellte sie klar.

„Sie verwandeln meinen Vater in einen Rebellen, Fräulein Liv. In unserer Gegend herrschen noch strenge moralische Grundsätze. Auf diese Weise von einem Mann getragen zu werden, rechtfertigt beinahe schon, den Pfarrer um einen Termin zu bitten und das Aufgebot zu bestellen."

„Oh", machte Liv nur und unterließ es, Ben zu erklären, dass der Vorschlag von seinem Vater und nicht von ihr gekommen war. Ben legte auch seine andere Hand an den Lenker, sodass sie zwischen der Metallstange, Bens Armen und seinem Körper gefangen war. *Wie war das noch gleich mit den moralischen Grundsätzen und dem Aufgebot?* Liv verdrängte die Überlegung.

Als Ben in die Pedale trat, spürte sie seinen warmen Atem in ihrem Nacken. Prompt rieselte ein Prickeln über ihren Rücken, wanderte nach vorn und setzte sich in ihrem Herzen fest.

„Und dies hier ist die harmlosere Variante?", fragte sie, um sich abzulenken, ärgerte sich aber über ihren atemlosen Tonfall. Sie hörte Bens leises rollendes Lachen, das wie immer tief aus seinem Bauch zu kommen schien.

„Keineswegs. Ich dachte nur, dass Sie vielleicht lieber mit mir zwangsverheiratet werden als mit meinem alten Herrn."

Liv hielt es für besser, ab sofort zu schweigen. In ihr tobte ein Sturm, den sie kaum befrieden konnte.

Einige Minuten später kamen sie vor Hardis Praxis an, und Ben bremste etwas zu abrupt ab. „Alles in Ordnung bei Ihnen? Sie sind plötzlich so in sich gekehrt." Er richtete sich auf, sodass Liv endlich seinen Armen entkommen konnte.

Schnell rutschte sie von der Stange hinunter auf den Bordstein und humpelte einige Schritte von ihm weg. „Über das Heiraten macht man keine Scherze", erwiderte sie mit gepresster Stimme, was ihn die Stirn runzeln ließ. Es war nur zu offensichtlich, dass er ihren abrupten Stimmungsumschwung nicht nachvollziehen konnte. *Wie sollte er auch?*

„Gehen Sie bitte schon mal vor." Ben deutete mit einer Kopfbewegung auf Hardis Praxistür. „Ich bringe nur schnell das Rad in den Anbau meiner Praxis und komme dann sofort zu Ihnen."

„Ist Dr. Schuster nicht da?"

„Nein, er ist im Krankenwagen mitgefahren. Ich denke aber, dass wir bei ihm geeignetere Instrumente zur Behandlung Ihrer zarten Füße finden als bei mir. Es sei denn, Sie wollen Bekanntschaft mit einer Bühnernadel, einem Schlingenführer, einem Augenhaken oder einem Milchkatheter –"

Liv drehte sich um, öffnete das Gartentörchen, humpelte unter Schmerzen zur Treppe und stieg diese hinauf. Die Haustür war unverschlossen. Hatte sich der Arzt nicht einmal Zeit zum Abschließen genommen? Oder stand die Tür immer offen, weil es in Vierbrücken nicht nötig war, sein Hab und Gut vor Dieben zu schützen?

Liv setzte sich ins Wartezimmer und holte endlich wieder tief Luft. Ihr war erfolgreich die Flucht vor Bühnernadeln und Schlingenführern geglückt. Nicht aber vor Ben, denn es dauerte nur einen Augenblick, ehe er eintrat und sie bat, ihm in eines der Untersuchungszimmer zu folgen. Als sie dort ankam, wusch er sich gerade gründlich die Hände und bedeutete ihr durch eine knappe Kopfbewegung, sich auf die Liege zu setzen. Liv kam der nonverbalen Aufforderung nach, da ihr das allemal lieber war, als weitere undefinierbare Drohungen aus seinem Mund zu hören. Dennoch fragte sie sich, ob der Arzt nicht nur sein Rad in den Anbau gestellt hatte, sondern auch seine Fähigkeit zu sprechen.

Sie lehnte sich zurück und streckte die Beine aus. Während Ben vorsichtig erst den einen Fuß, dann den anderen hochnahm, eingehend begutachtete und dabei gleich den Verband entfernte, betrachtete Liv kaum weniger intensiv die Ölflecken auf ihrem neuen Kleid.

Ben hantierte mit einer Schüssel herum und ging schließlich vor ihr in die Hocke. „Bitte tauchen Sie beide Füße in den Kamillensud. Damit reinigen wir sie und beugen einer Entzündung vor. Nachher werde ich einige Dornen und einen Holzsplitter aus Ihren Fußsohlen entfernen müssen."

Liv zog eine Grimasse, rutschte aber folgsam von der Liege, setzte sich auf einen Hocker und streckte die Füße in das angenehm temperierte Wasser. Während sie das Fußbad genoss, öffnete Ben mehrere Schubladen und Vitrinenschränkchen, deren Glasscheiben mit gehäkelten Gardinen verhängt waren. Er nahm eine Pinzette, ein Skalpell, einige Tupfer und Verbandsmaterial heraus, ehe er ein Handtuch ergriff und sich erneut vor Liv niederkniete. Vorsichtig hob er ihre Füße aus der Wanne und tupfte sie trocken. Liv betrachtete seinen Hinterkopf und die gebeugten Schultern, das Spiel seiner Muskeln unter dem weißen Hemd, das ebenfalls deutliche Spuren des Waldeinsatzes trug. Die Wärme, die sie plötzlich in sich verspürte, war ihr fremd. Ein aufregendes Perlen schien durch ihre Adern zu jagen. Es nahm an Intensität zu, als Bens Finger vorsichtig ihren Knöchel betasteten, von dort nach unten strichen und schließlich auf ihrem Fußballen verharrten, während er ein weiteres Mal die neu hinzugekommenen Verletzungen begutachtete.

„Sehr schön", sagte er leise. Liv biss sich auf die Unterlippe. *Meint er meine Füße oder das Ergebnis des Fußbades?*

Sie fragte nicht nach, aus lauter Angst, dass ihre Stimme womöglich genauso aufgewühlt klingen könnte, wie sie sich fühlte.

Ben zog einen kleineren Schemel hervor und ließ sich darauf nieder, dann legte er ihren linken Fuß auf seinen Oberschenkel und griff nach dem Behältnis, in dem er die zuvor zusammengesuchten Instrumente bereitgelegt hatte. Als ein weitaus schlimmerer Schmerz als der, den sie ohnehin verspürte, ihr klarmachte, dass Bens „Sehr schön" nicht unbedingt mit „schmerzfrei" gleichzusetzen war, lehnte sie sich mit dem oberen Rücken an den Rand der Untersuchungsliege und schloss die Augen.

Beim zweiten Fuß brauchte Ben etwas länger, und die Behandlung schmerzte Liv noch mehr. Sie spürte, wie sich Tränen aus ihren Augenwinkeln lösten, doch sie wagte nicht, sich zu bewegen, um sie wegzuwischen. Viel lieber träumte sie sich weg. Auf ein weißes Schiff, das über gischtgeschmückte Wellen glitt, New York entgegen. Die Band spielte einen Rock 'n' Roll, und ein Mann reichte ihr erst ein Glas Champagner und legte dann den Arm um sie …

Liv fuhr auf der Flucht vor jenen Erinnerungen hoch. Ben zuckte zusammen und wäre beinahe von dem schmalen Schemel gerutscht. Sein besorgter, ja zerknirschter Blick brannte sich in ihr Herz.

„Es tut mir leid", sagte er mit ausgesprochen tiefer Stimme. „Ich bin nun mal nur ein Tierarzt …"

„Es liegt nicht an Ihnen. Machen Sie sich bitte keine Gedanken. Sie machen das gut – was auch immer Sie da tun."

Ben blickte sie lange Zeit forschend an, ehe er ihren Fuß einer letzten Prüfung unterzog und ihn behutsam neben ihrem anderen auf seinem Oberschenkel ablegte.

„Ich denke, das war es dann auch. Das Desinfektionsmittel wird noch einmal ordentlich brennen. Aber wir sollten darauf lieber nicht verzichten, Fräulein Liv."

Sie nickte, kniff die Augen zusammen und blieb reglos und still sitzen, obwohl der brennende Schmerz sie eigentlich zu einem Wimmern verleiten wollte. Sie schrak erst hoch, als ein rauer Daumen ihr eine Träne von der Wange wischte.

„Sie haben es überstanden. Ich verbinde Ihre Füße und auch den Knöchel und dann fahre ich Sie mit meinem Wagen zum Hirschen hinüber. Dort legen Sie sich auf einen Liegestuhl, lesen etwas und schonen Ihre Füße mindestens einen Tag lang."

„Und morgen zeige ich sie dem anderen Dr. Schuster?"

Ben lächelte sie an und wischte mit seiner Handfläche auch die Tränenspuren auf ihrer anderen Wange fort. „Das halte ich für sinnvoll."

Liv gewann den Eindruck, dass er noch etwas hinzufügen wollte, es aber unterließ. Stattdessen widmete er sich dem Verbinden ihrer Füße, stand schließlich auf und schob den Schemel unter die Liege zurück. Liv überkam ein leichter Schwindel, als sie sah, wie er blutige und mit Desinfektionsmitteln vollgesogene Materialien in einen Eimer warf, das Handtuch in einen Korb und die Schüssel, in die er die Instrumente und den Behälter legte, auf eine Ablage stellte. Dann erst wandte er sich wieder zu ihr um.

„Sie haben übrigens mit diesem außergewöhnlich dunklen Lippenstift nicht Ihre Lippen, sondern Ihr Kinn bemalt."

Liv besah sich ihre ölverschmierten Finger und lachte leise auf. Jetzt wusste sie auch, warum Ben zuvor so intensiv ihr Kinn – nicht ihre Lippen – betrachtet hatte. Anscheinend hatte er sich doch nicht überlegt, ob er sie wohl küssen durfte.

Was sicher besser ist, entschied Liv und erhob sich. Sie zischte auf und stützte sich schnell auf die Liege, um ihre Füße zu entlasten.

„Das ist jetzt erst einmal sehr schmerzhaft, dürfte morgen aber schon besser sein", tröstete Ben und hob sie ohne Vorwarnung auf den Arm.

Liv hielt den Atem an, was sie jedoch nicht lange durchhielt. Noch ehe sie die Praxistür erreicht hatten, schnappte sie förmlich nach Luft. Dabei atmete sie den herben Geruch von Holz, den Duft eines Rasierwassers und die Mischung aus Schweiß und Pferd ein, die Ben immer zu umgeben schien. Nichts, was sie von den Herren aus Hamburg oder New York gewohnt war, wohl aber aus ihren Kindheitstagen.

Süße Erinnerungen fluteten ihr Herz. Sie sah ihren Vater vor sich, wie er sie neckte und dann in die Arme zog, fühlte sich plötzlich unglaublich geborgen – und zu Hause.

Liv rief sich umgehend zur Vernunft, weil sie im Begriff gewesen war, sich an Bens Brust zu schmiegen.

Er ist nicht mein … meine Familie, schoss es ihr alarmiert durch den Kopf, dabei versteifte sie sich unwillkürlich.

„He, der geübte Lastenesel ist mein Vater, nicht ich", kam es aufgebracht von Ben. Er wuchtete sie unsanft wieder hoch und umgriff sie fester, um zu verhindern, dass sie ihm aus den Armen rutschte.

„Ich verstehe das nicht als Kompliment."

„Sollten Sie auch nicht, so leid es mir tut, Fräulein Liv. Sie sind wirklich sehr groß und nicht gerade leicht."

„Und ich habe Sie bis zu dieser Sekunde für äußerst charmant gehalten. Zumindest für einen Tierarzt."

„Das Viehzeug liebt mich."

„Auch Fräulein Ansgar?"

„Sie gehört zu meinen zahlreichen Bewunderinnen."

„Warum kann sie Curt Stein nicht ausstehen?"

„Vielleicht, weil er immer so sauber ist und so gut riecht."

Sie hatten es inzwischen bis vor die Eingangstür geschafft. Ben trug sie die Stufen hinunter und den kurzen Weg entlang durch den Garten. Gleich darauf setzte er sie schwungvoll auf dem erhöhten Mauersockel ab, an dem die Scharniere des schmiedeeisernen Gartentörchens befestigt waren.

Mit schnellen Schritten lief er zurück zum Eingang, sprang mit einem Satz die Stufen hinauf, zog die Tür lautstark ins Schloss und gesellte sich wieder zu ihr.

„Warten Sie bitte hier, bis ich mein Auto geholt habe."

„Keine Sorge, ich renne nicht weg." *Zumindest heute nicht,* schränkte Liv gedanklich ein. Dieses Vierbrücken bekam ihr offenbar nicht sonderlich gut. Jetzt hatte sie sich schon die zweite Verletzung zugezogen. *Wie gut, dass ich hier nur vorübergehend wohne.*

Kapitel 7

Ben parkte seinen Wagen wieder auf dem Parkplatz vor der Praxis. Da er vom Park her Stimmen hörte, tauchte er unter den Zweigen der Bäume hindurch und betrat den Festplatz. Die Buden standen noch immer, die Planen flatterten im Wind. Ursula und einige andere Frauen hatten sich neben einer überfüllten Mülltonne und mehreren Waschwannen versammelt, in denen sich allerlei Geschirr stapelte, und waren in eine lebhafte Diskussion vertieft.

„Ich verstehe das nicht", sagte Ursula gerade. „Vielleicht hat einer der Festgäste aus den umliegenden Dörfern hier Ordnung gemacht, während wir mit den verunglückten Kindern beschäftigt waren. Auf jeden Fall ist es himmlisch."

Curt, der einen Werkzeugkasten vorbeitrug, stellte diesen äußerst geräuschintensiv auf einem Tisch ab und wandte sich den jungen Frauen zu. „Ich habe Livs Schuhe gefunden, und da sie erst später beim Riesenwässerle ankam, gehe ich davon aus, dass sie es war, die begonnen hat, hier Ordnung zu schaffen. Das ist ihr Beitrag, die Ortsgemeinschaft zu unterstützen."

Die drei Freundinnen wirbelten zu Curt herum. Er zuckte mit den Schultern und fügte hinzu: „Und das trotz ihrer Verletzung. Die hat sie auch nicht davon abgehalten, den ganzen Weg zum Unfallort hinüberzuhinken, als sie gehört hat, dass der Motor des Krans streikt."

„Nun lass mal die Kirche im Dorf, Curt!", ereiferte sich Marianne. „Du stellst die Fremde ja als eine wahre Heldin hin."

„In meinen Augen ist sie das, liebe Anni", brummte Curt und griff wieder nach der Holzkiste. „Außerdem steht unsere Kirche nicht im Dorf, sondern außerhalb auf einem Hügel."

„Nun sei doch nicht so empfindlich und kleinlich.“

„Ich weiß nicht, ob ich das bin oder vielmehr andere Anwesende.“ Mit einem kritischen Blick, der alle drei Frauen einschloss, wandte Curt sich ab und begab sich zur ersten Bude, die abgebaut werden sollte.

„Ich wusste es“, zischte Marianne ihren Freundinnen zu. „Sie ist gekommen, um sich hier ein bequemes Nest zu bauen. Mit einem unserer Männer!“

Ben zog die Augenbrauen hoch und zögerte es noch ein wenig hinaus, Curt zu folgen, obwohl dieser dringend eine helfende Hand gebrauchen konnte. Hanna sah ihn an, dann wanderte ihr Blick zu Curt, der ihr den Rücken zuwandte. „Ich weiß nicht, Anni. Vielleicht hat Curt recht. Sie könnte hier aufgeräumt haben. Außerdem ist sie wirklich den ganzen Weg zum Wald hinübergehumpelt, um zu helfen.“

„Du verfällst ihr jetzt also auch?“ Marianne streckte die Nase in die Luft und wandte ihrer Cousine demonstrativ den Rücken zu. Hanna zog den Kopf ein und biss sich auf die Unterlippe.

Ben verstand sie sehr gut. Es gab hier nicht viele junge Menschen; gute Freunde waren Mangelware. In diesem Tal waren alle aufeinander angewiesen – ob man das nun wollte oder nicht.

Doch dann wagte Hanna etwas Neues, fast Ungehöriges: Sie widersprach Marianne. „Liv hat sich alle Mühe gegeben, die Männer nicht bloßzustellen, die den Motor nicht reparieren konnten, sondern sie für ihr Talent beim Bedienen des Krans zu loben. Das fand ich beeindruckend. Mehr noch als die Tatsache, dass sie diesen Motor bezwungen hat. Sie hat Bärbel, Bernd und –“

Hanna verbarg ihr Gesicht in den Händen. Sie zitterte, was Marianne dazu verleitete, sie fest in die Arme zu schließen. „Du hast ja recht. Vielleicht hat Liv auch deinem Bruder Eddi das Leben gerettet. Ganz gleich, welche Fehler die Fremde hat, das hat sie gut gemacht.“

„Ja, himmlisch!“, schwärmte Ursula.

Ben nickte Marianne dankend zu, sie schenkte ihm ein gezwungenes Lächeln.

„Dann schauen wir mal, wie lange wir die positive Meinung über sie beibehalten können. Ich fürchte ja, sie hat inzwischen ein Grundstück erstanden und wird demnächst Ritas Salon Konkurrenz machen. Oder Ursulas Familie, mit einem eigenen schicken Hotel, oder vielleicht …“ Marianne zog die Schultern hoch, und Ben beschloss, das Feld zu räumen. Eilig gesellte er sich zu Curt, der ihn mit einem dankbaren Brummlaut begrüßte und ihm einen Schraubenschlüssel in die Hand drückte. Gleichzeitig hörte Ben, wie Marianne sagte: „Der Streit zwischen den West- und den Ost-Schusters wurde durch eine Frau ausgelöst. Jetzt nähern wir uns endlich an, und schon taucht die nächste Frau auf, die uns entzweien könnte.“

„Hör nicht hin, West-Schuster“, ermahnte ihn Curt, der als ein Stein natürlich leicht reden hatte. „Auch wenn das, was Anni da über die Feindschaft zwischen euch Schusters andeutet, wirklich wahr sein sollte, so wird sich die Geschichte sicher nicht wiederholen. Nicht, wenn auf der Ost-Schuster-Seite nur Anni und Hanna stehen – und damit zwei Frauen. Es müssen damals ja Männer gewesen sein, die sich um jene ominöse Frau gestritten haben. *Falls* Anni recht hat, wobei ich mich frage, woher sie auf einmal die Hintergründe kennen will.“

Ben warf Curt einen kurzen Seitenblick zu. Der Ortsvorsteher beschäftigte sich nicht länger mit seiner Arbeit, sondern schaute verträumt in Richtung Hotel.

Plötzlich bemerkte Ben, dass er sein Werkzeug mit deutlich zu viel Kraft handhabte. Vielleicht wäre es besser, seine Gefühle für Liv im Keim zu ersticken, damit diese am Ende nicht Schuld daran tragen würden, auch noch eine Kluft zwischen einem Schuster – ihm – und einem Stein – Curt – gerissen zu haben. Womöglich hatte Marianne recht, und es wäre besser, wenn Liv für sie alle das blieb, was sie war: eine misstrauisch beäugte Fremde, die allein angereist war und für eine ungewöhnlich lange Zeit zu bleiben gedachte. Eine Touristin, die mit verblüffender Treffsicherheit in jedes Fettnäpfchen trat, Motoren reparieren konnte – und begonnen hatte, sich in sein Herz zu stehlen …

Vielleicht lag Marianne richtig mit ihrer Vermutung, dass Liv etwas mit den Leuten zu tun haben könnte, die gerade erste Vermessungen für ein Hotel am idyllisch gelegenen See im Nachbartal vornahmen.

Immerhin schien sie eine Frau von Welt zu sein, eine, die viel Geld besaß, wenngleich das im Widerspruch zu dem stand, was sie heute im Wald erzählt hatte. Von dem Nachbarjungen in Hamburg, dem Automobilereparieren ... Liv selbst war ein einziger Widerspruch, und gerade deshalb überaus faszinierend.

Mit einem Blick auf Curt, der noch immer verträumt die Schraube anschaute, die er gerade aus dem Holz gedreht hatte, biss Ben die Zähne zusammen. Ganz sicher passte Liv deutlich besser zu dem stets adrett gekleideten, gut riechenden und erfolgreichen Notar und Ortsvorsteher als zu ihm, dem einfachen Tierarzt. Wenn er sich nicht die Finger – oder vielmehr das Herz – versengen wollte, sollte er wirklich vernünftig sein und versuchen, Liv schleunigst aus dem Kopf zu bekommen.

Liv zuckte zusammen. Vor dem Hotel standen zwei Männer, an deren Gesichter sie sich nur vage erinnerte, doch beide zogen synchron die Hüte und wünschten ihr einen guten Morgen. Liv grüßte zurück, allerdings stotternd, und humpelte an ihnen vorbei in Richtung Brücke. Sie schaute noch zweimal zurück, weil sie sich vergewissern wollte, dass sie sich die beiden höflichen Dorfbewohner nicht nur eingebildet hatte. Schließlich bog sie auf die Straße am Flussufer ein und mühte sich damit ab, diese zu überqueren. Vor dem hohen Bordstein zögerte sie kurz.

„Warten Sie, Fräulein Benediktsdi...dö...ditör. Ich helfe Ihnen."

Mit großen Augen betrachtete Liv die Frau mittleren Alters, die ihren Einkaufskorb auf den Gehweg stellte, zu ihr eilte und sie fürsorglich stützte. Nachdem sie den hohen Bordstein bezwungen hatte, drehte sich Liv zu ihrer Helferin um. Diese lächelte freundlich und wünschte Liv einen schönen Tag.

„Vielen Dank. Ihnen auch. Und danke für Ihre Hilfe."

„Scho räd", hörte Liv, doch der Dialekt war wieder zu ausgeprägt, als dass sie die Worte hätte verstehen können. Zudem eilte die Frau bereits zu ihrem Korb zurück.

Als Nächstes begegnete sie Rita. Da Liv immer froh war, wenn sie eine ihr wohlgesonnene Person traf, lächelte sie die Freundin strahlend an.

„Guten Morgen, Liv. Ich hoffe, du hast gut geschlafen?“

„Das schon. Aber die Dorfbewohner offenbar nicht. Irgendetwas ist seltsam heute.“

Rita strich ihr violettes Kostüm mit dem Bolerojäckchen glatt und schaute Liv dabei fragend an.

„Du meinst, außer dass es für Mai wirklich ungewöhnlich warm ist?“

„Was heißt *scho räd?*“, erwiderte Liv. „Vielleicht so etwas wie: ‚Ich wünschte, Sie würden unter die Räder des nächsten Busses geraten‘?“

„Das würde hier niemand zu einer Touristin sagen!“, empörte sich Rita.

„Aber denken?“

„Na ja …“ Rita lachte glockenhell auf und warf einen Blick auf ihre Armbanduhr. „Ich muss den Salon aufschließen. Wir sehen uns später?“

Noch ehe Liv etwas einwenden konnte, eilte Rita davon, was in Anbetracht ihrer hochhackigen Pumps mehr als erstaunlich war.

„Meint sie nun, dass niemand *scho räd* zu einem Touristen sagen würde – außer zu mir natürlich –, oder das mit dem Bus?“, überlegte Liv laut. Sie sortierte ihre Gehhilfen, ging los und passierte nach und nach mehrere hübsche Schwarzwaldhäuser. Aus einem offenen Fenster wurde sie von einer Männerstimme gegrüßt, was ihr erneut einen gehörigen Schreck einjagte. Sie war es schlicht nicht gewohnt, hier dermaßen viel wohlmeinende Aufmerksamkeit zu erhalten.

Wenig später betrat sie Hardis Praxis, und da das Wartezimmer verwaist war, was in ihr den Verdacht weckte, dass die Sprechstunde noch nicht begonnen hatte, wurde sie sogleich in eines der Untersuchungszimmer geführt.

Hardi saß an seinem Schreibtisch, las in einem Buch und hob nur kurz die Hand, was sie wohl als Bitte verstehen sollte, sich einen Moment zu gedulden. Er seufzte und schlug das Buch so heftig zu, dass ein paar lose Blätter aufflogen und vom Tisch zu gleiten drohten.

Liv, die sich mittlerweile gesetzt hatte, betrachtete den Arzt mit seinen dunklen Ringen unter den Augen. Täuschte sie sich oder hatte sich über Nacht deutlich mehr Grau in Hardis schwarzes Haar geschlichen? Die Vermutung ließ sie die Lippen zusammenpressen. Ging es den verunglückten Kindern so schlecht? War Hardi gar nicht zum Schlafen gekommen?

„Guten Morgen, Herr Doktor. Wie geht es denn den Kindern?"

„Morgen, Fräulein Bene … Liv." Hardi war so höflich, ihren Nachnamen nicht zu verunstalten und sie lieber gleich beim Vornamen zu nennen. „Die Kinder …" Er fuhr sich mit beiden Händen durch die Haare.

„Wahrscheinlich dürfen Sie mir gar nicht viel über deren Befinden sagen, nicht wahr?", räumte Liv ein und senkte betroffen den Kopf. Sie war viel zu neugierig und deshalb vermutlich gerade dabei, den nächsten Fauxpas zu begehen.

Hardi sah ihr ins Gesicht und schenkte ihr ein trauriges und müdes Lächeln. Liv riss die Augen auf. Schon wieder reagierte ein Vierbrückener so seltsam auf sie. *Nicht seltsam. Nur normal. Und genau das ist das Seltsame.* Nachdenklich rieb sie sich die Hände. *Hängt das mit gestern zusammen? Weil ich den Motor repariert habe?*

Sie selbst fand ja, dass das nichts Besonderes gewesen war. Und wäre der Mechaniker des Sägewerks nicht fort gewesen, hätte man ihre Hilfe gar nicht erst gebraucht.

„Bärbel und Bernd geht es den Umständen entsprechend gut. Sie sind mit Gehirnerschütterungen, Schnittwunden, Prellungen und Quetschungen davongekommen. Sie werden einige Tage im Krankenhaus bleiben. Mein Neffe hingegen …"

Liv rutschte auf dem Stuhl weit nach vorn. „Was ist mit Eddi?", hauchte sie. Zu mehr war sie nicht imstande. Ihre Beine begannen zu zittern und ihr Herz schien über seinen eigenen Rhythmus zu stolpern.

Hardis braune Augen waren nun beinahe schwarz, die Augenbrauen eng zusammengezogen. Liv rutschte auf dem Stuhl wieder nach hinten. „Entschuldigen Sie bitte, das sollte ich wohl nicht fragen."

Gedanklich schalt sie sich ein dummes Huhn, weil sie erneut die Grenze des Anstands und der Zurückhaltung überschritten hatte. Schließlich kannte sie die Familie Schuster überhaupt nicht. Andererseits … Liv straffte die Schultern.

„Eddi war der Erste, dem ich hier in Vierbrücken begegnet bin. Er und Fräulein Ansgar. Der Kleine ist ein so höflicher, wohlerzogener Junge. Ich mag ihn sehr. Ich …“ Sie verknotete die Finger. „Ich würde wirklich gern wissen, wie es ihm geht.“

„Sie haben jedes Recht dazu, dies zu wissen, Fräulein Liv.“ Hardi beugte sich vor, und für einen Moment dachte Liv, dass er ihr beruhigend die Hände tätscheln wollte.

„Durch Ihr Eingreifen haben Sie allen drei Kindern das Leben gerettet.“

Liv atmete hörbar aus. Demnach war auch Eddi am Leben. Erleichtert schloss sie die Augen, riss sie aber schnell wieder auf. Der tiefe Kummer um seinen Neffen war bei dem Arzt schließlich nicht zu übersehen.

„Seine Knie, die Beine sind … mehrfach gebrochen. Trümmerbrüche. Noch ist nichts sicher, doch die Spezialisten in der Klinik befürchten, dass er nie wieder gehen kann.“

Liv schlug die Hände vor den Mund, in dem Versuch, den erschrockenen Ausruf zu unterdrücken, der tief aus ihrer Seele an die Oberfläche drang. Einen Augenblick lang war ihr seltsam schwindelig zumute, doch sie ballte energisch die Fäuste und kämpfte gegen die aufkeimende Schwäche an. „Kann ich irgendetwas für ihn tun?“

Hardi lehnte sich weit zurück, sein Polsterstuhl gab ein gequältes Quietschen von sich. „Fräulein Liv, Sie haben bereits so viel für Eddi, Bernd und Bärbel und die Familien Stein und Schuster getan. Wir sind Ihnen zu allergrößtem Dank verpflichtet.“

Livs Lächeln geriet eher verzweifelt als erfreut. „Ich habe nur gehandelt, wie jeder andere mit etwas Erfahrung, was Motoren betrifft, es auch getan hätte. Wie oft habe ich mich schon gefragt, weshalb mein Lebensweg ein so seltsamer ist, warum ich mit Menschen und Begebenheiten konfrontiert werde, die oft so gegensätzlich sind. Jetzt –“

„Jetzt wissen Sie, warum Sie Motoren reparieren können? Weshalb eine junge Frau wie Sie einer so seltsamen Freizeitbeschäftigung nachgegangen ist?“

Liv nickte.

„Pfarrer Schlecht hat gestern an der Unfallstelle für ein Wunder gebetet.“ Der Arzt schluckte hörbar. „Heute Morgen sagte Rita zu mir, dass das Wunder bereits vorbereitet gewesen sei, bevor das Unglück passierte. Indem *Sie* hierher nach Vierbrücken gekommen sind.“

„Und eine Menge Leute vor den Kopf gestoßen habe?“

Auf Hardis Gesicht schlich sich ein Lächeln, das für einen kurzen Moment die Sorgenfalten auf seiner Stirn verdrängte. Die dunklen Schatten unter seinen Augen blieben jedoch. „Wir alle haben unsere Stärken und Schwächen. Wenn wir die Stärken füreinander einsetzen, werden die Schwächen nicht mehr unseren Alltag bestimmen. Und darum werde ich mir jetzt mal ansehen, was der West-Schuster-Veterinär gestern an Ihnen verpfuscht oder vielleicht doch hervorragend gemeistert hat.“

„Und deshalb frage ich noch einmal: Was kann ich tun?“

Hardi kam um den Tisch herum und bedeutete Liv, dass sie ihre Schuhe und Strümpfe ausziehen sollte, was sie gehorsam tat.

„Mein Bruder, Edmund der Dritte … Eddis Vater und dessen Frau sind in Rottweil geblieben. Hanna versucht derweil, den Haushalt am Laufen zu halten. Von den Geschäften, was das Sägewerk betrifft, hat sie leider wenig Ahnung, aber sie spielt den Telefonkurier zwischen den Angestellten und ihrem Vater. Das alles ist allerdings Neuland für sie.“

Liv streckte Hardi ihren rechten Fuß hin, und der Arzt besah sich die Fußsohle.

„Niemand sieht nach Eddis spezieller Freundin, da Hanna mit Fräulein Ansgar nicht zurechtkommt.“ Hardi schaute sie von unten herauf an, und Liv schenkte ihm ein schiefes Lächeln.

„Gut, dann kümmere ich mich um Fräulein Ansgar.“

„Vermutlich befürchtet der kleine Eddi, dass man die Gans als unnötigen Ballast ansieht … Er wird Ihnen also sehr dankbar sein.“

„Curt weniger."

Hardis kurzes Auflachen fiel tief in Livs Herz. Sie war dabei, sich in die Menschen von Vierbrücken zu verlieben. In deren Art, Dispute in den Hintergrund zu stellen, sobald jemand Hilfe benötigte; in den Halt, den sie sich gegenseitig schenkten, auch wenn sie nicht immer einer Meinung waren. Vielleicht war es doch gar nicht so schrecklich, in einer kleinen Ortschaft wie dieser zu leben …

Liv betrat die Tierarztpraxis und begrüßte eine mürrisch dreinblickende Hedwig Klein. Diese zog die Augenbrauen hoch, musterte sie eindringlich und meinte dann: „Sie habe ich hier noch nie gesehen."

„Das hätten Sie, wenn Sie nicht Ihre Zeitschrift interessanter finden würden als die Patienten."

„Wohl kaum", grunzte die Frau.

Liv sah aus dem Augenwinkel eine Bewegung im Flur und trat einen Schritt nach rechts. Dort stand Ben mit vor der Brust verschränkten Armen und betrachtete sie. Liv lächelte ihm zurückhaltend zu, er nickte grüßend.

„Ich war wirklich schon hier", erklärte Liv der Frau, die prompt die sorgfältig gezupften Augenbrauen in die Höhe zog.

„Das wüsste ich."

„Wie Sie meinen. Ich würde gern –"

„Der Herr Doktor ist nicht da."

Liv blickte wieder in den Flur und sah, wie Ben mit den Schultern zuckte, als frage er sich, wo er denn sein solle. Von Hedwig kam prompt die Antwort. „Dr. Schuster ist bei einem Bauern. Etwas mit den Milchkühen. Das kann dauern. Kommen Sie heute Nachmittag wieder."

„Na gut, wenn Dr. Schuster unterwegs ist, dann nehme ich mit dem Tierarzt vorlieb, der da drüben steht."

Hedwig beugte sich gelassen vor und versuchte, einen Blick in den Flur zu werfen, ohne sich dabei zu viel bewegen zu müssen, konnte aus dieser Position ihren Arbeitgeber aber nicht sehen. Also zuckte nun auch sie mit den Schultern und beschäftigte sich wieder mit dem, was sie getan hatte, bevor Liv hereingekommen war.

Mit einem Schmunzeln auf den Lippen passierte Liv die Frau und folgte Ben in das ihr bereits vertraute Untersuchungszimmer.

„Was ist es dieses Mal?“, fragte Ben, wandte sich ruckartig um und baute sich vor Liv auf. Er war ihr so nahe, dass sie das Gefühl hatte, in seinen azurblauen Augen zu versinken. Und wieder meldete sich die Stelle in ihrem Herzen, die offenbar hier in diesem kleinen Schwarzwalddorf zum Leben erweckt worden war.

„Ich habe mich bereit erklärt, Fräulein Ansgar zu versorgen, bis Eddi … wieder da ist.“ Sie hätte sich beinahe an dem Namen des aufgeweckten Jungen verschluckt, da ihr sein Schicksal doch gehörig zu schaffen machte.

„Sie?“ Ben hob die linke Augenbraue und betrachtete skeptisch ihre Aufmachung. Liv sah an sich hinunter. Ihre roséfarbene ärmellose Bluse mit der weißen Schleife am Hals passte perfekt zu ihrer weißen Caprihose. Dazu trug sie bequeme Schnürschuhe.

Sie wusste, dass ihr Vorhaben nicht in das Bild passte, das sich die Dorfbewohner von ihr gemacht hatten – und das sie selbst bis vor Kurzem noch von sich gehabt hatte. Dabei war es gleichgültig, dass sie auf einem Hof in Island aufgewachsen war und mehr von Motoren verstand als so mancher Mann. Jene zwei Welten, die sie in sich vereinte, waren es, die sie so verwirrten. Die sortiert werden wollten und um die Vorherrschaft in ihr stritten. Wobei – hatte sie sich mit ihrer Flucht hierher nicht bereits für eine der beiden entschieden? „Was ich von Ihnen brauche, Herr Dr. Schuster, ist nicht Ihr Spott, sondern eine Anleitung, wie ich das Federvieh behandeln muss.“

Ben trat noch einen Schritt näher. „Sie haben meine Bewunderung“, sagte er mit einem so dunklen Timbre in der Stimme, dass jene besondere Stelle in ihr zu vibrieren begann. Liv neigte den Kopf zur Seite und spürte diesem perlenden Gefühl in sich nach, dabei betrachtete sie intensiv Bens Gesicht. Die Offenheit in seinem Blick war betörend. Allerdings wirkte er im Augenblick auch ungewohnt verletzlich. Ihr gefielen seine markante, gerade Nase, der Dreitagebart und sein Mund, der sich nun leicht öffnete.

Plötzlich presste er die Lippen fest zusammen und trat einen Schritt zurück, dann einen zweiten. Innerhalb eines Augenblicks brachte er den schmalen, funktionellen Schreibtisch zwischen sich und Liv.

„Fräulein Ansgar also", sagte er mit heiserer Stimme, ehe er sich räusperte. Liv nickte und setzte sich, da ihre Füße gegen die Dauerbelastung protestierten. Ihr Herz schien von kleinen Nadelstichen traktiert zu werden. War es Sehnsucht, die sie da quälte? Sehnsucht nach Bens Nähe?

Das war so aber nicht geplant, Liv. Du wolltest dir hier nur über deine Zukunft klar werden …

„Die Gans war verletzt und kann seitdem nicht mehr fliegen. Eigentlich wollte ich sie einschläfern, doch Eddi – er hat das Tier gefunden – wehrte sich dagegen. Sie mag niemanden außer dem Jungen. Also seien Sie vorsichtig. Am besten, Sie lassen sie in ihrem Gehege. Ich schreibe Ihnen auf, was sie fressen darf und welche Mengen", sagte er nüchtern und ergriff einen Stift.

„Ich dachte, sie mag nur Curt nicht."

„Sagen wir es so: Zu unserem Herrn Notar hat sie eine besonders schlechte Beziehung."

„Und woran liegt das?"

Ben setzte zum Sprechen an, sah ihr tief in die Augen und schloss den Mund wieder. Mit gerunzelter Stirn widmete er sich seinen Notizen. Wenig später reichte er ihr das Blatt Papier über den Tisch. Liv nahm es und betrachtete die kleine, aber sehr ordentliche Schrift.

„Herr Doktor? Hier ist Kundschaft!", schrie Hedwig so laut, dass ihre Stimme quer durch die Praxis zu hören war, ohne dass sie sich die Mühe machen musste aufzustehen. „Walli Schuster mit ihrem … Hund Zeus."

Liv erhob sich, ergriff ihre Gehhilfen, wandte sich aber neugierig wieder um. „Wer ist denn nun Walli Schuster?"

„Ost", brummte Ben, wagte sich hinter seinem Schreibtisch hervor und geleitete sie zur Tür. „Mariannes Stiefmutter", fügte er noch hinzu.

„Wie behaltet ihr hier nur den Überblick?“

„Jahrelange Übung. Und geben Sie beim Rausgehen bitte acht.“

„Wegen Zeus?“

Ben blinzelte einmal zu viel, was Liv bezaubernd fand, und bemühte sich dann, ein Schmunzeln zu unterdrücken, was ihm allerdings nicht gelang.

„Finden Sie es heraus.“ Damit war Liv entlassen. Zögernd arbeitete sie sich den Flur entlang. Sie hatte eigentlich keine Angst vor Hunden, doch einer mit Namen Zeus war ihr – in Verbindung mit Bens Warnung – dann doch ein wenig suspekt. Neben dem Empfang stieß Liv beinahe gegen eine Frau mittleren Alters, die aussah, als gehöre sie in die Chefetage eines Modemagazins auf dem Time Square in New York, nicht in eine beschauliche Ortschaft wie Vierbrücken. Neben Walli wirkten Rita, Marianne und Liv wie Landeier.

„Sie müssen diese Liv Benediktdingens sein?“

„Benediktsdóttir. Guten Morgen, Frau Schuster.“

Walli vollführte eine grazile, aber abschätzige Handbewegung. Dabei entdeckte Liv ein winziges weißes Plüschtier auf dem Arm der Frau, das jedoch mit den Ohren wackelte und sie mit großen Kulleraugen ansah.

„Sie haben meinen Stiefneffen gerettet. Dafür gebührt Ihnen mein Dank.“

Liv lächelte verwirrt. Nicht wegen des Plüschhundes mit dem Respekt einflößenden Namen, sondern weil der Tonfall von Mariannes Stiefmutter so frostig war, als hätte Liv vielmehr den irrsinnigen Versuch unternommen, Fräulein Ansgar vor dem Ertrinken zu retten.

„Das war doch –“

„Wobei zu klären bleibt, ob Sie wirklich selbstlos gehandelt haben oder sich nicht doch in den Mittelpunkt des Interesses stellen wollten?“

Liv schürzte die Lippen. Sie bedauerte es sehr, dass sie die Aussprache der Frau viel zu gut verstehen konnte. Allerdings wusste sie nun auch, wovor Ben sie gewarnt hatte. Sie entschied sich dafür, nicht genau dann einen neuen Kriegsschauplatz zu eröffnen, wenn gerade so viele Dorfbewohner ausgesprochen gut auf sie zu sprechen waren. „Ich hoffe, es geht Ihrem Neffen bald wieder besser, Frau Schuster. Guten Tag."

„Es ist ein miserabler Tag. Und er ist mein *Stief*neffe." Walli stolzierte auf ihren Stöckelschuhen davon, was Liv allein beim Zusehen Schmerzen bereitete.

„Manche Menschen sind einfach nur ein Opfer ihrer Erziehung", kam es hinter dem Empfangstresen hervor. Liv warf der Sprechstundenhilfe einen fragenden Blick zu und floh dann wieder einmal. Auch sie war ein Opfer ihrer Erziehung; aufgezogen von Menschen aus zwei völlig gegensätzlichen Welten. Und vielleicht, so überlegte Liv, hatte Wallis Stieftochter Marianne mit ganz ähnlichen Problemen zu kämpfen wie sie.

Kapitel 8

Marianne saß mit Ursula im Schdüble des Hotel Hirschen, hörte der Freundin aber nur bedingt zu. Ihre Aufmerksamkeit galt der Binokel-Runde am Stammtisch. Wie so oft hatten die Männer sich schon in den Morgenstunden getroffen. Sie frühstückten gemeinsam, wälzten die Probleme der Welt und schoben Karten über den Tisch, wobei sie sich abwechselnd aufzogen und anfauchten. Je nachdem, wie das Reizen, das Melden oder die Stiche ausgefallen waren, was sie – da sie zu viert spielten – jeweils mit einem Partner auszuführen hatten.

Im Moment diskutierten sie darüber, weshalb sich eine reizende junge Dame, die ihnen erzählt hatte, dass sie sogar schon in New York gelebt habe, mit Motoren auskannte. Die Bewunderung der vier älteren Herren gegenüber der Fremden war offensichtlich. Und das missfiel Marianne gehörig.

Sie fand es bezeichnend, dass kein Ost-Schuster zu der Binokel-Runde gehörte, andererseits wusste sie selbst nicht, wem diese Rolle hätte zufallen sollen. Ihr Vater war bereits verstorben und wäre ohnehin zu jung gewesen. Ihr Onkel, Edmund der Dritte, war mit seinem Sägewerk beschäftigt – und ebenfalls nicht ganz der Jahrgang der Stammtischbrüder, wobei Bens Vater auch nicht wirklich dazupasste. Zwischen ihm und Otto lagen mindestens fünfzehn Jahre. Ebenso verhielt es sich mit ihrem Onkel Hardi. Bei den Ost-Schusters gab es keine Senioren mehr, sie waren alle bereits gestorben. Und mit ihnen der Hass auf die anderen Schusters?

Marianne gab einen zustimmenden Laut von sich, um ihrer Freundin zu signalisieren, dass sie deren viele „Himmlischs" hörte, war aber zu sehr mit ihren eigenen Gedanken beschäftigt, als dass sie den Grund für Ursulas Begeisterung hätte erfassen können.

Einige Generationen zuvor war eine fremde Frau nach Vierbrücken gekommen, die von sich behauptet hatte, nur auf der Durchreise zu sein. Sie war geblieben, hatte einem Ost- und einem West-Schuster den Kopf verdreht und mit den Gefühlen der beiden gespielt … so lange, bis die Männer mit Fäusten aufeinander losgegangen waren. Ab jenem Tag – so stand es im Tagebuch ihrer Urgroßmutter, die die Hintergründe der Fehde von ihrer eigenen Großmutter erzählt bekommen hatte – hatte die Eiszeit zwischen den Schusters begonnen. Fortan hatte man sich bei jeder Gelegenheit mit Dreck beworfen. Es hieß sogar, die West-Schusters hätten mehrere Scheunen der Ost-Schusters in Brand gesetzt, im Gegenzug seien etliche Felder der West-Schusters verwüstet worden.

Jetzt endlich war Friede eingekehrt; ein zerbrechlicher Friede, das spürte Marianne nur zu genau. Sie liebte Vierbrücken und hatte es sich darum auf die Fahnen geschrieben, die neu gewonnene Harmonie zu bewahren. Ihr Dorf war ein sicherer Ort in einer Welt, die sie beängstigend fand. Ein sicherer Hafen inmitten eines kalten Krieges mit gegenseitigen Drohgebärden und dem erneut aufflackernden Hass der Nationen. Marianne hatte genug Krieg und Hass erlebt. In ihrer eigenen Familie.

Sie konnte sich kaum noch an ihre leibliche Mutter erinnern, wohl aber an die wunderschöne, mondäne Frau, die etwa elf Monate nach deren Tod den Platz an der Seite ihres Vaters eingenommen hatte. Im ersten Jahr hatte Mariannes Welt dem perfekten Kleinmädchentraum geglichen. Ihre Stiefmutter behandelte sie wie eine Prinzessin. Marianne trug stets hübsche Kleider, die Walli ihr von ihren ausgiebigen Einkaufstouren mitbrachte. Nicht die Nachbarin schnitt Mariannes Haar, nein, sie wurde nach Rottweil oder Freudenstadt zu einem Frisörmeister gebracht. Sie lernte, sich wie eine Dame von Welt zu bewegen. Wie man sich in feinen Restaurants angemessen verhielt, welche Gabel man für den Salat benutzte und wie man die richtigen Gläser für die jeweiligen Getränke auswählte.

Doch dann hatte ihr Vater dem Treiben ein abruptes Ende gesetzt. Noch heute hallten die gebrüllten Anklagen ihres Vaters, das Kreischen ihrer Stiefmutter und das wilde Bellen des Hundes in Mariannes Ohren wider. An jenem Tag war im größten Schwarzwaldhaus von Vierbrücken der Dritte Weltkrieg ausgebrochen, anschließend ebenfalls ein kalter Krieg.

Marianne, damals zehn Jahre alt, hatte schlicht nicht gewusst, was sie tun sollte, außer sich unter dem Bett zu verkriechen und sich die Ohren zuzuhalten. Da ihr Vater selten zu Hause war und ihrem süßen Leben ein Ende bereitet hatte, schlug sie sich nur zu bereitwillig auf Wallis Seite. Bis ihr Vater starb. Bis Walli fast das gesamte Erbe dafür ausgab, aus dem traditionellen und gemütlichen Haus ein modernes, kaltes Luxusobjekt zu machen.

Walli war, wie die fremde Frau Generationen zuvor, aus einer großen Stadt hergekommen. Beide hatten Unfrieden nach Vierbrücken gebracht, wenngleich die erste Unruhestifterin eines Tages einfach wieder abgereist war, ohne sich für einen der Schuster-Männer zu entscheiden, während Walli geblieben war. Sie wurde zwar des Öfteren belächelt, ansonsten aber in Ruhe gelassen, weil ihr verstorbener Ehemann in der Dorfgemeinschaft hoch angesehen gewesen war. Mariannes Vater hatte immerhin über Jahre hinweg die Aufgabe des Ortsvorstehers innegehabt.

Und jetzt gab es da diese Liv. Eine weltoffene Frau, die unübersehbar über Geld verfügte, bereits weit herumgekommen war, den jungen Männern im Ort den Kopf verdrehte und … Motoren reparierte? Wieder eine Fremde, ein Eindringling, ein Unruhestifter.

Marianne hob die akkurat gezupften Augenbrauen. Was sollte sie nur von diesem widersprüchlichen Wesen halten? Jedenfalls war Liv vom ersten Tag an darauf aus gewesen, hier für Chaos zu sorgen. Und das konnte Marianne einfach nicht zulassen. Liv Benedikts-wie-auch-immer musste wieder verschwinden. Und das möglichst bald, ehe sie noch mehr Schaden anrichten konnte.

„… irgendwie himmlisch bewundernswert, findest du nicht auch, Anni?“

Die Angesprochene hob den Kopf und schaute Ursula irritiert an, da sie die Freundin in den vergangenen Minuten völlig ausgeblendet hatte. Sie öffnete bewusst ihre zu Fäusten geballten Hände und strich das knapp über den Knien endende Kostüm glatt. Mit einem Blick auf Ursulas züchtige, altbackene Servieruniform ärgerte sie sich plötzlich darüber, noch immer Wert auf eine ansprechende Garderobe zu legen. Warum zog sie sich nicht an wie all die anderen Frauen hier, mal abgesehen von ihrer Mutter und Rita? Warum hielt sie an etwas fest, was der Welt dort draußen entstammte, die einfach nur oberflächlich, kalt und grausam war? Gleich morgen würde sie das ändern, beschloss sie. Robustes Schuhwerk, bequeme und pflegeleichte Röcke und Blusen waren in dieser Gegend doch viel praktischer. Und weitaus passender.

„Entschuldige bitte, Liebes. Ich war gerade in Gedanken. Was sagtest du?", fragte sie nach, da Ursula offensichtlich eine Antwort von ihr einforderte.

„Sich so modern zu kleiden und gleichzeitig etwas von Motoren zu verstehen, ist doch etwas ganz Besonderes, oder? Himmlisch bewundernswert, nicht wahr?"

„Du meinst wohl, widersprüchlich und in Anbetracht des ruinierten Kleides ziemlich dämlich und verschwenderisch?", brach es aus Marianne heraus.

Ursula zuckte zusammen, als hätte Marianne ihr eine Backpfeife verpasst.

„Wir sind nicht weniger besonders oder bewundernswert als diese … Liv. Nur weil du für deine Eltern arbeitest und diese unmögliche Kleidung tragen musst, bist du nicht weniger wert als sie. Nein, Ursula. Du bist sogar viel wertvoller. Sicher hat sich dieses alberne Ding noch nie die Hände schmutzig gemacht! Außer wenn sie ihrer seltsamen Leidenschaft für ölverschmierte Maschinen nachgeht. Und die rührt vermutlich daher, dass sie dem armen Nachbarjungen, der nie eine Chance bei ihr hatte, weil er nicht zu den oberen Zehntausend gehörte, gehörig den Kopf verdrehen wollte."

„Marianne!"

„Nein, mach dich dieser Liv gegenüber nicht selbst klein. Das werde ich nicht zulassen. So wie ich auch verhindern werde, dass –" Marianne brach ab, da Ursula ihr mit dem Fuß ziemlich unsanft vors Schienbein trat. Alarmiert wandte sie den Kopf und sah Liv, die nur wenige Meter von ihr entfernt stand und ihre Tirade ganz sicher mit angehört hatte.

Marianne verzog das Gesicht zu einem Lächeln, das jede andere Gleichaltrige entweder beruhigt oder in ihre Schranken verwiesen hätte – je nachdem, wie gut sie Marianne kannte. Oder wie ausgeprägt ihr Intellekt war. Liv verleitete es jedoch lediglich zum Hochziehen der Augenbrauen, ehe sie sich dem Binokel-Tisch zuwandte.

„Mist", flüsterte Marianne. Sie wusste sehr genau, dass sie sich gegenüber einer Touristin höchst anständig zu verhalten hatte. Andererseits fragte sie sich jeden Tag mehr, ob diese junge Frau tatsächlich nur eine Touristin war. Es sprach einfach zu viel dagegen. Vielleicht sollte sie mal die Fühler ausstrecken und versuchen, etwas über Livs Herkunft und ihre Pläne herauszufinden. Falls Liv sich hier niederlassen wollte, weil sie in Vierbrücken eine zukunftsträchtige Touristenhochburg sah, und vorhatte, hier eines dieser hässlichen, viel zu großen und ausschließlich für zahlungskräftige Schnösel bezahlbaren Hotels zu bauen … dann würde Marianne all jenen, die Liv jetzt plötzlich hofierten, die Augen öffnen.

Ursula schwieg nun ebenfalls, und obwohl sie beide den Blick auf das Modejournal gerichtet hielten, war Marianne sich sicher, dass auch ihre Freundin dem Gespräch am Nachbartisch lauschte.

„Was bedeutet *scho räd?*", fragte Liv gerade und betonte die Worte schrecklich übertrieben und falsch.

Edmund rieb sich über die Bartstoppeln und meinte: „Das kommt ein bisschen auf den Zusammenhang an, in dem es gesagt wird, Fräulein Liv."

„Ich würde sagen, es bedeutet, dass etwas gut ist, genau so, wie es ist", kam Otto ihm zu Hilfe.

„Oder", wandte Julius ein, „dass etwas gut gemacht wurde, es aber besser sein könnte."

„Es kann aber auch bedeuten, dass jemand sich entschuldigt, eine Entschuldigung annimmt oder ein an ihn gerichtetes Lob aus Bescheidenheit abschwächen möchte.“ Otto schaute Beifall heischend in die Runde.

„Vielleicht auch –“ Edmund wurde von Livs glockenhellem Auflachen unterbrochen, und prompt zeigte sich auf seinem Gesicht ein vergnügtes Schmunzeln.

„Seien Sie mir bitte nicht böse, aber das ist mir zu kompliziert.“

„Niemand ist Ihnen böse.“ Julius beugte sich vor und tätschelte besänftigend Livs Arm, sein Bruder Theodor hüllte sich wie üblich in Schweigen, nickte jedoch beipflichtend.

„Vor allem nicht nach Ihrer gestrigen Heldentat.“

Liv seufzte laut, was Marianne die Augen zusammenkneifen ließ. Meinte die Frau tatsächlich, jemand nähme ihr ab, dass sie für die ihr fremden Kinder Mitgefühl empfand?

„Ich wünschte, das Ganze wäre glimpflicher ausgegangen. Vor allem für Eddi.“ Liv erzählte, was sie über den Zustand des Jungen erfahren hatte, und erntete betroffenes Schweigen. Von Ursula kam ein Geräusch, als ersticke sie an ihrem eigenen Atem.

Marianne schloss gequält die Augen. Es gab in Vierbrücken wohl niemanden, der den kleinen Gänsebetörer nicht gernhatte.

„Ich habe mich bereit erklärt, mich um Fräulein Ansgar zu kümmern, wünschte aber, ich könnte mehr für Eddi und seine Familie tun.“

Marianne hob ruckartig den Kopf. Entschlossen schob sie den Stuhl zurück, sprang auf und näherte sich dem Stammtisch. „Machen Sie sich darüber mal keine Gedanken, Fräulein … Liv. Ursula und ich haben bereits ein Komitee ins Leben gerufen, dessen Vorsitzende ich bin. Das Komitee wird Eddis Familie jede notwendige Hilfe zuteilwerden lassen.“ Marianne wusste, dass sie hochnäsig klang und ihr Blick wohl töten würde, wäre Liv nur ein klein wenig empfindsamer. Aber sie würde dieser Fremden nicht das Recht zugestehen, eine Hilfsaktion für Eddi ins Leben zu rufen, damit sie auch noch den Rest der offenbar verblendeten Vierbrückener auf ihre Seite ziehen konnte. Dann wären der Frau Tür und Tor geöffnet, das Dorf einzunehmen, es nach ihrem

Willen umzukrempeln und ihre Pläne zu verwirklichen, die ganz sicher nicht von Vorteil für die Gemeinde waren.

Marianne warf Ursula einen auffordernden Blick zu. Es dauerte einen Moment, bis diese sich erhob und zu ihr gesellte, wobei sich Marianne über den verwirrten Ausdruck in Ursulas Gesicht ärgerte. Konnte sie denn nicht wenigstens so tun, als wäre dieses Hilfsangebot kein spontaner Einfall gewesen, sondern bereits mit ihr abgesprochen? Wenigstens hielt sie den Mund.

„Das ist ein wunderbarer Gedanke", kam es von Liv, begleitet von einem so offenen Lächeln, dass es Marianne nur noch misstrauischer stimmte.

„Ja, unsere Marianne ist wirklich eine Meisterin darin, Veranstaltungen zu organisieren", lobte Otto. Marianne lächelte Ursulas Großvater strahlend an.

„Seit vier Jahren organisiert sie das Stadtfest und die Weihnachtsfeierlichkeiten. Sie ist auch stellvertretende Vorsitzende des Kulturvereins, nicht wahr?"

Marianne nickte weiterhin lächelnd, wenngleich sie das Wort „stellvertretende" noch immer ärgerte. Bei der letzten Wahl hatte es Bärbels und Bernds Mutter geschafft, den Vorsitz zu ergattern.

„Wobei letzte Weihnachten etwas übertrieben wurde", brummte Edmund, was Marianne dazu verleitete, ihm einen giftigen Blick zuzuwerfen, den er gekonnt übersah. Dahin gehend war er wie sein Sohn Ben: nervtötend gelassen.

„Das lag daran, dass Curt es versäumt hatte, mich noch vor den Planungen über den bedauernswerten Zustand der Stadtkasse zu informieren", rechtfertigte sie sich.

„Jedenfalls war unsere Ortschaft selbst vom Mond aus zu sehen. Erleuchtet wie ein Christbaum, der Feuer gefangen hat", setzte Julius unbarmherzig noch einen drauf.

Marianne zog einen Schmollmund. Diese alten Männer durften sich einfach zu viel erlauben. Aber sie war nun mal deutlich jünger und musste ihnen deshalb einen gewissen Respekt erweisen. Zu ihrem eigenen Erstaunen schüttelte Theodor diesmal den Kopf. Offenbar stimmte er seinem Bruder nicht zu, was das „Zuviel“ an Weihnachtsbeleuchtung betraf. Doch leider äußerte er sich nicht verbal dazu.

Marianne straffte die Schultern und erklärte: „Wie dem auch sei, ich werde weitere Frauen in das Komitee bitten, damit wir diverse Hilfsaktionen planen können. Eddi der Vierte bekommt in dieser schweren Zeit alle Unterstützung, die er braucht, ebenso seine Familie.“

„Ich würde mich gern betei–“

„Sie sind eine Touristin und reisen bald ab, Fräulein Liv“, ging Marianne mit ihrem perfekt einstudierten liebenswertesten Tonfall sofort dazwischen. „Die Aktionen werden über einen deutlich längeren Zeitraum laufen. Das ist zwar ein ehrenhaftes Ansinnen Ihrerseits, aber sicher nicht sinnvoll. Ich denke ohnehin, Sie haben bereits genug … *getan.*“

Liv sah sie so eindringlich an, dass es Marianne ein wenig mulmig zumute wurde. Die meisten anderen jungen Frauen ließen sich von ihrem Lächeln und dem freundlichen Tonfall täuschen und bemerkten ihre kleinen Seitenhiebe nicht. Liv gehörte definitiv nicht zu dieser Gruppe, was vielleicht daran lag, dass sie ein paar Jahre älter war. Keinesfalls durfte Marianne den weiblichen Eindringling unterschätzen.

„Na gut, mir bleibt ja noch Fräulein Ansgar.“

Mit einem Blick auf Livs weiße, an den Waden endende Hose und in Erinnerung an die Art von Garderobe, die sie bisher zur Schau getragen hatte, vertiefte sich Mariannes Lächeln. Ein Hauch vorfreudiger Schadenfreude wollte sich in ihr Herz stehlen. Sie vertrieb diese jedoch schnell wieder. Dafür war Eddis Lage wirklich zu ernst. „Diese Aufgabe wird sie sicher genug … fordern.“

„Sicher.“ Liv verabschiedete sich herzlich von den Binokel-Männern, warf Marianne einen weiteren prüfenden Blick zu, bedachte die schweigsame Ursula mit einem Lächeln, das seltsam mitfühlend daherkam, und stampfte mit ihren Krücken wenig grazil davon.

Der erste Sieg ist schon mal errungen. „Komm, Ursula, wir beginnen sofort mit den Planungen.“

„Ja, natürlich“, lautete die unsichere Antwort ihrer Freundin. Nachdem sie sich wieder gesetzt hatten, kramte Marianne in ihrer Handtasche nach einem kleinen Block und einem Stift.

„Mir ist das wirklich ernst, Ursi“, flüsterte Marianne der Freundin zu. „Wir werden Eddi und seiner Familie tatkräftig unter die Arme greifen.“ Sie hatte bereits einige Ideen, von denen die meisten sicher einfach umzusetzen wären. Nicht umsonst waren Veranstaltungen unter ihrer Federführung von einem herausragenden Erfolg gekrönt, sah man einmal von der Höhe der Rechnung für Elektroartikel letzte Weihnachten ab, die durchaus mit der der hiesigen Mittelgebirgsgipfel vergleichbar war. Und von der Stromrechnung für die Gemeindekasse.

Marianne hatte recht, fand Liv, ärgerte sich aber dennoch über die Abfuhr, die sie ihr vorhin erteilt hatte. Immerhin hatte Liv es ernst gemeint mit ihrem Angebot, Eddi zu helfen. Andererseits war dies schon wieder eine Spur zu viel gewesen. Zu spontan, zu herausfordernd für ein kleines Dorf, das seine Touristen liebte und ihnen gleichzeitig misstrauisch gegenüberstand. Sie hatte einmal mehr ihren Fuß aus einem der sprichwörtlichen Fettnäpfchen ziehen müssen. Ihre Füße litten hier einfach zu viel.

Liv hatte sich eine dunkle Hose und ein älteres Blusentop angezogen, dazu trug sie ein Chiffontuch über dem Haar, das sie unter dem Kinn gekreuzt und im Nacken zusammengebunden hatte. Ihren Gehhilfen zum Trotz schritt sie energisch voran, als hoffe sie, so ihren unangenehmen Gedanken entkommen zu können. Waren all diese Vorkommnisse nicht ein deutliches Zeichen dafür, dass sie nicht in diese Welt passte? Dort, wo sie herkam und die vergangenen Jahre verbracht hatte, war sie kein Fremdkörper. Sie war niemals negativ aufgefallen, hatte gewusst, was sie sagen musste und wann sie zu schweigen hatte. Warum nur fiel ihr das hier so schwer?

Neben einer der fünf Brücken zögerte sie kurz und betrat dann das hölzerne Gebilde, um sich weit über die massive Brüstung hinauszulehnen. Schäumend und spritzend gurgelte der Fluss unter ihr hindurch. Entsprach ihre Erinnerung der Wahrheit oder waren ihr ihre Fehltritte nur nie widergespiegelt worden? Hatte man sie – so wie sie es selbst gelernt hatte – nur heimlich belächelt und hinter vorgehaltener Hand über so manche ihrer Taktlosigkeiten getratscht? Woher nahm sie sich das Recht zu behaupten, dass ihre Worte nie verletzend gewesen waren, sie nie falsch gehandelt hatte? Schließlich schwieg man sich, einem Höflichkeitskodex folgend, in der Gesellschaftsschicht, in der sich ihre Großmutter bewegte, über derlei aus.

Liv lehnte die Gehhilfen an das Geländer, legte die Arme auf die Brüstung und betrachtete den silbern glitzernden Fluss in seinem Flussbett. Das Wasser war stets in Bewegung und folgte dem Weg, für den es bestimmt war. Doch welcher Weg war der richtige für sie? War es wirklich richtig zu versuchen, an diesem entlegenen Ort eine Entscheidung zu erzwingen? War es nicht dumm von ihr gewesen, vor ihrer Großmutter zu fliehen? Vor den Ansprüchen an sie, dem vorherbestimmten Lebensweg, der ihr wenig Spielraum für eigene Pläne ließ? Nun hatte sie endlich die Wahl, musste allerdings feststellen, dass sie meist die falsche traf. Hieß das, dass sie für dieses einfache Dasein schlicht nicht geschaffen war? Nicht mehr, seit sie Island und das beschauliche, aber nicht eben einfache Leben dort hatte hinter sich lassen müssen? War sie wirklich, wie ihre Großmutter, ihre Lehrer und ihre Freunde es ihr stets versichert hatten, für Größeres bestimmt? Doch was genau war dieses Größere? Was war der Sinn hinter alldem? Warum vereinte sie zwei Welten in sich, die kaum gegensätzlicher sein konnten? Die eine war ebenso wenig falsch wie die andere, so viel wusste sie inzwischen. Nur nicht, in welche sie gehörte.

Liv legte die Stirn auf das raue, von der Sonne angewärmte Holz und seufzte vernehmlich. Sie hatte noch immer keine Antwort auf die Frage, wie ihre Zukunft aussehen sollte. Sie fühlte sich wie ein Zweig, der vom Flusswasser mitgerissen wurde: hilflos der Strömung ausgesetzt und herumgeworfen. Von Zeit zu Zeit blieb er an einem Hindernis hängen, schmeichelnd umspült oder aber unter die Wasseroberfläche gedrückt. So lange, bis er sich befreien konnte und weitertrudelte.

Der Fluss war wie ein Sinnbild für Livs Leben. Sie kannte den Anfang, die Strecke, die sie bereits hinter sich gebracht hatte, und das Ende – und wusste um das Danach in Gottes Ewigkeit. Dort, wo auch ihre Eltern waren und all die anderen Menschen, die sie geliebt und verloren hatte. Aber über das Wegstück dazwischen wusste sie so gut wie nichts. Weder über die Länge noch darüber, wie es verlaufen würde. Nur eines war sicher: Sie wollte sich nicht länger einfach nur dahintreiben lassen. Ihr Leben sollte einen Sinn haben, sie wollte etwas bewirken. Die Frage war nur, ob sie das als Enkelin ihrer Großmutter tun sollte – mit all den damit verbundenen Möglichkeiten – oder ob sie wirklich bereit war, ihren eigenen Weg zu gehen. Einen Weg, der ziemlich sicher mit deutlich mehr Stromschnellen versehen sein würde als der erste.

„Was soll ich tun?", fragte sie mit weit zurückgelegtem Kopf in Richtung Himmel. Lange verharrte sie und schaute den trägen Wolken auf ihrem Weg gen Westen zu. Sie lauschte dem Rascheln der Blätter an den Bäumen und der Pelargonien in den Blumenkästen am Brückengeländer, das die Melodie des Flusses sanft untermalte, bekam aber wieder einmal keine Antwort. Dies konnte nur eines bedeuten … Gott sagte: „Warte."

Diese Antwort hatte sie schon in Hamburg bekommen, noch bevor sie mit Annemarie über deren Urlaub hier in Vierbrücken gesprochen hatte. Daraufhin war der Wunsch in Liv erwacht, sich hier zu verstecken und Antworten auf ihre Fragen zu suchen. War demnach auch diese Reise ein Fehler gewesen? Hätte sie die Antworten auf ihre drängenden Herzensfragen vielmehr in den Häusern und Straßen der Hansestadt finden können? War sie womöglich vor Gott davongelaufen wie einst Jona, den erst ein drohender Schiffbruch hatte umkehren lassen? Kamen all die kleinen Missgeschicke hier den ersten aufbegehrenden Wellen eines Sturmes gleich, der sie scheitern lassen und dazu zwingen würde, geschlagen nach Hamburg zurückzukehren?

„Was soll ich tun?" Sie senkte den Kopf und betrachtete ein in einem seichteren, ruhigeren Flussabschnitt gründelndes Entenpaar. „Fräulein Ansgar nicht verhungern lassen!"

Entschlossen ergriff sie ihre Gehhilfen, humpelte auf die Straße zurück, überquerte diese und arbeitete sich keuchend die steile Seitenstraße hinauf. Schließlich bog sie nach links ab, um in die Parallelstraße zur Hauptstraße zu gelangen. Bald schon hatte sie die letzten

Häuser Vierbrückens hinter sich gelassen und näherte sich dem Sägewerk, von wo aus ihr Motorengeräusche und das mal kreischende, mal dröhnende Lärmen der Sägen entgegenhallten.

Der angenehme Duft von Holz lag in der Luft, als sie den Hof überquerte, über den der Wind Holzstaub und kleine Sägespäne wehte. Schließlich stand sie vor der Tür des Wohnhauses und läutete. Hanna öffnete ihr. Sie trug noch den Morgenmantel, ihr Haar war zerzaust und die Augen rot vom Weinen. Einem Impuls folgend schloss Liv sie in die Arme. Hanna lehnte sich schwer an sie und schluchzte sofort los. Liv ließ die junge Frau weinen, bis sie sich ihr entzog und eine Entschuldigung murmelte.

„Sie brauchen jeden Trost, den Sie bekommen können, und ich bete weiter, dass es Ihrem Bruder bald wieder besser geht. Ist es in Ordnung, wenn ich bis dahin Fräulein Ansgar versorge?"

„Das … ist sehr nett von Ihnen. Ich mag die Gans nicht sonderlich und sie mich auch nicht."

„Der Veterinär hat mir aufgeschrieben, was ich zu tun habe."

„Das ist gut. Ich könnte jemanden gebrauchen, der mir aufschreibt, wie ich den Betrieb führen muss. Der Lohn sollte heute ausbezahlt werden und –" Hanna schluchzte auf, wandte sich ab und knallte Liv die Tür vor der Nase zu.

Verständlich, fand Liv, immerhin war Hanna völlig überfordert und wollte das einer Fremden gegenüber nicht eingestehen. „Ich finde Fräulein Ansgar schon", sagte sie laut zu der geschlossenen Tür und sah sich suchend um. Da sie das Gehege von hier aus nicht sah, vermutete sie es hinter dem Haus. Tatsächlich fand sie die Gans, die bei ihrem Anblick sofort zu zetern begann, etwas abseits eines Anbaus, der wohl als Gartenhaus diente. Ein Drahtzaun, an Rundholzbalken befestigt, zäunte das Stück nackte Erde ein. Das Gehege kam Liv sehr klein vor, was erklärte, weshalb Eddi regelmäßig Ausflüge mit dem Tier unternahm. Vermutlich brauchte das Federvieh – ähnlich wie ein Hund oder ein Pferd – seine Bewegung.

„Tut mir leid, Fräulein Ansgar, aber ich werde mit dir ganz sicher nicht spazieren gehen. Dafür kennen wir zwei uns einfach nicht gut genug." Liv lehnte verschmitzt lächelnd die Krücken an den Maschendraht. Vor nicht allzu langer Zeit hatte sie genau diese Worte zu einem ihrer Verehrer gesagt.

Sie zog das Blatt Papier hervor, das Ben ihr gegeben hatte, faltete es auseinander und hob, verwundert über die erstaunlich hohe Anzahl an Halbsätzen, die Augenbrauen. Sie überflog willkürlich ein paar davon.

Verschlag auf der Rückseite des Gartenhauses. Drahtschlinge lösen. Wenn die Gans mindestens fünf Meter entfernt ist. Schnell eintreten, las sie und verdrehte die Augen. Hatte Ben es wirklich für nötig befunden, ihr jeden einzelnen Handgriff zu beschreiben? Hielt er sie denn für eine ... dumme Gans? Es fehlte nur noch, dass er ihr auftrug, das Atmen nicht zu vergessen, und ihr vorschrieb, wie groß ihre Schritte sein durften.

Kopfschüttelnd hob Liv die Drahtschlaufe an, die über zwei dicht beieinanderstehenden Holzpflöcken lag und das schmale Tor verschloss. Als sie das Gatter aufschob, kam Fräulein Ansgar flügelschlagend und wild kreischend auf sie zugestürmt. Instinktiv duckte Liv sich. Sekunden später fand sie sich auf dem Rücken liegend wieder. Die Gans hatte sie einfach überrannt.

„Nein!", stieß sie hervor, sprang auf und wollte dem Federvieh hinterhereilen, vergaß dabei jedoch ihre malträtierten Fußsohlen und den noch immer leicht schmerzenden Knöchel. Der Schmerz brachte sie ein zweites Mal zu Fall. Jetzt bäuchlings im Schmutz liegend, musste sie mit ansehen, wie Fräulein Ansgar aus dem Garten stürmte und dabei äußerst zufrieden mit dem Kopf wackelte.

Livs Blick fiel auf das Blatt Papier, das ihr aus den Händen geglitten war und nun vor ihr lag. Der nächste Punkt auf Bens Liste hieß: *Mit einer Hand kräftig wedeln. Hält die Gans davon ab, ins Freie zu stürmen.*

Liv, die viel zu lange die Luft angehalten hatte, stieß diese nun lautstark hervor. Sie schloss die Augen und ließ ihr Gesicht zurück auf den staubigen Boden sinken. *So viel zu der dummen Gans!*

Ben verließ das Gebäude, in dem Curt sein Büro hatte, und blinzelte in die Frühlingssonne. Am Vortag hatte er mit Heinrich Vogel, dem Förster, und dessen ältestem Sohn Robert gesprochen, der inzwischen in die Fußstapfen seines Vaters getreten war. Den beiden bereitete dieser viel zu sonnige und damit trockene Frühling hinsichtlich des Waldes und der darin lebenden Tiere Sorge, den Landwirten ging es vermutlich nicht anders. Ben hatte daher bei ihrem Ortsvorsteher vorsprechen wollen, um die Möglichkeiten auszuloten, die es gab, um übermäßigem Baumsterben, dem Verlust der Tier- und Pflanzenvielfalt und dem drohenden Ernteausfall entgegenzuwirken.

Allerdings war Curt noch nicht da, obwohl seine Bürozeit längst begonnen hatte. Also musste Ben später wiederkommen, sobald seine Kundschaft es zuließ. Er überquerte die kleine Seitenstraße und sah auf, als sich ihm hastige Schritte näherten. Offenbar hatte Curt es nun doch eilig, in sein Büro zu gelangen. Selten einmal hatte Ben den Freund dermaßen schnell laufen sehen, es sei denn, sie spielten Fußball.

„Gut, dass ich dich treffe, Curt. Ich –“

„Später, Schuster. Später.“ Curt klopfte ihm im Vorbeieilen gegen den Oberarm, ließ sich aber nicht aufhalten. Irritiert schaute Ben ihm nach, wurde jedoch abgelenkt, weil auf der Hauptstraße ein Automobil hörbar scharf abbremste. Gleich darauf ertönte ein röhrendes, wütend klingendes Hupkonzert.

Ben schüttelte den Kopf und setzte sich in Bewegung, in der Hoffnung, dass sich nicht schon wieder ein Tourist darüber echauffierte, dass die Frauen sich mitten auf der Straße unterhielten oder kleine Kinder darauf spielten. Hier fuhren so selten motorisierte Fahrzeuge, dass sich niemand etwas dabei dachte. Oder war womöglich Liv mal wieder …?

Ben verfiel in einen lockeren Laufschritt und eilte an seiner Praxis vorbei zur Straße. Noch immer drückte der Fahrer einer schwarzen Limousine, unverkennbar das Automobil eines Touristen, in wildem Stakkato auf die Hupe. Vor der Kühlerhaube hatte sich Fräulein Ansgar aufgebaut. Die Flügel weit ausgebreitet, was ihre beeindruckende Spannweite offenbarte, fauchte die Gänsedame den ungeduldigen Fahrer hinter der Frontscheibe an.

Ben stoppte abrupt ab. Jetzt verstand er auch, weshalb Curt es so eilig gehabt hatte, in sein Büro zu kommen und die Tür hinter sich zu schließen, womöglich sogar zu verrammeln. Nur, was machte Eddis Gans hier auf der Straße?

„Liv", resümierte Ben und winkte dem Autofahrer besänftigend zu, in der Hoffnung, dass der die Geste verstand. Fräulein Ansgar war mit dem schnarrenden, dröhnenden Lärm der Hupe weder zu beruhigen noch würde sie so die Straße freigeben.

Der Beifahrer, ein älterer Herr mit Schnurrbart und Hut, kurbelte die Seitenscheibe halb herunter. Als Fräulein Ansgar jedoch auf die Kühlerhaube sprang und ihren langen Hals in seine Richtung streckte, beeilte er sich, das Fenster bis auf einen kleinen Spalt wieder zu schließen. „He, Bauernjunge."

Ben drehte sich suchend um, sah aber niemanden außer zwei älteren Frauen, die auf die Fensterbank gestützt dem Aufstand zuschauten. Gleich darauf bemerkte er weitere neugierige Frauen- und Kindergesichter. Sie drückten sich an Ritas Salonfenstern die Nasen platt, und auch hinter dem Fenster von Hardis Wartezimmer war es außergewöhnlich voll. Offenbar hatte Fräulein Ansgar ihren ersten großen Auftritt für heute bereits hinter sich. Gleichgültig, wie erstaunlich handzahm sich die Gans in Eddis Gegenwart benahm: Ihre Zickigkeit, sobald der Junge nicht in der Nähe war, entsprach der einer alternden Diva, die von ihrem Publikum vergessen zu werden drohte.

„Ja, du", kam es etwas gepresst aus dem Auto. Ben deutete mit dem Finger auf seine eigene Brust und erntete ein genervtes Nicken. Für einen Moment spielte er mit dem Gedanken, den Touristen und seinen Chauffeur getrost Fräulein Ansgars übergroßer Geduld zu überlassen. Curt konnte ein Lied davon singen, wie lange die Gans es aushielt, jemanden zu belagern. Doch im Hinblick auf den Höflichkeitskodex, den die Dorfgemeinschaft den zahlungskräftigen Touristen gegenüber einhielt, untersagte er es sich. Außerdem war er der Tierarzt. Wer außer ihm sollte sich der wütenden Gans annehmen?

Dennoch zögerte Ben, tastete seine Hosentaschen aber schon mal nach einem Leckerbissen für ein Pferd oder einen Hund ab, fand jedoch nichts dergleichen. Ob er zuerst hinüber zu seiner Praxis gehen sollte, ehe er sich der zeternden und fauchenden Dame widmete?

„Räum das Vieh hier weg oder ich verklage deine Familie wegen Sachbeschädigung und –" Die zweite Klage, die Binokel-Edmund drohte, ging im Fauchen der Gans unter, die jetzt ihren Schnabel durch den Fensterschlitz schob.

Ben nahm sich vor, sich einen Bart stehen zu lassen. Aber vielleicht duzte der Tourist grundsätzlich jeden jüngeren Mann? Oder solche, die sich keine Limousine und den dazugehörenden Chauffeur leisten konnten? Plötzlich verstand er, warum Ursulas Selbstbewusstsein dem eines Marienkäfers glich. Seines war deutlich größer, nicht jedoch in Gegenwart der gefiederten Dame. Vor ihr hatte auch er eine gehörige Portion Respekt. Dennoch trat er langsam vom Gehsteig hinunter auf die Straße. „He, Fräulein Ansgar, ist ja gut, beruhige dich. Hat Liv meinen Zettel ignoriert? Und wir beide müssen das jetzt ausbaden." *Indem wir von dem Touristen beschimpft werden.*

Die Gans rutschte von der Motorhaube und wandte nun Ben ihre Aufmerksamkeit zu. Wenigstens fauchte sie nicht mehr, außerdem nahm sie die Flügel ein klein wenig herunter. Diese Gelegenheit nutzte der Chauffeur und gab Gas. Fräulein Ansgar fuhr herum und folgte flügelschlagend dem Auto, Ben verfolgte sie. Er kam ihr so nahe, dass er sich nach vorn warf, um sie sich zu schnappen. Doch Fräulein Ansgar schien auch am Hinterkopf Augen zu haben. Sie sprang nach links, und Ben landete unsanft auf den Pflastersteinen.

„Ach, wie schade! Beinahe hätten Sie sie gehabt." Livs Stimme ließ ihn einen Brummlaut von sich geben, ehe er den Kopf zu ihr umwandte. Sie stand am Straßenrand und hielt eine ihrer Krücken wie ein Schwert vor sich. Ihr Gesicht war hochrot, wobei das aufgrund der Staubschicht, die es bedeckte, kaum auszumachen war.

„Was haben Sie getan?", fragte er.

„Die richtige Frage wäre wohl, was ich *nicht* getan habe." Sie wedelte mit der freien Hand – viel zu spät, wie sie beide und Fräulein Ansgar wussten. Diese hatte inzwischen die Verfolgung des brummenden Monstrums aufgegeben und kam zurück.

Liv riss die Augen auf, als das Tier auf sie zukam. Sie fuchtelte wild mit einer Krücke in der Luft herum und bewegte sich rückwärts auf das Gartentor zu, durch das sie gekommen sein musste. Offenbar hatte sie Fräulein Ansgars Abkürzung durch die Gärten gefunden.

Ben stand langsam auf, da er die Gans nicht auf sich aufmerksam machen wollte, was Liv nicht entging und ganz offensichtlich nicht behagte.

„Tun Sie doch etwas, Dr. Schuster. Sie sind Tierarzt! Sie müssen doch wissen, was jetzt zu tun ist!" Ihre Stimme war seltsam schrill. Noch immer fuchtelte sie wie ein Fechtanfänger mit ihrer Gehhilfe herum, mit der anderen Hand tastete sie nach der Klinke am Gartentor. Ob der Frau bewusst war, dass die Gans den niedrigen Zaun nur Minuten zuvor schon einmal überwunden hatte? Und das, ohne das Tor zu öffnen?

Ben war für einen Augenblick abgelenkt, fand er das hilflos wirkende, um seinen Beistand bettelnde Mädchen doch sehr … einnehmend. Sonst wirkte Liv immer, als habe sie alles im Griff und stehe über den Dingen. Mit einigen Ausnahmen natürlich.

Fräulein Ansgar verringerte die Geschwindigkeit und legte auch die Flügel an, das drohende Fauchen behielt sie jedoch bei, ebenso die eingeschlagene Richtung. Ben wartete noch einen Augenblick, und gerade als er den Eindruck hatte, Liv würde jeden Moment eine Rolle rückwärts über das Holztor wagen, sprang er nach vorn und bekam die Gans zu fassen. Diese fauchte erbost, unterließ es aber, nach ihm zu hacken. Dermaßen in den Schwitzkasten genommen, wurde Fräulein Ansgar auf einmal vollkommen … ruhig. Ben traute dem Braten nicht und war entsprechend erleichtert, als plötzlich Hardi neben ihm auftauchte und dem Vieh eine Mullbinde um den Schnabel wickelte.

„Offensichtlich schmelzen die garstigsten Damen in deinen Armen förmlich dahin, West-Schuster", zog Hardi ihn auf.

„Und du hast diese Maßnahme beim weiblichen Geschlecht schon des Öfteren erfolgreich angewendet?", schoss Ben zurück und deutete mit dem Kinn auf den zugebundenen Schnabel der Gänsedame.

„Der Gentleman genießt und schweigt."

„Der Gentleman hätte dem *Bauernjungen* durchaus schon früher zu Hilfe kommen können."

„Um diesen Spaß zu verpassen? Niemals!"

„Meinen Sie damit Fräulein Ansgars Angriff auf mich?" Liv klang noch immer atemlos, hob aber schon wieder angriffslustig ihre Krücke.

Vielleicht sollte Hardi sich vorsehen. Ben behielt den Gedanken für sich und wartete gespannt darauf, was als Nächstes folgen würde.

„Den auf den Touristen", berichtigte Hardi schnell.

„Wozu ich mich übrigens auch zähle."

„Wenn Sie das sagen." Hardi grinste Ben breit an, der, da Liv sein Gesicht sehen konnte, zumindest versuchte, eine Pokermiene aufzusetzen. Plötzlich war auch die Straße wieder von Frauen, Kindern und einigen Männern bevölkert, ein paar von ihnen klatschten Beifall.

Liv kam vorsichtig näher und raunte Ben zu: „Jetzt sind Sie offenbar der Held des Jahres."

„Glauben Sie mir, länger als einen Tag hält der Ruhm hier nie an."

„Oh, das heißt, auch meiner verblasst heute Nacht wieder?"

„Wenn sich herumspricht, dass Sie des Lesens nicht mächtig sind, wird das noch viel schneller geschehen."

„Ich könnte Fräulein Ansgars Ausbruch auf Ihre unleserliche Handschrift schieben."

„Netter Versuch, Fräulein Liv. Allerdings wurde ich schon in der Grundschule für meine schöne Handschrift gelobt."

„Auch der Ruhm eines Tages?"

„Den ich immer wieder auffrische."

„Dann werde ich wohl zugeben müssen, wieder mal gehandelt zu haben, ohne zuvor …"

„… nachgedacht zu haben?" Ben grinste Liv breit an, in dem Wissen, zielgerichtet ihr Problem aufgedeckt zu haben.

„Übertreiben wir es nicht. Einigen wir uns einfach auf …"

„… Ihren ausgeprägten Eigensinn, der dazu führt, dass Sie unbedingt Ihren Kopf durchsetzen wollen?"

Livs Blick wurde nachdenklich, was in Ben den Verdacht aufkeimen ließ, dass auch dies ein wesentliches Merkmal ihres Charakters sein musste. Und dass ihr das zuletzt einige Schwierigkeiten eingehandelt hatte. Vielleicht nicht nur hier in Vierbrücken.

Kapitel 9

Peter konnte nach mehrtägiger Suche zumindest einen kleinen Ermittlungserfolg vorweisen, denn er hatte herausgefunden, dass Liv sich mit einem Taxi von Hamburg nach Handeloh zum Bahnhof hatte fahren lassen, was dem Fahrer seltsam vorgekommen war.

Nun stand Peter in der winzigen Schalterhalle eben jenes Gebäudes und wartete auf die junge Frau, die an dem Tag Dienst gehabt hatte, als Liv ihr Zugticket gekauft haben musste. Er wartete schon lange, was den Verdacht in ihm aufkeimen ließ, dass man die Bahnangestellte seinetwegen nicht nur aus einem der hinter den Schaltern gelegenen Räumlichkeiten herbeiholte, sondern womöglich von zu Hause.

Schließlich trat eine etwa Zwanzigjährige auf ihn zu, deren rotes Haar zu einem Pferdeschwanz gebunden war. Sie verharrte kurz und musterte sichtlich beeindruckt seine Aufmachung. Vermutlich bekam sie auf dem hiesigen Bahnhof selten einmal mehr zu sehen als Wanderer oder Männer, die zur Arbeit fuhren.

„Man sagte mir, Sie suchen Ihre Verlobte?“ Die junge Frau lächelte, und die Sommersprossen in ihrem Gesicht kräuselten sich, was Peter reizend fand. Doch in Anbetracht dessen, dass er sich als Livs Verlobter ausgegeben hatte – ein Status, der ihm nicht zustand –, behielt er jede Form von bewundernder Anerkennung, ja selbst ein höfliches Kompliment, für sich.

„Das ist in der Tat der Fall.“

Die Rothaarige neigte leicht den Kopf, fast so, wie Liv es gern tat, dabei zog sie ihre hellen Augenbrauen misstrauisch zusammen. „Wie kommt es, dass man seine Zukünftige … verliert?“

Peter ärgerte sich über ihre Neugier, auch wenn sie durchaus berechtigt war. Die Frau wurde sicherlich nicht jeden Tag nach einer verschwundenen Verlobten befragt. Vermutlich schuldete er ihr eine Antwort, am besten eine, die sie nicht zu einer Art solidarischer Unterstützung gegenüber der Unbekannten verleiten würde.

„Das ist eine … traurige Geschichte“, begann er unbeholfen und streckte ihr hastig eine Fotografie entgegen.

Die junge Frau kniff die Augen zusammen und musterte Liv, die auf dem Bild Reitkleidung trug und zudem mit Schlamm bespritzt war, allerdings fröhlich in die Kamera lächelte.

Der Blick der Frau wanderte zu Peters Gesicht, über seine Krawatte, das weiße Hemd, die graue Weste und die dazu passende Anzugshose bis hinunter zu seinen glänzenden schwarzen Schuhen.

„Sie sind, was man gemeinhin eine gute Partie nennt?“, murmelte sie vor sich hin. Wieder musterte sie die Fotografie, und Peter hoffte, sie würde die richtigen Schlüsse ziehen. Der Kontrast zwischen seinem Erscheinungsbild und Livs Äußerem auf dem Foto hätte kaum größer sein können. Und genau das würde die Rothaarige hoffentlich zu der Annahme verleiten, es hier mit einer typischen Aschenputtelgeschichte zu tun zu haben. Die Bahnangestellte wollte bestimmt viel lieber eine helfende Taube sein als die böse Stiefmutter.

Ihr Zögern brachte seine Hoffnung erheblich ins Wanken. Wie jenes Bäumchen im Märchen, nur dass für ihn keine Wünsche in Erfüllung gingen.

Jetzt drängte sich ihr Vorgesetzter in den Vordergrund. „Fräulein Astrid, Sie beantworten unverzüglich alle an Sie gerichteten Fragen.“

Im Gesicht von Astrid zuckte es, aber sie kam der Bitte nach.

„Ich erinnere mich an die Frau“, gab sie nun bereitwillig zu.

„Meine liebe Verlobte hat also die Fahrkarte bei Ihnen gelöst? Ich bitte Sie aufs Herzlichste, nennen Sie mir den Zielort.“ Er ging leicht in die Knie und legte noch mehr Dringlichkeit in seine Stimme, als er hinzufügte: „Ich *muss* sie einfach finden.“

Ein zurückhaltendes Lächeln erhellte Astrids Gesicht, als sie Peter die Fotografie zurückgab. Sein Charme hatte wieder mal gesiegt.

„Versuchen Sie es in Freudenstadt."

„Im Schwarzwald? Ja, das könnte passen. Sie liebt die Natur, weitläufige Wälder begeistern sie seit jeher."

„Dann wünsche ich Ihnen viel Glück. Und das ersehnte glückliche Wiedersehen." Astrid sah ein wenig traurig aus, sehnsüchtig, wie er fand.

Peter nahm ihre Rechte in die seine und führte sie für einen kurzen Augenblick an seine Lippen. Bei dieser altmodischen Geste begann ihr Gesicht förmlich zu glühen. Er bedankte sich noch einmal und verließ eilig das Bahnhofsgebäude. Liv befand sich also irgendwo im Süden des Landes. Dass sie direkt in Freudenstadt zu finden sein würde, nahm er eher nicht an. Aber zumindest hatte er einen Anhaltspunkt, der ihn näher zu ihr bringen würde.

Liv blieb außerhalb des Gatters stehen und sah zu, wie Ben Fräulein Ansgars Futter- und Wassernapf auffüllte. Innerhalb der Umfriedung benahm sich die Gans durchaus gesittet, von einem gelegentlichen Fauchen in Bens Richtung einmal abgesehen. Offenbar war sie glücklich, endlich ihr Frühstück zu bekommen.

Nachdenklich spielte Liv mit den Fingern am Maschendraht herum. Ben hatte sie eigensinnig genannt. Lag darin ihr Problem begründet, weshalb sie sich nicht entscheiden konnte, welches Leben sie wählen sollte? War es jenem Eigensinn geschuldet, dass ihr die Vorstellung von einer Zukunft in Hamburg Angst machte? Oder steckte doch viel mehr von der freiheitsliebenden Person in ihr, zu der ihr Vater sie erzogen hatte? Die, die ein Leben führen wollte, das nicht von Traditionen bestimmt war, eines, in dem sie ihre eigenen Spuren hinterlassen durfte, statt in die Fußstapfen derer zu treten, die denselben Weg bereits Generationen vor ihr gegangen waren. Was war richtig? Ihren eigenen Träumen zu folgen oder denen ihrer Großmutter?

Liv seufzte leise. Sie vermisste plötzlich die karge Schönheit Islands. Jene klare, kalte Luft, das Dampfen der heißen Quellen, die tanzenden

Nordlichter in eiskalten Nächten, die Einfachheit des Seins. Dort war alles so viel unkomplizierter gewesen. Aber könnte Liv in Island – auch ohne ihren Vater – Spuren hinterlassen, wie sie es sich wünschte? Sie wollte Gutes tun. Ein sinnerfülltes Leben führen – so wie Gott es für ihr Leben vorgesehen hatte.

Wie passte nun ihr Aufenthalt hier im Schwarzwald in dieses Gefüge? Eigentlich war der Urlaub als Zeit des Nachdenkens, Prüfens und Entscheidens geplant gewesen, in Wirklichkeit waren ihre Tage hier aber voller Ablenkung und innerem Aufruhr.

Sie verlor sich in die Lebensweise dieser Menschen, spürte, wie ihr Herz an ihr zupfte, als wollte es ihr sagen, dass sie sehr genau prüfen sollte, wohin es sie zog. Im Grunde brachte ihr Aufenthalt in Vierbrücken keine Entscheidung mit sich, sondern rief noch wesentlich mehr Fragen und zugleich Zweifel in ihr wach.

Livs Blick fiel auf Ben. Er trat durch das Gatter, legte äußerst sorgfältig die Drahtschlaufe über die beiden Holzpfosten und drückte sie sogar etwas fest. Vermutlich stand auch dieser Handgriff auf dem Zettel mit seinen expliziten Anweisungen zur Versorgung der herrischen Gänsedame.

„Sie sind immer wieder für eine Aufregung gut, Fräulein Liv."

„Das sehen Sie jetzt aber völlig falsch. Fräulein Ansgar hat für den Aufruhr gesorgt."

„Reden Sie sich das nur weiter ein."

„Bitte! Man wird in Vierbrücken doch nicht schon herumerzählen, dass ich mich von einer Gans habe überlisten lassen? Dass meinetwegen erneut ein Tourist verärgert wurde?"

Ben grinste sie an. „Darauf können Sie wetten."

„Vielleicht sollte ich zum Hotel gehen und mich bei den Herren entschuldigen", überlegte Liv laut, wobei ein klitzekleines perlendes Gefühl in ihrem Inneren sie mahnte, sich dringend zusammenzureißen. Dachte sie nämlich über das Erlebte nach, drohte sie eine gehörige Portion Heiterkeit zu überfallen. Bei der Erinnerung an die verängstigten Autoinsassen, an Ben, den man als Bauernjungen betitelt hatte, und an seinen kurzen Schlagabtausch mit Hardi, der sich erst herausgewagt hatte, als die Gans bereits unschädlich gemacht worden war, befürchtete sie, lauthals loslachen zu müssen, anstatt sich zu entschuldigen.

„Lassen Sie es besser sein."

„Warum?", japste Liv in dem vergeblichen Versuch, ernst zu bleiben.

„Sie würden es nur noch schlimmer machen."

„Meinen Sie?"

„Vor allem in diesem Aufzug." Ben malte vor ihrem Gesicht mit dem Finger einen Kringel in die Luft. Die Heiterkeit in ihrem Inneren fiel zusammen wie die Bierdeckel im Schdüble, als sie versucht hatte, eine Brücke zu bauen.

„Was ist mit meinem … Aufzug?" Liv besah sich ihre staubige Kleidung und klopfte diese ab. Als sie wieder halbwegs sauber war, lächelte sie Ben herausfordernd an. Der trat näher an sie heran und beugte sich ihr entgegen. Liv riss die Augen auf.

„Sie sehen aus, als hätten Sie Ihr Gesicht in eine Schüssel mit Asche getaucht."

„Warum sollte jemand etwas so Unsinniges tun?" Ihre Frage schien Ben aus dem Konzept zu bringen. Er lachte irritiert auf und kam mit seinem Gesicht dem ihren noch näher. Liv spürte den Zaunpfahl in ihrem Rücken, konnte also nicht weiter zurückweichen. Was plante Ben? Wollte er sie intensiver betrachten, um herauszufinden, was sie da im Gesicht hatte?

Das Kribbeln in ihrem Inneren widersprach dieser Theorie, ebenso wie das Flackern in Bens blauen Augen. Seine Fingerspitzen strichen sanft über ihre Wange, wanderten hinunter zu ihrem Kinn. Ohne dass Liv es wollte, öffnete sie leicht die Lippen. Sie fühlte sich atemlos.

Ben sah sie weiterhin an, und sie war außerstande, ihren Blick abzuwenden. Hier geschah etwas, worüber sie keinerlei Kontrolle hatte. Er schob ihr sachte eine widerborstige Locke hinters Ohr; Liv glaubte zu verglühen. Sein Gesicht näherte sich dem ihren noch ein wenig mehr.

„Ah, die Gans ist wieder da!"

Liv und Ben sprangen auseinander und wirbelten synchron zu Hanna herum, die hinter dem Gartenhaus hervorgetreten war.

„Ich gehe jetzt einfach mal davon aus, dass Sie nicht von mir sprechen", japste Liv.

„Fräulein Ansgar hatte für heute genug Bewegung", beteuerte Ben zeitgleich.

Hanna sah von Liv zu Ben und taxierte dann wieder Liv, dabei verschränkte sie die Arme vor der Brust.

„Hast du einen Moment Zeit, Ben? Heute ist Zahltag und ich habe keine Ahnung –"

„Entschuldige bitte, aber auf mich warten eine Menge Schafe. Warum bittest du nicht Hardi um Hilfe?"

Liv war sich sicher, dass Ben die Zeit durchaus hätte erübrigen können, es jedoch nicht für angebracht hielt, sich in die finanziellen Belange eines Ost-Schusters einzumischen. Vermutlich traf er damit eine weise Entscheidung.

„Ja sicher, weil eine Menge Schafe warten", seufzte Hanna, bedachte Liv mit einem vorwurfsvollen Blick und stapfte mit hängendem Kopf davon.

„Vielleicht könnte ich …" Liv zog die Schultern hoch.

Ben sah sie mit gerunzelter Stirn an. „Wollen Sie mir jetzt erzählen, dass Sie neben dem Reparieren von Motoren auch etwas von Finanzbuchhaltung verstehen?" Seine Stimme enthielt eine wenig versteckte Warnung. Von dem vorherigen Gefühl in seinen Augen war nichts mehr übrig, vielmehr glaubte Liv, puren Spott darin zu erkennen.

„Lassen Sie mich überlegen. Nein, ich fürchte, Sie täuschen sich." Liv drehte sich um und humpelte erhobenen Hauptes davon. Dabei hatte Ben völlig recht. Sie könnte ihm einen Vortrag zur gängigen Mode halten, über Stoffe und Schnitte, Hüte und Schuhe. Oder über erlesene Speisen und die passende Getränkeauswahl, über Musik- und Kunststilrichtungen, über diverse Museen in New York und London und darüber, dass man eine Dame besser nicht fortlaufend brüskierte. Aber über Finanzen wusste sie nicht mehr als die Tatsache, dass es einen Menschen nicht unbedingt glücklicher machte, wenn er viel Geld besaß; es erleichterte jedoch vieles und machte einem das Leben angenehmer.

Ben holte sie rasch ein und ging einige Schritte neben ihr her. „Überlegen Sie sich gut, ob Sie Ihren Ruhm schon wieder aufs Spiel setzen oder ihn noch ein paar Stunden auskosten wollen." Bei diesen Worten tippte er sich ein weiteres Mal an die imaginäre Hutkrempe und bog in Richtung Dorf ab.

Liv blieb stehen. Sie wollte Ben einen ordentlichen Vorsprung lassen, ehe auch sie das Grundstück der Ost-Schusters verlassen würde. Sollte er doch denken, dass sie sich tatsächlich in die Belange der Sägewerks-Familie einzumischen gedachte.

Ein Geräusch hinter ihr ließ Liv den Kopf drehen. Hanna, nun nicht mehr im Morgenmantel, sondern in einem blauen Rock mit weißer Bluse, saß auf der Treppe und hatte das Gesicht in den Händen verborgen. Ihre zuckenden Schultern verrieten, dass sie weinte.

Liv blickte über den mit Sägemehl bestäubten Hof hinweg zum offen stehenden Tor, das Ben bereits passiert hatte. Sollte sie seinem Rat nicht besser folgen und ebenfalls gehen?

Na gut, ich bin eigensinnig. Liv machte kehrt, stieg die Stufen zur Haustür hinauf und ließ sich neben Hanna nieder. Sachte legte sie dem jüngeren Mädchen eine Hand auf die Schulter. Ein lautes Aufschluchzen bekundete, dass Hanna ihre Anwesenheit wahrnahm, ihr Wegrutschen, auch wenn es nur ein paar Zentimeter waren, ihr damit einhergehendes Unbehagen. Allerdings floh sie nicht ins Haus, und schließlich hatte sie vorhin schon Livs Umarmung zugelassen. Offenbar war das Mädchen völlig verwirrt und restlos überfordert mit der dramatischen Situation.

Schweigend blieb Liv sitzen. Damit konnte sie kaum etwas falsch machen, nicht einmal hier in Vierbrücken.

„Was soll ich denn jetzt tun?", schluchzte Hanna schließlich erstickt auf.

„Das weiß ich auch nicht so genau", gestand Liv leise.

„Ich kann die Männer doch nicht ohne ihr Geld heimschicken. Die Familien sind darauf angewiesen. Viele der Väter arbeiten Doppelschichten, weil sie das Geld brauchen. Da sind die Müllers mit ihren sieben Kindern. Und die Weißens, deren Haus letzten Winter abgebrannt ist. Und –" Hanna begann wieder zu weinen.

„Dann sollten wir wohl wirklich dafür sorgen, dass die Männer zu ihrem Geld kommen“, murmelte Liv und hätte Hanna am liebsten an sich gedrückt. Dass diese sich so sehr um die Familien der Holzfäller und Sägewerksmitarbeiter sorgte, widersprach dem Bild, das sich Liv von Ritas Hühnchen gemacht hatte. Mit einem Mal fühlte sie sich dem Mädchen eng verbunden.

„Aber wie?“

„Ich denke, dein Vater führt sehr genau Buch darüber, wie viele Arbeitsstunden die Männer täglich verrichten.“

„Es gibt eine Stechuhr. Ich verstehe die Karten jedoch nicht. Es gibt doch keine Uhrzeiten mit fünfzig oder fünfundsiebzig Minuten.“

Liv rieb sich die Stirn. „Vielleicht steht die Fünfzig für dreißig Minuten und die Fünfundsiebzig für fünfundvierzig Minuten.“

Hanna wandte sich zu ihr um. Der Anblick ihrer geröteten Augen und des verquollenen Gesichts schmerzten Liv. Wie gern würde sie dem Mädchen helfen. Wenn sie es nur zuließe …

„Das würde bedeuten, dass der Arbeiter bis drei viertel sechs gearbeitet hat, wenn da fünf-fünfundsiebzig aufgestempelt ist?“

Liv zog die Schultern hoch, weil sie mit der Bezeichnung „drei viertel“ nicht viel anfangen konnte, erhob sich aber tatendurstig. „Wir können das sicher herausfinden, immerhin muss dein Vater die Karten und Abrechnungsbelege aufbewahren. Wenn seine Zahlen von der letzten Abrechnung genau das besagen, liegen wir richtig.“

„Und wo bekomme ich das Geld her?“

„Vermutlich hat es dein Vater von der Bank in der nächstgrößeren Stadt geholt. Das wirst du nicht an seiner Stelle tun können. Aber es gibt im Haus sicher eine Bargeldkasse. Für solche Auftraggeber, die bar bezahlen. Vielleicht liegen darin auch Schecks, die wir an die Arbeiter weitergeben können. Sie lösen sie dann ein und teilen sich das Geld untereinander auf. Wir müssen nur darüber Buch führen, wem wir was und wie viel gegeben haben, damit dein Vater das später nachvollziehen und wieder berichtigen kann.“

„Das wird ihm nicht gefallen.“ Hanna klang erneut schrecklich verzagt.

„Es wird ihm aber auch nicht gefallen, wenn seine Arbeiter ohne ihren wohlverdienten Lohn nach Hause gehen müssen.“

„Bestimmt nicht. Papa ist da überaus korrekt.“

„Jetzt ist er mit Eddi beschäftigt, was völlig verständlich ist. Doch sobald ihm einfällt, dass er den Zahltag versäumt hat, wird ihm das sicher sehr unangenehm sein. Dann kannst du ihn damit beruhigen, dass jede Familie in den nächsten Tagen ihre Rechnungen bezahlen kann.“

„Gut, versuchen wir es.“ Hanna öffnete die Tür und hielt sie einladend für Liv auf.

Ben schloss die Tür zu seiner Praxis auf und öffnete zuerst die Fenster. Hedwig hatte am Vortag deutlich zu viel 4711 aufgelegt. Die Duftwolke, die wie Nebel in den Räumen zu hängen schien, ließ in ihm die Vermutung aufkommen, dass seine Angestellte sogar darin badete. Umso mehr freute er sich auf den süßlich-herben Pferdegeruch, den er heute ausgiebig würde genießen können, da in einem der Nachbartäler eine Fohlen- und Kälberauktion stattfand, zu der er und einige weitere Tierärzte eingeladen waren, falls ein Käufer die fachkundige Expertise eines Veterinärs einholen wollte.

Als er hörte, dass die Eingangstür geöffnet wurde, drehte er sich erwartungsvoll um. Am Vortag hatte er Liv nicht mehr zu Gesicht bekommen, obwohl er, das musste er zugeben, ständig nach ihr Ausschau gehalten hatte. Deshalb hatte er auch im Hirschen zu Abend gegessen. Allerdings war Liv nicht aufgetaucht, dafür aber die beiden Herren aus der schwarzen Limousine. Ben hatte sich ihnen als der hier ansässige Veterinär vorgestellt, was bei dem Beifahrer ein verlegenes Zwinkern hervorgerufen hatte – und ein kaum verhohlenes Gelächter am Binokel-Stammtisch. Nein, in Vierbrücken blieb nichts lange geheim, und deshalb wusste Ben inzwischen auch zwei Dinge: Zum einen grassierte das Gerücht, er und Liv wären beim Küssen ertappt worden, zum anderen hatte Liv den Nachmittag und den Abend offenbar im Haus von Edmund dem Dritten verbracht. Genau genommen hatte Ben noch eine dritte Sache erfahren, nämlich dass die Einwohner von Vierbrücken sich nicht einig darüber waren, ob sie Livs Einmischung in die Belange des Ost-Schusters nun gut oder aufdringlich fanden. In einem Punkt jedoch stimmten alle überein: Es war gut, dass die Arbeiter im Sägewerk ihre Lohntüten bekommen hatten.

Dennoch begann Liv, wenngleich ungewollt, den Ort zu spalten – und diese Tatsache hatte vermutlich jenen Gast in seine Praxis geführt, den er jetzt vor sich sah: Marianne.

Ben ließ sich seine Enttäuschung nicht anmerken. Liv, die ihm von ihrer kleinen Heldentat bei Hanna erzählen oder sich darüber aufregen wollte, dass einige Dorfbewohner sie in ihren Augen schon wieder grundlos schräg anschauten, wäre ihm lieber gewesen. Es hätte ihm auch nichts ausgemacht, wenn sie ein weiteres Mal in dieses Loch im Gehweg getreten wäre …

Er schalt sich einen unsensiblen Egoisten und begrüßte Marianne, die mit in die Seiten gestemmten Händen wie ein Racheengel in der Tür stand. Sein zweiter Blick auf sie ließ ihn die Lippen zusammenpressen, um nicht laut loszulachen.

Marianne trug einen bäuerlich wirkenden braunen Wollrock, eine viel zu enge altmodische Bluse und darüber eine graue ärmellose Strickjacke. Sein Blick wanderte zu ihren Füßen, und seine Vermutung bestätigte sich: Unter dem langen Rocksaum schaute ein Paar klobige Schuhe hervor, die rein gar nichts mit den Pumps gemein hatten, die für gewöhnlich Mariannes Zehen einquetschten. Dass sie sich in ihrer Aufmachung unwohl fühlte, bewies die gereizte Handbewegung, mit der sie den dicken, rauen Blusenstoff von ihrem Oberkörper wegzerrte, damit er sie nicht kratzte.

„Für die Ernte bist du zu früh dran, Kartoffel-Marianne", spottete Ben.

„Lieber Ben, ich habe entschieden, meine Heimatliebe auch optisch zum Ausdruck zu bringen."

„Niemand spricht dir ab, dass du Vierbrücken liebst und alles für das Dorf tun würdest."

„Ich bin jedoch zu der Überzeugung gelangt, dieses Anliegen meinerseits noch viel deutlicher … hervorzuheben. Durch eine entsprechende Garderobe.“

„Wenn du meinst.“

Marianne vollführte eine affektiert wirkende Handbewegung, die überhaupt nicht zu ihrem neuen Kleidungsstil passte, ging auf Ben zu, ergriff ihn bei der Hand und zog ihn in sein kleines Büro. Dort schob sie ihn in Richtung Schreibtisch, sodass ihm nichts anderes übrig blieb, als sich auf das ungeliebte Möbel zu setzen. Er war lieber draußen in der freien Natur, als sich hier drinnen dem Bürokram zu widmen …

„Weshalb ich hier bin, lieber Ben, kannst du dir sicher denken.“

Du willst mich über den Beinahekuss aushorchen. Und wenn du noch einmal „lieber Ben“ zu mir sagst, rufe ich den Disput zwischen den Schuster-Familien wieder aus. „Vermutlich geht es um Eddi den Vierten?“

„Ganz richtig. Und auch wenn du ein West-Schuster bist, bin ich mir sicher, dass dein Herz groß genug ist, um Eddi nur das Beste zu wünschen.“

„Ich dachte, wir hätten die Auseinandersetzung zwischen unseren Familien inzwischen in das tiefste Loch geworfen, das es in Vierbrücken gibt.“

„Du meinst das auf dem Gehweg gegenüber?“

Ben grinste. Marianne hatte durchaus Humor, das wusste er noch aus Schulzeiten. Allerdings hatte sie diesen in den vergangenen zehn Jahren gern mal hinter einer gewissen Hochnäsigkeit und Bissigkeit versteckt.

Marianne lächelte zurück und spielte mit dem Ende ihres hellblonden, heute geflochtenen Zopfes. „Wir sollten dafür sorgen, dass es endlich zugeschüttet wird. Nicht, dass jemand das generationsübergreifende Ungeheuer darin zu neuem Leben erweckt. Jemand wie diese Liv zum Beispiel.“

Und schon finde ich dich wieder weitaus weniger humorvoll. „Was schwebt dir bezüglich Eddi dem Vierten vor?“

Marianne kam näher und legte eine Hand auf Bens linkes Knie. Verwirrt betrachtete er ihre schlanken Finger mit den manikürten Nägeln.

„Wir Frauen haben bereits damit begonnen, Handarbeiten herzustellen, Walli hat sich sogar bereit erklärt, ihre Töpferwerkstatt mal wieder zu nutzen. In ein paar Wochen wollen wir einen Basar veranstalten, und dafür plane ich ein rauschendes Sommerfest hier in Vierbrücken. Die kompletten Einnahmen sollen selbstverständlich in einen Spendenfonds wandern."

Ben nickte und betrachtete wieder die Hand auf seinem Knie. Als werde ihr jetzt erst ihr Tun bewusst, zog Marianne sie eilig zurück und versteckte sie gleichzeitig mit der anderen in den tiefen Falten ihres Rockes. Dabei zeigte sie ein schüchtern anmutendes Lächeln, das so gar nicht zu ihr passen wollte.

„Dein Einsatz in Ehren, Anni, aber der Sägemühlen-Edmund nagt nicht gerade am Hungertuch." *Und dank Liv haben seine Angestellten, die deutlich weniger auf der hohen Kante liegen haben, gestern ihren Lohn erhalten.*

„Das weiß ich doch. Allerdings hat er gestern bei seinem Telefonat mit Hanna gesagt, dass die Ärzte ihnen kaum Hoffnung machen. Eddi wird vermutlich nie wieder gehen können." Marianne schniefte kurz auf. „In der Schweiz gibt es einen Spezialisten für solch schwere Knochen- und Knorpelverletzungen. Ihn kommen zu lassen und seine Dienste in Anspruch zu nehmen, wird jedoch nicht von der Krankenkasse bezahlt. Die Schusters müssten das Honorar, die Fahrtkosten und die Unterbringung privat aufbringen. Und das übersteigt dann doch ihre finanziellen Möglichkeiten. Zumal – wenn auch dieser Spezialist nichts für Eddi tun kann – der Junge zeitlebens auf einen Rollstuhl angewiesen sein wird."

Ben fuhr sich mit der Hand über das Kinn und bemerkte erst jetzt, dass er an diesem Morgen die Rasur vergessen hatte. Weil er in Gedanken bei einer ganz bestimmten jungen Frau gewesen war, dabei, wie weich ihre Haut sich angefühlt hatte …

„Bist du mal mit offenen Augen durch Vierbrücken gegangen?" Mariannes Frage zerrte ihn in die Gegenwart zurück.

„Für gewöhnlich habe ich meine Augen offen, wenn ich durch die Straßen gehe."

„Nimm mich bitte ernst, Ben. Überall gibt es hohe Bürgersteige, Treppen, Türschwellen. Selbst bei vier unserer fünf Brücken ist das so. Eddi würde mit seinem Rollstuhl nirgends hinkommen. Jetzt ist er noch klein und recht leicht. Jemand kann ihn hochheben und tragen. Doch was wird in fünf, sechs Jahren sein? Und in zwanzig oder dreißig? Und komm mir bitte nicht mit der Antwort, dass Fräulein Ansgar ihn auf den Rücken nehmen kann."

„Fräulein Ansgar kann nicht mehr fliegen."

„Das meinte ich doch."

Ben schmunzelte. Ganz so hatte Marianne es sicher nicht gemeint. Aber er wollte nicht kleinlich sein. Außerdem gefiel ihm ihr Weitblick und der damit verbundene Eifer. *Man kann über Anni denken, was man will – es steckt ein gutes Herz in ihr.*

„Und wie komme ich jetzt ins Spiel?"

„Zum einen hoffe ich natürlich auf eine großzügige Spende, Herr Doktor. Du wirst ja nicht, wie es bei deinem Vater der Fall war, mit Hühnern, Eiern, Kartoffeln und frisch gebackenem Brot statt mit Geld bezahlt."

Ben verkniff sich den Hinweis, dass dies bei der einen oder anderen Familie durchaus noch vorkam und er als Landtierarzt nicht gerade auf Rosen gebettet war. Er hatte sein Auskommen, und wenn er Eddi helfen konnte, würde er das selbstverständlich tun. Allerdings blieb abzuwarten, was Marianne in petto hatte.

„Du fährst heute zum Viehmarkt in Schiltach, nicht wahr?"

„In etwa zwei Stunden, ja."

„Dann werde ich dich begleiten. Ich will dort die Werbetrommel für unser neu ins Leben gerufene Sommerfest und den Spendenbasar rühren."

„So?" Ben zeigte auf ihre Bluse, deren Knopfleiste auf Höhe ihrer weiblichen Rundungen spannte und dem Betrachter tiefe Einblicke gewährte, und grinste sie schief an.

„Ich stehe zu meinen Entscheidungen."

„Du siehst aus, als bräuchtest du das Geld für dich selbst."

„Blödsinn! Viele Frauen hier sind so gekleidet."

„Aber keine von ihnen ist die Tochter des ehemaligen Ortsvorstehers von Vierbrücken und zugleich die Stieftochter von Walli Schuster. Deine Stiefmutter und du, ihr habt jahrelang dafür gesorgt, dass die Leute dich kennen, Anni. Und im Moment siehst du aus wie eine schlecht gemachte Blaupause deiner selbst."

„Nimmst du mich nun mit oder nicht?" Marianne zog die gezupften Augenbrauen weit hoch und bedachte ihn mit ihrem hochnäsigsten Blick. Den hatte sie tatsächlich schon in der Grundschule beherrscht, nicht erst, seit sie unter die Fuchtel von Walli geraten war.

„Aber sicher."

„Dann ist das abgemacht. Ich bin pünktlich in zwei Stunden bei deinem Wagen."

„Gut, in dieser Aufmachung wird es dich ja sicher nicht stören, dass der nach Vieh riecht und nicht gerade sauber ist."

Marianne lächelte Ben ein letztes Mal an und verließ sein Büro, wobei ihr schwingender Rock ihm erneut einen Blick auf ihre Schuhe gewährte, die ihr gut drei Nummern zu groß sein mussten. Wo sie diese und den Rock samt Bluse und Weste wohl aufgetrieben hatte?

Kaum dass die Praxistür ins Schloss schnappte, kam Hedwig herbeigeeilt. Das war erstaunlich, immerhin bewegte sich seine Sprechstundenhilfe für gewöhnlich keinen Zentimeter von der Empfangstheke weg, nachdem sie am Morgen ihren Platz eingenommen hatte.

„War das gerade Marianne Schuster? *Die* Marianne Schuster?"

„Ich bin mir nicht so ganz sicher."

„Macht sie das, weil sie Sie beeindrucken will? Immerhin scheinen Sie eher auf den rustikalen Typ Frau zu stehen."

Ben drohten die Gesichtszüge zu entgleisen. Auf den Gedanken, dass Marianne plötzlich ihr Interesse an ihm intensiviert haben könnte, war er noch gar nicht gekommen. Allerdings tänzelten die unverheirateten Mädchen von Vierbrücken ständig um ihn, Curt und die wenigen anderen ledigen Männer herum wie verspielte Welpen um einen Igel. Mariannes Benehmen besagte demnach nicht viel, weshalb er den Verdacht als unsinnig beiseiteschob. Und überhaupt – falls Hedwig sogar im Nachbardorf von dem Beinahekuss gehört haben sollte, war Liv doch ganz sicher niemand, den man als rustikal bezeichnen würde. Es sei denn, eine zentimeterdicke Staubschicht als Make-up zählte dazu?

Wieder wanderte sein Blick zum Fenster, das Hedwig gerade schloss. Was Liv wohl derzeit machte? Ob er sie einladen sollte, mit ihm die kleine Viehauktion zu besuchen? Allerdings verspürte er wenig Lust darauf, Marianne und Liv gemeinsam in seinem Wagen zu befördern. Da würde er sich lieber zwischen Fräulein Ansgar und Curt werfen.

Zwei Stunden später öffnete er für Marianne die Beifahrertür seines Geländewagens. Sie hatte einige Mühe, sich mit ihrem engen rosafarbenen Neckholderkleid auf den Sitz zu wuchten. Ben war nur froh, dass sie die Schultern mit einem kurzen Jäckchen bedeckt hatte, das sich wohl Bolero nannte. Beim Anblick ihrer hochhackigen Pumps wollte er sie eigentlich fragen, ob ihr bewusst war, dass er sie nicht zu einem Theaterbesuch eingeladen hatte. Sie würde damit über eine Wiese stöckeln müssen, die mit allerlei tierischen Hinterlassenschaften bestückt war.

Der eiskalte, mahnende Blick aus ihren graublauen Augen ließ ihn den Mund wieder schließen, ohne einen Ton gesagt zu haben. Nein, mit dieser Frau würde er sich heute lieber nicht anlegen.

Kapitel 10

Liv saß bei einem späten Frühstück und war sich nicht sicher, warum Ursula sie andauernd so prüfend ansah. Überlegte das Mädchen etwa, ob sie Liv den Kaffee in die Tasse oder besser doch über den Kopf schütten sollte? Vermutlich loderte die Vierbrückener Gerüchteküche nach dem gestrigen Tag, als werfe jemand ständig Holz in den Ofen. Da Liv nicht abschätzen konnte, wofür Ursula sich entscheiden würde, verzichtete sie auf eine dritte Tasse und folgte dem auffordernden Winken der Binokel-Männer, die gerade ihr zweites Frühstück beendet hatten. Die Spielkarten lagen unbenutzt auf dem rot-weiß karierten Tischtuch, wobei sie die acht Siebener bereits aussortiert hatten.

„Hast du schon mitbekommen, dass es hier in Vierbrücken zu einem Diebstahl gekommen ist?", begann Otto die Unterhaltung. Theodor schüttelte den Kopf. Hatte auch er noch nichts davon gehört oder wollte er vielmehr kundtun, das Gesagte einfach nicht glauben zu können?

Edmund rutschte auf der Bank ein Stück nach rechts und klopfte einladend auf das rote Sitzkissen neben sich. Nach kurzem Zögern kam Liv der Aufforderung nach, sich zu ihm zu setzen. Er bedachte sie mit einem langen Blick, dem ein heiteres Lächeln folgte. Dies trieb Liv beinahe in die Flucht, in der Annahme, dass Hanna ihre Beobachtung nicht für sich behalten hatte.

„Bis heute konnten wir immer die Türen unverschlossen lassen", erläuterte Julius, was sein Bruder mit einem Nicken bestätigte. „Noch nie ist hier etwas weggekommen. Zumindest nicht in den letzten fünfzig Jahren." Sein Blick wanderte fragend zum West-Schuster-Edmund, und Bens Vater beeilte sich, dem zuzustimmen.

„Das hat durchaus seine Vorteile.“ Julius wandte sich an Liv. „Denn so konnte man sich mal etwas vom Nachbarn ausleihen, auch wenn der gerade bei der Arbeit oder auf dem Feld war. Aber nach heute Morgen …“

„Wobei das, was verschwunden ist, ja nicht in einem Haus war, sondern im Garten. An der Wäscheleine. Und die Schuhe wurden von der Vordertreppe gestohlen, wo sie zum Trocknen standen, sagt die Apfel-Marie.“ Ottos kratzige Stimme klang besorgt, und er rieb sich mehrmals über seinen kahlen Schädel, als fürchte er, ihm könnten vor Aufregung graue Haare wachsen.

„Das Komische an der Sache ist aber doch, dass die Kleidungsstücke und die Schuhe plötzlich wieder da waren. Jeweils genau dort, von wo sie gestohlen wurden.“ Edmund wollte die Angelegenheit offenbar als einen harmlosen Streich abtun, denn er zwinkerte Liv vergnügt zu.

„Aber“, Julius machte eine spannungsgeladene Kunstpause, „da hatte die Apfel-Marie schon Zeter und Mordio geschrien und halb Vierbrücken aus dem Bett geworfen. Unter anderem unseren Neffen Curt, den Ortsvorsteher und Notar. Und sie hat vom hiesigen Hoteltelefon aus droben beim Förster-Heinrich anläuten lassen, als weitere staatliche Amtsperson, die das Verbrechen aufklären sollte. Ich war Zeuge des Telefonats. Robert, der junge Förster, war am Telefon. Er hat das Ganze vermutlich nicht sehr ernst genommen. Jedenfalls hat die Apfel-Marie mindestens so sauer dreingeschaut, wie ihre Äpfel schmecken.“

„Wer stiehlt denn Kleidung von einer Wäscheleine und frisch geputzte Schuhe von einer Treppe?“ Liv amüsierte sich königlich über das Dorfverbrechen. „Und bringt es dann genauso heimlich und ungesehen wieder zurück?“

„Na ja, wir haben hier schon ein paar Familien, denen es leider finanziell nicht sehr gut geht. Vielleicht brauchte eine der Frauen eine gute Garderobe für ihren Behördengang drüben in Schiltach und hat sie kurzerhand entliehen“, schlug Edmund vor.

„Das wird es sein“, meinte Otto und lehnte sich zufrieden zurück. „Unser Vierbrücken bleibt also ein friedliches, von Diebstahl unbelastetes Dorf.“

„Aber erzähl doch mal von dem Telefonat, das du gestern mitgehört hast. Das wird ein modernes junges Mädchen wie unser Fräulein Liv ohnehin viel mehr interessieren", schlug Julius vor.

„Ich weiß nicht", zierte sich Otto und warf dem Freund einen vorwurfsvollen Blick zu, den dieser mit einem Lausbubengrinsen hinter seinem struppigen Vollbart quittierte.

„Na gut, weil es wirklich ungewöhnlich ist." Otto beugte sich weit über den Tisch, als habe er ein großes Geheimnis zu erzählen. Liv tat es ihm gleich, ebenso die drei anderen Binokel-Männer. Im Hintergrund war ein Geräusch zu vernehmen; ein Stuhl wurde gerückt. Vermutlich hatte Ursula nun, da alle Hotelgäste satt waren, Platz genommen, um ebenfalls zu frühstücken. Oder sie wollte lauschen.

„Gestern Nachmittag klingelte hier im Hotel das Telefon. Meine Schwiegertochter Alma nahm ab und meldete sich. Plötzlich wurde sie ganz verlegen und rot im Gesicht. Und dann hat sie mit dem Anrufer Englisch gesprochen. Das hat sie eigens gelernt, weil ab und zu ausländische Gäste herkommen. Und darauf ist sie wirklich sehr stolz." Otto zuckte mehrmals vielsagend mit den buschigen Augenbrauen. „Jedenfalls hat sie mir und meinem Sohn Hubert dann erzählt, dass in zwei Wochen mehrere Gäste anreisen werden. *Wichtige* Gäste." Otto richtete sich wieder auf und schaute triumphierend in die Runde.

„Nun spuck es schon aus, Hirschen-Otto." Edmund griff nach den Spielkarten, als langweile ihn die Geschichte. Dabei konnte Liv genau sehen, wie er unter dem Tisch aufgeregt und voller Erwartung mit den Beinen herumzappelte.

„Elvis Presley kommt. Mit ein paar seiner Kumpels."

Hinter Liv ertönte ein erstickter Laut.

„So ein Blödsinn", brummte Julius, dem Theodor gewohnt still beipflichtete.

Liv rieb sich über die Nase. „Ganz ausgeschlossen ist das nicht. Er ist derzeit als Soldat hier in Deutschland stationiert. Ich war zugegen, als er in Hamburg von Bord ging. Und soweit ich weiß, ist er gelegentlich zu einem Termin unterwegs. Und ab und zu hat er ja auch dienstfrei."

„Ich fasse es nicht!“ Ursula kam herbeigewirbelt. Ihr Gesicht glühte förmlich mit ihrem roten Rock um die Wette, und es war offensichtlich, dass sie nicht wusste, wohin mit ihren Händen und ihrer überschäumenden Begeisterung. „Elvis kommt zu uns in den Hirschen! Ist das nicht himmlisch? Das wird eine Schlagzeile! Das wird uns auf Jahre hinaus neue Buchungen einbringen. Das wird … einfach großartig!“ Sie verstummte kurz, um zu Atem zu kommen, ehe sie fortfuhr: „Ich muss sofort mit Anni sprechen. Das müssen wir doch nutzen! Wir müssen das Sommerfest vorverlegen. Vielleicht singt Elvis ja. Für Eddi, damit noch mehr Spenden reinkommen und wir für ihn bald schon den Spezialisten aus der Schweiz herholen können. Wäre das nicht doppelt himmlisch?“

„Doch, das würde einem Wunder gleichkommen“, brummte Edmund, der dem Ganzen sichtlich skeptisch gegenüberstand.

„Wenn das klappen würde …“ Liv strahlte Ursula an. Die ergriff Livs Hände, drückte und schüttelte sie fest und stürmte dann aus dem Restaurant, wohl vergessend, dass sie gemeinsam mit ihrer Mutter und einer Angestellten die Zimmer der Gäste zu reinigen hatte.

Ben lehnte mit vor der Brust verschränkten Armen an einem Holzzaun und betrachtete Marianne. Sie war von einer Schar Frauen umschwirrt wie das Licht von den Motten. Das Mädchen war schon immer eine perfekte Selbstdarstellerin gewesen und verstand es, die Aufmerksamkeit ihrer Mitmenschen auf sich zu ziehen. Nun nutzte Marianne dies für Eddi den Vierten. Vermutlich würde Vierbrücken am Tag des Sommerfests von wohlmeinenden und neugierigen Familien aus dem Umland förmlich überrannt werden.

„Gut für Eddi“, murmelte Ben und wandte sich um. Er legte die Arme auf den obersten Balken, stellte ein Bein auf den untersten und sah einer Handvoll Jungstuten zu, die an den Heuraufen im Pferch fraßen, zwischendurch aber nacheinander schnappten und auch mal drohend auskeilten.

„Die klären schon mal das Machtgefüge untereinander."

Ben wandte den Kopf und ergriff dann die dargebotene Hand der Pferde-Amrei, die gewohnt kräftig zudrückte.

„Deine neuen?", fragte er mit einem Nicken in Richtung der Stuten.

„Du meinst diese Frage nicht wirklich ernst, oder?"

Ben stellte seinen Fuß wieder auf die platt getretene Erde und warf einen genaueren Blick auf die Tiere. Amrei hatte recht. Sie würde zumindest zwei der Stuten nicht haben wollen. Deren Körperbau und Haltung verrieten jetzt schon, dass sie mit ihnen Probleme bekommen würde.

„Entschuldige."

„Entschuldigt. Aber du solltest es ihnen gleichtun und sehr bald und eindeutig das Machtgefüge klären." Mit diesen Worten blickte Amrei an Ben vorbei. Er folgte ihrem Blick, der unmissverständlich zu Marianne und der Frauenschar ging. „Sie wird dich sonst an die Kandare nehmen."

„Du meinst das nicht wirklich ernst, oder?", gab er ihre Worte an sie zurück, was sie auflachen ließ.

„Dr. Bernhard Schuster, der offenbar zu viele Jahre fern der Heimat verbracht hat und lieber in die Augen von Rindviechern als in die von Mädchen schaut, hat dieses schillernde, überall bekannte Persönchen auf den Viehmarkt mitgebracht. Was denkst du, was die Leute da denken?"

„Dass ich sie verkaufen will?"

„Netter Versuch. Du kannst dich getrost als verlobt betrachten."

„Sagt die Frau, die sich noch nie Gedanken darüber gemacht hat, was andere von ihr denken."

„Deshalb hören sie aber noch lange nicht damit auf, sich Gedanken über mich zu machen – oder über dich und deine Beziehung zu … diesem Hühnchen."

„Marianne hat eine Mission zu erfüllen, und ich bin ihr Chauffeur."

„Vielleicht hättest du das auf ein Schild schreiben und es dir um den Hals hängen sollen." Der Vorschlag kam von Angela Metzger, der Tierärztin aus Amreis Gegend. Sie klopfte Ben zur Begrüßung auf die

Schulter und bestätigte ihrer Freundin, dass die beiden von ihr ausgewählten Ponys in einem hervorragenden Gesundheitszustand waren.

„Ist den Menschen in diesem Teil des Landes eigentlich langweilig?", brummte Ben. Ihm behagte es überhaupt nicht, dass er in den Köpfen der Leute nun als mit Marianne verbandelt galt.

„Den wenigsten. Aber jede Ablenkung ist höchst willkommen und wird ausgeschlachtet", meinte Amrei. „Die hohen Temperaturen in diesem Frühling nach einem unverhältnismäßig schneearmen Winter machen uns allen zu schaffen."

„Wir führen Gespräche über einen Bewässerungsversuch. Allerdings fürchte ich, dass wir noch so lange darüber reden, bis wieder Winter ist."

„Manche Dinge können wir eben nicht beeinflussen. Da müssen wir uns in Geduld üben und unser Vertrauen daraufsetzen, dass Gott uns versorgt. Andere hingegen kann man zumindest zu steuern versuchen." Angela deutete kurz in Richtung der aufgeregt kichernden Frauengruppe, die sich noch vergrößert hatte. Marianne in ihrem rosafarbenen Neckholderkleid, dessen schwingender Rock knapp unterhalb der Knie endete, stach zwischen all den anderen Frauen hervor wie ein bereits geschlüpfter Schmetterling im Kreise seiner noch verpuppten Geschwister.

„Sie wirbt für eine gute Sache. Das ist ihr hoch anzurechnen. Und was mich betrifft, wie heißt es doch so schön? Manchmal muss man eben Opfer bringen."

Amrei und Angela schauten Ben mitleidig an, dann brachen sie in schallendes Gelächter aus. Als sie sich wieder beruhigt hatten, beugte sich seine Kollegin zu Ben herüber. „Falls es da jemanden gibt, dem dein Herz gehört, Schuster, solltest du ganz schnell Nägel mit Köpfen machen, bevor dich diese Sache hier hinterrücks überrollt. Wir leben nun mal nicht in einer Großstadt. Hier wird manchmal noch von einem entrüsteten Vater der Braut das Aufgebot bestellt. Oder von einer Stiefmutter, die ihre Tochter gern in den Armen einer guten Partie sehen würde."

„Was die gute Partie betrifft, bin ich ja fein raus."

„Unterschätze nicht deinen Wert auf dem Heiratsmarkt, Herr Akademiker." Angela schüttelte den Kopf, als hätte sie einen naiven Schuljungen vor sich. Ben kam um den Gedanken nicht herum, dass sie damit nicht ganz falschlag. Zumindest, was die Sache mit den Frauen betraf. „Ich dachte, das hier ist ein *Vieh*markt", gab er dennoch trotzig zurück.

„Soll ich dir eine Liste der Männer aufstellen, die inzwischen verheiratet sind und in den letzten zehn Jahren genau diese Viehmärkte als Bühne genutzt haben, um ihren Anspruch auf ein Mädchen zu demonstrieren? Ich wäre allerdings einige Zeit beschäftigt. Und das nicht, weil meine verschorften und mit Hornhaut überzogenen Finger nur unwillig einen Stift halten." Amrei wollte sich abwenden, drehte sich aber noch einmal zu Ben um. Er klappte schnell den Mund zu.

„Übrigens war das bei mir und Tom nicht anders. Nur dass *ich* ihn auf den Markt geschleppt habe und er meine Absichten ebenso wenig durchschaut hat wie du Mariannes."

„Ich wurde reingelegt?" Fassungslos schüttelte Ben den Kopf.

„Aber nein, du bist doch nur der Chauffeur." Angela tätschelte ihm wie eine wohlmeinende Großmutter die Wange und folgte Amrei zu deren Schwarzwälder Kaltblütern.

Marianne nutzte die Gunst der Stunde und betrat das Postamt von Schiltach. Sie nahm den Hörer des öffentlichen Fernsprechers ab, warf einige Münzen in den Schlitz des Gerätes und wählte die auf einen Zettel gekritzelte Nummer einer Zeitungsredaktion.

In Zusammenhang mit Liv wurden immer wieder zwei Großstädte genannt, und da ein Anruf in die deutsche Hansestadt deutlich kostengünstiger und sicher auch zielführender war als einer nach New York, hatte sie sich dafür entschieden. Nachdem die Verbindung zustande gekommen war, bemühte sie ihr bestes Hochdeutsch und schilderte knapp ihr Anliegen; gleich darauf wurde sie mit einem gelangweilt klingenden Reporter des Lokalteils verbunden.

„Sie sprechen also von Fräulein Liv Benediktsdóttir, der Enkelin von Gräfin Isolde von Salbach?“

Marianne schnappte nach Luft und brachte nicht mehr als ein verstörtes „Vermutlich“ zustande.

„Ein wenig skandalträchtiges Haus“, hörte sie den Mann murmeln, als überlege er, ob es sich wirklich lohnte, seine kostbare Zeit mit diesem Telefonat zu verschwenden.

„Das kommt wohl auf die Sichtweise an.“ Die Tatsache, dass Liv offenbar wesentlich „mehr“ war, als Marianne vermutet hatte, schockierte sie. Außerdem schürte es zusätzlich ihr Misstrauen gegenüber der Fremden.

„Was wissen Sie über die Von-Salbach-Erbin?“ Jetzt klang die männliche Stimme am anderen Ende der Leitung schon deutlich aufmerksamer und interessierter.

„Sie hält sich inkognito im Schwarzwald auf“, verriet Marianne, blieb dabei aber sehr vage. Sie wusste einfach nicht, was sie mit dieser ungeheuren Neuigkeit anfangen sollte. Noch nicht.

„Sie fehlte zuletzt bei einer Theaterpremiere, was eher ungewöhnlich ist.“ Der Mann in Hamburg schien ebenfalls nicht ganz zu wissen, was er von Mariannes Information halten sollte, dachte aber offenbar gern laut nach. „Wobei es gelegentlich vorkommt, dass wohlhabende Familien ihren Urlaub inkognito verbringen.“

„Sie ist allerdings allein unterwegs.“

„Das wiederum ist ungewöhnlich, ja“, erwiderte der Mann und schwieg dann. Sicher machte er sich inzwischen Notizen.

Marianne presste die Lippen zusammen. Eigentlich hatte sie Informationen über Liv einholen wollen, nicht welche an die Presse weitergeben. Ihr war nur keine andere Möglichkeit eingefallen, etwas über die Fremde in ihrem Dorf zu erfahren, als sich zuerst an die neugierigsten aller Menschen zu wenden, die sie kannte – von ihr selbst einmal abgesehen. Damit hatte sie offenbar einen Volltreffer gelandet. Oder vielmehr in ein Wespennest gestochen?

Ihr wurde unbehaglich zumute. Vielleicht erwies sie Vierbrücken und sich selbst gerade den sprichwörtlichen Bärendienst.

„Wobei, bedenkt man die Eskapaden ihres Vaters und die Tatsache, dass Fräulein Liv die ersten Lebensjahre in einer kleinen Siedlung in Island verbracht hat, wäre es nicht unbedingt verwunderlich, wenn sie plötzlich eine gewisse … Freigeistigkeit an den Tag legen würde."

Marianne war gewieft genug, sofort zu durchschauen, dass der Reporter ihr Brotkrumen hinwarf. Zum einen, um wohl ihr Hintergrundwissen zu prüfen – und damit ihre Glaubwürdigkeit –, zum anderen, weil er ein Gespräch in Gang bringen wollte, in dessen Verlauf er aufsehenerregende Neuigkeiten zu erfahren hoffte. Also hakte sie nicht nach, was es mit Livs Vater und Island auf sich hatte, zumal sie sich die Geschichte selbst zusammenreimen konnte. Livs Vater musste eine Frau weit unter seinem Stand geheiratet haben, dazu eine, die entweder in Island geboren worden war oder die es dorthin gezogen hatte. Vielleicht wollte Liv nun in die Fußstapfen ihres Vaters treten, indem sie sich einen Ehemann in einem abgelegenen Schwarzwaldtal suchte.

„Es könnte auch sein, dass die von Salbachs weiter expandieren wollen. Der Süden des Landes –"

Marianne knallte den Hörer auf die Gabel, was ihr einen entrüsteten Blick des Beamten hinter dem Schalter einbrachte. Wenig später eilte sie über den leicht ansteigenden Marktplatz, der die Form eines Dreiecks hatte, in Richtung Viehmarkt. Sie war so tief in ihre Gedanken versunken, dass sie in einen Haufen Pferdemist trat; etwas, was sie bis jetzt gekonnt umgangen hatte.

Ben lenkte seinen Wagen über die Serpentinenstraße den Berg hinauf, dabei warf er einen prüfenden Blick auf seine ungewöhnlich schweigsame Begleitung. Schließlich räusperte er sich. „Und? Alle Vorhaben erfolgreich erledigt?"

„Hm?"

„Zufrieden mit deinem Ausflug?", hakte er nach, da bis auf diesen seltsamen Laut nichts von Marianne gekommen war.

„Ich konnte vielen Leuten von Eddis Schicksal erzählen und sie zum Sommerfest einladen. Leider hatte ich nicht den Eindruck, dass sie sehr … erfreut darüber waren."

„Die Menschen haben im Sommer eine Menge zu tun."

„Ich kann das nicht in den Spätherbst verschieben. Eddi braucht zügig Hilfe."

„Das stimmt." Ben rieb sich den Nacken, legte die Hand aber schnell zurück ans Steuer. Auf diesen engen Bergstraßen musste man vorsichtig fahren. „Und sonst?"

Marianne warf ihm einen fragenden Blick zu und schaute dann wieder aus dem Fenster, als seien die Bäume, an denen sie vorbeifuhren, höchst interessant. „Was meinst du mit *und sonst?*"

„Irgendwelche weiteren … Vorhaben?"

Marianne verknotete die Finger ineinander, eine nervöse, ja verunsichert wirkende Geste, die er bei ihr nicht oft gesehen hatte.

„Ich weiß nicht, was du meinst", gab sie leise zurück.

„Wirklich nicht? Du überredest mich, dich mitzunehmen, und willst mir weismachen, dass du dabei keine Hintergedanken hast? Welche, von denen ich nichts ahnte, bis man mich darauf hingewiesen hat?"

„Du sprichst in Rätseln, West-Schuster."

„Wäre ich nicht so gut erzogen, würde ich dich hier im Wald aus dem Auto werfen."

„Was ist bloß los mit dir?" Marianne funkelte ihn aufgebracht an.

„Nun spiel hier nicht das Unschuldslamm. Dieser Viehmarkt gilt wohl als eine Art … Brautvorführgelegenheit. Und ich finde es schlicht unverschämt –"

Marianne hob abwehrend die Hand, also verschluckte er den nicht eben freundlichen Rest seines Satzes.

„Meine Güte, West-Schuster! In welchem Jahr lebst du eigentlich? Das war vielleicht vor fünfzig Jahren so." Sie stockte kurz und lachte dann trocken auf. „Hast du tatsächlich angenommen, ich hätte dich um eine Mitfahrgelegenheit gebeten, weil ich … und du …?" Sie lachte erneut, diesmal etwas herzlicher. „West-Schuster, wir sind nicht Romeo und Julia. Bis auf die Tatsache vielleicht, dass auch wir eine gemeinsame Zukunft nicht überleben würden. Wir zwei würden uns innerhalb weniger Tage an die Gurgel gehen."

Ben atmete erleichtert auf, schüttelte dann aber verwirrt und aufgebracht zugleich den Kopf. „Ich bin zivilisiert genug, um niemandem an die Gurgel zu gehen."

„Bildlich gesprochen", erklärte Marianne. „Und wer hat dir den Unsinn mit dem … Heiratsmarkt erzählt? Heutzutage nimmt das kein Mensch mehr ernst."

„Die Pferde-Amrei und Dr. Metzger wohl schon."

„Du bist ein Schafskopf, wenngleich ein sehr … lieber." Marianne setzte sich wieder gerade hin. Für sie war das Gespräch damit beendet.

„Warum?", fragte er nach längerer Pause.

„Hast du in letzter Zeit mal Amreis Mann Tom getroffen oder Micki, ihren Ziehsohn?"

Ben nickte und fügte hinzu: „Vor etwa acht Wochen. Dr. Metzger war im Urlaub, und eine von Amreis Araberstuten hatte sich verletzt. Ich habe eine Nacht in ihrer Pension geschlafen."

„Und dabei hast du *was* genau angestellt?"

„Nichts! Tom, Micki und ich haben Binokel gespielt, ein Fußballspiel im Radio angehört und uns unterhalten."

„Der Amerikaner spielt Binokel?"

„Na ja, spielen würde ich das nicht nennen. Er ist grauenhaft schlecht und hat seinen ganzen Vorrat an Mars-Riegeln an mich verloren, den er sich aus den USA hatte zuschicken lassen."

„Und da wunderst du dich, dass er seine Frau anstiftet, dir eins auszuwischen?"

„Das würde Amrei … nie tun?" *Tom vielleicht schon.*

„Vermutlich hat er eine Wette initiiert, die die Pferde-Amrei heute mit Bravour gewonnen hat – und gleichzeitig geht auch Tom als Sieger aus der Sache hervor."

„Ich bin ein Schafskopf."

„Dem ist nichts hinzuzufügen."

Nun war es Ben, der sich in Schweigen hüllte. Sein Ärger über Amreis Aktion verflog jedoch schnell. Immerhin galt er in den Augen der

Bevölkerung dieses Landstriches nun doch nicht als quasi verlobt mit Marianne. Die ihn ohnehin nicht haben wollte, darin war sie sehr deutlich gewesen.

„Ich bin stolz auf dich. Du tust so viel für Eddi, Hanna und ihre Eltern."

„Dafür sind Freunde … doch da." Marianne hatte den Satz enthusiastisch begonnen, ihn allerdings in nachdenklichem Tonfall beendet. Den kurzen Seitenblick, den sie ihm zuwarf, interpretierte Ben als schlechtes Gewissen. Wieder knetete sie ihre Finger, dann setzte sie sich betont aufrecht hin und strich den rosaroten Rock glatt, der von ein paar unschönen grauen Flecken geziert wurde. Der Anblick erinnerte Ben an das Borstenfell eines Hausschweins, was er aber tunlichst für sich behielt.

„Ben? Wärst du mir böse, wenn ich dir sage, dass du mit dieser Liv sehr, sehr vorsichtig sein solltest? Ich denke, sie ist nicht die, die sie vorgibt zu sein. Und ich befürchte, sie kann jede Menge … Schaden anrichten."

„Du sprichst nur aus, was du ihr und allen anderen jeden Tag ohnehin schon vermittelst."

Er hatte es freundlich gesagt, dennoch verlief der Rest der Fahrt schweigend.

Obwohl es bereits zu dämmern begann, betrat Marianne nicht das Schwarzwaldhaus ihrer Familie, das im Inneren eingerichtet war wie die Villa eines Filmstars, sondern eilte über die Brücke zum Hotel. Sie traf Ursula und deren Mutter Alma hinter dem Empfangstresen an und trat zu ihnen.

„Wissen Sie etwas über eine Hamburger Familie namens von Salbach?", fragte Marianne Alma, da die ihre knapp bemessene Freizeit gern mit allerlei Klatschblättern verbrachte – vielleicht in der Hoffnung, dass sich einmal eine der Berühmtheiten in ihr Hotel verirren könnte, was wohl eher unwahrscheinlich war.

„Warum fragst du?“, wollte Ursula wissen und war gleichzeitig im Begriff, sich wieder ihrer Arbeit zuzuwenden. Offenbar interessierte sie das Thema nicht sonderlich. Das würde sich aber schnell ändern, immerhin war es Ursula, die seit jeher für Ben schwärmte.

„Von Salbach? Hamburg?“ Alma schüttelte den Kopf.

„New York, expandieren, freigeistiger Erbe, Island“, bot Marianne weitere Informationsfetzen an, als würde sie eine jener Jukeboxen mit Münzen füttern.

„Es geht um –“

Alma fiel ihrer Tochter ins Wort. „Ah, Graf Maxemilian von Salbach.“

„Und Gräfin Isolde von Salbach“, fügte Marianne hastig und ungeduldig zugleich hinzu.

„Richtig, so heißt die Witwe. Landadel aus dem Alten Land. Lass mich einen Moment nachdenken.“

Marianne trat von einem Fuß auf den anderen, während Alma sich zu erinnern versuchte, was sie über die Familie gelesen oder gehört hatte. Ursula zupfte nervös an ihrer Unterlippe herum.

„Die Familie hatte einst ein Gutshaus mit gut gehender Landwirtschaft. Äpfel hauptsächlich, soweit ich mich erinnere. Maxemilian von Salbach hat es fertiggebracht, das Gut durch beide Kriege und die Wirtschaftskrisen zu manövrieren. Man sagt, das sei ihm gelungen, weil er schon als junger Mann zu expandieren begonnen hatte.“ Alma nickte Marianne aufgeregt zu. Sie wirkte wie eine Schülerin bei der mündlichen Prüfung. „Er schloss sich mit einem amerikanischen Hotelier zusammen. Wenn ich mich nicht irre, ist der Ehemann der Pferde-Amrei mit genau dieser Familie verwandt.“ Alma strich sich über die sorgfältig hochgesteckten Haare. „Vielleicht liege ich da aber auch falsch. Jedenfalls – von Salbach investierte in Hotels, die Automobilindustrie und den Kohlebergbau. Er wurde ein sehr reicher Mann, und die Familie zog nach Hamburg, sicher weil er von dort aus seinen geschäftlichen Verpflichtungen besser nachgehen konnte als auf dem Landgut. Vor rund dreißig Jahren kam es zu einem kleinen Skandal. Der einzige Erbe, die beiden älteren Söhne der Familie waren im Krieg gefallen, verliebte sich in eine Frau, die, so hieß es, bei Weitem nicht standesgemäß war. Eine Irin vielleicht? Oder doch aus Island stammend? Jedenfalls brannte der Von-Salbach-Erbe mit ihr durch. Zumindest stand das so in der Presse." Alma wiegte den Kopf von links nach rechts, um zu verdeutlichen, dass sie dem Wahrheitsgehalt eher kritisch gegenüberstand.

„Und?", fragte Ursula gebannt nach.

„Mehr weiß ich leider nicht. Vielleicht gab es in der Presse noch weitere Kurzmeldungen darüber, deren Inhalt ich vergessen habe. So aufmerksam wie noch vor einigen Jahren verfolge ich das Leben solcher Menschen nicht mehr."

Ursula konnte nicht länger an sich halten. „Du meinst, *unsere* Liv ist eine von Salbach?"

Alma schaute zwischen Marianne und ihrer Tochter hin und her und wandte sich dann kopfschüttelnd wieder ihrer Arbeit zu.

„Ich habe übrigens himmlische Neuigkeiten!" Ursula schob das Thema erstaunlich schnell beiseite. Sie zog Marianne in einen angrenzenden Flur und flüsterte ihr zu, dass Elvis Presley in zwei Wochen bei ihnen zu Gast sein werde. „Wir müssen unbedingt das Sommerfest vorverlegen!"

Marianne schürzte die Lippen. „*Der* Elvis Presley? Bist du dir absolut sicher?"

„Absolut. Mama hat mit seinem Manager oder so gesprochen. Auf Englisch. Endlich macht es sich bezahlt, dass sie die Sprache monatelang gepaukt und ständig Vokabeln vor sich hingemurmelt hat. Vier Zimmer sind auf den Namen Presley gebucht."

„Das ist … gut. Sehr gut sogar. Wir werden das für Eddi zu nutzen wissen." In Mariannes Kopf überschlugen sich die Gedanken über anstehende Planänderungen und neue Arbeitsaufträge, die sie zu delegieren hatte …

„Das ist nicht nur gut. Das ist himmlisch!"

Diesmal stimmte Marianne ihrer Freundin zu, obwohl die jenes Wort gern mal ein wenig überstrapazierte. „Eigentlich könnte Onkel Edmund den Spezialisten in der Schweiz schon mal kontaktieren."

„Das wird himmlisch werden. Und Eddi kann ganz sicher bald wieder gehen!“

Marianne nickte nur halbherzig. Sie glaubte an Wunder, wusste aber auch, dass diese nicht immer so eintrafen, wie man es sich wünschte. Manches Mal war man besser beraten, sich auf die kleinen Geschenke zu konzentrieren, sich über sie zu freuen und dankbar zu sein, anstatt sie – in Erwartung des ganz großen Wunders – zu übersehen.

Kapitel 11

Liv kam aus dem Staunen nicht mehr heraus. Die kleine Grünanlage summte und brummte, ja vibrierte förmlich vor Geschäftigkeit. Die Frühsommersonne hatte die Frauen des Dorfes ins Freie gelockt, nun saßen sie auf mitgebrachten Stühlen, den wieder hervorgeholten Baumstümpfen und den Parkbänken in und außerhalb des Pavillons und nähten, stickten, häkelten, strickten und malten. Ihre Stimmen machten dem Rascheln der Blätter an den Bäumen und dem kräftigen Muhen eines Kalbes Konkurrenz, das in einer hölzernen Umfriedung hinter der Tierarztpraxis stand.

Liv hatte soeben ihre Gehhilfen bei Hardi abgegeben, da sie beschlossen hatte, sie fortan nicht mehr zu brauchen. Auf ihrem Weg zu Fräulein Ansgar war sie von dem fröhlichen Stimmengewirr angelockt worden.

Langsam näherte sie sich den gesenkten Häuptern und über Handarbeiten gebeugten Rücken. Zwischen den Frauen wuselte Marianne wie ein Eichhörnchen umher, lobte, unterbreitete Vorschläge und verteilte neue Aufgaben, die sie auf der Liste auf ihrem Klemmbrett abhakte. Sie bemerkte Liv als Erste. „Ah, Fräulein Liv. Heute ohne die Krücken. Wie schön", trällerte sie gut gelaunt. Davon ermutigt trat Liv näher und bestaunte die Tischdecken, Haushaltsschürzen, Topflappen, Blusen, Hemden, Tücher, aber auch die wollenen Handschuhe, Mützen und Strümpfe, obwohl die so gar nicht zum strahlenden Sonnenschein dieses Sommertages passen wollten. Allerdings war ihr klar, dass der Winter hier früher kam als in Hamburg und deutlich kälter und schneereicher ausfallen konnte. Zudem, so hieß es, waren die Menschen in dieser Gegend sehr sparsam. Wenn sie etwas zu kaufen gedachten, dann wohl vorrangig Nützliches. Von daher war Mariannes Vorgabe, auch Waren für den Winter anzubieten, gut durchdacht. Sie war unverkennbar eine geborene Geschäftsfrau.

„Steht Ihr Angebot noch, Ihren Beitrag für Eddi zu leisten?"

Mariannes Frage brachte Liv so sehr aus dem Konzept, dass sie nur zustimmend nicken konnte. Als Marianne sich bei ihr unterhakte und sie zu einem Tisch führte, auf dem weitere Listen lagen, die mit Kieselsteinen beschwert waren, damit sie nicht mit dem Wind davontanzten, hüpfte Livs Herz vor Freude. Die warnende Stimme in ihrem Kopf blieb unbeachtet.

„Ich dachte, wir veranstalten eine Tombola. Viele Geschäftsleute aus dem Umkreis haben sich bereit erklärt, Sachspenden beizusteuern. Bäcker, Fleischer und Obsthändler bringen Gutscheine ein, da wir ja keine verderblichen Waren einlagern können. Pfarrer Schlecht spendet ein Orgelkonzert, für das wir Eintritt verlangen wollen, Ben eine tierärztliche Untersuchung, Dr. Hardi Schuster stellt eine Hausapotheke zusammen, und die Hirschen-Alma wird noch mit dem Management von Elvis wegen eines kleinen Konzertabends sprechen. Einige Hotelgäste haben beim Hirschen-Hubert Geldbeträge hinterlegt, für die ein Gewinner eine Mahlzeit im Schdüble einnehmen kann. Ist das nicht großzügig?"

„Vielleicht wollen sie damit die Vierbrückener dazu bringen, Fräulein Ansgar ja nicht mehr frei herumlaufen zu lassen?", vermutete Liv.

Marianne lachte viel zu laut und drückte Liv kurz an sich, ehe sie sie endlich losließ. Liv kam nicht umhin, erleichtert aufzuatmen, da sie sich ein wenig wie ein Schmetterling im Netz gefühlt hatte. Ob sie jetzt wohl zielgerichtet aufgespießt werden würde?

„Dann hätte Ihr Missgeschick mit der Gans ja etwas zu Eddis Unterstützung beigetragen."

Liv staunte nicht schlecht über den versteckten Humor, den Marianne an den Tag legte. „Ich bin ohnehin auf dem Weg zu Fräulein Ansgar. Ich könnte sie heute wieder mal frei –"

„Wir wollen es nicht übertreiben, Fräulein Liv!" Mariannes Tonfall wechselte spielerisch von umschmeichelnd zu rügend.

„Und was war das mit Elvis?“

„Ich dachte schon, Sie fragen nie!“ Marianne strahlte sie an. „Sein Kommen ist der Grund, weshalb wir den Termin für das Sommerfest vorverlegt haben. Können Sie sich vorstellen, wie viel Aufmerksamkeit Elvis Presley unserem kleinen, bescheidenen Dorf bringen wird? Die Menschen werden von weither herbeiströmen, hier essen und trinken, unsere Produkte erwerben und Geld spenden. Und all das wird unserem entzückenden Eddi zugutekommen!“

„Wenn das alles so klappt, wie Sie es sich vorstellen, werden Sie großen Erfolg haben.“

„Es geht dabei nicht um mich, Fräulein Liv. Es geht darum, Eddi zu helfen.“

„Und mir scheint, Sie sind genau die richtige Person, um das zu bewerkstelligen. Wie also kann ich helfen?“

„Na ja … zuerst dachte ich ja, es könnte schwierig für Sie sein, sich zu involvieren. Aber da mittlerweile sogar Gäste gespendet haben, die beim Sommerfest schon abgereist sein werden, ist mir eine Idee gekommen.“

Marianne lächelte sie mit einer Begeisterung an, die Liv nur bedingt teilte. Selbstverständlich wollte sie mithelfen, damit es Eddi bald wieder besser ging, allerdings stimmte sie die Vertraulichkeit misstrauisch, die Marianne ihr so plötzlich entgegenbrachte. Innerlich schüttelte sie über sich selbst den Kopf. Offenbar war Marianne inzwischen bereit, sie als eine harmlose Touristin zu akzeptieren. Eine, die länger als nur ein paar Tage blieb, sich nicht nur um sich selbst kümmerte und dann wieder abreiste – ohne je ein persönliches Gespräch mit den Menschen hier geführt zu haben.

Liv atmete tief durch. War es nicht genau das, was sie sich ersehnte? Nicht nur, was ihr gesamtes Leben betraf, sondern auch jeden einzelnen Tag? Sie wollte etwas bewirken, Spuren in den Herzen der Menschen hinterlassen, denen sie begegnete. Und ganz gleich, wie engstirnig und von Vorurteilen behaftet Marianne auch auftrat: Diese junge Frau bewirkte positive Veränderungen in ihrem Heimatort und für die hiesigen Familien. Marianne setzte sich für sie ein, wollte nur das Beste für das Dorf und seine Einwohner. Das war ihr hoch anzurechnen, ja fast beneidete Liv die junge Frau darum, dass sie eine Heimat und eine Aufgabe hatte, anerkannt und geliebt war. Auch wenn Marianne auszuteilen verstand – was zählte, war ihr Herz, ihr Einsatz für die Dorfgemeinschaft und das Wohl des Einzelnen.

„Da Sie die Freiheit haben, hier sechs Wochen oder mehr zu verbringen, und in Anbetracht Ihrer wirklich wunderschönen und sehr modischen Garderobe und Ihres kultivierten Auftretens, dachte ich – und ich hoffe, Sie halten mich nicht für unverfroren –, Sie sind vermutlich eine gut situierte junge Dame."

Liv hob lediglich die Augenbrauen. Was sollte sie darauf auch antworten?

„Jedenfalls denke ich, wir könnten neben Herrn Presley eine zweite Attraktion gebrauchen."

Liv neigte fragend den Kopf. Marianne meinte damit doch nicht etwa, dass sie ebenfalls singen sollte? Das würde lediglich einige Katzen anlocken, und die waren vermutlich auch im Schwarzwald nicht sonderlich spendabel.

„Das Komitee", Marianne vollführte eine ausholende Armbewegung in Richtung der Frauen, die sich noch immer unterhielten und dabei ihren handwerklichen Arbeiten nachgingen, „würde es begrüßen, wenn jemand – Sie vielleicht, Fräulein Liv – bereit wäre, einen Urlaub hier in Vierbrücken zu spendieren. Der Gewinn könnte sowohl in der Tombola vor Ort verlost werden als auch über diverse Zeitungsannoncen."

Nun runzelte Liv die Stirn. Eine kleine Welle von Furcht schwappte über sie hinweg wie das Flusswasser über die bemoosten Kieselsteine. Wusste Marianne, dass sie die Enkelin und Erbin einer Frau war, der unter anderem mehrere Hotels gehörten, und dass dieses Unternehmen auch Reisen und sogar Fernreisen organisierte?

Liv schalt sich selbst ob ihrer Angst. Was wäre schon dabei, wenn Marianne ihr kleines Geheimnis kannte – außer, dass es dann schnell keines mehr sein würde? Vermutlich hatte in Vierbrücken niemand die Ambitionen oder überhaupt die Möglichkeiten, ihrer Großmutter mitzuteilen, wo deren Enkelin sich aufhielt. Und falls doch, wäre Liv lediglich gezwungen, zügig jene beiden Entscheidungen zu treffen, die den weiteren Verlauf ihres Lebens bestimmen … und ihre Großmutter gegen sie aufbringen würden.

„Ich hoffe, ich habe Sie jetzt nicht in Verlegenheit gebracht." Marianne klang besorgt, doch ihr Lächeln wirkte hochnäsig. Oder vielmehr siegessicher?

Livs linker Mundwinkel zuckte. Sie wusste einfach nicht, ob sie versuchen sollte herauszufinden, was Marianne über sie wusste, ob sie das Tal sofort verlassen sollte oder ob es nicht am besten wäre, die ganze Sache mit Humor zu nehmen. Immerhin sah es so aus, als hätte ihr altes Leben sie auf völlig unerwartete Weise … gefunden.

„Ich werde mir über Ihr Anliegen Gedanken machen und Ihnen meinen Entschluss dann mitteilen."

„Also, ich dachte ja, Sie würden Ihr Angebot, Eddi zu helfen, wirklich ernst meinen."

„Vielleicht haben Sie es ja mitbekommen? Ich versorge Fräulein Ansgar und gehe Hanna zur Hand."

„Wem viel gegeben ist, von dem wird auch viel erwartet. Das steht schon in der Bibel, Fräulein Liv. Deshalb bringe ich mein Organisationsgeschick und meinen Ideenreichtum ein, mein Auge für Ästhetik und meine ganze Liebe für dieses Tal. Und die Frauen, die Sie hier sehen, sind mit ihrem Haushalt, den Kindern und unzähligen anderen Verpflichtungen wirklich ausgelastet. Dennoch bringen sie sich mit dem ein, was sie nebenbei noch leisten können. Ihre Fähigkeiten, ihre kostbaren freien Stunden oder auch nur Minuten. Selbst ihre Familien bringen in diesen beiden Wochen Opfer und verzichten auf aufwendige Mahlzeiten, frisch bezogene Betten und staubfreie Regale. Die Flickwäsche und die Arbeit im Gemüsegarten bleiben sicher ebenfalls auf der Strecke."

„Dieser Zusammenhalt ist wunderbar." Liv hatte plötzlich das Gefühl, sofort gehen zu müssen. Sie wandte sich um und hinkte davon, ohne nach links oder rechts zu blicken, was den Vorteil hatte, dass sie das Loch im Gehweg rechtzeitig sah und nicht noch einmal hineintrat.

Unpersönliche Geldspenden abgeben, das konnte sie auch in ihrem anderen Leben. In Hamburg oder New York. Dafür würde sie die Anerkennung der gehobenen Gesellschaft erhalten, vielleicht sogar ein glänzendes Schild mit ihrem Namen an einer Spendentafel. Doch wonach sie sich sehnte – was sie in Vierbrücken gesucht hatte, weil sie ausprobieren wollte, ob es wirklich zu ihr passte und ihr Weg in die Zukunft war –, war, anderen Menschen praktische Hilfe zu leisten. Und nun war sie wieder einmal auf das Geld reduziert worden. Mehr, als das Scheckbuch zu zücken oder einen Umschlag zu überreichen, zu lächeln, sich fotogen zu präsentieren und in ihrer Garderobe zu glänzen, traute man ihr wohl auch hier nicht zu.

„Was also bin ich?", murmelte sie vor sich hin. „Nicht gemacht für das Leben, das ich mir vorgestellt habe? Hat Großmutter doch recht? Jage ich einer fixen Idee nach? Bin ich zu *Größerem* berufen?" Liv lachte bitter auf, wirbelte aber erschrocken herum, als hinter ihr ein Schmerzensschrei ertönte.

Bens Sprechstundenhilfe kauerte mit schmerzverzerrtem Gesicht auf dem Gehsteig und hielt ihren linken Knöchel umklammert.

„Oh nein!", stieß Liv hervor, eilte zu Hedwig hinüber und ging vor ihr in die Hocke.

„Daran ist nur der Herr Doktor schuld", jammerte die Frau. „Er hat mich gezwungen, diese Rechnungen auszutragen. Dabei ist das die Aufgabe von Eddi dem Vierten."

„Sie wissen schon, dass der schwer verletzt im Krankenhaus liegt?"

„Als ob es in diesem Nest nicht genügend andere Gören für Botengänge gäbe."

Liv schüttelte kaum merklich den Kopf und unterließ es, Hedwig zu fragen, ob das Austragen von Rechnungen denn nicht zu ihrem Aufgabenbereich gehöre. Das wäre im Augenblick wohl wenig zielführend.

„Ich helfe Ihnen auf und begleite Sie zu Dr. Schuster."

„Zu *dem* Quacksalber?"

„Ich könnte Sie auch zu Dr. Schuster bringen."

Hedwigs aufgebrachter Blick vermochte nicht, Livs Schmunzeln aus deren Gesicht zu verbannen. Das ließ die Frau trotz ihrer Schmerzen losprusten. „Sie haben ja recht. Dieses Vierbrücken ist ein einziger Witz."

Liv reagierte nicht darauf, vielleicht, weil sie einen eigenartigen Schmerz in ihrer Brust spürte. Beinahe so, als wolle etwas in ihr das Dorf und seine Bewohner – die ihre Bekannten in Hamburg wohl als ein klein wenig skurril bezeichnen würden – am liebsten verteidigen. *So viel dazu, dass du völlig überzeugt davon bist, hier auf gar keinen Fall leben zu wollen.*

Liv half Hedwig auf und führte sie in Hardis Praxis. Dabei nahm sie sich fest vor, ihr Herz nicht zu sehr an diese Ortschaft und die darin lebenden Menschen zu hängen. Denn obwohl sie ihre Zukunft nicht in Hamburg sah, lag diese auch nicht in Vierbrücken. Ganz sicher nicht.

Ben stand in der Hintertür seiner Tierarztpraxis und beobachtete das Kalb im Verschlag, das einige Nächte zuvor von einem Tier angegriffen und verletzt worden war. Er vermutete, dass dies eher auf das Konto eines wildernden Hundes ging, vielleicht der eines Touristen, als auf das eines der vereinzelt durchs Land ziehenden Wölfe.

Da der Besitzer des Kalbes es sich nicht leisten konnte, auch nur ein einziges Tier zu verlieren, hatte Ben ihm gesagt, er müsse das verletzte Kalb mitnehmen, weil es einer intensiven Pflege bedürfe. In Wirklichkeit wollte er das Tier genau beobachten, da ein Kollege auf dem Viehmarkt von einigen Tollwutfällen berichtet hatte. Ben hatte daraufhin mit ihrem Förster gesprochen, der zwar in seinem Revier noch nichts dergleichen entdeckt, jedoch von Tollwut im nördlicheren Teil des Schwarzwalds gehört hatte.

Ein fröhliches Auflachen ließ ihn den Kopf heben und zwischen den Baumstämmen hindurch zum Pavillon hinüberschauen. Dort saßen noch immer einige Frauen und steckten die Köpfe zusammen. Sie hatten den Großteil des Tages im Schatten der Bäume oder des filigranen Holzbaus verbracht, doch mittlerweile waren die meisten von ihnen nach Hause gegangen.

„Hier sind Sie.“ Livs Stimme ließ ihn zusammenzucken. Eine angenehme Wärme rieselte durch seinen Körper, gefolgt von einem aufwühlenden Prickeln, das sich tief in seiner Brust zu sammeln schien. Ben schloss für einen Moment die Augen. Er sollte das nicht fühlen. Nicht für eine Touristin, die bald wieder abreisen würde. Nicht für Liv, die ganz sicher nicht in seine kleine Welt passte.

Als er sich endlich gesammelt hatte, drehte er sich um.

Sie stand im dämmerigen Flur, nur wenige Schritte von ihm entfernt. Ihre hellblaue Hose wies an den Knien Grasflecken auf, sodass er sich unwillkürlich fragte, wie viele ihrer wirklich exquisiten Kleidungsstücke die Frau noch ruinieren wollte? Ihm kam es vor, als vergehe nicht ein Tag, an dem nicht mindestens ein Teil zu Schaden kam. In ihren wilden Locken, ein interessanter Gegensatz zu ihrer ansonsten so akkuraten Erscheinung, hatten sich mehrere kleine Strohhalme eingenistet. Ihre linke Wange zierte nicht etwa Rouge, sondern gute, fruchtbare Vierbrückener Erde. Liv sah aus, als gehöre sie hierher.

Ben machte einen Schritt auf sie zu. Sie war einfach hinreißend. Betörend. Aufregend. Perfekt. Hatte je irgendjemand etwas anderes behauptet? Sein nächster Schritt fiel deutlich größer aus. Gleich war er bei ihr und …

Liv streckte den Arm aus, als wolle sie ihn mit dem Umschlag erdolchen, den sie ihm hinhielt. Ja, gefährlich war sie auch. Für ihn. Und vielleicht auch für den Frieden in Vierbrücken.

„Ich habe alle Rechnungen ausgetragen, aber einen Guhlub Duttbald im Schittcuckweg konnte ich einfach nicht finden.“

Ben starrte entgeistert erst den Umschlag an, der eine seiner Rechnungen enthielt, dann die Frau vor sich. Sie neigte keck den Kopf und schenkte ihm ein Grinsen.

„Warum tragen Sie meine Post aus? Wo ist Frau Klein? Und was bitte soll ein Guhlub Duttbald oder ein Schittcuckweg sein?“

„Ich trage Ihre Briefe aus, weil Frau Klein das nicht mehr tun kann. Und damit bin ich bei Ihrer zweiten Frage. Ihre Sprechstundenhilfe hat sich den Knöchel gebrochen. Raten Sie mal, wie. Oder sollte ich vielmehr sagen: worin? Dr. Schuster – der andere – fährt sie gerade nach Hause – wo auch immer das ist. Und was ein Guhlub Duttbald ist und wo der Schittcuckweg sein soll, das müssten ja eher Sie wissen. Immerhin sind das Ihre Briefe."

„Das … stimmt." Ben entzog ihr den Umschlag, den Liv nicht hatte zustellen können. Doch auch er konnte nicht entziffern, was seine Angestellte da als Anschrift vermerkt hatte. Die Frau bewegte sich äußerst ungern, genauso bewegungsarm sah auch ihre Schrift aus. Er öffnete kurzerhand das Kuvert und zog die handgeschriebene Rechnung heraus.

„Gottlieb Dietbold, Schiltrückweg."

„Das sollten Sie aber dazuschreiben." Liv beugte sich ihm entgegen und tippte auf die unleserliche Schrift. „In Ihrer wunderschönen, preisgekrönten und gut leserlichen Arztschrift."

„Ich sollte die Frau endlich entlassen."

„Warum arbeitet sie überhaupt bei Ihnen?"

„Weil ihre Tante bei meinem Vater angestellt war. Als er beschloss, weniger zu arbeiten, und beide schließlich in Rente gingen, haben sie mir Frau Klein hinterlassen."

„Sie ist also ein Erbstück?"

„Sozusagen."

„Sie wissen, dass man ein Erbe auch ablehnen kann?"

„Man kann es aber nicht probeweise annehmen und dann wieder ablehnen."

„Stimmt wohl."

„Es tut mir ja wirklich sehr leid, dass es Frau Klein offenbar gefiel, in Ihre Fußstapfen zu treten, Fräulein Liv, und –"

„Sie wollen aber nicht behaupten, dass vor mir noch niemand in dieses Loch gefallen ist?"

„Wir Vierbrückener kennen die Tücken unseres Dorfes."

„Also doch eine Touristenfalle."

„Bisher hat sie nur zwei Personen gefangen: zuerst Sie und jetzt meine Angestellte." Ben sah Liv in die Augen und stellte fest, dass das Loch Hedwig gern hätte verschlucken können, er aber dankbar war, dass es Liv in seine Praxis geführt hatte.

„Dann kann ich die Rechnung ja noch schnell abgeben, ehe ich zum Abendessen ins Schdüble muss." Liv wollte nach dem Umschlag greifen, doch Ben verbarg ihn hinter seinem Rücken. „Das ist nicht Ihre Aufgabe."

„Ich halte es für selbstverständlich, da Frau Klein ja nun verhindert ist. Und das vermutlich für lange Zeit."

Ben rieb sich mit der freien Hand den Nacken. Das war tatsächlich ein Problem, zumal sowohl sein eigener Schreibtisch als auch der seiner Sprechstundenhilfe gerade unter unerledigtem Schreibkram zusammenzubrechen drohten. Ob er Liv fragen könnte … Ben rollte die Schultern nach hinten und klopfte sich gedanklich auf diese, weil er den Gedanken augenblicklich eliminiert hatte. Er durfte unter keinen Umständen zulassen, mehr Zeit mit dieser Frau zu verbringen. Sie würde ihn nur noch mehr durcheinanderbringen. Außerdem würde er damit sicher einen Teil der Dorfbevölkerung gegen sich aufbringen.

„Ich begleite Sie zum Hirschen, da ich ebenfalls im Schdüble essen will. Sicher treffe ich dort auch Marianne an. Sie hat schon zweimal in der Praxis ausgeholfen, als Frau Klein im Urlaub war. Auf dem Weg zum Hotel kann ich dann auch gleich den Brief einwerfen."

Liv blinzelte einmal zu viel, vermutlich irritiert über seinen Redefluss. Und sie hatte recht, warum erzählte er ihr das alles? *Um mich selbst davon zu überzeugen, dass es eine sinnvollere Lösung für mein Problem gibt als ausgerechnet Liv.*

„Na denn", sagte Liv und drehte sich um. Ben hielt sie am Oberarm fest. Sie wirbelte so schnell um ihre eigene Achse, dass er befürchten musste, sie würde stürzen. Also ergriff er auch noch ihren anderen Arm. Ihre warme, weiche Haut drohte ihm die Finger zu verbrennen.

„Sie waren bei Fräulein Ansgar?"

„Keine Angst, ich habe die Gans nicht vergessen."

„Das sehe ich."

Liv hob den Kopf und schaute ihn mit großen Augen fragend an. Dann lächelte sie. „Ach, Sie meinen die Grasflecken auf meiner Hose. Die sind von einem Sturz, weil ich den geheimnisvollen Herrn Guhlub Duttbald im mysteriösen Schittcuckweg gesucht habe. Es gibt da so ein kleines Haus auf der anderen Seite des Flusses, oberhalb eines grasbewachsenen Hügels."

„Das ist ein Schopf – eine Scheune, kein *Haus.*"

„Ja, das habe ich dann auch gemerkt." Sie zwinkerte ihm vergnügt zu.

Ben lachte leise. Diese Frau war einfach unglaublich.

„Sie haben da was." Er beugte sich vor und zupfte den längsten zerfledderten Strohhalm aus ihren Locken, der wie eine Fernsehantenne nach oben abgestanden hatte. *Überaus reizend.*

„Oh, danke."

„Und noch etwas." Er zog einen zweiten Halm heraus, gleich darauf noch einen dritten.

„Offenbar zerstören Sie gerade mutwillig das Nest des Vogels, den ich habe."

Bens Hand schwebte schon wieder über ihrem Haar, das er so gern berühren würde, einfach nur, um zu wissen, wie es sich anfühlte. Ihre Blicke trafen sich. Sie blitzte ihn belustigt an, er hatte Mühe, sich nicht in ihren braunen Augen zu verlieren. Die Sekunden zerrannen, Livs Iriden verdunkelten sich. Als er sah, wie sie sich auf die Unterlippe biss, drehte er sich abrupt um.

„Dort drin ist ein Spiegel. Sie haben auch Schmutz auf der Wange." *Und den werde ich nicht wegwischen. Sonst verliere ich jegliche Beherrschung.*

„Ich muss wie ein Schuljunge aussehen, der sich gerauft hat."

Ben schluckte seinen Widerspruch hinunter. Sie ließ ihn stehen, sodass er sich, bedrängt von einer seltsamen Mischung aus Enttäuschung und Erleichterung, seitlich gegen die Holzwand fallen ließ.

Wenig später befanden sie sich auf dem Weg in Richtung Hotel. Sie waren noch nicht weit gekommen, als sich Curt zu ihnen gesellte. Ben fragte ihn prompt, wann er jenes Loch zu stopfen gedenke. Curt hörte diese Frage mehrmals am Tag, das ganze Jahr hindurch, wie Ben sehr genau wusste.

Doch dieses Mal ignorierte der Ortsvorsteher sie einfach. Dafür drängte er sich zwischen Ben und Liv und begann eine Unterhaltung mit ihr, die die beiden vermutlich als äußerst zivilisiert betiteln würden.

Es ging um die Sehenswürdigkeiten dieser Gegend, die Liv – ginge es nach Curt – dringend noch aufsuchen sollte. Um eine Dame, die wohl Barbara Millicent Roberts hieß, Barbie gerufen wurde und die Curt despektierlich „Puppe“ nannte. Schließlich schwelgten die beiden in Erinnerungen an Rügen, wo Liv mehrmals, Curt jedoch erst einmal gewesen war, und die dortigen Meeresdelikatessen.

Ben konnte Fisch nicht ausstehen und spielte mit dem Gedanken, einfach abzubiegen, um nachzuschauen, ob Marianne zu Hause war – was die beiden vermutlich nicht einmal bemerken würden. Allerdings hatte er einen gehörigen Respekt vor Walli, zumal diese mehrfach versucht hatte, ihn mit Marianne zu verkuppeln. Dass sowohl er als auch Marianne, wie er jetzt wusste, nicht allzu viel davon hielten, hatte die Frau nie interessiert.

Er ließ sich etwas zurückfallen, was Liv sehr wohl bemerkte. Sie wurde ebenfalls langsamer, sodass Curt gezwungen war, auf seine Gesprächspartnerin zu warten. Also schloss Ben wieder auf, doch da die beiden sich weiterhin über Miesmuscheln unterhielten, vollführte er das Manöver nach einigen Metern erneut, nur um wieder dabei erwischt zu werden. Curt warf ihm einen fragenden Blick zu, den Ben mit einem grimmigen erwiderte. Dies brachte den Freund zum Grinsen. „Ich fürchte, liebes Fräulein Liv, wir langweilen unseren Herrn Tierarzt.“

Ben verspürte den beängstigenden Wunsch in sich, den Herrn Notar ungespitzt in den Boden zu rammen. Damit wäre er den Kerl zumindest für heute los. Und da es dann zwei Löcher in den Straßen von Vierbrücken gäbe, würde Curt auch endlich etwas gegen diese Touristenfallen unternehmen müssen.

Liv neigte leicht den Kopf und sagte an Curt gewandt: „Dabei könnte Dr. Schuster uns sicher eine Menge Wissenswertes über diese Meeresfrüchte erzählen.“

Ben runzelte die Stirn, zumal Liv ihm verschwörerisch zuzwinkerte. Hatte diese Frau gerade mit einem einzigen, freundlich formulierten Satz Curts Andeutung zerlegt, dass Ben nun mal ein ungebildeter und langweiliger Hinterwäldler war? Ein träges Lächeln breitete sich auf seinem Gesicht aus, was Curt die Stirn runzeln ließ, ehe er sich wieder zum Gehen umwandte. Ben gesellte sich auf die andere Seite von Liv und blieb dort, bis sie den Hirschen erreichten. Zwar wusste er rein gar nichts über Miesmuscheln und wollte sie garantiert nicht auf dem Teller haben, aber dennoch mochte er die Meeresfrüchte plötzlich – irgendwie.

Obwohl Julius, Edmund und die beiden anderen Binokel-Brüder sie dazu überreden wollten, sich zu ihnen an den Stammtisch zu setzen, suchten sich Curt, Liv und Ben einen Tisch am Fenster. Ben war nur froh, dass auf der Speisekarte des Hirschen selten Fisch zu finden war. Ursula bediente sie überaus aufmerksam, was die Binokel-Männer mit fröhlichem Spott und einige Hotelgäste mit Missbilligung verfolgten, sodass Ursula vom Hirschen-Hubert hinter die Theke verbannt wurde und ihre Mutter das Servieren übernahm.

Marianne war nicht hier, wie Ben von Alma erfuhr, dazu, dass die junge Frau einmal mehr das Hoteltelefon benutzt hatte. „Für die Spendenaktion, hat sie behauptet, dabei habe ich an ihrer gestelzten Aussprache gemerkt, dass sie mit einem Fischkopf telefoniert." Alma nahm die inzwischen geleerten Teller mit und rauschte davon.

Eine Hand auf seinem Arm veranlasste Ben, sich zu seiner Tischnachbarin umzudrehen.

„Ich habe wirklich große Mühe, die Frau zu verstehen, wenn sie mit Einheimischen spricht. Was hat sie gerade gesagt?"

Ben presste die Lippen zusammen und taxierte für einen Moment Livs Hand, die so aufregend warm und weich auf seinem Unterarm lag. Offenbar dauerte ihr das zu lange, denn sie wandte sich an Curt, jedoch ohne ihre Hand von Bens Arm zu nehmen. „Mir scheint, der Herr Doktor hat die Frau Wirtin ebenfalls nicht verstanden."

Curts Lachen klang nervös.

„Habe ich das richtig verstanden? Fischkopf? Warum hat sie Fischkopf gesagt?"

Curt hustete hinter vorgehaltener Faust und warf Ben einen Hilfe suchenden Blick zu. Offenbar wollte der weltoffene Mann und große Liebhaber einer Ostseeinsel nicht verraten, dass Fischkopf hier ein

Schimpfwort für all jene Menschen war, die nördlich von Frankfurt lebten.

Curt stotterte eine Erklärung, die halbwegs elegant umschiffte, was der Fischkopf zu bedeuten hatte. Ben bekam davon allerdings nur die Hälfte mit, denn bedauerlicherweise nahm Liv die Hand von seinem Arm. Die Leere, die er daraufhin an der Stelle verspürte, beschäftigte ihn nachhaltig. Ebenso wie die damit einhergehende unangenehme Kälte, die ihm langsam, aber zielstrebig durch den ganzen Körper floss.

Schließlich stieß Curt ihm mit der Faust gegen den Oberarm. „Was wirst du jetzt ohne Frau Klein machen?"

Ben blinzelte etwas verwirrt. Wann war das Gespräch der beiden von Miesmuscheln und Fischköpfen zu seiner Sprechstundenhilfe übergegangen?

„Ich wollte Anni bitten, bei mir auszuhelfen. Deshalb bin ich hier."

„Da bin ich aber froh. Ich habe mir nämlich schon die ganze Zeit über Sorgen gemacht, dass ich mich vielleicht in eine Verabredung gedrängt habe."

Ben warf Curt einen drohenden Blick zu. So elegant er sich auch aus der Sache mit Almas Fischkopf herausgewunden hatte, so daneben war diese Andeutung. Liv schwieg, und Ben schloss sich ihrem stillen Protest an. Prompt zog Curt ein weißes, gebügeltes Taschentuch hervor und wischte sich die Stirn ab. Aus dem Augenwinkel konnte Ben beobachten, dass Liv sich allem Anschein nach darüber amüsierte, den Notar und Ortsvorsteher ins Schwitzen gebracht zu haben – indem sie seine Andeutung in der Luft hängen ließ. *Dieses Mädchen sollte man keineswegs unterschätzen.* Ben lehnte sich mit vor der Brust verschränkten Armen zurück und kostete die Situation aus.

„Unsere liebe Anni ist mit den Vorbereitungen für ihr neu ins Leben gerufenes Sommerfest restlos verplant." Curt hob die Augenbrauen, vielleicht um seine verloren gegangene Autorität wiederzufinden. Allerdings musste Ben ihm recht geben. Daran hatte er nicht gedacht.

„Du könntest Hanna fragen", schlug Curt als Nächstes vor.

„Ich fürchte, sie ist mit den Aufgaben ausgelastet, die Edmund der Dritte ihr über Nacht aufgehalst hat." Ben schüttelte entschieden den

Kopf und sah Liv dabei fragend an. Immerhin war sie jeden Tag bei Fräulein Ansgar und – wie der Dorfklatsch besagte – auch bei Hanna, um der jungen Frau unter die Arme zu greifen.

Curt schien den gleichen Gedanken zu haben, denn er faltete seine gepflegten Hände auf dem Tischtuch und meinte an Liv gewandt: „Sie helfen Hanna doch mit den Büroarbeiten im Sägewerk. Mir verrät das, dass Sie ein gewisses Geschick in diesem Bereich haben."

„Wenn Sie sich da mal nicht täuschen."

„Jedenfalls erwähnte Hanna mir gegenüber, wie dankbar sie für Ihre Hilfe ist."

„Es ist eher eine Art … moralische Unterstützung. Sie beherrscht das ziemlich gut, traut es sich nur nicht zu."

„Vielleicht würden Sie ja die Zeit finden, bei unserem guten Herrn Tierarzt in die Bresche zu springen?"

Ben nahm die Arme herunter und zog die Beine an, die er weit unter den Tisch gestreckt hatte. Vorsichtshalber, falls er plötzlich aufspringen und die Flucht ergreifen musste. Er würde Liv ganz sicher nicht in seiner Praxis arbeiten lassen. Also öffnete er den Mund, doch Liv war schneller. „Warum eigentlich nicht? Ich bin noch so schlecht zu Fuß, dass ich keine Wanderungen unternehmen kann. Ich bringe mich gerne ein … wenn das für Sie in Ordnung ist, Dr. Schuster?"

Ob das in Ordnung für mich ist? Liv jeden Tag für mehrere Stunden um sich zu haben, wäre … großartig. Wunderschön. Berauschend. Ben, restlos überfordert mit der Situation, nickte und reagierte auf ihr strahlendes Lächeln, das aussah, als hätte sie gerade das große Los in Mariannes Tombola gezogen, mit einem verhaltenen Grinsen. Er sollte dringend Hardi aufsuchen, denn offenbar hatte sein Gehirn ein paar Synapsen eingebüßt. Ausgerechnet jene, die seinem Herzen hätten vermitteln sollen, dass er gerade einen riesengroßen Fehler machte.

„Na, wenn das keine glückliche Fügung des Schicksals ist." Curt rieb sich überaus zufrieden die Hände, was Ben bedauern ließ, dass er ein so friedliebender Mensch war. Er hätte seinen Wunsch von zuvor einfach in die Tat umsetzen sollen. Wobei – war er vorhin nicht sauer gewesen, weil Curt sich zwischen ihn und Liv gedrängt und ihre

Aufmerksamkeit für sich beansprucht hatte? Ben kniff die Augen zusammen. Sein Zustand war wohl noch weitaus schlimmer als befürchtet.

Und nun hatte Curt ihm Liv praktisch aufgedrängt. *Oder* … In Ben keimte der Verdacht auf, dass sein Freund sich gleich morgen früh einen todkranken Hund anschaffen würde, um mindestens einmal am Tag die Tierarztpraxis aufsuchen zu können. Denn jetzt wusste Curt ja, wo Liv ab sofort zu finden sein würde.

„Wann soll ich anfangen?", fragte Liv und schaute Ben mit ihren braunen Augen nahezu flehend an. Er zögerte einen Augenblick, beschäftigt mit der Überlegung, ob Liv dringend Geld brauchte. Vielleicht war sie gar nicht so wohlhabend, wie ihr Äußeres vermuten ließ?

„Am besten, Sie versorgen gleich in der Früh Fräulein Ansgar und kommen anschließend in die Praxis."

„Also, so gegen acht Uhr?"

„Das passt." Ben versteckte seine nun wieder überhandnehmende Vorfreude hinter einem grimmigen Blick, mit dem er Curt bedachte. Die Hirschen-Wirtin legte dem Notar die Rechnung für alle drei Mahlzeiten hin und warf ihm einen Blick zu, der besagte: Mach mir keine zusätzliche Arbeit und bezahl das einfach.

Ben fand das nur zu gerecht.

Kapitel 12

Liv betrat die Praxis und traf dort auf Ben, der gerade einige medizinische Utensilien in einen robusten Koffer packte.

„Guten Morgen, Herr Dr. Schuster. Hier bin ich also.“

Ben hob den Kopf und taxierte sie – vorwurfsvoll, wie sie fand. Schon am Vorabend, als Curt das Arrangement in die Wege geleitet hatte, hatte Liv den Eindruck gehabt, Ben sitze zwischen den sprichwörtlichen Stühlen. Offenbar brauchte er dringend eine Aushilfe in der Praxis, war aber nicht erpicht darauf, dass das ausgerechnet diese seltsame Touristin sein sollte.

„Morgen“, murmelte er, senkte den Blick und widmete sich wieder dem Koffer.

„Womit fange ich an?“

„Ich habe einen Notfall in einem Nachbartal, werde also einige Zeit weg sein. Sie rufen bitte die Patienten an, die heute Morgen Termine haben, und verschieben diese auf den Nachmittag oder auf morgen früh. Ebenso handhaben Sie das mit neuen Anfragen. Wenn ein Notfall reinkommt, müssen Sie entscheiden, ob Sie einen meiner Kollegen anrufen – die Nummern finden Sie dort hinten an der Wand –, den Patienten vertrösten können oder Hardi hinzuziehen.“

„Das ist nur ein Witz, oder?“

„Nein. Mein Kollege kann auch mit Nadel und Faden umgehen.“

Liv nickte, weil Bens Blick, den er ihr mit gesenktem Kopf zuwarf, dies erforderlich machte.

„Ich erkläre Ihnen noch die Funktionsweise eines CB-Funkgerätes. Damit können Sie mich erreichen, allerdings nur, wenn ich in der Nähe meines Wagens bin. Ich besitze kein mobiles Gerät.“

„Ich kann damit umgehen.“

Plötzlich hatte Liv Bens ungeteilte Aufmerksamkeit. Sie lächelte und zuckte mit den Schultern. „Vielleicht erinnern Sie sich: Ich habe meine ersten Lebensjahre in Island verbracht. In einer nicht gerade bevölkerungsreichen Gegend.“

„Das würde mich ja schon mal interessieren“, hörte sie ihn murmeln.

Liv zog eine Grimasse. Vermutlich würde er die Jahre danach noch weitaus spannender finden …

„Sonst noch etwas, was ich beachten muss?“

„Legen Sie hier bitte kein Feuer, befreien Sie das Kalb dort draußen nicht aus seinem Verschlag und operieren Sie nicht selbst.“

„Sehr witzig.“ Liv zog einen Schmollmund, lachte aber innerlich über seine Ermahnungen. Jedoch nur so lange, bis er sie wieder ansah. Ganz offensichtlich meinte er es ernst.

„Ich bin keine wandelnde Katastrophe!“, fauchte sie ihn an.

„Nein, nur ein wandelnder Widerspruch. Motoren reparieren und Funkgeräte beherrschen, aber in einer Tierarztpraxis arbeiten und dabei gekleidet sein, als wollten Sie ins Theater.“ Er deutete mit einem seltsam gebogenen Utensil, das er gleich darauf in seinem Koffer versenkte, auf ihre rote Bluse mit den weißen Punkten und Dreiviertelärmeln und ihre weiße Caprihose.

„Sie haben keine Ahnung, was ich trage, wenn ich ins Theater gehe“, flüsterte Liv vor sich hin.

„Sagten Sie etwas?“

„Ja, aber es war nicht für Ihre Ohren bestimmt.“

„Na dann. Bis später.“ Ben schloss die beiden Schnallen, packte den Koffer am Griff und verließ mit energischen Schritten den Wartebereich. Auf Liv wirkte das, als ergreife er die Flucht.

Sie wartete, bis die Tür ins Schloss gefallen war, ehe sie sich auf dem ausgesprochen bequemen Stuhl hinter dem Empfangstisch niederließ. Gleich darauf hörte sie den PS-starken Motor von Bens rustikalem Vehikel starten und den Wagen davonfahren.

„Hier bin ich also“, sagte sie in den leeren Raum hinein und betrachtete das Chaos aus Papier, Mappen und Notizzetteln auf dem

Schreibtisch. Dieser Aushilfsjob war das Beste, was ihr hatte passieren können, fand Liv. Wenn sie wissen wollte, ob sie wirklich für die Pläne geschaffen war, die sie ebenso energisch verfolgen wollte, wie ihre Großmutter ein Veto einlegte, hatte sie jetzt die Gelegenheit, es auszuprobieren. Selbst wenn das Umfeld nicht so ganz stimmte …

Zwei Stunden später hatte sie die vier anstehenden Termine verlegt, eine Frau mit einem verletzten Huhn auf den Nachmittag vertröstet und herausgefunden, welches System Hedwig für die Terminvergabe nutzte und wie sie die Ablage handhabte. Ersteres gab es schlicht nicht, Letzteres bestand aus einem Berg herumfliegender Zettel, der durchaus in das hiesige Mittelgebirge passte. Obwohl Liv voller Bewunderung darüber war, dass Hedwig bei dieser Art von Organisation den Überblick behalten konnte, hängte sie das Schild an die Außentür, das besagte, dass die Praxis vorübergehend nicht besetzt war, und eilte zur Sägemühle hinüber.

Hanna, mit der Liv am frühen Morgen bereits gesprochen hatte, weil sie selbstverständlich weiterhin Fräulein Ansgar versorgte, öffnete die Tür und ließ sie ein.

„Könnte ich von dir, oder vielmehr von deinem Vater, ein leeres Kontoführungsbuch oder eine Kladde ausleihen? Ich möchte die Terminvergabe in der Tierarztpraxis umorganisieren, sonst verliere ich den Überblick."

„Obwohl du nur als Aushilfe dort arbeitest?"

„Denkst du, das bringt mir wieder Ärger ein?"

„Mit Ben sicher nicht. Er verpasst mindestens einmal pro Woche einen Termin, oder einer ist gleich doppelt belegt."

„Aber mit Frau Klein?"

Hanna nickte gewichtig, dann zupfte ein sehr frech aussehendes Lächeln an ihren Lippen. „Wobei sie ja keine Vierbrückenerin ist. Was sollte es uns also scheren?"

Liv öffnete den Mund, schloss ihn aber schnell wieder. Offenbar waren die Vierbrückener nicht nur Touristen gegenüber kritisch eingestellt, nein, ihre Vorbehalte galten auch denjenigen, die ein paar Täler weiter wohnten. Zwar wusste Liv nicht, ob sie das nun beruhigen oder vielmehr bedenklich stimmen sollte, aber es war dennoch ein kleiner Trost für sie. „Richtig, sie ist ja keine Vierbrückenerin", erwiderte sie mit Nachdruck.

„Wenn du mir jetzt noch verraten würdest, was du unter einer Kladde verstehst?"

„Na, ein Notizbuch."

„Ach so. Lass uns mal sehen, ob wir im Büro meines Vaters eines finden können."

Liv folgte Hanna durch das Wohnzimmer in den kleinen Anbau, in dem sie bereits einige Male gewesen war, um zusammen mit der jungen Frau ein paar der anstehenden Büroaufgaben zu erledigen.

„Schau du mal dort im Schrank nach, ich suche in der Schreibtischschublade." Hanna deutete auf einen der hohen Einbauschränke und setzte sich auf den schwarz gepolsterten Stuhl hinter dem Sekretär.

Liv öffnete eine der Türen und fand sich einer ganzen Armee von Mappen und Ordnern gegenüber. Sie klappte auch die zweite Tür auf und entdeckte auf dem untersten Regalbrett einige Pappschachteln und mehrere Papierstapel. Vermutlich würde sie dort am ehesten fündig werden. Also ging sie in die Hocke, nahm eine der Schachteln heraus, stellte sie auf den rustikalen Holzboden und öffnete den Deckel.

„Was tun Sie da?!"

Liv wirbelte erschrocken herum und erhob sich. Im Türrahmen stand Edmund der Dritte. Er hatte seine schwieligen Hände in die Seiten gestemmt. Seine wütend zusammengekniffenen Augen waren auf Liv gerichtet. Sie warf einen Hilfe suchenden Blick in Richtung Schreibtisch, doch Hanna kniete vor diesem, sodass sie nicht zu sehen war.

„Ich erwarte eine Antwort!"

Liv schluckte. Sie konnte durchaus verstehen, warum Hanna weiterhin in Deckung blieb, immerhin spielte sie mit dem Gedanken, sich einfach in diesem wuchtigen Schrank einzuschließen.

„Entschuldigen Sie bitte, Herr Schuster. Ich bin auf der Suche nach einem Notizbuch, da ich nur so Dr. Schusters Termine organisieren kann. Ich hätte es natürlich bezahlt oder Ihnen in naher Zukunft Ersatz besorgt."

„Wie kommen Sie auf die Idee, sich durch meine Schränke zu wühlen!“ Eine Ader am Hals des Mannes pochte verdächtig, seine Gesichtsfarbe wurde noch dunkler. Edmund der Dritte war unübersehbar wütend. „Was machen Sie in meinem Haus? In meinem Büro?“

Ob dem Mann so sehr das Blut in den Ohren rauscht, dass er mich nicht verstanden hat? Liv knetete ihre Finger. „Wie ich schon sagte –“

„Raus! Sofort! Ich werde umgehend die Polizei informieren. Ich werde Sie einsperren lassen!“

„Ich muss aber doch zur Arbeit zurück.“ Liv wusste schlicht nicht, wie ihr geschah. Noch nie hatte jemand sie so laut angebrüllt und entsprechend Furcht einflößend auf sie gewirkt.

„Sie sind nicht mehr als eine Lügnerin und eine dreiste Diebin!“

Liv biss sich auf die Unterlippe und warf dem Schreibtisch einen flehenden Blick zu.

„Raus hier, habe ich gesagt!“

„Wenn Sie aber doch in der Tür stehen …“

Der Mann packte sie am Oberarm und zerrte sie hinter sich her. Liv stolperte. Sein derber Griff schmerzte noch mehr, allerdings verhinderte er, dass sie stürzte.

„Papa, nicht!“

Liv atmete erleichtert auf. Hanna kam aus ihrem Versteck hervor und rannte mit polternden Schritten und wehendem Rock auf sie zu.

„Hanna?“

Die Angesprochene hielt inne und duckte sich ein wenig, was Liv nicht verwunderte. Die Stimme des Mannes klang brodelnd wie ein Vulkan kurz vor dem Ausbruch.

„Ich habe Fräulein Liv erlaubt, dort im Schrank nach einem entsprechenden Buch zu suchen.“

„Das ist doch …!“

„Sie hat mir hier geholfen, solange du in Rottweil bei Eddi warst.“

„Was soll das heißen, *sie hat geholfen?*“ Die letzten Worte waren nur noch ein wütendes Grollen, dem Donnern eines Gewitters gleich.

„Na, wegen der Liefertermine und den Arbeitern. Wegen der Lohntüten und all dem Kruscht.“

„Du hast diese … diese Fremde in meine Bücher sehen lassen? Zugelassen, dass sie hier herumschnüffelt?“ Edmund wandte sich wieder zu Liv um und schüttelte sie. „Was fällt Ihnen ein, sich in meine Angelegenheiten einzumischen? Wollen Sie meine Angebote auskundschaften und der Konkurrenz die Zahlen mitteilen, damit sie mich bei Großaufträgen unterbieten und sie mir vor der Nase wegschnappen können? Ich werde Sie nicht nur wegen Diebstahls einsperren lassen, sondern auch –“

Obwohl es noch mehr schmerzte, befreite Liv ihren Arm aus seinem Griff. Nun ebenfalls aufgebracht, baute sie sich vor dem Mann auf, was ihr bei ihrer Körpergröße durchaus gelang. „Jetzt hören Sie mir mal zu, Herr Schuster. Ich habe Ihre Tochter nur ermutig und dabei unterstützt, den Aufgaben nachzukommen, die Sie ihr in den vergangenen Tagen überlassen haben. Ebenso wie Sie Ihre Tochter sich selbst überlassen haben. Ist Ihnen eigentlich bewusst, dass Sie neben Ihrem Sohn auch noch Hanna haben? Natürlich sind Sie nach dem Unfall zu Eddi ins Krankenhaus geeilt, um ihm zur Seite zu stehen und dafür zu sorgen, dass er die beste Behandlung erhält. Aber nachdem er das Gröbste überstanden hatte, hätte es wohl genügt, wenn Ihre Frau bei ihm geblieben wäre. Sie hätten nicht jeden Tag vom frühen Morgen bis in den späten Abend hinein in Rottweil sein und dabei eine lange Aufgabenliste für Hanna hinterlassen müssen. Sie haben nicht nur Ihr Unternehmen und Ihre Auftraggeber – und das fällt auch auf Ihre Arbeiter zurück – im Stich gelassen, sondern auch Ihre Tochter. Sie hätte nämlich ebenfalls Trost und Beistand gebraucht. Immerhin hatte auch sie Angst um das Leben ihres Bruders!“

Der Mann trat einen Schritt näher, was Liv jedoch nicht daran hinderte, unbeeindruckt fortzufahren: „Hanna hätte zumindest eine Einweisung erhalten sollen, ehe sie ganz allein Ihre Sägemühle leiten musste, Arbeiter bezahlen, Rechnungen begleichen und zusehen, dass die Bestellungen rechtzeitig bearbeitet und ausgeliefert werden. Ihre Tochter hat hier wirklich Großartiges geleistet, indem sie die Aufgabenliste, die jeden Morgen auf dem Küchentisch für sie bereitlag, abgearbeitet hat. Sie hat es nicht verdient, von Ihnen angeschrien zu werden.“

Liv holte tief Luft, kam dem Mann aber erneut zuvor. „Und ich dachte immer, hier in Vierbrücken ist es üblich, seinen Mitmenschen auszuhelfen. Ich habe das Notizbuch ja nicht für mich, sondern für Dr. Schuster holen wollen. Und wieder ersetzen. Also beruhigen Sie sich bitte. Außerdem sollten Sie sich entschuldigen. Vor allem bei Hanna. Meine Güte, nehmen Sie sie doch endlich in den Arm und überschütten Sie sie mit dem Lob, das sie verdient."

Liv holte erneut tief Luft und gelangte dabei zu der Erkenntnis, dass sie zwar nicht wusste, wer sie wirklich war und was sie vom Leben wollte. Aber sie war eindeutig die Enkelin von Isolde von Salbach. „Und jetzt entschuldigen Sie mich bitte, ich habe zu arbeiten."

Der Mann wich zurück, und Liv beeilte sich, das Büro und gleich darauf das Haus zu verlassen. Fräulein Ansgars heiser klingendes Kreischen ertönte, was Livs Laune schlagartig hob, klang die Gans doch, als wollte sie Liv nur noch zusätzlich anfeuern.

„*Das* hätte ich vielleicht nicht tun sollen", sagte Liv halblaut. Erst als sie das Tor erreichte, fiel ihr die ungewöhnliche Stille auf. Keine Säge kreischte und kein Motor röhrte lautstark vor sich hin. Irritiert drehte sie sich um und sah in eine Reihe Männergesichter, die mit ihren Arbeitsgeräten neben den frisch gefällten und teilweise zugeschnittenen Stämmen standen, als hätte eine plötzlich eintretende Kaltfront sie festgefroren. Schlagartig wurde Liv bewusst, dass sie ihre Tirade mit angehört haben mussten, weil das Büro genau in jene Richtung lag und die Fenster aufgrund der Frühsommerhitze weit offen standen.

Liv verzog das Gesicht zu einem Lächeln, das eher einer verzweifelten Grimasse gleichkam, und verließ eilig den Hof.

„Nein, Liv. Das hättest du definitiv nicht tun sollen." Und dabei hatte sie noch nicht einmal das bekommen, weshalb sie hergekommen war.

Als er die Eingangstür hörte, trat Ben aus dem Untersuchungszimmer. Da er im Halbschatten des Flurs stehen blieb, sah Liv ihn nicht, sodass sie ihre betroffene Miene nicht hinter einem höflichen Lächeln versteckte. Irgendetwas musste in seiner Abwesenheit geschehen sein. Dennoch durfte er der eigensinnigen Person, die jetzt immerhin für ihn arbeitete, nicht alles durchgehen lassen. Also trat er aus dem Schatten heraus.

Liv zuckte zusammen und schenkte ihm ein so verletzliches Lächeln, dass seine Worte weniger vorwurfsvoll hervorkamen, als er das eigentlich geplant hatte. „Wo waren Sie? Mir ist zwar bewusst, dass Sie nicht so bewegungsfeindlich sind wie Frau Klein, aber dennoch können Sie während der Praxiszeiten nicht spazieren gehen."

Liv ging einfach an ihm vorbei, was ihn nun doch wieder gegen sie aufbrachte. Allerdings ließ sie sich so heftig auf ihren Stuhl fallen, als wäre es ihr gerade noch rechtzeitig gelungen, den Hörnern eines gereizten Bullen zu entkommen.

„Die Termine sind auf heute Nachmittag verlegt. Ich habe Ihnen die entsprechenden Akten auf den Schreibtischstuhl gelegt. Ihr Schreibtisch ist so voll, dass ich die Befürchtung hatte, die Unterlagen würden in dem Papierchaos versinken wie ein Stein dort draußen im Fluss. Eine Frau Stäbler war vorhin mit einem verletzten Huhn da, auch sie konnte ich auf heute Nachmittag vertrösten. Über Brunhilda, das Huhn, habe ich keine Akte gefunden, also habe ich eine neue angelegt. Es müssten aber dringend neue Hüllen und Reiter bestellt werden. Wenn Sie mir sagen, bei welchem Lieferanten ich das machen soll – und ob telefonisch oder per Bestellformular –, erledige ich das gleich."

„Und wo waren Sie gerade eben? Kaffee trinken?" Ben wusste, dass er unhöflich war, überspielte damit aber einerseits seine Bewunderung für ihr organisiertes Arbeiten, andererseits seine Sorge um sie. Ihr seltsam bedrückter Tonfall gefiel ihm überhaupt nicht.

„Bei Hanna. Ich wollte ein leeres Rechnungsbuch oder etwas in der Art für Sie besorgen. Darin wären Terminvereinbarungen besser aufgehoben als auf den losen Zetteln hier." Liv hob einen Stapel fein säuberlich übereinandergestapelter Notizblätter hoch, die mit Frau Kleins nahezu unleserlicher Handschrift vollgekritzelt waren.

Ben fand ihr Ansinnen lobenswert, obwohl sie für so eine Nichtigkeit die Praxis verlassen hatte. Außerdem fragte er sich, was bei ihrem

Ausflug vorgefallen war. Es sah allerdings nicht so aus, als wolle Liv darüber sprechen.

„Öffnen Sie mal die große Schublade direkt vor Ihnen."

Liv sah ihn das erste Mal seit ihrer Rückkehr richtig an und zuckte über sein Erscheinungsbild merklich zusammen. Sein Notfall war eine blutige Angelegenheit gewesen. Sie wurde blass um die Nase. Ob seine neue Sprechstundenhilfe womöglich ein Problem damit hatte, Blut zu sehen? Jedenfalls wandte sie zügig den Blick ab, zog die Schublade heraus und erstarrte.

Ben erschloss sich nicht, weshalb sie beim Anblick eines überdimensionalen Terminkalenders – den Hedwig nie benutzt hatte – noch mehr erbleichte, trat aber besorgt einen Schritt nach vorn. Nicht, dass ihm das Mädchen ohnmächtig vom Stuhl fiel und er Hardi bemühen musste. Und dessen Spott über sich ergehen lassen.

„Ich hätte mir das alles ersparen können?" Livs Stimme zitterte merklich, was Ben aufhorchen ließ. „Einfach nur, indem ich die Schränke der Praxis statt die von Edmund dem Dritten durchsuche?"

„Was sagen Sie da?" Er musste sich seine Stimmbänder freiräuspern.

„Wieder mal habe ich das Naheliegendste übersehen." Liv stützte die Ellenbogen auf den Kalender, den sie auf die erstaunlich leere Tischplatte gelegt hatte, und versteckte das Gesicht in den Händen. Ihre Schultern begannen zu zucken.

Ben biss die Zähne zusammen. Für ihn gab es fast nichts Schlimmeres, als eine weinende Frau vor sich zu haben. Unschlüssig drehte er sich einmal um die eigene Achse. Sollte er Liv lieber für einen Augenblick allein lassen? Ihr tröstend eine Hand auf die Schulter legen? Etwas Aufmunterndes sagen? Sie fragen, in welche Schwierigkeiten sie sich denn nun wieder hineinmanövriert hatte, kaum dass er Vierbrücken für ein paar Stunden verlassen hatte?

Er tat nichts davon, zumal Liv einige erstickte Laute von sich gab. Sie musste wirklich verzweifelt sein. Und verletzt.

Was hatte der Ost-Schuster getan? Oder sollte Ben vielmehr fragen, was *sie* bei ihm getan hatte? In seinem Büro? In seinen Schränken? Und das offenbar für die Praxis und damit für Dr. Ben Schuster – einen

West-Schuster. Dieses Mädchen war tatsächlich ein Pulverfass mit einer Menge sehr kurzer Lunten.

Irritiert über die nächsten Laute, die das Pulverfass von sich gab, wandte Ben sich wieder dem Empfangstisch zu. Er schob die Hände tief in die Taschen seiner blutverschmierten Hose. Denn Liv weinte gar nicht. Sie lachte.

„Dürfte ich vielleicht in Erfahrung bringen, was Sie so sehr erheitert?“, fragte er übertrieben gestelzt. Er wusste schlicht nicht, was er mit der Frau anfangen sollte – und mit seinen völlig konfusen Gefühlen.

„So wie ich … die Menschen in diesem Dorf kenne, werden Sie … das noch früh genug erfahren“, wiegelte Liv ab, unterbrochen von kurzen Pausen, in denen sie vergeblich versuchte, sich zu beruhigen. Endlich hob sie ihr Gesicht, und er musste sie einfach anstarren. Ihre Wangen waren gerötet, ihre Augen schwammen in Tränen – Lachtränen wohlgemerkt –, und sie schien förmlich von innen heraus zu strahlen. Seine Erleichterung, die in Faszination umzuschlagen drohte, wurde von seiner Empörung verdrängt.

„Da der Schlamassel, den Sie angestellt haben, auch mich betrifft, wäre ich wirklich froh, ich würde aus erster Hand erfahren, was passiert ist. Dann kann ich vielleicht den Hörnern des Stiers ausweichen, ehe ich versuchen muss, ihn irgendwie ruhigzustellen.“

„Keine Sorge, Herr Doktor. Dieses Rindvieh – und ich bestehe darauf, dass ich damit nur auf Ihren Vergleich eingehe – habe ich ganz allein gegen mich aufgebracht. Also werde ich es auch ganz allein wieder beruhigen.“

„Indem Sie mit dieser roten Bluse vor ihm herumtänzeln?“

Livs hilfloser Blick und ihr Schulterzucken ließen ihn an den Schreibtisch treten. Er würde sie nicht seine Kämpfe austragen lassen. Immerhin ging es hier um die Organisation seiner Praxis. Da sie nun zu einem Stift und den losen Terminzetteln griff, er aber ihre volle Aufmerksamkeit haben wollte, umgriff er einmal mehr ihren Oberarm. Sie zuckte zusammen und stieß einen kurzen Schmerzensschrei aus.

„Was –?“ Ben brachte weder den Satz zu Ende noch wartete er auf eine Antwort. Stattdessen schob er den ihr bis zum Ellenbogen reichenden Blusenärmel hoch. Die Abdrücke von vier Fingern und einem Daumen würden garantiert zu Hämatomen werden. Ben biss die Zähne zusammen.

„War das der Ost-Schuster?", stieß er hervor. Wut brodelte in ihm hoch, während er sich das Ausmaß der Verletzung genauer ansah.

Liv zog den Stoff wieder nach unten und entwand ihm vorsichtig ihren Ellenbogen, den er noch immer fest umschlossen hielt.

„Nein. Das war ein Unternehmer, der eine Fremde in seinem Büro überrascht hat, die dabei war, seine Schränke zu durchsuchen. Offenbar gibt es einen gehörigen Konkurrenzkampf zwischen den hiesigen Holz verarbeitenden Betrieben, und er hielt mich für eine Spionin."

„So ein Blödsinn!", entfuhr es Ben. „Und noch lange kein Grund, um –"

„Lassen Sie es bitte gut sein."

„So geht man nicht mit einer Frau um."

„Das habe ich ihm zu verstehen gegeben."

„Ich werde dem Kerl was erzählen." Ben ging entschlossen auf die Praxistür zu. Liv, trotz ihres Knöchels viel schneller und wendiger als seine übliche Sprechstundenhilfe, huschte an ihm vorbei und stellte sich ihm in den Weg.

„Bitte nicht. Ich will nicht, dass ein West-Schuster meinetwegen einen Ost-Schuster herunterputzt."

„Herunterputzt? Sehr niedlich, Fräulein Liv. Das macht man vielleicht da, wo Sie herkommen. Und jetzt lassen Sie mich durch."

„Sicher nicht."

Jemand rammte die Tür in Livs Rücken. Sie wollte ausweichen und stolperte dabei. Ben fing sie auf. Mit seinen Händen an ihrer Taille schob er sie ein Stück nach links, sodass Walli mit ihrem Schoßhündchen eintreten konnte. Nur unwillig und entsprechend langsam ließ er Liv los, die ihn mit großen Augen ansah. Sie wirkte verwirrt, was den Wunsch in ihm nährte, sie in seine Arme zu ziehen.

„Haben Sie Zeit, Dr. Schuster?" Wallis schrille Stimme ließ ihn ruckartig den Kopf zu Mariannes Stiefmutter umdrehen.

„Gleich, sobald ich einem Rindvieh die Hörner gestutzt habe."

Walli warf Liv einen überaus amüsiert wirkenden Blick zu, ehe sie eintrat. „Ich warte gern so lange."

Die folgenden Tage waren für Liv ein prägendes Erlebnis gewesen. Die Nachricht über ihre Standpauke gegenüber einem angesehenen Arbeitgeber der Region hatte in Rekordzeit die Runde gemacht. Die Binokel-Männer, unter denen sich ja kein Ost-Schuster befand, zogen sie jedes Mal damit auf, wenn sie Liv sahen. Von Otto wurde sie sanft gemaßregelt, bis Edmund in schallendes Gelächter ausbrach, um ihr dann zu versichern, dass der Schnösel nichts anderes verdient habe. Er meinte, Liv habe mit allem recht, was sie ihm an den Kopf geworfen habe. Julius schwächte dies mit den Worten ab, dass man zwar recht haben, die Lautstärke der Standpauke aber an die geöffneten Fenster anpassen könne. Immerhin sei es für einen Arbeitgeber peinlich, vor seinen Arbeitern dermaßen durch den Fleischwolf gedreht zu werden – oder vielmehr über die Kreissäge gezogen und einen Kopf kürzer gemacht, und dann auch noch von einer Frau. Liv wollte sich das lieber nicht allzu deutlich vorstellen.

Einzig Theodor schwieg sich beharrlich über den Vorfall aus. Bis Liv sich verabschiedete. Während die drei anderen Männer ihre Karten weiter fest in den Händen hielten und ihr Abschiedsworte zuriefen, legte er seine Karten verdeckt auf den Tisch – wo sie nicht liegen blieben, wie Liv aus dem Augenwinkel beobachtete. Ausgerechnet Otto, der sie zur Mäßigung gemahnt hatte, schaute sich heimlich Theodors Blatt an.

Theodor kam zu ihr herüber, ergriff ihre Hand, verbeugte sich und küsste dabei ganz vorsichtig und schüchtern ihren Handrücken. Zum ersten Mal fragte sich Liv, weshalb dieser stille Charmeur nie geheiratet hatte. Offenbar hielt er nicht viel davon, wenn Männer Frauen anschrien oder fest anpackten. Sie verstand seine Geste als Anerkennung dafür, dass sie für Hanna eingestanden war und sich verbal zur Wehr gesetzt hatte.

Seit jenem Tag wurde sie im Ort von vielen Frauen noch weitaus herzlicher gegrüßt als nach der Bergung der Kinder, andere verfielen wieder dahin zurück, sie zwar zu grüßen, ansonsten aber zu übersehen. Drei Männer, Liv kannte sie nur vom Sehen, wechselten die Straßenseite und riskierten dabei einen Sturz in das Vierbrückener Loch. Liv sah ihnen grinsend nach. Fürchteten sie sich etwa vor ihr?

Edmund dem Dritten war sie seither nicht mehr begegnet, jedoch Hanna, da Liv noch immer die Gans fütterte. Eddis Schwester hatte Liv stumm in die Arme geschlossen. Liv war sich sicher, eine neue Freundin gewonnen zu haben. Was Ben mit Eddis und Hannas Vater gemacht – oder nicht gemacht – hatte, erreichte seltsamerweise nie den dorfinternen Klatsch. Vielleicht aber erfuhr auch nur Liv nichts davon. Jedenfalls war es schön, dass Ben sich so sehr für sie, die Touristin, einsetzte. Wenn sie ehrlich war, war es sogar mehr als das. Es war … aufregend.

Mariannes Reaktion war erfrischend aufrichtig und deutlich. Sie putzte Liv herunter, als sie sich in Ritas Schönheitssalon trafen, und hielt mit ihrem Ärger darüber, dass Liv den Frieden zwischen den Schuster-Familien gefährdet hatte, nicht hinter dem Berg. Kaum dass Marianne den Salon verlassen hatte, schloss Rita Liv fest in die Arme – und sie lachten gemeinsam.

Immerhin war Liv mittlerweile der Überlegung enthoben, ob sie für die Tombola einen Urlaubsgutschein ausstellen wollte. Marianne hatte entschieden, darauf zu verzichten.

Liv arbeitete sich bei Ben ein, wobei es in der Praxis eher ruhig und damit ein wenig langweilig zuging. Deshalb sagte sie ihm an ihrem fünften Arbeitstag zu, ihn zu einem Hof zu begleiten, da dort gleich vier Geburten bei Kühen anstanden, die das erste Mal kalbten.

Sie kamen am frühen Nachmittag auf dem Gehöft an. Ben parkte den Geländewagen neben einem Traktor und eilte zur Beifahrerseite hinüber, weil er Liv die Tür öffnen wollte. Da war sie allerdings bereits ausgestiegen. „Das dürfen Sie gern tun, wenn wir privat unterwegs sind, Herr Doktor. Aber im Augenblick bin ich Ihre Angestellte. Also steige ich ohne Hilfe aus.“

„Wie Sie meinen." Ben wandte sich ab, jedoch nicht rechtzeitig, sodass sie sein Schmunzeln noch sehen konnte. Schnell fügte sie hinzu: „Wobei wir sicher nie privat zusammen unterwegs sein werden."

Während er sich an der Ladefläche zu schaffen machte, sah sie, wie sich sein Schmunzeln noch vertiefte.

„Was ist so lustig?"

„Sie."

„Wie erfreulich. Andere halten mich ja eher für eine Bedrohung."

„Sie sind beides."

„Sie finden auch, dass ich eine Bedrohung darstelle?" Liv schaute Ben entgeistert an. Das hätte sie nicht gedacht. In den vergangenen Tagen hatte sie vielmehr das Gefühl gehabt, dass sie prima miteinander auskamen.

„Vor allem für mich!", hörte sie ihn noch murmeln, doch da ging er bereits auf Frau Stein zu. Die Bäuerin empfing ihn in derben Schuhen, an denen Erdklumpen hingen, dem üblichen langen Baumwollrock und einer entsprechend robusten Bluse, aber mit einem überaus sympathischen Lächeln.

„Wie geht es Bernd und Bärbel?" Ben stellte seinen Koffer ab und drückte der Frau fest die Hand.

„Überaus gut! Edmund der Dritte hat sie gestern mitgebracht, nachdem er bei Eddi und seiner Frau im Krankenhaus war." Entgegen ihrer Worte fiel ihr Lächeln traurig aus, was in Liv die Vermutung aufkeimen ließ, dass sie nicht die Möglichkeit gehabt hatte, ihren Kindern in der Klinik beizustehen. Sie wurde auf dem Hof gebraucht.

„Ich geh mal in den Stall." Ben nahm seinen Koffer wieder auf und ließ die Frau stehen, die Liv erst jetzt wahrzunehmen schien.

„Sie? Sie sind das?"

Liv wagte ein schüchternes Lächeln und sah sich vorsichtshalber schon mal nach einem Fluchtweg um. Da war die Bäuerin bereits bei ihr und schloss sie so kräftig in ihre muskulösen Arme, dass Liv für einen Augenblick die Luft wegblieb.

„Mein Mann und ich hatten nie die Gelegenheit, uns angemessen bei Ihnen zu bedanken. Wir hatten angenommen, dass Sie inzwischen abgereist sind. Danke! Danke dafür, dass sie unsere Kinder unter dem Polter herausgeholt haben."

„Ich habe ja wirklich nur den kleinsten Teil dazu beigetragen." Liv wollte sich aus der Umarmung lösen, da die Bäuerin von einem recht herzhaften Geruch nach Gülle umgeben war. Doch die Frau, Liv schätzte sie auf Ende dreißig, obwohl das bei ihrer von Wind und Wetter gebräunten Haut und den grauen Strähnen in ihrem braunen Haar nur schwer zu sagen war, nahm tatsächlich Livs Gesicht in ihre rauen Hände. Eindringlich sah die Ältere sie an. „Wir stehen tief in Ihrer Schuld. Danke."

Liv blickte in die klaren blauen Augen der Bäuerin und lächelte dann verstehend. Sie erhielt gerade ihre nächste Lektion darüber, wie das Leben hier verlief. Die Worte des Dankes kamen aus tiefstem Herzen und waren keine oberflächlichen Plattitüden. Und Liv hatte sie anzunehmen, um der Frau dadurch ihren Respekt zu erweisen. Dennoch zögerte sie. Ihr wurde plötzlich bewusst, dass sie weit mehr lernen musste, als Dankbarkeit zuzulassen, ja sie ernst zu nehmen, damit die Danksagende sich ernst genommen fühlte. Denn wie sollte sie selbst tiefe Dankbarkeit anderen Menschen – oder gar Gott – gegenüber empfinden, wenn sie nicht in der Lage war, diese als ein Geschenk, als etwas zutiefst Gutes anzunehmen?

„Ich habe wirklich sehr gern geholfen, Frau Stein, und ich bin so froh, dass es Ihren Kindern gut geht und sie sogar schon wieder hier bei Ihnen auf dem Hof sein können."

„Martha." Die Bäuerin ließ sie los und trat einen Schritt zurück. „Bitte sagen Sie einfach Martha zu mir."

„Das mache ich gerne. Ich bin Liv."

„Sie begleiten den Herrn Doktor?"

„Ich vertrete Frau Klein, da sie sich verletzt hat."

Martha warf ihr ein zweifelnd anmutendes Lächeln zu. „Ihnen ist aber schon klar, dass sich Frau Klein noch nie aus der Praxis herausbewegt hat?"

„Das nahm ich an. Dr. Schuster meint jedoch, er könne bei gleich vier Kälbergeburten meine Hilfe gebrauchen."

„Meint er." Marthas Lächeln zauberte einen Kranz aus kleinen Fältchen um ihre Augen, der sie zwar noch älter, aber auch liebenswert und lebenserfahren aussehen ließ. „Ich vermute vielmehr, dass er Ihre Anwesenheit genießt." Mit diesen Worten drehte sich Martha um und folgte Ben in das lang gezogene Stallgebäude mit dem durchhängenden Walmdach aus Reet. Zurück blieb Liv mit vor Erstaunen offen stehendem Mund und einem Kribbeln in ihrem Herzen, das sich rasend schnell in ihrem Körper ausbreitete. Dieses Gefühl verstärkte sich noch, als sie ebenfalls das dunkle Gebäude betrat. *Vielleicht sollte ich mir endlich eingestehen, dass ich mich nicht nur in Vierbrücken verliebt habe, sondern vor allem in einen der beiden Dr. Bernhard Schusters.*

Heustaub tanzte im Sonnenlicht, das durch die Ritzen der Stallwand einfiel. Der intensive Geruch nach Tieren und deren Ausscheidungen ließ sie kurz innehalten. Dann aber lächelte sie, denn dieser Geruch gehörte hierher wie der leicht antiseptische in Hardis Praxis, der nach geröstetem Speck ins Schdüble und der nach diversen Duftmittelchen in Ritas Schönheitssalon.

Ben stand von zwei Kindern umringt in einem abgetrennten Pferch bei einer braunen Kuh und erklärte den beiden mit sehr viel Ernst in der Stimme – und einem Zwinkern in Richtung der Mutter –, welche Untersuchung er gerade vornahm und wie es um das kleine Kalb stand, das geboren werden wollte.

Bernd hörte ihm mit großen Augen zu, Bärbel hingegen überschüttete den Tierarzt mit Fragen, die er geduldig beantwortete. Daraufhin erklärte die Kleine, dass sie später auch Tierärztin werden wolle. Noch während Ben dabei war, ihr zu versichern, dass dies eine großartige Idee sei, schüttelte Martha nur traurig den Kopf. Sicher war das finanziell für die Familie nicht zu stemmen und für ein Mädchen gleich in doppelter Hinsicht nicht vorgesehen.

Schließlich schickte Ben die Kinder aus dem Pferch. Liv zuckte zusammen, als sie Bärbel von vorn zu Gesicht bekam. Von ihrer Stirn bis hinunter zu ihrem Kinn zog sich eine wulstige rote Narbe. Sogar die Einstichstellen der Nadel, die man zum Nähen der Wunde gebraucht hatte, waren überdeutlich zu sehen.

Liv hob den Blick und begegnete dem von Martha. Dieser war nahezu flehend auf den Gast gerichtet. Es dauerte einen Moment, ehe Liv der Frau beruhigend zulächeln konnte und die Hand ergriff, die Bärbel ihr höflich entgegenstreckte. „Sie haben den Motor des Fahrzeugkrans repariert, nicht wahr?"

„Das habe ich wohl."

Bärbels Augen glitten von Livs Gesicht über das Blusentop bis hinunter zu ihrer an den Waden eng geschnürten Wanderhose. Diese endete in Gummistiefeln, die Ben ihr besorgt hatte. „Sie sind nicht mehr so vornehm angezogen wie beim Stadtfest."

„Das würde in einem Stall auch nicht sehr viel Sinn machen."

„Stimmt." Bärbel sah sie wieder an. „Vielleicht werde ich auch lernen, wie man Maschinen repariert."

Liv verschluckte die Bemerkung, dass sie ihr dabei gern helfen würde, denn das würde sicher nicht geschehen. Immerhin ging ihr Aufenthalt in Vierbrücken allmählich zu Ende. Die Erkenntnis über ihren baldigen Abschied entfachte ein dumpfes Ziehen in ihrer Herzgegend.

„Bärbel?" Marthas Stimme klang sanft, aber fordernd. Prompt machte Bärbel einen ungelenken Knicks und murmelte: „Vielen Dank, dass Sie uns geholfen haben."

Liv ging vor dem Kind in die Hocke und legte – so wie Martha es zuvor bei ihr getan hatte – die Hände auf Bärbels Wangen. Sie spürte die wulstige Narbe, zwang sich aber, die Hand dennoch auf der Wange des Mädchens zu belassen. „Ich bin so froh, dass es dir und deinem Bruder wieder gut geht." Tränen sammelten sich in Livs Augen. Schnell fuhr sie fort: „Allein das war den Ärger wert, den ich ab und zu mit meiner Oma hatte, weil ich mich aus dem Haus geschlichen und mit einem Freund Motoren repariert habe."

„Ja?"

„Aber natürlich, Bärbel. Du wirst von deinen Eltern sehr geliebt. Und von Gott. So sehr, dass er mich aus dem fernen Hamburg hierher nach Vierbrücken geschickt hat, damit ich rechtzeitig zur Stelle war, als du, dein Bruder und Eddi mich gebraucht habt. Mich und all die anderen Helfer. Denn sie haben an diesem Tag alle ihr Bestes gegeben, um euch unter diesen dicken Baumstämmen hervorzuholen."

Bernd drängte sich neben Liv. Vertrauensvoll lehnte er sich an sie und blickte sie aus den gleichen klaren blauen Augen an, wie Martha sie hatte. „Dankeschön", flüsterte er.

Liv nahm die Hand von Bärbels gesunder Wange und drückte den Jungen kurz an sich. „Gern geschehen."

Als sie den Kopf hob, sah sie, wie Martha sich mit dem Blusenärmel die Tränen aus dem Gesicht wischte. Bens intensivem Blick, der ihr Herz zum Stolpern brachte, hielt Liv nur kurz stand. Zu aufwühlend war das, was sie in seinen Augen lesen konnte.

„Ich denke, wir sollten uns jetzt um die vier Kühe und ihre Kälber kümmern, meint ihr nicht auch?", brachte Liv mit brüchiger Stimme hervor.

„Ach, normalerweise bekommen die das gut allein hin", wusste Bärbel, trat aber zurück und warf Ben einen fragenden Blick zu. Der grinste schief, was Livs Verdacht, dass er sie weniger der Kühe wegen denn der Familie Stein mit hierhergeschleppt hatte, noch vertiefte. *Und weil er mich gern um sich hat?* Liv presste die Lippen zusammen. Hatte sie die vergangenen Tage nicht ebenfalls genossen, in denen sie viel Zeit mit Ben in der Praxis hatte verbringen dürfen?

„Also, auf zu Gunda", meinte Ben prompt und ging hinter Liv vorbei, jedoch nicht, ohne ihr dabei mit der Hand leicht über den Rücken zu streichen. Sie hob den Kopf und freute sich über sein anerkennendes Nicken und das Lächeln, das seine Lippen umspielte.

Kapitel 13

Die ersten drei Kälber kamen, als Liv mit Martha im Haus war, wo sie ein paar deftige Brote zubereiteten und Kaffee kochten. Dabei ließen sie sich viel Zeit und unterhielten sich munter. Liv schloss die ruhige, bedacht agierende Bäuerin, die ehrlich aussprach, was sie dachte, schnell ins Herz. Die Frau war eine gute Zuhörerin und überaus intelligent. Wenn Bärbel einen ebenso wachen Geist besaß wie ihre Mutter, sollte sie auf jeden Fall Tiermedizin studieren, fand Liv. Das behielt sie aber tunlichst für sich. Ihr war bewusst, dass die Steins für derlei hochtrabende Pläne keinen Pfennig übrig hatten. Allerdings nahm sie sich vor, nach dem Verwandtschaftsverhältnis zwischen diesen Steins und Rita und Curt zu fragen, ebenso wie zwischen ihnen und Julius und Theodor, den beiden Binokel-Brüdern. Vielleicht würden die vier mit vereinten Kräften einen Weg finden, um Bärbel ein Studium zu ermöglichen …

Anschließend trieben Liv und Martha eine Handvoll Schweine und deren Ferkel in den Pferch, holten die drei Kaltblüter von der Koppel und versorgten sie. Zuletzt brachten sie Bärbel und Bernd zu Bett. Liv las den beiden eine Geschichte vor und hörte verträumt lächelnd zu, als die Kinder mit dem Vater ein Nachtgebet sprachen und mit der Mutter auswendig sieben Strophen von „Der Mond ist aufgegangen“ sangen.

Während der Landwirt nochmals davonstapfte, da er ein Loch auf einer der Pferdeweiden vermutete, packte Martha einen Gugelhupf in Butterbrotpapier und reichte Liv eine verbeulte Emaillekanne mit Kaffee und dazu zwei nicht minder verbeulte Becher, auf denen die letzten verbliebenen Farbspuren verrieten, dass sie früher einmal rot gewesen waren.

„Das ist für Sie und den Herrn Doktor. Ich lasse die Küchentür offen, damit Sie jederzeit Nachschub holen oder zur Toilette gehen können. Bitte fühlen Sie sich ganz wie zu Hause.“

Liv lächelte bei den Worten der Bäuerin. Zu Hause würde sie garantiert keinen Stall betreten – es sei denn, sie wollte ausreiten –, selbst das Alltagsgeschirr wäre aus Porzellan, und alles Weitere, was sie ziemlich sicher *nicht* brauchen würde, würde eine der Angestellten zubereiten.

„Hier auf der Küchenbank liegen zwei Rosshaardecken, falls es länger dauert und Ihnen oder dem Herrn Doktor kalt wird. Scheuen Sie sich bitte nicht, sie mit in den Stall zu nehmen. Dafür sind sie da“, fuhr Martha fort, nicht ahnend, welche Gewissensbisse ihr einfacher Lebensstil in Liv hervorrief. Diese blinzelte und schaute aus der offenen Tür. Ein gelber Schimmer lag über den bewaldeten Höhenzügen und verriet, dass die Sonne bereits dahinter gesunken war. Der Tag war dabei, einer weiteren Nacht die Herrschaft zu überlassen.

„Vielen Dank“, brachte Liv hervor und nahm die Kanne so vorsichtig auf, als wäre sie eine alte chinesische Vase.

„Ich bin noch etwa eine Stunde lang in der Stube, um die Flickwäsche zu erledigen, dann werde ich halb tot ins Bett fallen. Mit dem Herrn Doktor ist abgesprochen, dass er uns dazuholen kann, wenn es nötig ist.“

Liv nickte. Marthas Ehemann ging vermutlich ebenfalls früh zu Bett. Der Tag begann für die Steins stets sehr zeitig, und das sieben Tage die Woche. Livs Alltag würde in Zukunft kaum anders aussehen, falls sie ihre Pläne wirklich durchsetzen konnte.

Sie wünschte Martha eine gute Nacht und verließ nachdenklich das Wohnhaus. War sie inzwischen tatsächlich so bequem, ja verwöhnt, dass sie die Vorstellung, früh aufzustehen oder eine Nacht lang wach zu bleiben, als Hemmnis empfand? Trotzig streckte sie das Kinn vor. „So nicht, Liv Benediktsdóttir“, schalt sie sich selbst. „Sicher wird das kein Zuckerschlecken sein. Aber es wird aufgewogen durch all das Gute, das du dabei verschenken kannst.“

„Ich denke nicht, dass die Stein-Martha uns ihr Stallgeschirr schenken will.“ Ben lehnte mit an den Knöcheln überkreuzten Beinen an der Stallwand, hatte den Sonnenuntergang bewundert und schenkte ihr nun ein breites Grinsen.

„Kuchen und noch mehr Kaffee!“, erwiderte Liv nur und hielt zur Verdeutlichung die beiden Emaillebecher hoch, wobei ihr beinahe die Kanne aus der anderen Hand rutschte. Ben sprang nach vorn, rettete den Kaffee und nahm ihr gleich auch den Gugelhupf ab.

„Das Beste an diesem Beruf ist, dass ein Junggeselle wie ich regelmäßig in den Genuss von anständigen Mahlzeiten und Delikatessen wie Marthas Gugelhupf kommt.“

„Sie könnten auch einfach heiraten.“ Kaum ausgesprochen, spürte Liv, wie ihr die Hitze ins Gesicht stieg. Das war nun wirklich kein Thema, das sie mit Ben erörtern wollte. Der drehte sich um, obwohl er eigentlich auf dem Weg zurück in das Stallgebäude gewesen war, und sah sie mit gerunzelter Stirn an. „Wollen Sie sich für den Posten bewerben?“

„Ich?“ Liv schnappte nach Luft. Verlegen blickte sie zu dem jetzt orange glühenden Himmel hinüber, vor dem die Schwarzwaldberge wie schlafende Bären wirkten. Warum nur klopfte ihr Herz so unkontrolliert, und warum drängte sie eine innere Stimme, einfach Ja zu sagen? Weil es die einzig richtige Antwort war?

Aber das ging nicht. Sie hatte doch andere Pläne. Außerdem gab es da ja auch noch die Wünsche ihrer Großmutter, die so gar nicht mit Livs Vorstellungen konform gingen – und ganz sicher nicht mit Heiratsplänen, die einen Tierarzt im Schwarzwald miteinbezogen. Nicht zu vergessen, dass Liv ja bereits an ihrem Ankunftstag entschieden hatte, in Vierbrücken unmöglich leben zu können.

Ben sah sie so abwartend an, als hätte er seine Frage ernst gemeint. Was ganz sicher nicht der Fall war. Entsprechend flapsig erwiderte sie: „Das würde Ihnen nicht gefallen. Ich kann zwar den Motor Ihres Wagens und Ihr Funkgerät reparieren. Ich verwalte auch gern Ihre Termine, aber an alldem hätten Sie nicht lange Freude, denn Sie würden an meinem ersten selbst gebackenen Kuchen ersticken.“

„Das ist natürlich ein Risiko, das es zu bedenken gilt.“ Ben drehte sich um und trat in das Dämmerlicht des Stalles. Liv riss die Augen auf.

Seine Worte hatten nicht geklungen, als wäre er abgeneigt – trotz der ernst zu nehmenden Gefahr für Leib und Leben. Vermutlich war er völlig übermüdet und deshalb nicht Herr seiner Sinne, schließlich war er schon in der vergangenen Nacht zweimal zu einem Notfall gerufen worden. Das hatte Liv den Notizen entnommen, anhand derer sie heute Morgen Rechnungen auf der Schreibmaschine getippt hatte.

Sie folgte ihm bis zum Tor, blieb dort jedoch unschlüssig stehen. Was sollte sie von seinen intensiven Blicken und jenen kurzen Berührungen halten, die er ihr manchmal zuteilwerden ließ und die sie bisher eher als eine Art Anerkennung für ihre Arbeit verstanden hatte? Bis sie auf den Steinhof gekommen waren und Martha diese Andeutungen gemacht hatte. Die Meinung einer Frau, von der Liv inzwischen wusste, dass sie stets überlegt handelte und sprach und wohl niemals etwas äußern würde, was sie nicht für wahr hielt, sollte sie vielleicht nicht einfach abtun.

„Lieber Gott!", entfuhr es Liv, und dies war nicht nur ein erschrocken hingeworfener Ausruf, sondern ein nahezu verzweifelter Hilferuf um Klarheit und Weisheit, was Ben anbelangte, ihre Zukunft und die beiden Welten, die an ihr zerrten wie ein Hofhund an der Kette.

„Wo bleiben Sie denn, Fräulein Liv? Haben Sie Angst vor der Dunkelheit? Vor der eigenen Courage? Vor den Kühen? Oder vielleicht vor mir? Das wäre schlecht, denn ich möchte den heißen Kaffee ungern aus der Kanne trinken. Und Sie halten nun mal die Becher in den Händen."

„Ich komme", sagte Liv leise, und dabei begann jene Stelle in ihrem Innern, die sich immer dann bemerkbar machte, wenn Liv in Bens Nähe war, förmlich zu glühen.

Sie betrat den Stall und folgte dem Schein zweier an Stützpfeilern angebrachten Laternen zu einem Verschlag im hinteren Teil des Gebäudes. Dort stand eine hübsche dunkelbraune Kuh. Sie rollte wild mit den Augen und bewegte sich aufgeregt hin und her. Auf dem Boden lag dichtes Stroh, in einer Ecke stand Bens Koffer, er selbst saß daneben und klopfte einladend auf einen niedrigen dreibeinigen Holzhocker. Also ging Liv mit bedächtigen Schritten zu ihm hinüber, da sie die werdende Mutter nicht noch mehr beunruhigen wollte, und setzte sich. Ben nahm ihr einen Becher aus der Hand und die Berührung seiner Finger jagte etwas wie einen Stromschlag durch sie hindurch. Nun, da sie seine Gefühle erahnte und sich ihren eigenen – wenngleich noch immer leicht zweifelnd – gestellt hatte, schien sie mit einer gesteigerten Intensität auf Ben zu reagieren.

„Sie sollte längst abgekalbt haben", erklärte Ben mit leiser, tiefer Stimme, die vibrierend in ihr nachhallte. „Die drei anderen Kühe waren die Beigabe, eigentlich ging es immer nur um Lene."

„Und was stimmt nicht mit ihr?"

„Zwillinge. Und wie mir scheint, sind beide Kälber ungewöhnlich groß. Das macht einer Erstgebärenden doppelt Probleme. Außerdem ist sie nicht besonders robust. Stein hat mich im Winter dreimal ihretwegen herbestellt. Lene gehört Bernd", fügte Ben noch erklärend hinzu, reichte Liv den gefüllten Becher zurück und nahm dafür den anderen entgegen.

Liv atmete tief den Duft des starken Kaffees ein. Vermutlich würde sie diesen brauchen, um die nächsten Stunden durchzuhalten. Andererseits fühlte sie sich extrem … munter, was sie eindeutig der Tatsache zuschrieb, allein mit Ben in diesem dämmrigen Stall zu sitzen.

„Der Kleine hat Lene mit der Flasche aufgezogen. Ansonsten würde Stein deutlich weniger Aufsehen um sie machen. Für ihn sind Kühe reine Nutztiere, keine Familienmitglieder."

„Aber nach allem, was Bernd zuletzt durchgemacht hat, will Bauer Stein Lene ihm zuliebe retten?"

„Und weil Stein seine Kinder liebt, wie ich es selten bei einem hart arbeitenden Mann gesehen habe."

„Die beiden sind aber auch ganz besonders reizend und wohlerzogen."

Ben antwortete nicht. Liv nahm jedoch an, dass er beipflichtend nickte. Sie war abgelenkt, da sich Lene in diesem Augenblick ihrem Sitzplatz näherte. Neugierig streckte die Kuh die Nase in ihre Richtung, und Liv streichelte sie behutsam. „Lene ist auch reizend und wohlerzogen."

„Zu menschenfixiert“, brummte Ben nur, erhob sich und tastete die Flanken des Tieres ab. Trotz der schlechten Beleuchtung konnte Liv die Sorgenfalten auf seiner Stirn sehen.

„Kann man denn gar nichts für sie tun?“

„Noch warten wir“, entgegnete der Tierarzt und ließ sich wieder neben Liv ins Stroh fallen. Er lehnte den Rücken an die Bretterwand des Verschlags, wischte seine Hände an einem feuchten Tuch ab und ergriff seinen Becher, aus dem er einen Strohhalm entfernen musste.

„Und wie lange?“

„Wird Ihnen schon langweilig?“

„Nein, ich will nur eine Unterhaltung in Gang bringen.“

„Eine Lehrstunde in Geburtshilfe?“

„Also, ja … nein. Ich weiß es nicht.“ Liv lehnte den Hinterkopf an die Wand und schloss für einen Moment die Augen. Genau das war ihr Problem. Sie wusste einfach nicht …

„Bernd und Bärbel haben bereits Namen für zwei der Kälber gefunden. Das dritte sollen Sie benennen. Darüber können Sie sich gern Gedanken machen.“

„Oh, ich darf einem Kälbchen den Namen geben?“

„So sieht es aus. Es ist übrigens ein Mädchen.“

Liv erhob sich, trat hinaus in die Stallgasse und betrachtete nacheinander die drei Neugeborenen, die unsicher auf staksigen Beinen standen und deren gelocktes Fell dunkle Flecken aufwies. Nachdenklich ging sie zurück und setzte sich wieder auf den Melkschemel, ehe sie prüfend einen Schluck Kaffee nahm. Nun war sie sich sicher: Nach dem Genuss des heißen Getränks würde sie gleich zwei Nächte nicht mehr schlafen können. „Helfen Sie mir bitte bei der Namensfindung?“

Ben lachte leise auf. „So schwer ist das aber nicht.“

„Ich versuche seit einigen Tagen, den Vierbrückener Fettnäpfchen auszuweichen.“

„Erfolgreich?“

„Als müssten Sie diese Frage stellen, Herr Doktor!“

„Manchmal bin ich so beschäftigt oder schlafe morgens so lange, dass die Rauchzeichen über der Stadt von mir ungesehen abziehen können.“

„Sie meinen also, ich hätte bessere Chancen, nicht das Gesprächsthema Nummer eins zu sein, wenn es regnen würde? Weil dann niemand Rauchzeichen gen Himmel schicken kann?“

Von Ben kam erneut ein leises Auflachen, das ihre Mundwinkel automatisch nach oben wandern ließ.

„Ich werde für Regen beten“, beschloss sie.

„Das sollten Sie unbedingt.“

„Weil ich schon wieder –“

„Nein, weil es viel zu trocken ist.“

„Trocknen da nicht auch die Fettnäpfchen aus?“

„Keine Chance.“

„Gut, dann helfen Sie mir. Welche weiblichen Namen muss ich meiden? Außer Rita, Marianne, Hanna, Ursula, Martha und Walli? Und welcher Name versteckt sich eigentlich hinter Walli?“

„Waltraud, soviel ich weiß.“

„Gut, Waltraud geht demnach auch nicht.“

„Sind Sie jetzt nicht etwas übervorsichtig?“

„Kann man das hier überhaupt sein?“

„Gutes Argument. Also, schlagen Sie mal was vor und ich prüfe.“

Liv zählte mehrere Namen auf und schließlich einigten sie sich auf Lavinia.

„Der gefällt mir“, beteuerte Ben. „Vor allem, weil das Kleine nun mit dem gleichen Buchstaben anfängt wie seine Namensgeberin.“

Liv lächelte zufrieden und wagte einen zweiten Schluck.

„Die beiden anderen tragen übrigens die hübschen Namen Ursi und Marianne.“

Liv prustete den Kaffee zurück in die Tasse. Ben lachte zwar leise – sicher wegen der nervösen Kuh –, dafür aber sehr, sehr ausgiebig.

Ben beobachtete das verschreckte Tier und ging in Gedanken seine Optionen durch, entschied jedoch, ihr noch etwas mehr Zeit zu geben, auch wenn der Blasensprung der Färse fast sechs Stunden zurücklag.

Sein Blick wanderte zu Liv, die gerade sehr schweigsam war. Sie schwankte bedenklich, offenbar war sie im Begriff einzuschlafen. Da er das für keine gute Idee hielt, vor allem, weil sie auf einem Hocker saß, ergriff er sie am Ellenbogen. Dieser fühlte sich kühl an, was nicht verwunderlich war, denn nachts wurde es noch recht frisch.

„Liv?", sprach er sie leise an. Er liebte es, ihren Namen auszusprechen. Er passte hervorragend zu dieser betörend lebendigen Frau, die auch in ihm eine neue Seite zum Leben erweckt hatte. Die eines Beschützers, eines Mannes, der sich um eine Frau bemühen wollte, ihr die Sterne vom Himmel zu holen. Die eines Kerls, der gerade dabei war, sich zum Idioten zu machen. Denn Liv war unerreichbar für ihn.

„Liv?"

Sie reagierte noch immer nicht, schwankte nun aber bedenklich zur Seite. Also legte er schnell den Arm um ihre Taille. War sie wirklich unerreichbar für ihn? Immerhin war sie sich nicht zu schade, für ihn zu arbeiten und in einem stinkenden Stall zu sitzen, um auf ihre erste Kälbergeburt zu warten. Welche gut situierte Städterin tat das schon? Und sein Argument, dass sie besser zu Curt passte, stammte wohl nur daher, dass er sein eigenes Herz vor einer Enttäuschung schützen wollte. Allerdings machte dieses die Selbsttäuschung nicht länger mit.

„Liv?"

Sie fuhr hoch. „Was tun Sie da?", fragte sie mit träger Stimme, die einen Sturm der Sehnsucht in ihm weckte. Unmissverständlich tippte sie auf die Hand seines rechten Armes, mit dem er sie noch immer umfangen hielt.

„Ich verhindere, dass Sie mit der Nase voran ins Stroh fallen."

„Ui, danke dafür."

Nur widerwillig zog er seinen Arm weg.

„Geht es voran?"

„Zäh." Ben meinte damit nicht die Kuh. Er betrachtete Livs noch immer schläfrige Augen unter den langen, geschwungenen Wimpern und wünschte sich, sie würde ihn häufiger so ansehen. Allerdings runzelte sie nun die Stirn. Rasch wandte er sich wieder dem anderen weiblichen Wesen im Raum zu.

„Aber Ihnen ist kalt."

„Stimmt. Ich gehe mal die beiden Decken holen, die Martha bereitgelegt hat." Liv sprang so schnell auf, dass Lene einen Satz zur Seite machte. „Entschuldige bitte. Das wollte ich nicht", flüsterte Liv der werdenden Mutter zu, die sie aus großen Augen ansah und laut zu muhen begann. Ben erhob sich ebenfalls. „Dann beeilen Sie sich. Hier könnte es demnächst turbulent werden."

„Ist gut. Brauchen Sie sonst noch etwas?"

„Nichts, was Sie mir aus Marthas Küche mitbringen könnten."

Liv blinzelte ein Mal, dann ein zweites Mal, ehe sie sich abwandte und die dunkle Stallgasse entlangeilte. Fort von ihm.

Ben führte eine weitere Untersuchung durch und nickte zufrieden. Endlich ging es voran, das lange Ausharren war richtig gewesen. Und schön, was aber nicht an Lene lag.

Liv war rasch zurück. Sie reichte ihm eine der rauen Decken, die er sich um die Schultern schlang, ehe er sich wieder im Stroh niederließ. Liv wollte sich erneut auf den Schemel setzen, doch Ben zog ihn schnell beiseite.

„Das ist mir im Hinblick auf Ihre Nase zu gefährlich. Entscheiden Sie sich lieber für den Boden."

„Ich bin jetzt wieder ganz wach."

„Trotzdem."

Liv fügte sich, hielt aber einen schicklichen Abstand zu ihm. Ben grinste. Er würde wohl bald mal aufstehen müssen, um kurz nach der Kuh und den Kälbern zu sehen.

„Wenn Sie wach bleiben wollen, dann erzählen Sie mir doch etwas über sich. Über Ihr Leben in Island, in Hamburg und über das große New York."

„Ob Sie das wirklich interessiert?"

„Brennend", antwortete er in einem leicht spöttischen Tonfall, der verschleiern sollte, wie gern er mehr über Liv erfahren wollte. Und ihrer Stimme lauschen.

„Geben Sie es zu, Sie sind der Typ mit dem Lagerfeuer und der Decke, der täglich den neuesten Klatsch in Rauch aufgehen lässt."

Ihre Wortwahl brachte Ben zum Schmunzeln. „Nicht nur Sie sind für Frau Klein eingesprungen."

Liv wandte ihm den Kopf zu und schaute ihn mit offenem Mund perplex an. „Frau Klein …?"

„Sie sitzen doch seit ein paar Tagen auf ihrem Platz und hören ebenfalls mit an, was die Leute im Wartezimmer so erzählen."

„Nein, denn ich konzentriere mich auf die Telefongespräche, schreibe Rechnungen, Bestellungen, Verbrauchslisten und versuche noch immer, einige von Frau Kleins Wellenzeichnungen auf den Notizzetteln zu entziffern. Außerdem glaube ich Ihnen kein Wort. Frau Klein stammt nicht mal aus Vierbrücken. Wenn sie Gerüchte verbreitet, dann in dem Ort, in dem sie wohnt."

„Da könnten Sie recht haben. Vielleicht hätte ich ihr gegenüber etwas vorsichtiger sein sollen."

„Ihr Ruf ist ruiniert! Zumindest dort, wo Frau Klein lebt."

„Und wie steht es um Ihren Ruf?", brachte Ben das Gespräch zurück auf Liv.

„Eine einzige Katastrophe!"

Ben betrachtete das Profil der Frau neben sich. Warum nur hatte er das Gefühl, dass sie das ernst meinte? Ehe er nachhaken konnte, begann Liv, von ihrem Leben in Island zu erzählen. Von ihrem rebellischen Vater und ihrer Mutter, und dass beide früh verstorben waren. Von ihrem neuen Leben bei der Großmutter in Hamburg und der Tatsache, dass sie die Erbin einiger Hotels war.

Ben zerfetzte einen Strohhalm nach dem anderen, während Liv von Theater- und Museumsbesuchen, unzähligen Reisen, ihrem Jahr in New York und von einem Lebensstandard berichtete, der von seinem so weit entfernt war wie der Mond von der Erde. Allmählich gewann er den Eindruck, Livs Leben hinge davon ab, dass sie ihm all das erzählte, also ließ er sie einfach reden. Was hätte er auch sagen sollen? Außer dass sein Herz seinen Verstand übertölpelt hatte und dies ein riesengroßer Fehler gewesen war.

„Und jetzt wollen Sie sicher wissen, warum ich hier bin?", fragte sie ihn völlig überraschend.

„Weil Sie endlich mal so etwas Sinnvolles tun wollen, wie einem Kalb einen Namen zu geben?“

Livs Blick erschütterte ihn tief in seinem Inneren. Was er darin sah, waren Schmerz, Hoffnungslosigkeit und zugleich ein Schrei nach Hilfe. Unwillkürlich warf Ben den malträtierten Strohhalm weg und ergriff Livs Hand, mit der sie sich gerade fahrig eine ihrer wilden Locken hinter das Ohr gestrichen hatte.

„Und was haben Sie jetzt nicht erzählt?“ Seine Stimme klang rau. Nicht, weil er so lange geschwiegen hatte, sondern weil seine Emotionen ihn hinterrücks überfielen, ihn drängten, diese Frau in die Arme zu ziehen und ihr seinen Schutz, seine Hilfe, sein Leben anzubieten.

Liv richtete sich auf, allerdings nur, um sich vor ihn zu knien. Ihre Hand beließ sie in seiner.

„Was ich verschwiegen habe? Die Tatsache, dass mir mein eigenes Leben sinnlos erscheint. Und … leer. Verstehen Sie mich bitte nicht falsch. Meine Tage in Hamburg sind überaus voll und keineswegs … vertändelt. Ich lerne viel, was Musik und Literatur betrifft. Ich besuche einmal in der Woche die Kinderstation eines Krankenhauses und lese dort vor. Meine Großmutter und ich versuchen zu helfen, wenn wir erfahren, dass jemand in Not geraten ist. Großmutter spendet großzügig, initiiert Hilfskomitees und Wohltätigkeitsveranstaltungen. In all das hat sie mich eingeführt, weil ich eines Tages in ihre Fußstapfen treten soll.“

„Aber das genügt Ihnen nicht?“ Ben strich mit dem Daumen leicht über Livs Handrücken.

„Ich wollte …“ Liv sah ihn mit mühsam unterdrückten Tränen an und schüttelte dann den Kopf. Der Rest blieb ungesagt, und wieder trat dieser schmerzliche Ausdruck in ihre Augen. Ben beugte sich zu ihr vor. Er wollte unbedingt mehr sehen, als das flackernde Licht der Stalllampe in seinem Rücken zuließ. Livs Händedruck verstärkte sich, als müsse sie sich an ihm festhalten, um nicht zu fallen.

„Ich habe mich an eben jenem Krankenhaus beworben. Zur Ausbildung. Ich würde gern Krankenschwester oder Hebamme werden.“ Sie flüsterte nur, ohne den Blick zu senken oder vor Ben zurückzuweichen. Ihr Gesicht war seinem ganz nah.

„Ich möchte meinen Alltag mit etwas Sinnvollem füllen, denjenigen helfen, die Hilfe benötigen. Was ich nicht möchte, ist, ein Ausstellungsstück zu sein. Jemand, der reichlich gibt, aber niemals in Berührung mit denen kommt, denen geholfen wird. Ich möchte echt sein, ich sein, Spuren in den Herzen der Menschen hinterlassen, nicht in ihren Geldbörsen." Liv entzog ihm sachte die Hand. Vielleicht, weil ihr in diesem Augenblick bewusst wurde, wie nahe sie sich waren. Wie nahe davor, sich zu küssen. Und das wäre ein weiteres Hindernis auf dem steinigen Weg zu ihrem Traum, den sie sich, dessen war sich Ben sicher, gegenüber ihrer Großmutter ertrotzen musste.

Ben ließ zu, dass sie sich erhob, sich das Stroh von den Hosenbeinen klopfte und fortging. Betrübt schloss er die Augen. In ihm warnte eine leise Stimme, dass es da noch mehr gab. Dieser nicht zu Ende geführte Satz vorhin hatte etwas zu bedeuten. Aber Liv wollte es für sich behalten.

Pflichtbewusst schaute er nach der Kuh, die sich inzwischen hingelegt hatte, und war zufrieden mit dem, was er sah. Jetzt würde es nicht mehr lange dauern.

Ein Rascheln im Stroh verriet ihm Livs Rückkehr. Zu seinem Erstaunen trat sie vor ihn, zögerte und kam noch einen Schritt näher. Es fehlte nicht viel und sie würden sich berühren. „Ich werde Krankenschwester. Oder Hebamme. Je nachdem, in welchem Bereich das Krankenhaus mich als Schülerin aufnimmt."

„Das wirst du!", erwiderte er leise. Das Du kam ihm wie selbstverständlich über die Lippen.

„Wenn ich fertig bin, kann ich vielleicht hierher zurückkommen."

Ben runzelte die Stirn. Wollte Liv, dass er sie bat, dies zu tun? Ihr Kampf, ihr Leben nicht den Plänen ihrer Großmutter zu überlassen, war vermutlich bereits ein kleiner Kriegsschauplatz. Nach der Ausbildung dann auch noch so weit von Hamburg wegzuziehen … Wollte er der Grund für ein weiteres Gefecht zwischen Liv und ihrer Familie – und Liv gegen sich selbst – sein?

„Wie du weißt, gibt es hier Fettnäpfchen, die so groß sind, dass sie Menschen zu Fall bringen und Gänse verschlucken können."

„Nach diesen Wochen hier und nach dem Ende meiner Ausbildung kann ich damit sicher umgehen.“ Liv lächelte ihn an. Er blieb ernst, denn er sah sich nicht in ihren Zukunftsplänen. Entsprechend wich er ihrem forschenden Blick aus. „Dein erstes Kälbchen kommt, Hebamme.“ Ben griff nach dem Geburtsstrick.

„Oh!“ Liv drehte sich in dem Augenblick um, als, begleitet von einem Schwall Blut, erst die Vorderhufe und gleich darauf das Flotzmaul des ersten Kalbes zum Vorschein kamen. Ben sah sie schwanken und fing ihren seltsam schlaffen Körper auf.

„Was –?“ Er zog sie von der Kuh weg und ließ Liv zu Boden gleiten, wo sie sich zitternd zusammenkauerte. „Ich sollte mich um die Geburt kümmern, nicht um dich.“

„Ja, mach das. Ich … mir geht es gleich wieder gut.“

Ben wandte sich ab. Er würde jetzt Zwillingskälbern helfen, ihren Weg in diese Welt zu finden, und anschließend einer angehenden Krankenschwester erklären, dass sie kein Blut sehen konnte.

„Finden Sie sie!“ Isolde von Salbach klang sogar durchs Telefon erregt, obwohl sie eigentlich eine Meisterin in der Wahrung ihrer Contenance war. Ganz egal, ob sie sich über eine ihrer Freundinnen aufregte oder einen Angestellten rügte: Dies geschah stets mit ruhigen Worten, die dadurch aber nichts an Schärfe verloren.

„Das werde ich, Gräfin von Salbach.“

„Das muss schneller gehen!“

Peter atmete tief durch und war versucht, einfach den Hörer auf die Gabel zu legen. Diese Möglichkeit gab es für ihn allerdings nicht. Außerdem war er so nicht erzogen worden.

„Ich weiß nicht, woher dieser Schmierfink von Reporter seine Informationen hat. Aber der unsägliche Artikel mit der Mutmaßung, meine Liv könnte es ihrem Vater gleichgetan haben und durchgebrannt sein, beweist, dass sie wirklich im Schwarzwald ist. Sie sind also auf der richtigen Fährte.“

„Ich werde sie finden und nach Hause bringen, Gräfin von Salbach."

„Was dem Kind da nur wieder durch den Kopf gespukt ist. Zuerst ihre hanebüchene Idee, sich in die Geschäftsbelange einführen zu lassen, dann ihr Wunsch, eine Ausbildung im Krankenhaus anzustreben, und nun dies."

Peter schwieg höflich. Dies war allemal besser, als die Gräfin darüber zu belehren, dass die jungen Frauen heute anders dachten als zu früheren Zeiten. Sie waren moderner, selbstständiger, freiheitsliebender. Zumindest hatten sie mehr Möglichkeiten, ihre Wünsche auszuleben, als die Jahrgänge vor ihnen. Peter sah darin keine schlechte Entwicklung – in gewissen Grenzen natürlich.

„Dieses Kind ist doch noch so jung und naiv, ganz abgesehen davon ist sie meine Erbin und deshalb für allerlei Gesindel interessant. Ich fürchte um ihre Sicherheit."

„Fräulein Liv hat genug Temperament, um für sich einzustehen", wagte er vorsichtig zu widersprechen. „Bitte sorgen Sie sich nicht zu sehr. Sie hätte sich gemeldet, wenn sie in Schwierigkeiten stecken würde." Er empfand Mitleid mit der alten Dame, die nicht nur um den Ruf ihrer Enkelin fürchtete, sondern vor allem um deren Sicherheit. Andererseits würde er Liv niemals als naiv bezeichnen. Sie hatte eine schnelle Auffassungsgabe und ein gesundes Selbstbewusstsein. Dass sie in die geschäftlichen Belange des Von-Salbach-Unternehmens hatte eingeführt werden wollen, war in den Augen ihrer Großmutter ein undenkbares Szenario gewesen. Im Unterschied zur Gräfin hätte Peter es Liv zugetraut, die innerbetrieblichen Zusammenhänge zu verstehen, ja eine bereichernde Persönlichkeit in der Führungsebene zu sein. Allerdings würde er das tunlichst für sich behalten. Vor allem, weil er selbst an dieser Stelle ins Spiel kam.

„Ich bin nur froh, dass Sie Livs Eskapaden nicht zu negativ gegenüberstehen und sich bereit erklärt haben, nach ihr zu suchen."

Als hätte ich eine Chance gehabt, es nicht zu tun … Statt dies zu sagen, fügte Peter eine weitere beruhigende Floskel an. Selbstverständlich beschäftigten auch ihn Livs Aufbegehren, ihre heimliche Flucht aus Hamburg und die Tatsache, dass sie völlig auf sich gestellt irgendwo in der Fremde war. Vor wenigen Jahren wäre das undenkbar gewesen – für Livs Großmutter war es das noch immer.

„Nun gut. Sie melden sich also morgen wieder? Ich werde mich derweil um ein Gespräch mit diesem … Schmierfinken bemühen."

Peters Mundwinkel zuckten. Der Mann tat ihm jetzt schon leid. Allerdings war die Bemühung der Gräfin sinnvoll. Jene Person, von der der Reporter erfahren hatte, dass Liv sich im Schwarzwald aufhielt, musste dringend kontaktiert werden. Denn nur so konnten sie zügig erfragen, wo genau die Vermisste zu finden war.

Liv hielt sich am Autositz fest, um auf der holprigen, mit Spurrillen und Löchern gespickten Straße nicht hin- und hergeworfen zu werden. Es war noch immer dunkel, allerdings kündigte ein blassblauer Schimmer jenseits der Schwarzwaldberge den neuen Tag an.

„Ich fahre dich zum Hirschen. Schlaf dich heute erst mal aus."

Liv, die ihre müden Augen geschlossen hatte, richtete sich wieder auf. „Und was ist mit der Praxis?"

„Der Papierkram kann warten."

„Aber du wirst arbeiten gehen?"

„Sicher."

„Dann werde ich auch da sein."

„Das musst du nicht."

„Ich bin nicht aus Zucker, Herr Doktor."

„Das weiß ich." Seine Antwort kam zögerlich, und Liv wusste, weshalb. Verärgert biss sie die Zähne zusammen. Er hatte ihren Moment der körperlichen Schwäche völlig falsch interpretiert. „Ich habe kein Problem mit Blut!", stellte sie daher erneut klar und bemerkte selbst, wie aggressiv sie dabei klang. Etwas beherrschter fügte sie hinzu: „Es lag an der späten Stunde in Kombination mit dem starken Kaffee. Daran, mitten in der Nacht aufzustehen oder ganze Nächte durchzuwachen, kann man sich gewöhnen. *Ich* werde mich daran gewöhnen!"

„Bisher habe ich dich für einen vernünftigen Menschen gehalten."

Liv warf dem Mann neben sich einen flüchtigen Seitenblick zu, sah aufgrund der Dunkelheit jedoch nur seine Silhouette. Ben hielt sie für einen vernünftigen Menschen? Das war ja beinahe noch lächerlicher als sein Verdacht, sie könne ein Problem mit Blut haben. So ziemlich alles, was sie in den vergangenen Wochen getan hatte, war unvernünftig gewesen. Angefangen damit, Hals über Kopf aus Hamburg zu fliehen. Nur war sie bisher zu eigensinnig gewesen, sich das einzugestehen. Bis zu dieser Nacht, als sie beim Anblick einer gebärenden Kuh in Bens Arme gesunken war. Und das weniger aus einem romantischen Gefühl heraus.

Das wollte sie jedoch nicht zugeben, denn dies zu tun, würde das Aus ihrer neu gesteckten Ziele bedeuten. Und damit auch zweierlei: erstens, dass ihr Aufenthalt hier in Vierbrücken zu Ende war, denn sie hatte ihre Antwort gefunden. Und zweitens war ihre Flucht damit nicht nur unvernünftig gewesen, sondern schlicht dumm. Weil ihre Großmutter recht hatte?!

„Halte bitte an."

Ben bremste sachte. Kaum dass der Wagen stand, öffnete Liv die Tür und sprang hinaus.

„Was hast du vor?" Jetzt klang Ben alarmiert. Er schaltete den Motor aus, und sie hörte am Zuschlagen der Tür, dass auch er ausgestiegen war.

„Ich werde das letzte Stück zu Fuß gehen."

„Das halte ich für keine gute Idee", meinte er mit sanfter Stimme. Sie wandte den Kopf und sah im Licht der langsam verblassenden Sterne, wie er die Arme auf dem Autodach verschränkte und den Kopf auf diese bettete. Er sah müde aus.

„Ich muss nachdenken."

„Das wiederum ist eine gute Idee. Allerdings kannst du das auch in deinem Hotelzimmer."

„Die frische Luft wird mir guttun." Liv schüttelte trotzig den Kopf. Sie brauchte Abstand von Ben und musste ihre Gedanken sortieren.

„Der Weg ist noch weit, die Straße voller Schlaglöcher, und es könnte sein, dass sich hier ein wildernder Hund herumtreibt. Eventuell hat er sogar Tollwut. Also steig jetzt bitte wieder ein."

Liv schüttelte es innerlich, dennoch wollte sie nicht nachgeben. Sie musste allein sein, ihre Optionen prüfen … *Offenbar bist du erneut in einer Art Fluchtmodus.* Sie schob den Gedanken beiseite, orientierte sich kurz und sprang dann über den kleinen Graben auf die dahinter gelegene, leicht abschüssige Wiese. Wer sagte denn, dass sie auf der schlechten Straße gehen musste? Sie konnte den Rückweg einfach abkürzen. Kräftig schritt sie aus, wobei ihre Füße in den zu großen Gummistiefeln hin- und herrutschten, als liefe sie auf Glatteis.

Eilige Schritte hinter ihr ließen sie erbost herumwirbeln. Damit hatte Ben wohl nicht gerechnet, denn er prallte förmlich gegen sie. Um nicht zu stürzen, krallte sie ihre Finger in sein Baumwollhemd. Ben umfing sie mit seinen Armen.

„Wie kann man nur so dickköpfig sein!", sagte er mit tiefer Stimme.

„Bin ich nicht." Sie war vielmehr aufgewühlt.

„Was schlägt dann durch? Die verwöhnte Hotelerbin?"

„Das bin ich auch nicht."

„Was du mit Gewalt zu beweisen versuchst?"

„Was verstehst du denn davon? Ich fühle mich, als wäre ich kurz vorm Ertrinken."

„Nun übertreib mal nicht."

„Über mein Leben bestimmen andere."

„Ist dir schon mal der Gedanke gekommen, dass die es vielleicht nur gut mit dir meinen?"

Liv wollte sich von ihm wegschieben, doch er hielt sie eisern fest.

„Oder dass deine Familie in Sorge um dich sein könnte?"

„Ich habe meiner Großmutter einen Brief hinterlassen."

„Und dich seither nicht mehr gemeldet?"

Liv presste die Hände gegen seinen Brustkorb, weil sie mehr Abstand zwischen sich und ihm schaffen wollte, hatte jedoch keine Chance.

„Du läufst jetzt nicht schon wieder weg."

„Das hast du nicht zu entscheiden."

„Im Augenblick schon." Ben klang sehr selbstsicher, fast ein wenig bedrohlich. „Du hast mir zwar nicht erzählt, welche Pläne deine

Familie für dich hat, aber davon, was *du* willst. Und genau das willst du unbedingt durchsetzen, nicht wahr?"

„Ja. Und das werde ich auch. Selbst wenn du jetzt behauptest –"

„Hör mir bitte zu."

„Ich werde jetzt gehen."

„Das will ich sehen."

Liv wagte erst gar keinen zweiten Versuch, sich aus seinen Armen zu befreien.

„Gut so." Kurz klang in seiner Stimme der ihm eigene Humor durch, ehe er wieder ernst wurde. „Wie soll deine Familie deine Wünsche respektieren, wenn du völlig unvernünftig handelst? Wie sollen sie bemerken, dass du reif genug bist, deine eigenen Entscheidungen zu treffen, wenn du dich aufführst wie ein verzogenes Kind? Oder dass du stark und selbstständig genug bist, die von dir angestrebte Ausbildung durchzuziehen und in dem Beruf erfolgreich zu sein? Ganz sicher nicht, indem du vor ihnen davonläufst und ihnen wochenlang vorenthältst, wo du bist und dass es dir gut geht."

„Ich bin nicht vor meiner Großmutter davongelaufen", flüsterte Liv, der trotz ihrer Abwehrhaltung bewusst war, wie recht Ben hatte. Diese Gedanken wären wohl auch bei ihr präsent gewesen, hätte sie sie nur zugelassen.

„Denk darüber nach, Liv. Aber nicht, während du halb schlafend und im Dunkeln durch die Landschaft stolperst. Und dann auch noch in die völlig falsche Richtung."

Liv seufzte innerlich. War sie vielleicht doch genauso hilflos, wie ihre Großmutter das von ihr annahm?

„Heißt es nicht: Alle Wege führen nach Rom?", murmelte sie.

„Ich dachte, du wolltest nach Vierbrücken zurück."

„Du nimmst mich kein bisschen ernst."

„Gut, dann nehme ich dich ernst und erkläre dir den Fußweg nach Rom."

Liv schlug ihm mit der geballten Faust gegen die Brust, was ihn zu jenem Lachen verleitete, das tief aus seinem Inneren zu kommen schien. Empört wand sie sich in seinem Arm. „Jetzt lass mich endlich los."

„Und wenn nicht?“

„Dann … dann …“

Ohne Vorwarnung presste er seine Lippen auf ihre. Liv zuckte zusammen, schloss jedoch die Augen, erwiderte den Kuss und genoss die angenehme Wärme seines Körpers, an den sie sich nun schmiegte.

Als sie sich schließlich von Ben löste, ziemlich atemlos und noch aufgewühlter als zuvor, war der Himmel dabei, von nächtlichem Schwarz in samtiges Blau überzugehen.

Ben sah sie ernst an, dann zuckte ein halbherziges Lächeln über sein Gesicht. „Das war jetzt sicher nicht hilfreich für deine Bemühungen, dir Klarheit über deine Zukunft zu verschaffen.“

„Entschuldige dich bitte nicht.“

„Das habe ich nicht vor, Liv.“

„Danke.“

„Zumal das nicht allein meine Schuld war.“ Sein Grinsen vertiefte sich.

„Das war jetzt uncharmant.“

„Ich bin nun mal nur ein einfacher Bauernjunge.“

„Du bist ebenso wenig ein einfacher Bauernjunge wie ich das liebreizende Fräulein Liv.“

„Wobei ich weiß, wo mein Platz ist.“

„Das hast du mir voraus, das stimmt.“ Sie sah zu ihm auf und atmete so tief durch, dass ihre Schultern sich weit anhoben, bevor sie sich wieder senkten. „Ich muss nachdenken.“

„Wie ich schon sagte: Nimm dir den Tag frei.“

„Was weder für meine Belastbarkeit sprechen würde noch für meinen Anspruch, dem Leben außerhalb der sicheren Mauern meines Zuhauses gewachsen zu sein.“

„Jetzt bist du zu streng mit dir.“

„Dir kann man es auch nicht recht machen.“

Bens flegelhaftes Schmunzeln weckte den Wunsch in ihr, erneut von ihm geküsst zu werden. Bedauerlicherweise ließ er sie los und deutete mit der Hand zur Straße hinauf.

Schweigend fuhren sie zum Hotel, an dem sie mit den ersten Sonnenstrahlen eintrafen, die über die Bergkette ins Tal fluteten. Ben schaltete den Motor aus und wandte sich halb zu Liv um. „Ich versorge Fräulein Ansgar."

„Danke."

„So handzahm?"

„Zu müde, um es mit der temperamentvollen Dame aufzunehmen. Und ich möchte wirklich nicht, dass sie heute erneut durch die Straßen Vierbrückens flaniert."

„Und Touristen bedroht?"

„Oder Curts Kurzstreckenzeit verbessert. Nicht, dass wir ihn noch zur Olympiade anmelden müssen."

„Eine weitere Attraktion außer dem Besuch von Elvis Presley würde dem Ort nicht schaden."

„Darf ich später dein Praxistelefon für ein Privatgespräch benutzen?"

„Das solltest du dringend tun."

„Ich könnte ja auch im Hotel fragen, aber –"

„Die Binokel-Männer sitzen in Hörweite."

„Und die hören erstaunlich gut."

„Jahrelange Übung."

„Danke, Ben, dass du so ehrlich zu mir warst."

„Ich habe nichts gesagt, was du nicht ohnehin schon wusstest. Aber dieses Wissen war wohl am Tag deiner Ankunft in Vierbrücken verloren gegangen."

„In dem Loch im Gehweg?"

„Curt sollte es endlich auffüllen lassen."

„Vielleicht sollte ihm das mal jemand sagen, wenn er schon nicht von allein auf den Gedanken kommt?"

Ben grinste und ergriff den Schlüssel im Zündschloss. Dies nahm Liv zum Anlass, sich vorzubeugen und ihm einen Kuss auf die Wange zu hauchen. „Danke."

„Du bist ein ganz besonderer Mensch, Liv. Ich bin mir sicher: Du wirst eine gute Entscheidung treffen, gleichgültig, um was es dabei wirklich gehen mag."

Sie zuckte ob seiner Wortwahl zusammen. Offenbar durchschaute er mehr, als sie angenommen hatte. Nicht bereit, weitere Dinge preiszugeben, sagte sie trotzig: „Ich werde mich an den Anblick von Blut gewöhnen."

„Da bist du bei mir in der Praxis ja genau richtig."

Liv stieg aus und sah dem davonfahrenden Geländewagen lange nach. War das eine Einladung, weiter für ihn zu arbeiten? Auch nach dem anstehenden Gespräch mit ihrer Großmutter? Oder hatte er ihr damit noch deutlich *mehr* sagen wollen?

„Fräulein Liv!"

Die Genannte wirbelte herum und fand sich Ursula gegenüber. Vermutlich kam diese gerade von den Mülleimern, die in einem der Anbauten standen – gut versteckt vor den Touristen.

„Wo kommen Sie denn her?" Ursula blickte über die Auffahrt, die Wiese und den Fluss zu den Häusern hinüber. Ob sie gesehen hatte, wer Liv hergebracht hatte?

„Von einer Kälbergeburt."

„Sie waren mit Ben unterwegs?" Ursulas Miene verdüsterte sich, als hätte der Himmel beschlossen, von dem immer heller werdenden Blau zurück zu Nachtschwarz zu wechseln. Unbehaglich trat Liv von einem Bein auf das andere. Empfand dieses Mädchen so viel für den Tierarzt? Oder befürchtete sie, die Touristin könnte schon wieder für neuen Ärger gesorgt haben?

Um Ursula ein wenig zu besänftigen, erzählte Liv ihr, dass es Bernds Kuh gewesen war, die ihre Kälber bekommen hatte. Prompt wurden die Züge der Frau weicher.

„Bernd hat sogar eines der Zwillingskälber Liv getauft", beendete sie ihren Bericht, in dem sie allerdings eine Menge unterschlagen hatte. Details, von denen sie selbst nicht wirklich viel mitbekommen hatte. Wie den Einsatz von Zughilfen und Augenhaken …

„Sind Sie vielleicht stolz darauf, dass eine Kuh nach Ihnen benannt wurde?" Ursula verdrehte gekonnt die Augen. „Ich würde mich in Grund und Boden schämen, würde jemand sein Rindvieh nach mir benennen."

Liv holte tief Luft, schloss den Mund aber wieder.

Kapitel 14

„Nein, Großmama.“ Müde stützte Liv einen Ellenbogen auf die Tischplatte und legte den Kopf in die Hand. Ihr Blick huschte über die leeren Stühle des Wartebereichs, der sich in einer halben Stunde füllen würde, wenn Bens Mittagspause zu Ende war. „Ich möchte dir nicht sagen, wo ich untergekommen bin. Reicht es dir nicht, dass ich endlich so vernünftig war, mich zu melden, dir zu sagen, dass es mir an nichts fehlt und dass ich sicher bald zurück nach Hamburg kommen werde?“

„Nein, Liv, das ist bei Weitem nicht ausreichend.“

„Dann tut es mir leid, Großmama. Aber ich will nicht, dass du mir nachreist. Oder sonst irgendjemand.“

„Du kannst nicht allein reisen.“

„Habe ich nicht schon das Gegenteil bewiesen?“

„Es schickt sich nicht, und das weißt du genau.“

„Die Zeiten ändern sich.“

„Ob das immer von Vorteil ist …“, murmelte Isolde.

„Darüber können wir gern diskutieren, wenn ich zurück bin.“ Liv klang kämpferischer, als sie sich fühlte. Es behagte ihr nicht, in diesem Ton mit ihrer geliebten Großmutter zu sprechen. Außerdem wollte die Frau immer nur das Beste für ihre Enkelin, auch wenn ihre Meinungen darüber, was das Beste für Liv war, kaum unterschiedlicher hätten sein können.

„Ich diskutiere nicht. Einmal ganz abgesehen davon, dass wir sicher eine Menge wichtigerer Themen zu besprechen haben.“

Dass ich kein Blut sehen kann? Dass du recht hast und am Ende gewinnen könntest? „Ich ändere meine Meinung nicht. Bitte respektiere das doch." Liv warf einen Blick in Richtung Flur. Ob Ben hören konnte, was sie sagte? Dies war einer der Gründe, weshalb sie nicht aussprach, worüber genau sie ihre Meinung nicht zu ändern gedachte. Schließlich hatte sie ihm nicht alles erzählt.

„Du sagst mir jetzt, wo du bist! Andernfalls ziehe ich in Erwägung, dich zu enterben."

Liv lachte kurz auf und schüttelte den Kopf, ohne das Kinn aus der Hand zu nehmen. „Damit willst du mir allen Ernstes drohen?"

„Liebe Liv, vielleicht hast du vergessen, mit wessen Geld du das vermutlich recht ansehnliche Hotel bezahlst, in dem du untergekommen bist."

„Ich habe eine Arbeitsstelle."

Das Seufzen am anderen Ende der Leitung klang zugleich resigniert und aufgebracht, etwas, was sicher nur ihre Großmutter zuwege brachte. „In einer Autowerkstatt?"

„Das wäre auch noch eine Option, die mir bliebe."

„Als ob dort jemand eine Frau einstellen würde … Und wie kannst du ohne ein eigenes Bankkonto eine Anstellung haben? Dafür müsste ein männliches Familienmitglied oder dein Ehemann unterschreiben."

„Es gibt Arbeitgeber, die noch immer bar bezahlen." Liv schloss die Augen. Ihre Großmutter war wirklich gut. Da war es wohl angebracht, die Strategie zu ändern. „Bitte, Großmama, lass mir noch ein bisschen Zeit. Haben wir nicht kürzlich im Gottesdienst gehört, wie wichtig es ist, wohlüberlegte Entscheidungen zu treffen? In Ruhe durchdacht und im Gebet vor Gott gebracht? Nichts anderes mache ich hier gerade." *Na ja. Jetzt endlich.* „Ich versuche, mir darüber klar zu werden, wo mein Platz ist."

„Und in der Predigt davor hieß es, dass Kinder ihre Eltern ehren und respektieren sollen. Und das, liebes Kind, schließt in deinem Fall auch deine Großmutter ein, schließlich habe ich dich großgezogen."

„Ich respektiere dich, Großmama. Und ich liebe dich. Dennoch muss ich meinen eigenen Weg finden."

„Nun gut. Einigen wir uns darauf, dass du mir deinen Aufenthaltsort nennst und ich dir eine Begleitung vorbeischicke. Im Gegenzug darfst du noch eine Woche dortbleiben und dir Gedanken darüber machen, was gut für dich ist."

Gut für mich oder gut für dich? Und für das Familienunternehmen?

„Ich sage dir in einer Woche –"

„Liv, du erkennst den Ernst der Situation nicht. Hier gibt es einen Zeitungsjournalisten, der von jemandem aus deinem aktuellen Umfeld über deinen Schwarzwaldaufenthalt informiert wurde. Der Artikel ist gespickt mit Andeutungen über deinen Vater und darüber, dass der Apfel wohl nicht weit vom Stamm fällt. Nun verstehst du wohl die Brisanz der Situation!"

Es gibt eben überall tratschende Binokel-Männer und Rauchzeichen. Liv richtete sich seufzend auf und fuhr sich mit der Hand über die schmerzende Stirn. „Ich bin nicht mit einem Mann durchgebrannt und es gibt auch keinen Skandal um mich herum." *Nur ein paar kleinere Zwischenfälle. Weil das Leben eben aus mehr besteht als schönen Kleidern, Theaterbesuchen mit Champagner und Kanapees, Wohltätigkeitsveranstaltungen und Reisen oder dem Schaulaufen an der Seite eines erfolgreichen Ehemanns.*

„Was wird geschehen, wenn dieser Journalist dich findet?"

„Dann werfe ich ihn in das Loch im Bürgersteig und lasse Fräulein Ansgar davor Wache halten."

„Wie bitte?"

„Das ist nicht so wichtig, Großmama. Wichtig ist nur, dass du mir noch ein wenig Freiraum zum Nachdenken, Prüfen und Beten gewährst."

„Die Antwort lautet immer noch Nein."

„Bitte!"

„Das steht nicht zur Diskussion."

„Dann tut es mir sehr leid. Es geht mir hier wirklich gut, du brauchst dir keine Sorgen um mich zu machen. Und wenn der Journalist meinen Aufenthaltsort in Erfahrung gebracht hätte, wäre er längst hier aufgetaucht. Du kannst dich also auch hinsichtlich dieser Sorge beruhigen. Ich melde mich in einer Woche wieder telefonisch bei dir. Guten Tag, Großmama."

Liv zögerte, da ihr ihre Worte viel zu hart erschienen. Es war jedoch ihre Großmutter, die die Verbindung unterbrach, was Liv irritiert den Hörer anstarren ließ. So lange, bis sich eine große Hand über ihre legte und ihn ihr wegnahm. Ben hängte ein und setzte sich auf die Ecke des Schreibtisches.

„Das war … nicht schön." Liv zitterte, versuchte dies aber vor Ben zu verbergen.

„Es klang nach einem sehr schwierigen Gespräch."

„Die Situation ist schwierig. Irgendwie verfahren." *Und das nicht nur, weil meine Träume davongeschwommen sind. In einer Lache aus Blut.*

„Kann ich etwas für dich tun?"

Liv schüttelte den Kopf, dann sah sie den Tierarzt nachdenklich an. „Würdest du mir helfen, mich an den Anblick von Blut zu gewöhnen? Indem ich bei Operationen oder weiteren Geburten dabei sein darf?" Ihr gefiel überhaupt nicht, dass Ben skeptisch die Augen zusammenkniff.

„Liv", begann er, zögerte kurz und erhob sich, jedoch nur, um vor ihrem Stuhl in die Hocke zu gehen, „du hast in der vergangenen Nacht beinahe das Bewusstsein verloren und – nein, lass mich bitte ausreden." Er packte sie an der Schulter und drückte sie zurück auf die Sitzfläche. Es war beruhigend, die Wärme seiner Hände zu spüren. Diese half gegen das Zittern, das dennoch einfach nicht weichen wollte.

„Es gibt viele Menschen, denen es beim Anblick von Blut etwas schwummrig wird. Aber die haben sich so weit im Griff, dass sie entweder wegschauen oder sich zusammenreißen, um gegen das ungute Gefühl anzukämpfen. Du hingegen bist einfach umgekippt."

„Du meinst, ich werde mich nie an den Anblick gewöhnen?"

„Nicht beim Vieh und erst recht nicht, was Menschen betrifft. Du bist sehr mitfühlend veranlagt, Liv, was eine große Stärke von dir ist. Die Kombination aus Blut und dem Wissen, dass der Patient Schmerzen hat oder eine Mutter seit Stunden in den Wehen liegt, etwas nicht stimmt und sowohl der Frau als auch dem Baby Schlimmes zustoßen –"

„Ist gut, Ben. Ich habe verstanden."

„Es tut mir leid."

„Mir auch." Liv verspürte das Bedürfnis, einfach davonzulaufen. Am besten bis ans Ende der Straße, dorthin, wo der Friedhof war. Denn sie würde ihren Traum, den innigen Wunsch, Menschen zu helfen, beerdigen müssen. Und das andere …

„Liv?"

Sie sah auf – und direkt in jene eisblauen Augen, die sie so extrem anziehend fand. Mit einem tröstlichen Lächeln auf den Lippen ergriff Ben ihre rechte Hand. „Du wirst deinen Weg finden", sagte er leise, weshalb sie sich ihm ein wenig entgegenbeugte, um das Gesagte verstehen zu können.

Völlig aufgelöst eilte Marianne den Flur entlang und öffnete die Tür zu Bens Praxis. Was sie dort sah, ließ sie nach Luft schnappen. Ben kniete vor Liv und hielt ihre Hand in seiner, während sich ihre Gesichter so nahe waren, dass ein Kuss so sicher in der Luft lag wie der süß-herbe Geruch nach Pferd, der Ben gern umgab.

„Wird das ein Antrag?", rutschte es Marianne heraus. Ben war mit einem Satz auf den Füßen, während Liv langsam den Kopf zu ihr umwandte und plötzlich haltlos zu kichern begann. Ein hübsches Kichern, wie Marianne einräumen musste. Nicht schrill und überdreht, sondern leise und melodisch.

„Du kannst Ursula beruhigen. Nein, das war kein Antrag", sagte sie schließlich, da Ben Marianne nur anstarrte. Bei Livs Worten entstanden ein paar Falten auf seiner Stirn, dann wandte er sich ruckartig um und eilte davon, vermutlich, weil er sich hinter einer der abgehenden Türen verstecken wollte. Allerdings kam er gleich darauf wieder zurückgestürmt und baute sich mitten im Wartezimmer auf. „Nur zu deiner Information, Anni, und auch zu deiner, Liv: Ich empfinde für Ursula … also, nicht, dass ich sie nicht …", verbesserte er sich schnell. „Aber eben nicht genug. Jedenfalls nicht so, wie ein Mann eine Frau …" Er verhaspelte sich, räusperte sich und fuhr schließlich fort, wobei er wild mit den Händen in der Luft herumfuchtelte, als müsste er lästige

Pferdebremsen abwehren: „Ich wollte das klarstellen, nicht, dass hier Gerüchte, also falsche Gerüchte … diese Rauchzeichen, ihr wisst schon."

Ben fuhr sich mit beiden Händen durchs Haar, sodass es nach allen Seiten abstand. Nun wieder gewohnt gelassen, fügte er hinzu: „Ich denke, das war deutlich genug." Er trat ein zweites Mal die Flucht an.

Marianne schaute zu Liv, die Ben nachgesehen hatte, sich nun aber wieder zu ihr umwandte. Dann prusteten beide los.

Liv gewann als Erste die Fassung wieder. „Entschuldigen Sie bitte, Fräulein Marianne. Wie kann ich Ihnen helfen?"

„Ist *ihm* noch zu helfen?"

Damit war es erneut vorbei mit Livs Selbstbeherrschung. Sie lachte so sehr, dass ihr Tränen über die Wangen kullerten. Dies zu beobachten – soweit Marianne das mit ihrem vor Lachen schmerzenden Bauch konnte –, machte ihr die Fremde irgendwie sympathisch. Ja, so übel war diese Liv gar nicht, das hatte Marianne in den vergangenen Tagen sehr wohl bemerkt. Außerdem tat sie dieser vernachlässigten Praxis gut. *Was aber nicht heißt, dass ich mit der Touristin befreundet sein muss. Oder dass sie hier Wurzeln schlagen sollte.*

Marianne atmete tief durch die Nase ein und langsam durch den Mund wieder aus. Sie hatte ein Problem. Und vor ihr saß genau jene Person, die ihr vermutlich helfen konnte, es zu lösen. Also zwang sie sich zur Ruhe und dazu, ihren professionellen Komiteeblick aufzusetzen. Leider schien Liv davon nicht sonderlich beeindruckt zu sein, denn sie kicherte erneut los.

„Ich brauche Ihre Hilfe, Fräulein Liv."

Diese Worte reichten aus, Liv endlich den nötigen Ernst abzuverlangen. „Wirklich?"

Klingt sie ungläubig oder etwa doch begeistert? Marianne wischte den Gedanken beiseite, als wäre nun sie an der Reihe, jene unangenehmen Blutsauger fortzujagen.

„Im Hirschen ist die Elvis-Delegation eingetroffen."

„Ja, und? Gibt es Probleme mit einer vor Begeisterung kreischenden Ursula, einer dahinschmelzenden Hanna oder einer Schar junger Frauen, die das Hotel belagern?"

„Für wie hinterwäldlerisch halten Sie uns eigentlich?!", fauchte Marianne Liv an. Diese hob nur provokant die Augenbrauen. „Das ist eine normale Reaktion, die der Künstler hervorruft."

„Wir sind hier aber nicht normal." Marianne bedauerte das letzte Wort, kaum dass es ihr über die Zunge gekommen war.

„Nein, die Menschen in diesem Ort sind etwas ganz Besonderes."

Marianne hustete hinter vorgehaltener Hand. Sie hatte sich vor Schreck über Livs Worte und den liebevollen Tonfall an ihrer eigenen Spucke verschluckt. „Meinen Sie damit jemand Besonderen?", hakte sie nach. Nicht gerade freundlich, wie sie selbst wusste. Sie war mal wieder damit zugange, alles und jeden in Vierbrücken beschützen zu wollen.

„Das trifft auf viele Menschen hier zu. Die Binokel-Männer zum Beispiel. Dann natürlich Eddi den Vierten und Hanna. Curt und Rita; Rita ganz besonders. Dann wäre da noch Ben. Und Martha Stein und ihre beiden Kinder", zählte Liv weiter auf und schaute dann nachdenklich an die Decke. Marianne kochte innerlich.

„Ach ja, Ursula und Sie nicht zu vergessen. Sie sind wirklich … ganz besonders."

Marianne biss sich auf die Wangeninnenseite, um eine schnippische Entgegnung zu unterdrücken. Gleichzeitig musste sie sich eingestehen, dass diese Liv ihr durchaus das Wasser reichen konnte, was kleine, versteckte Gemeinheiten und wohl auch die damit beabsichtigte Manipulation betraf. Offenbar war sie in einem Umfeld aufgewachsen, in dem sie sich darin hatte üben können.

„Gut, Elvis und seine Freunde sind also eingetroffen. Wobei soll ich Ihnen jetzt helfen?"

Marianne seufzte, zog einen der schweren Holzstühle vor Livs Empfangstheke und setzte sich. „Das ist ja gerade das Problem. Elvis Presley ist *nicht* eingetroffen."

„Nicht?"

„Das ist eine Katastrophe, schließlich habe ich mit seinem Namen für das Sommerfest geworben!"

„Was hoffentlich mit seinem Management abgesprochen war?"

„Das sagt die Hirschen-Alma zumindest."

„Aber?“

„Er ist nicht hier!“

„Bis zum Sommerfest sind es doch noch ein paar Tage.“

Marianne schüttelte energisch den Kopf. Ehe Liv sarkastisch einwenden konnte, dass das große Fest *wirklich* nicht gleich heute anstand, sagte Marianne: „Ich war im Hotel. Offenbar verstehen die Amerikaner die Hirschen-Alma überhaupt nicht. Sie radebrechen auf Deutsch, Ursis Mutter in einer Sprache, die sie für Englisch hält. Und kein Mensch weiß, was denn nun los ist.“

„Das klingt … nicht gut im Hinblick auf Absprachen mit dem Künstler.“

„Deshalb bin ich hier, Fräulein Liv. Sie haben doch einige Zeit in den Staaten gelebt, sodass Ihr Englisch richtig gut sein müsste. Weitaus besser als das von Curt oder Ben – die ich auch fragen könnte – oder das der Hirschen-Alma.“ Marianne machte eine Kunstpause, ehe sie hinzufügte: „Was vermutlich nicht schwer sein dürfte.“

Liv neigte fragend den Kopf, was Marianne gehörig wurmte. Konnte das Mädchen denn nicht einfach von sich aus ihre Übersetzerdienste anbieten? Aber nein, so leicht wollte Liv es ihr wohl nicht machen. Erneut wurde Marianne klar, dass sie in Liv ein würdiges Gegenüber gefunden hatte. Also rang sie sich zu einem Lächeln durch und artikulierte so hochdeutsch wie möglich: „Würden Sie bitte mit mir zum Hotel gehen und mit den Herren sprechen?“

„Sicher doch.“ Liv stand sofort auf, deutete jedoch in Richtung Flur. „Ich muss aber Dr. Schuster Bescheid sagen.“

„Tun Sie das.“

Marianne lehnte sich schwer an die unbequeme Lehne und seufzte erleichtert auf. Vielleicht würde doch noch alles gut werden. Für sie, für Vierbrücken und für den kleinen Eddi.

Auf dem Weg von der Praxis zum Hotel musste Liv zweimal warten, bis Marianne wieder aufgeholt hatte. Offenbar war Livs Knöchel gut geheilt. Marianne zog eine Grimasse und gestand sich ein, dass es allerdings auch an ihrem eigens für diese besonderen Tage gekauften goldfarbenen Etuikleid mit quadratischem Ausschnitt liegen könnte, da dieses ihr nicht sonderlich viel Bewegungsspielraum gewährte. Und an den extrem hochhackigen Pumps. Die vertrugen sich ebenso wenig mit den Pflastersteinen wie früher die West-Schusters mit den Ost-Schusters. Dagegen trug Liv, die bisher durch ihre elegante Garderobe ihre Weltgewandtheit demonstriert hatte, heute flache, bequeme Ballerinas. Dazu eine Stoffhose mit breitem Taillenbund, die ihre schlanken Beine betonte, und eine schlichte champagnerfarbene Bluse, deren Ärmel nur bis zu den Ellenbogen reichten. Die Bluse hatte sie sich wohl von Hanna ausgeliehen, vermutete Marianne.

Auf der Brücke vor dem Hirschen gesellte sich Curt zu ihnen. „Ihr seid sicher auf dem Weg zu Elvis. Ich begleite euch, um in meiner Funktion als Ortsvorsteher den prominenten Gast persönlich willkommen zu heißen."

„Der ist noch nicht eingetroffen", gab Marianne zu und hoffte, Curt würde dies zum Anlass nehmen, wieder seinen Geschäften nachzugehen. Es war nicht auszudenken, was die Leute über sie denken würden, sollte ihre schlimmste Befürchtung tatsächlich eintreten: Elvis Presley kam nicht nach Vierbrücken!

„Dann begrüße ich eben seine Vorhut."

Zu Mariannes Leidwesen wirkte der sonst so besonnene Notar und abgeklärte Ortsvorsteher wie ein Pennäler kurz vor den Sommerferien. War er etwa ein glühender Verehrer des Sängers? Sie begann zu schwitzen, was im Grunde nie vorkam und ihr überaus peinlich war. Also beschloss sie, den Mann sofort loszuwerden – und dafür gab es ein altbewährtes Mittel. „Curt, da ich dich gerade sehe: Wir müssen dringend über dieses Loch sprechen."

Aus dem Augenwinkel konnte Marianne sehen, wie Liv den Kopf abwandte, als interessiere sie sich brennend für die rot-weiße Blumenpracht am Brückengeländer. Ihr belustigtes Glucksen hörte Marianne dennoch. *Das ist alles andere als hilfreich, Liv Benediktwieauchimmer. Vielleicht sollte ich bei der Gelegenheit mal den Namen „von Salbach" fallen lassen, mit dem Hinweis auf das Hotelimperium. Fremde Investoren will hier niemand haben. Ebenso wenig wie das Hotel, das gerade drüben am Liliensee gebaut wird.*

Erstaunt registrierte Marianne, dass Curt nicht – wie sonst immer, wenn das Loch erwähnt wurde – die Flucht ergriff. Offenbar war ihm Elvis wichtiger als die Chance, sich erneut vor einer Diskussion über den Vierbrückener Schandfleck zu drücken. *Lieber Gott, bitte tu doch etwas! Ich brauche ein Wunder. Oder mehr Zeit. Damit ich das irgendwie … hinbiegen kann.*

Sie erreichten den Hoteleingang, und Curt eilte voraus, um den Damen die Tür aufzuhalten. Im selben Moment trat Binokel-Julius in den überdachten Eingangsbereich. „Dich habe ich gesucht, Curt."

„Sehr weit bist du mit deiner Suche aber nicht gekommen."

Marianne musste Curt recht geben, fand ihn seinem Vater gegenüber jedoch etwas respektlos. War der Mann denn so versessen darauf, in den Dunstkreis des amerikanischen Stars zu gelangen?

„Du musst schnell ins Büro gehen, dort wartet der Josef aus Haslach auf dich. Er will heute den Vulkankrater im Bürgersteig zuschütten."

„Heute?"

„Gestern wäre besser gewesen. Oder vor fünf Wochen." Julius lächelte Liv an, was Marianne verhalten schnauben ließ. Selbst Curts Vater benahm sich wie ein Pennäler. Ein verliebter Pennäler. *Was ist nur mit den Männern hier los?*

Marianne warf Liv einen vorwurfsvollen Blick zu. Je eher diese Hamburger Pflanze abreiste, desto besser war das für den Frieden im Tal.

„Nun geh schon, bevor der Mann das ganze Dorf zumauert", wies Julius seinen Sohn an.

„Ausgerechnet jetzt! Als ob das nicht noch ein paar Tage hätte warten können." Curt machte auf dem Absatz kehrt. Marianne dankte Gott im Stillen für das Loch im Gehweg und den perfekten Zeitpunkt, um es flicken zu lassen. Nun hatte sie zumindest eine Person weniger im Nacken, die Zeuge ihres kläglichen Scheiterns werden würde. Als sie sich umdrehte, stand sie allein vor der offenen Hoteltür. Grimmig stürmte sie los, blieb prompt mit dem Absatz im Gitter des Fußabtreters hängen und fiel einem Mann in die Arme.

Erleichtert, von kräftigen Armen aufgefangen worden zu sein, ein wenig beschämt wegen ihres Missgeschickes und zugleich irritiert von dem angenehm männlichen Duft, der ihren Retter umgab, hob sie den Blick. Sie schaute in ein Paar wunderschöne braune Augen mit zimtfarbenen Sprenkeln.

Unverschämt langsam, für Mariannes Geschmack aber dennoch viel zu rasch, stellte der Mann sie wieder auf die Beine. Dann zog er sich die Schildmütze vom Kopf und presste sie an seine Brust, ehe er etwas zu ihr sagte, was sie leider nicht verstand. Offenbar gehörte diese interessante Erscheinung zu den amerikanischen Gästen.

Marianne lächelte entzückt, was dem jungen Mann – sie vermutete, er war in Bens und Curts Alter – ein Schmunzeln entlockte, das hübsche Grübchen in seine Wangen bohrte. Sie war hingerissen.

Erst als der Fremde an ihr vorbeizeigte, wohl um ihr zu verdeutlichen, dass er gern hinausgehen wollte, riss sie sich zusammen. *Meine Güte, ich starre diese Erscheinung an, als wäre ich das größte Landei überhaupt!*

Hastig murmelte sie eine Entschuldigung und trat einen Schritt zur Seite. Dabei war sie sich sicher, niemals zuvor einen interessanteren Touristen in Vierbrücken getroffen zu haben. Es würde eine Freude sein, ihn hier zu haben. Vielleicht würde er beim Sommerfest sogar mit ihr tanzen. Und vielleicht …

„Anni? Gott sei Dank bist du hier!“ Ursula packte sie bei der Hand und zog sie hinter sich her in das schummrige Gebäudeinnere, vorbei an der Rezeption und hinein ins Schdüble.

Dort stand Liv und lachte gerade glockenhell auf. Sie war von drei Herren umringt, als herrschten im Hotel arktische Temperaturen und sie wäre das wärmende Lagerfeuer. Marianne warf einen Blick aus dem Fenster und lächelte. Offenbar war dieser andere Amerikaner der Einzige, der sich von dieser Blenderin nicht bezirzen ließ. *Das ist ihm doch hoch anzurechnen, nicht wahr?*

Die Hirschen-Alma gesellte sich zu Marianne und ihrer Tochter und flüsterte: „Also ich verstehe kein Wort von dem, was dieses Fräulein Liv da erzählt. Ihr Englisch ist einfach nur grauenhaft!“

„Und warum unterhalten die Männer sich dann so angeregt mit ihr?“ Ursula klang giftig wie eine Kreuzotter, was Marianne erstaunt die

Stirn runzeln ließ. Ihre Freundin war ebenfalls verärgert über den Fehler, der ihrer Mutter aufgrund ihrer stümperhaften Englischkenntnisse unterlaufen sein musste. Immerhin ging es um Eddis Zukunft. Um den Ruf von Vierbrücken. Und um den von … Marianne! Oder war Ursula einfach nur hingerissen von den Amerikanern, von denen zwei recht jung wirkten, während der dritte wohl mittleren Alters war? Schwärmte Ursula bereits für einen von ihnen, obwohl die Männer erst vor einer halben Stunde hier eingetroffen waren?

Marianne rollte mit den Augen. Vielleicht sollte sie ihre Freundin einmal beiseitenehmen und ihr verdeutlichen, dass das *so* einfach nicht ging. Zumal es sich bei den Männern um Touristen handelte! Marianne wurde aus ihren Gedanken gerissen, als die Männerrunde laut auflachte. Besorgt und zunehmend aufgebrachter, ballte sie die Hände zu Fäusten. Erzählte diese Liv ihnen gerade brühwarm, wie tatkräftig Marianne bereits die Werbetrommel für ein Freiluftkonzert ihres berühmten Freundes gerührt hatte? Obwohl er offenbar gar nicht herzukommen gedachte?

Entschlossenen Schrittes gesellte sich Marianne zu der Runde. Liv nickte ihr freundlich zu und stellte sie den Hotelgästen vor. Die Männer reichten Marianne nacheinander die Hände, der ältere Herr verbeugte sich sogar leicht.

Liv nannte Marianne in schneller Abfolge drei für ihre Ohren recht ungewöhnliche Namen, was sie überforderte, erwähnte denjenigen aber nicht, der vorhin das Hotel verlassen hatte, was Marianne wiederum bedauerlich fand. Seinen Namen zu erfahren, erschien ihr ungemein wichtig. Dann unterhielt Liv sich wieder angeregt mit den Amerikanern.

Marianne zupfte an der Nagelhaut ihres Zeigefingers herum und wünschte, wenigstens erahnen zu können, worüber die muntere Gesellschaft sprach, lachte und scherzte. Schließlich wandte sich Liv an die Hirschen-Alma und Ursula. „Die Herren würden gern ihre Zimmer beziehen."

„Ja, sind sie denn jetzt …?"

„Das alles war leider ein großes Missverständnis."

Marianne ging leicht in die Knie und biss die Zähne zusammen. *So ein Reinfall! Was soll ich jetzt nur tun? Aber von einem Elvis Presley lasse ich mich nicht unterkriegen.* Energisch straffte sie die Schultern und hob den Kopf. Sie hatte nicht vor, sich ihre Verzweiflung und Niederlage anmerken zu lassen.

„Dieser Herr", Liv deutete auf den Ältesten in der Runde, „ist Alvis Prestler. Alvis mit A, nicht mit E. Und Prestler, nicht Presley."

Die Hotelwirtin schaltete am schnellsten. Sie ergriff Liv am Arm und zog sie beiseite. *Das ist sinnvoll. Vermutlich verstehen die Amerikaner deinen breiten Dialekt besser als dein Englisch.* Marianne warf der Frau wütende Blicke zu, die jedoch an deren Hinterkopf abprallten. Sie folgte den beiden, ebenso Ursula.

„Halten Sie die Männer bitte noch ein paar Minuten auf. Ich will zuerst die Präsentkörbe mit der teuren Schokolade und dem Sekt aus ihren Zimmern ho–", Alma brach ab und setzte neu an, „mich eben darum kümmern."

„In meinem Zimmer gab es keinen Präsentkorb zur Begrüßung", merkte Liv an. Zuerst wollte Marianne die Augen verdrehen, bemerkte aber an Livs Schmunzeln, dass diese sehr wohl durchschaute, was es damit auf sich hatte. Höchst zufrieden mit Livs kleinem Seitenhieb schaute Marianne zu, wie die Hirschen-Alma, die inzwischen um Livs adelige Verwandtschaft wusste, rot anlief und verzweifelt die abgearbeiteten Hände rang. *Manchmal ist diese Touristin einfach großartig! Gut, meistens ist sie eine Nervensäge, aber sie hat auch gute Momente.*

Marianne wandte sich an die Frau mit den guten Momenten. „Fräulein Liv, könnten wir beide uns vielleicht noch mal über den Hotelgutschein für die Tombola unterhalten, den Sie angeboten haben?"

Liv neigte einmal mehr den Kopf auf jene kokette Art zur Seite, die Marianne zu übernehmen gedachte. Natürlich erst, sobald die Frau abgereist war.

„Angeboten?"

Marianne bezähmte ihre Verzweiflung, die nun auch noch Wut im Schlepptau hatte. Weil alles und jeder ihr bei der Umsetzung des perfekten Sommerfestes Steine in den Weg zu legen gedachte. Würde sie Letztere einsammeln, könnte sie dem Josef aus Haslach genug Material zum Reparieren des Vierbrückener Schandfleckes liefern.

„Was soll das heißen, Sie können das nicht?"

Liv zog eine Grimasse, was ihr einen bösen Blick von Marianne einbrachte. „Es ist, wie ich bereits sagte: Ich verfüge nicht über die nötigen Mittel." Sie wich den beiden Arbeitern aus, die tatsächlich dabei waren, die Touristenfalle zu verschließen. Vom Festplatz drangen Hammergeräusche herüber. Offenbar wurden dort erneut die Holzbuden mit den hübschen rot-weißen Planen aufgebaut, dazu ein Podium, das Elvis Presley als Bühne hätte dienen sollen – und natürlich auch zum Tanzen gedacht war.

Liv schrak zurück, da Marianne vorwärtshastete, herumwirbelte und sich vor ihr aufbaute, was ein wenig lächerlich wirkte, weil die Vierbrückenerin beinahe einen Kopf kleiner war als sie.

„Ist Ihnen eigentlich bewusst, warum ich das alles mache?"

„Ja, um Eddi zu helfen."

„Und Ihnen ist er gleichgültig?"

„Eddi ist mir nicht gleichgültig. Und das wissen Sie auch."

„Warum unterstützen Sie mich dann nicht?"

„Ich kann nicht – jedenfalls nicht so, wie Sie das möchten."

„Ich glaube Ihnen nicht."

„Das … ist dann Ihr Problem." Liv atmete hörbar aus. Natürlich wollte sie Eddi helfen, die bestmögliche Behandlung zu bekommen.

„Gut, dann werde ich Ihnen jetzt mal etwas verraten." Marianne stemmte die Hände in die Seite. „Ich weiß, wer Sie sind, Fräulein Liv Bene – … oder vielmehr von Salbach."

Liv zuckte zusammen, hoffte jedoch, dass Marianne, die sie mit hochgezogenen Augenbrauen überheblich und siegessicher anschaute, dies nicht bemerkt hatte.

„Sie haben mit dem Journalisten in Hamburg gesprochen?"

„Sehr richtig. Er hat mir verraten, wer Sie sind."

„Und Sie ihm, wo ich mich aufhalte?"

„Ich erwähnte nur den Schwarzwald."

„Das ist gut."

„Aber das lässt sich ändern."

„Seien Sie vorsichtig mit Ihren Drohungen. Sonst könnten Sie für immer unter diesen hübschen neuen Pflastersteinen dort hinten verschwinden."

„Wer droht hier wem?"

Liv ließ die hochgezogenen Schultern sinken und schüttelte resigniert den Kopf. „Ich will mich nicht mit Ihnen streiten, Fräulein Marianne."

„Dann spenden Sie also?"

„Ich kann nicht."

Marianne neigte fragend den Kopf, richtete ihn aber schnell wieder auf, als wäre sie bei etwas Ungehörigem ertappt worden. „Erklären Sie es mir."

„Wissen Sie eigentlich, was Sie mit Ihrem Anruf bei dieser Zeitung losgetreten haben? Der Journalist fühlte sich genötigt, einen Artikel über die untergetauchte Erbin zu verfassen und dabei erneut die Liebesgeschichte meiner Eltern in den Schmutz zu ziehen. Und damit auch meine Großmutter und das Haus von Salbach." *Außerdem hast du meiner Großmutter verraten, wo ich bin. Zumindest beinahe.*

„Dann wissen Sie ja, wie ich mich fühlen werde, wenn die Sache mit dem falschen Elvis herauskommt. Ich muss wenigstens *versuchen,* den Schaden für Vierbrücken zu minimieren. Verstehen Sie das nicht? Es geht um unser Tal und um den kleinen Eddi."

„Und um Ihre angekratzte Ehre."

„Das auch", gab Marianne zu, wenngleich in reichlich bissigem Tonfall.

„Ich kann nicht in dem von Ihnen gewünschten Umfang spenden, da ich selbst nur bedingt über Geld verfüge. Mit dem, was ich zusammenkratzen konnte, habe ich die Reisekosten und das Hotel bezahlt."

„Zusammenkratzen, ja?"

„Zugegeben, das war sicher mehr Geld, als die meisten Leute hier in Vierbrücken auf die Schnelle bei der Hand hätten. Aber dennoch ist damit alles aufgebraucht, was ich zur Verfügung hatte."

„Ist das so?"

„Muss ich Ihnen erklären, wie so ein Unternehmen funktioniert? Wer das Sagen hat, wer über die Finanzen herrscht und was von einer Erbin erwartet wird?"

„Sie klingen, als müsste ich Sie bedauern."

„Das erwarte ich ganz sicher nicht von Ihnen, Fräulein Marianne. Von niemandem. Denn ich weiß durchaus, wie privilegiert ich bin. Aber eines können Sie mir glauben: Das hat wie alles im Leben zwei Seiten."

„Eine angenehme und eine verwöhnte?"

„Denken Sie über mich, was Sie wollen. Doch ich kann nicht." Liv war den Tränen nahe. Sie konnte Marianne nicht helfen und somit auch nicht Eddi dem Vierten. Und dabei wollte sie nichts lieber tun als das. Ebenso wie sie auch anderen kranken Menschen helfen wollte. Doch dieser Traum war dahin. Weil ihr Körper nicht mitspielte. Und damit war sie wieder zu einem bedeutungslosen Anhängsel ihrer Großmutter geworden.

Da die Tränen vehement an die Oberfläche drängten, ließ Liv Marianne einfach stehen. Zuerst ging sie nur sehr schnell, dann begann sie zu rennen. Sie bog in eine der steil ansteigenden Straßen ein und lief an dem geschäftigen Treiben auf dem hübsch dekorierten Festplatz vorbei. Am Ende der Seitenstraße angekommen, wandte sie sich nach links – und prallte beinahe gegen einen Mann. Erschrocken und heftig keuchend, das Gesicht tränennass, hob sie den Kopf. Vor ihr stand Pfarrer Schlecht.

„Ich nehme mal nicht an, dass sie das Ende der *Ära Bürgersteigloch* betrauern?"

Liv lachte unter Tränen auf, ehe sie den Kopf schüttelte.

„Wie wäre es, wenn Sie mich ein Stück begleiten? Ich bin auf dem Weg zum Riesenwässerle, um dort, wo sich das Unglück ereignete, für Edmund den Vierten zu beten."

Liv gesellte sich an die Seite des Pfarrers, der sofort weitersprach. „Selbstverständlich könnte ich das auch zu Hause oder in der kleinen Kirche oben auf dem Hügel tun, doch es hilft mir, den Ort des Geschehens vor Augen zu haben. Hört sich das verschroben an, Fräulein Liv?"

„Nicht mehr oder weniger als so manches in diesem Ort."

„Oder anderswo?"

„Oder anderswo!"

„Vielleicht möchten Sie mir ja erzählen, was in Ihrem Leben … verschroben ist."

Liv lachte erneut, zog ein Taschentuch aus der Hosentasche und wischte sich über das Gesicht.

„Sie wissen, wer ich bin?"

„Ich ahne es. Liv Benediktsdóttir ist nicht gerade ein Name, der in Deutschland häufig vorkommt."

„Genau genommen gar nicht."

„Und doch tauchte er ab und zu in den Medien auf. Ihre Rückkehr nach Deutschland wurde von der Presse – zumindest im Norden des Landes – recht ausführlich diskutiert. Später verwendete man eher Ihren hierzulande gebräuchlichen Nachnamen von Salbach."

„Ich bin nur froh, dass ich mich vor dem Gespräch mit Ihnen bereits mit Marianne gestritten habe."

Der Pfarrer gab einen belustigten Laut von sich.

„Ansonsten hätte ich annehmen müssen, dass *Sie* die Presse über meinen Aufenthalt im Schwarzwald informiert haben."

„Und damit würden wir dieses Gespräch nicht führen?"

Liv presste die Lippen zusammen, dann zog sie die Mundwinkel leicht nach oben. Sie mochte den Scharfsinn des Geistlichen. Der schlenderte nun schweigend neben ihr her und ließ ihr damit die Möglichkeit, zu entscheiden, ob sie ihm ihren Kummer anvertrauen wollte.

„Ich führe ein sehr angenehmes Dasein, das ist mir wirklich bewusst, Herr Pfarrer."

„Davon gehe ich aus, Fräulein Liv. Sie wirken auf mich wie jemand, der sich Gedanken über Gott und die Welt macht, über das eigene Leben und das seiner Mitmenschen."

„Vielen Dank."

Der Pfarrer nickte ihr zu, verschränkte die Arme hinter dem Rücken seines altmodischen schwarzen Jacketts und ging gemütlich weiter. Inzwischen hatten sie das Sägewerk passiert und waren auf den holprigen Feldweg abgebogen.

Liv erzählte, was sie Ben bereits anvertraut hatte, fügte aber noch hinzu: „Um mich einzubringen, wollte ich mir einen Einblick in die wirtschaftlichen Vorgänge des Unternehmens verschaffen. Also bat ich meine Großmutter darum, wie ein Lehrling in der Poststelle beginnen und anschließend alle Abteilungen bis nach oben in die Führungsetage durchlaufen zu dürfen. Dort sitzen zwei Prokuristen, langjährige Freunde der Familie, dazu noch Vater und Sohn."

„Lassen Sie mich raten: Gräfin von Salbach hielt das für nicht angemessen?"

„Ich liebe meine Großmutter und bin ihr zu großem Dank verpflichtet. Aber sie gehört einfach –"

„Zum alten Schlag."

„Und genau so wurde ich auch erzogen. Wenn es in meiner Jugend noch einen Debütantinnenball gegeben hätte, wäre mein Leben bis zu meinem sechzehnten Geburtstag auf diesen einen Tag ausgerichtet gewesen."

„Sind Sie sicher, dass es zu dieser Zeit in Hamburg schon keinen mehr gab?"

Liv runzelte die Stirn und zuckte dann mit der Schulter. „Wenn ja, war ich nicht dort."

„Vielleicht, weil Ihre Großmutter ahnte, dass das nicht zu Ihnen passen würde?"

„Oder weil sie befürchten musste, ich würde in einem überteuerten Ballkleid die Autos der anderen Gäste reparieren?"

„Ein gutes Argument."

Liv lachte leise vor sich hin, wurde aber schnell wieder ernst. „Jedenfalls wurde mir der Weg in das eigentliche Zentrum von Großmutters Imperium verwehrt. Es blieb bei dem Besuch von Wohltätigkeitsveranstaltungen und dem ganzen … Kram. Ich bekam Angst." Liv verstummte, weil sie ein wesentliches Detail ihres bisherigen Lebens weiterhin verschweigen wollte. Schließlich brach ihr Begleiter das Schweigen, das vom Rascheln des Grases und dem Brausen des Windes, der durch die Baumkronen blies, noch hervorgehoben wurde.

„Weil Sie nicht Ihr Leben lang das hübsche Aushängeschild der von Salbachs sein wollen?"

Liv sprach nun voller Enthusiasmus. „Ich möchte etwas Positives bewirken. Ich will Menschen helfen, die es nicht so gut haben wie ich. Es ist mein Wunsch, Gutes zu tun, die Welt ein wenig zu verändern; sie besser zu machen." Liv seufzte und warf dem Geistlichen an ihrer Seite einen prüfenden Blick zu. „Vermutlich klingt das schrecklich überheblich oder gar selbstverliebt."

„Sie meinen, Sie wollen das tun, was Gott Ihnen aufgetragen hat?" Auf Livs Nicken hin zitierte er: „‚Denn ich bin hungrig gewesen und ihr habt mich gespeist. Ich bin durstig gewesen und ihr habt mich getränkt. Ich bin Gast gewesen und ihr habt mich beherbergt. Ich bin nackt gewesen und ihr habt mich bekleidet. Ich bin krank gewesen und ihr habt mich besucht. Ich bin gefangen gewesen und ihr seid zu mir gekommen. Dann werden ihm die Gerechten antworten und sagen: Wann haben wir dich hungrig gesehen und haben dich gespeist? Oder durstig und haben dich getränkt? Wann haben wir dich als einen Gast gesehen und beherbergt? Oder nackt und dich bekleidet? Wann haben wir dich krank oder gefangen gesehen und sind zu dir gekommen? Und der König wird antworten und sagen zu ihnen: Wahrlich ich sage euch: Was ihr getan habt einem unter diesen meinen geringsten Brüdern, das habt ihr mir getan.'"

„Ja!", rief Liv enthusiastisch aus. „Genau das möchte ich tun." Automatisch beschleunigte sie ihre Schritte, musste dann aber auf den Geistlichen warten, der ihr mit einem Schmunzeln auf den Lippen folgte.

„Ist Ihnen bewusst, wie viel Gutes Sie tun können, wenn Sie die finanziellen Mittel sinnvoll einsetzen, die Ihnen einmal zur Verfügung stehen werden?"

Liv schüttelte heftig den Kopf. Wurde sie denn schon wieder missverstanden? Hörte das nie auf? „Das ist mir bewusst, Herr Pfarrer, ebenso wie meiner Großmutter. Seit vielen Jahren ist sie eine eifrige Spenderin, sie übernimmt gern die Schirmherrschaft für Hilfsprojekte, gelegentlich führt ihr Weg sie in die Häuser ihrer Angestellten oder sogar ehemaliger Angestellter, um dort ihre Hilfe anzubieten."

„Ich las davon, Fräulein Liv."

„Aber ich möchte mehr tun. Ich will den Menschen … praktisch helfen. Ja, so könnte man es nennen. Ich will in die Gesichter der Hilfsbedürftigen sehen und Anteil an ihrem Leben nehmen. Darum habe ich mich bei einem Krankenhaus beworben. Ich wollte mich zur Krankenschwester oder Hebamme ausbilden lassen."

„Doch Ihre Großmutter unterstützt dieses Anliegen nicht?"

„Nein. Sie hat andere Pläne für mich. Außerdem werde ich weder als Krankenschwester noch als Hebamme arbeiten *können.*" Liv berichtete, erneut mit Tränen in den Augen, von der Geburt der Kälber, ihrem Schwächeanfall und Bens vernichtender Einschätzung. „Natürlich könnte ich versuchen, mich abzuhärten, obwohl Dr. Schuster meint, dass das wenig Erfolg versprechend ist, weil ich so heftig auf den Anblick von Blut reagiere. Wenn ich ehrlich bin, wird mir schon übel, wenn ich nur daran denke." *Das hättest du dummes Huhn aber auch schon früher bemerken können. Oder ist das erst so extrem, seit du darum weißt? Wie war das damals, als du dir die Knie aufgeschlagen hast? Oder das eine Mal, als du dich mit dem Messer tief in den Finger geschnitten hast?* Leider wusste Liv die Antwort. Als Kind hatte sie sich unbesiegbar gefühlt. Das ungute Gefühl in ihrem Inneren, sobald es um das Thema Blut ging, war wohl erst in späteren Jahren in ihr erwacht. Da hatte sie allerdings schon in der behüteten Welt ihrer Großmutter gelebt, in der sie sich höchstens beim Sticken in den Finger hätte stechen können – hätte sie sich nicht geweigert, dieser langweiligen Aufgabe nachzugehen.

„Das könnte ein langer Weg werden."

„Richtig. Und vermutlich einer, der nicht von Erfolg gekrönt ist. Also werde ich wohl meine Träume begraben und meiner Großmutter recht geben müssen. Ich werde …" Sie biss sich auf die Unterlippe, weil sie in ihrem aufgewühlten Zustand nichts sagen wollte, wozu sie nicht bereit war. „Als Von-Salbach-Erbin werde ich in hübschen Kleidern eine Wohltätigkeitsveranstaltung nach der anderen besuchen. Und mich, der guten Sache wegen natürlich, dort furchtbar langweilen." Liv wusste, dass sie zynisch klang, also zügelte sie sich erneut. „Am besten, ich schaffe mir gleich mehrere Autos, Traktoren und Maschinen an, die ich abends heimlich auseinandernehmen und wieder zusammensetzen kann. Was allerdings an Unsinnigkeit kaum zu überbieten sein dürfte."

„Fräulein Liv, können wir uns vielleicht für einen Augenblick hier an das Riesenwässerle setzen?" Pfarrer Schlecht deutete auf einige große Steine, die das Ufer des munter vor sich hin plätschernden Baches säumten.

Für einen Moment lauschte Liv der Geräuschkulisse; dem Rauschen der Buchen, Eichen und einer Esskastanie, die mit den Schwarzwaldtannen und Fichten wetteiferten. Das Klopfen eines Spechtes hallte zwischen den gewaltigen Baumstämmen wider. „Gern." Sie setzte sich auf einen Stein, der von der Sonne angenehm aufgewärmt war, zog ihre Schuhe aus und krempelte die Hosenbeine hoch, um ihre Füße in das kalte Nass zu stecken. Dieser Wald hatte etwas zutiefst Beruhigendes an sich. Vielleicht lag es an dem würzigen Duft und dem satten Grün. Oder an der Gelassenheit der Bäume, die jedem Sturm trotzten. Ihr aufgewühltes Inneres, einer sturmgepeitschten, tobenden See gleich, kam zur Ruhe, die Wogen glätteten sich. Liebkosend strich Liv über den dichten Moosteppich, der die Steine umgab.

„Darf ich Ihnen etwas erzählen?", fragte Pfarrer Schlecht und ließ sich aufstöhnend auf einem anderen Stein nieder.

„Sicher. Und entschuldigen Sie bitte: Ich war gerade laut und sarkastisch, ungehalten und gemein. Ich komme einfach nicht damit zurecht, dass ich so gern etwas bewegen möchte, aber offenbar dazu verdonnert bin, in einem goldenen Käfig zu leben. So nennt man das doch gemeinhin, nicht wahr?"

Pfarrer Schlecht zog sein Jackett aus und legte es sich über die Beine. Er behielt die Schuhe an, warf aber kleine Stöcke und Baumzapfen in das silbrig glänzende Wasser. „Vor ein paar Jahren zog eine Frau von außerhalb in diese Gegend, und inzwischen wissen Sie ja, dass Fremde es hier schwer haben." Er wartete ihre Antwort nicht ab. „Doch diese Frau, nennen wir sie Lotti, heiratete einen Einheimischen. Einen, der hohes Ansehen genoss. Um seinetwillen begegnete man ihr freundlich, blieb aber distanziert."

„Was sehr auffällig gewesen sein dürfte, immerhin stehen die Vierbrückener füreinander ein."

„Ich sehe schon, Sie haben den Geist dieser Dorfgemeinschaft bereits erfasst. Also ... Lotti war – oder vielmehr ist – eine äußerst herzliche und hilfsbereite Frau. Dazu energisch, selbstbewusst und mit einer gehörigen Portion Mut ausgestattet."

„Sonst wäre sie wohl kaum nach Vierbrücken gezogen", murmelte Liv und freute sich über das Schmunzeln des Pfarrers.

„Vom ersten Tag an unterstützte sie eine schwangere Frau, die viel liegen musste. Mit drei Kleinkindern und einem hart arbeitenden Ehemann, der pünktlich seine Mahlzeiten auf dem Tisch haben wollte, war das eine echte Herausforderung für die Schwangere. Übrigens erlernte Lotti eigens dafür das Autofahren. Sie beherrschte das Fahren als erste Frau in der Gegend – mit Ausnahme der Pferde-Amrei natürlich. Aber ich schweife ab ... Wo war ich? Ach, bei Lottis Einsatz für die Familie Schuster."

Liv unterdrückte ein Auflachen, schließlich gab es neben den Schusters, Steins und der Familie Weiß nicht viele Alternativen.

„Also, Lotti half, wo sie konnte. Und was soll ich sagen: Sie eroberte die Herzen der Familienmitglieder im Sturm, wurde Patin des Neugeborenen und vom Familienvater mit Dankbarkeit bedacht. Das wiederholte sich viele Male. Lotti sah, wo ihre Hilfe gebraucht wurde und auch willkommen war – was zwar nicht immer und überall der Fall war, aber meistens. Denn wer lehnt schon eine helfende Hand ab, wenn er dringend Hilfe braucht?"

Liv öffnete den Mund, weil sie vorsichtig widersprechen wollte, der Pfarrer sprach jedoch weiter, den Blick auf die schwankenden Baumkronen gerichtet. „Lotti pflückte Unmengen von Obst auf der Gemeindeobstwiese, das sonst verfault wäre. Sie chauffierte einen schwer kranken Mann mehrere Male ins Krankenhaus nach Rottweil und half einem Kind, das sich mit dem Lesen schwertat. Für zwei verwitwete Brüder weckte sie Obst und Gemüse ein und beaufsichtigte ein kleines Mädchen, dessen Mutter nach der Geburt des Bruders lange im Krankenhaus bleiben musste, während der Vater zu arbeiten hatte. Sie weinte mit Trauernden, lachte mit frisch Vermählten, betete mit Menschen, die in Not waren … und es dauerte kein Jahr, bis Lotti eine allseits geschätzte Vierbrückenerin war."

„Schön!" Liv seufzte ergriffen und begeistert zugleich. „Sie müssen mir diese außergewöhnliche, hilfsbereite und sich selbst verschenkende Frau unbedingt vorstellen. Sie lebt genau das Leben, das ich gern hätte …"

„Fräulein Liv", Pfarrer Schlecht beugte sich vor und ergriff mit seinen Händen die ihren, „Sie kennen diese Frau. Was ich Ihnen erzählt habe, ist eine Vision *Ihres* Lebens, falls Sie hierherziehen sollten."

Liv riss die Augen und den Mund auf, brachte aber keinen Ton heraus. In ihrem Herzen herrschte Chaos. Die beiden Welten, die sie immer fein säuberlich getrennt hatte, prallten aufeinander. Ihre Verzweiflung kollidierte mit ihren Hoffnungen und Wünschen; ihre konträren Gefühle erweckten eine Welle zum Leben, die sie überrollte, ihr den Atem raubte und sie dann wieder freigab. Das Wasser floss davon und schwemmte all die Unruhe, die Liv seit Monaten verspürt und die sie zu einer Gejagten – und schließlich zu einer Fliehenden – gemacht hatte, mit sich fort.

Als sie wieder klarsehen und denken konnte, hielt Pfarrer Schlecht noch immer ihre Hände umschlossen, den Kopf hatte er gesenkt. Er betete. Für sie.

Schließlich sah er sie an und zwinkerte leicht. „Seit sie hier sind, haben Sie einen unermüdlichen Einsatz für die Personen gezeigt, die neu in Ihr Leben getreten sind. Und das, obwohl Sie für Ihren Aufenthalt hier bezahlt und sich zudem verletzt hatten. Nicht immer wollten die Menschen Ihre Hilfe annehmen, was daran lag, dass Sie sich manchmal etwas ungeschickt angestellt haben. Doch daraus haben Sie gelernt." Pfarrer Schlecht schwieg und wollte wohl sichergehen, dass sie ihm wirklich folgen konnte. „Sie tun Gutes, Fräulein Liv. Sie helfen, und das mit einer Selbstverständlichkeit, die Ihnen gar nicht bewusst ist. Weil Ihr Herz für Ihre Mitmenschen schlägt. Sie hinterlassen Spuren im Leben der Vierbrückener. Durch einfache Handreichungen und Ihren großherzigen Einsatz, durch liebevolle Worte und manchmal sogar durch einen verbalen Seitenhieb. Denn es gibt Personen, von denen man annehmen muss, dass sie diese Sprache besser verstehen als sanfte Worte. Sie, Fräulein Liv, müssen weder Krankenschwester noch Hebamme werden. Sie können in einem kleinen Dorf leben, das versteckt zwischen bewaldeten Bergen liegt, oder in einer lebendigen Großstadt, und Sie werden niemals einfach nur ein hübsches Vögelchen in einem goldenen Käfig sein, denn das entspricht so gar nicht Ihrem Wesen, nicht dem, was Gott in Sie hineingelegt hat."

„Sie meinen, ich wollte zu viel?"

„Sie haben nach dem richtigen Weg gesucht. Und ich wage zu behaupten, unser ruhiges Dörfchen eignet sich besser dazu, diesen zu finden, als eine laute und überfüllte Stadt wie Hamburg. Was nicht heißt, dass es sich dort nicht gut leben lässt. Doch manchmal braucht man für einen Perspektivwechsel ein neues Umfeld und Zeiten der Stille."

„Wie hier am Riesenwässerle, einem Ort, den ich trotz des Unfalls liebe." Liv bewegte die Beine und wühlte damit das lehmig-braune Bachbett auf. Prompt wurde aus dem klaren Wasser eine gelbliche Brühe.

„Wissen Sie, woher der Bach seinen Namen hat?"

Liv, die noch ihren Überlegungen nachhing, hob ob des belustigten Tonfalls des Geistlichen den Kopf.

„Es heißt, dass dort oben ein Riese lebt. Und der pinkelt –"

„Herr Pfarrer!" Liv riss die Füße aus dem Wasser.

Das Lachen des Mannes war noch zu hören, als er den Wald schon fast verlassen hatte.

Kapitel 15

Marianne sah sich um und presste den Hörer fest an ihr Ohr, erleichtert darüber, allein an der Hotelrezeption zu sein. Es dauerte geraume Zeit, bis die Verbindung hergestellt war, doch schließlich meldete sich eine ungeduldig klingende Frauenstimme.

„Anschluss von Salbach."

„Spreche ich mit Gräfin Isolde von Salbach?"

„Am Apparat. Was wünschen Sie?"

Marianne lehnte sich an den hölzernen Empfangstresen, der prompt ein lautes Knacken von sich gab. Diese Frau klang streng und Furcht einflößend. Einen Moment spielte Marianne mit dem Gedanken, einfach aufzulegen. Doch dann atmete sie tief durch, straffte die Schultern und sagte ebenso geziert wie fest: „Ich habe gehört, dass Sie Ihre Enkelin suchen."

„So, haben Sie das gehört?" Nun lag Vorsicht in der Stimme der älteren Dame.

„Das habe ich tatsächlich. Und ich bin gern bereit, Ihnen zu sagen, wo Sie Ihre geliebte Liv finden können."

„Sie können keine Freundin von ihr sein."

Marianne schluckte hörbar über das vernichtende Urteil, das in diesen wenigen Worten lag. Livs Großmutter hielt sie für einen schlechten Menschen.

„Möchten Sie denn nicht wissen, wo sich Ihre Enkelin aufhält?"

„Selbstverständlich möchte ich das. Und Sie werden es mir gleich mitteilen. Zuvor verraten Sie mir jedoch Ihren Namen."

„Mein Name tut nichts zur Sache. Und bevor ich Ihnen sage, wo Fräulein Liv ist, müssen wir über die Bedingungen spre–"

Marianne zuckte zurück, nahm den Hörer hinunter und starrte ihn aufgebracht an. Die Frau hatte aufgelegt. Für einen kurzen Moment wollte sich Erleichterung in ihr ausbreiten, dann jedoch überwog der Zorn wegen der ihr zuteilgewordenen Behandlung. *Was denkt diese Frau eigentlich, wer sie ist?!* Marianne wählte erneut.

„Anschluss von Salbach."

Marianne grinste über die bemüht freundlich klingende Frau. „Wir wurden leider unterbrochen, Frau Gräfin. Dabei habe ich Ihnen etwas wirklich Wichtiges mitzuteilen …"

Liv hielt dem älteren Herrn die Praxistür auf, begleitete ihn und seinen riesigen zotteligen Hund durch den Flur und öffnete auch die Haustür für die beiden. Anschließend achtete sie darauf, dass der Mann sicher die abgetretenen Steinstufen hinunterkam. Er verabschiedete sich mit etwas, was für Liv wie „Seschemmawedarafreid" klang. Sie nahm an, dass es sich dabei um ein freundliches Dankeschön handelte, ging kichernd in die Praxis zurück und blieb im leeren Wartebereich stehen.

Sie musste sich unbedingt mit Ben unterhalten. Darüber, was bei der Rückfahrt vom Stein-Hof zwischen ihnen passiert war und was das zu bedeuten hatte. Je nachdem, was dieses Gespräch ergab, würde sie mit Ben auch über ihr letztes, gut gehütetes Geheimnis sprechen – und ihn fragen, was „Seschemmawedarafreid" bedeutete. Allein bei der Vorstellung sprudelte etwas wie Champagnerbläschen durch ihre Adern, und ihre Knie wurden weich.

„Na gut, trau dich", feuerte Liv sich selbst an. Sie durchschritt den Flur und betrat das erste Untersuchungszimmer. Ben wusch sich gerade die Hände und warf ihr einen kurzen Seitenblick zu, ehe er sich erneut mit der Kernseife beschäftigte und die Hände schließlich unter das fließende Wasser hielt. Liv biss sich auf die Unterlippe und beobachtete, wie die klare Flüssigkeit über die kräftigen Hände rann, die sie festgehalten hatten. Ohne ihr wehzutun, angenehm beschützend und betörend besitzergreifend. Ben beugte sich nach links und nahm ein frisches Handtuch von der Ablage. Dabei fiel ihm eine Haarsträhne in die Stirn. Wie gern hätte Liv sie wieder nach hinten gestrichen. Der Gedanke daran jagte heiße Wellen durch sie hindurch. Als Ben sich umdrehte und ihr sein Lausbubengrinsen schenkte – als könnte er spüren, was gerade mit ihr geschah –, wurde Liv eines bewusst: Sie hatte sich verliebt. In einen Tierarzt, der hauptsächlich Flanellhemden und schmutzige Gummistiefel trug. In ein einsam gelegenes Tal, das förmlich gefangen war zwischen bewaldeten Bergen. In Vierbrücken – eine Ortschaft, in der sie niemals würde leben können, wie sie schon bei ihrer Ankunft festgestellt hatte.

„Ist etwas mit mir nicht in Ordnung?" Ben sah an sich hinab, strich sich die widerspenstige Strähne aus dem Gesicht und hängte das Handtuch an den Haken zurück.

Alles bestens. Alles wunderbar. Du bist perfekt. „Hast du einen Moment Zeit?" *Wie schnell kann ich eigentlich laufen, um mal wieder abzuhauen?*

„Sag du es mir."

„Das Wartezimmer ist leer."

Ben kam mit großen Schritten auf sie zu, wobei er sie mit seinem Blick förmlich gefangen hielt. „Das klingt gut."

Das klingt gar nicht gut. Liv hinderte ihre Beine daran, loszulaufen, und hielt ihr Herz davon ab, dem Mann entgegenzufliegen.

Ben baute sich vor ihr auf, wobei er eine Hand neben ihr an der Wand abstützte und ihr mit seinem Körper den Fluchtweg durch die Tür versperrte. Sein Blick glitt zu ihren Lippen, auf denen sie noch immer herumkaute.

„Das solltest du nicht tun." Er strich mit dem Daumen über ihre Oberlippe, was sie nach Luft schnappen ließ. Ihre Reaktion entlockte ihm ein Grinsen.

Liv kniff die Augen zusammen und tauchte unter seinem Arm hindurch. Aufgebracht funkelte sie ihn an. Weniger, weil er so frech auftrat, als vielmehr über sich selbst. „Wir müssen uns unterhalten."

„Müssen wir?"

„Ja, und das weißt du genau", fuhr sie ihn an, unfähig, ihre Gefühle auch nur halbwegs in den Griff zu bekommen.

„Gut, reden wir." Ben verschränkte die Arme vor der Brust und lehnte sich seitlich an die Türzarge.

„Danke. Also, was bedeutet Seschemmawedarafreid?"

Ben, der sich ihr entgegengebeugt hatte, richtete sich wieder auf und sah sie verwirrt an. Dann begann er schallend zu lachen. Jenes rollende Lachen, das sie so sehr mochte. Liv konnte nicht ernst bleiben, obwohl sie sich wirklich alle Mühe gab. Dabei zog sie Grimassen, die Ben offensichtlich nur noch mehr erheiterten. Nachdem er sich endlich wieder beruhigt hatte, hob Liv auffordernd den Kopf.

„Lass es mich zu übersetzen versuchen."

„Nichts anderes wollte ich."

„Wirklich?" Ben trat einen Schritt auf sie zu.

„Ja." Liv wich vorsichtshalber gleich drei Schritte zurück, was ihn die Stirn runzeln ließ.

„In deiner Welt würde das in etwa heißen: ‚Es ist mir immer wieder eine Freude'."

„Oh." Ein Lächeln stahl sich auf Livs Gesicht. Dies von einem der älteren Einwohner Vierbrückens gesagt zu bekommen, machte sie seltsam … glücklich. Schnell konzentrierte sie sich wieder auf den deutlich jüngeren, attraktiveren und sehr präsenten Dorfbewohner, der plötzlich nahe vor ihr stand. Sie spürte hinter sich bereits die Kante des Untersuchungstisches.

„Da du *meine Welt* angesprochen hast", versuchte Liv erneut, ihr Vorhaben in die Tat umzusetzen. „Ich denke –"

„Ben? Bist du da?" Hannas aufgeregte Stimme drang zu ihnen herein.

Seltsam erleichtert über die Unterbrechung, stürmte Liv an Ben vorbei in den Flur hinaus. „Hanna, ist etwas passiert?"

„Fräulein Ansgar ist weg. Sie muss ausgebrochen sein."

„Aber heute Morgen war sie doch noch da."

„Hast du das Gatter richtig verschlossen?" Bens Frage ließ Liv zusammenzucken. Er stand dicht hinter ihr und klang eigentümlich aufgebracht.

Liv wirbelte zu ihm herum. „Ja, natürlich habe ich das!“ In Gedanken versuchte sie zu rekapitulieren, wie sie das Futter und den Wassertrog aufgefüllt, das Gatter hinter sich zugezogen und die Drahtschlaufe über die beiden Holzstangen gelegt hatte. Sie hatte den Draht gerade festdrücken wollen, als oberhalb des Gartens ein Pferdegespann vorbeigefahren war …

„Oder etwa nicht?“

„Liv?“ Ben und Hanna stießen ihren Vornamen hervor; gleichermaßen vorwurfsvoll, allerdings in unterschiedlichen Tonlagen.

„Ich –“ Hilflos hob sie die Hände und zog die Schultern hoch.

„Ach Liv!“ Hanna schüttelte den Kopf. „Und dabei kann Eddi jeden Moment zu Hause ankommen.“

„Das wollte ich nicht“, beteuerte Liv verzweifelt.

„Das wissen wir“, sagte Hanna sanft.

„Du vielleicht“, konterte Ben. „Lasst uns die entflohene Lady suchen gehen.“ Er schob Liv und Hanna vor sich her durch den Flur.

„Sie ist bestimmt irgendwo beim Fluss“, vermutete Liv und hoffte innig, dass sie damit recht behalten würde. „Und wenn nicht, suchen wir einfach Curt.“

Ihr Vorschlag veranlasste Ben zu einem trockenen Auflachen. „Der wird mich demnächst bitten, ihm mein Gewehr zu leihen. Zumindest, falls du planst, noch länger die Gans zu versorgen.“

Sie stürmten aus dem Haus, unter dem tief gezogenen Walmdach hervor und auf den Gehweg. Dort stand Rita, Kamm und Schere in der Hand, während sich zwei ihrer Kundinnen, eine davon mit riesigen Lockenwicklern im Haar, aus dem offenen Fenster des Schönheitssalons lehnten.

„Habt ihr das auch gehört?“ Rita wandte sich fragend zu Hanna, Liv und Ben um.

„Was sollen wir gehört haben?“ Bens Stimme klang unheilschwanger.

„Diesen durchdringenden gellenden Schrei. Es könnte Marianne gewesen sein.“

„Nicht vielleicht doch Curt?“, fragte Liv, ohne sich große Hoffnungen zu machen, Rita könnte sich getäuscht haben.

„Unmöglich."

Ben rannte die Straße entlang und bog in Richtung Festplatz ab, Hanna folgte ihm deutlich langsamer, Liv gar nicht. Sie sah ängstlich zu Rita hinüber, die sowohl den Kamm als auch die Schere in die große Tasche ihrer Schürze gleiten ließ. „Was hast du angestellt?"

„Warum muss ich denn schon wieder …? Na gut. Es sieht so aus, als wäre Fräulein Ansgar die Flucht gelungen." *Ich sollte meine jetzt wohl besser auch angehen.*

„Das ist gar nicht gut."

„Hm?" Liv schürzte die Lippen und kniff dabei die Augen zusammen.

„Marianne und drei weitere Damen des Komitees haben gestern Nachmittag Stunden damit verbracht, den Pavillon zu schmücken und rund um den Brunnen und den Tanzboden Blumen zu pflanzen."

„Nein?!"

Rita nickte gewichtig.

„Warum ist Curt nie da, wenn man ihn mal braucht?"

„Er ist vorhin in sein Büro gegangen."

„Er hätte besser daran getan, einen Spaziergang zu machen und damit Fräulein Ansgar vom Stadtpark wegzulocken."

„*Er* hätte daran sicher nicht besser getan. Für dich wäre es allerdings von Vorteil."

„Ist das nicht die Aufgabe eines Ortsvorstehers?"

Rita rieb sich über die Wange. „Ich nehme an, in der Stellenausschreibung stand nichts davon, dass der Ortsvorsteher sich für eine Touristin vor eine Gans werfen muss."

„Eine grobe Fahrlässigkeit, das zu vergessen", murmelte Liv.

„Meinst du nun die Stellenbeschreibung oder deinen Anteil an der ganzen Aufregung?"

„Was soll ich denn jetzt tun, Rita?"

„Stell dich Marianne."

„Ich könnte stattdessen auch die Gans einfangen …"

Rita prustete los, tätschelte Livs Oberarm und ging zu ihren Kundinnen zurück.

Unschlüssig blieb Liv stehen, wandte sich hierhin und dorthin. Da allerdings kein Bus vorbeikam, der sie von hier würde fortbringen können, setzte sie schließlich einen Fuß vor den anderen und gelangte, obwohl sie beinahe von einer Schnecke überholt worden wäre, viel zu schnell zum Festplatz. Um den plätschernden Brunnen herum blühte eine wahre Pracht von rot-weißen Pelargonien; das Steinbecken war mit Bändern in der gleichen Farbkombination umwickelt, in die zudem eine Lichterkette eingearbeitet worden war. Die Buden standen bereits und waren ebenfalls mit Lichterketten geschmückt.

Liv neigte den Kopf. Der Platz war wunderschön anzusehen und würde – dank der Lichterketten – auch abends ein bezauberndes, ja romantisches Ambiente bieten. Sie ging zwischen den Holzständen mit ihren sanft flatternden Planen hindurch, und je näher sie dem Pavillon kam, umso lauter drangen aufgeregte Stimmen zu ihr herüber. Schließlich erreichte sie den Platz, von dem aus sie den Holzbau und den provisorisch erbauten Tanzboden sehen konnte.

Nur mit Mühe gelang es ihr, einen Schreckenslaut zu unterdrücken. Frische Erde lag auf den akkurat geschnittenen Rasenflächen und den geschotterten Wegen verstreut, die geköpften Blumen sahen traurig aus, rot-weiße Schmuckbänder und Lichterketten bildeten in unregelmäßigen Abständen wilde Knäuel. Liv wagte es kaum, den Blick zu heben, um sich das zu erwartende Chaos beim Pavillon anzusehen.

Auf den weiß gestrichenen Stufen hockte Ben und bemühte sich, eine zeternde Gans aus rot-weißen Girlanden und Stromkabeln zu befreien. Das aufgebrachte Tier schnappte ständig nach Bens Händen und schlug gelegentlich mit den Flügeln – soweit es das konnte –, was Bens Bemühungen jedes Mal wieder zunichtemachte. Er sah grimmig drein, jedoch nicht halb so sehr wie Marianne und die Frauen, die sie begleiteten und zielstrebig auf Liv zukamen. Das vor ihrem inneren Auge entstehende Bild einer rasch aufziehenden Gewitterfront brachte Liv dazu, den Kopf einzuziehen.

„Sie schon wieder?!“ Das Fauchen der Frau, deren Namen Liv nicht kannte, war dem der Gans ziemlich ähnlich. Liv kam nicht in Versuchung, nachzufragen, ob sie nun Stein, Weiß oder Schuster heiße, denn

Walli fuchtelte mit ihrem knochigen Zeigefinger vor Livs Gesicht herum. „Was sollte man auch von einer Frau erwarten, die mit einem West-Schuster anbandeln will?", zeterte sie.

„Ich –" Liv brach ab und blickte zu Ben hinüber. Ganz so hatte sie sich das Gespräch über ihre Gefühle für ihn nicht vorgestellt. Ben hatte Walli natürlich gehört, hob den Kopf und sah Liv prüfend an. Sie lächelte betreten und zog dabei entschuldigend die Schultern hoch. Für einen Augenblick musterte er sie noch, ehe er sich wieder auf die Gans in seinem Arm konzentrierte. Allerdings wurde Liv den Verdacht nicht los, dass er jetzt grinste.

Nun schob Ursula sich in den Vordergrund. Allein ihr wütender Blick genügte, um Liv einen Schritt zurückweichen zu lassen, doch Marianne, mit umgebundener Schürze, das Haar mit einem modisch geschlungenen Kopftuch bedeckt, war schneller. „Es ist so", begann das Mädchen bemüht ruhig, aber mit frostiger Stimme. Liv hatte den Eindruck, als glitten ihr Eisbrocken über den Rücken. Zu ihrer Verwunderung drehte Marianne sich jedoch halb um und taxierte ihre Stiefmutter. „Es ist so, liebe Mutter, dass du damit, diese uralte Fehde anzusprechen, riskierst, einen neuen Graben durch Vierbrücken zu ziehen. Ganz abgesehen davon steht dir das als Eingeheiratete nicht zu. Ich werde das nicht zulassen!"

„Mein süßes, kleines –"

„Nein, jetzt rede ich und du hörst zu. Das, was hier passiert ist, ist nicht die Schuld von Fräulein Liv. Geben wir es doch einfach zu: Keine von uns hätte die Versorgung dieses verrückten Federviehs übernommen, ganz egal, wie gern wir Eddi den Vierten haben. Dass Fräulein Liv sich der Gans angenommen hat, ist ihr hoch anzurechnen, etwaige Fehler sind zu vergeben. Zumal sich das Vieh nicht das erste und sicher nicht das letzte Mal davongemacht hat. Zwar haben wir bis morgen noch sehr viel Arbeit vor uns, aber wir werden die Aufgaben bewältigen und auch den Pavillon und den Tanzboden wieder neu schmücken. Es müssen nur alle gemeinsam mit anpacken!"

Liv öffnete den Mund, doch Mariannes Seitenblick – mit zugekniffenem linken Auge – ließ sie lieber schweigen. Dafür schaute Liv zu

Ben hinüber, der in diesem Augenblick den Kopf hob, die Ansammlung von Frauen betrachtete und dann laut rief: „Liv, ich brauche hier deine Hilfe."

Liv war versucht, vor Marianne zu knicksen, ließ es aber lieber bleiben und nahm Bens Angebot, sie vor der vermeintlichen Lynchjustiz der Damenriege zu retten, dankbar an.

„Entweder du hältst diesen Braten fest oder ich muss Annis verrückteste und teuerste Anschaffung der vergangenen fünf Jahre zerschneiden", raunte Ben ihr zu und hob dabei unmissverständlich das Lichterkettenknäuel an.

„Du hättest mich nicht zu retten brauchen."

Ben sah sie zweifelnd an.

„Der Schuster-Fehde sei Dank. Marianne hat mich verteidigt."

„Dann sieh dich fortan doppelt vor."

Liv kräuselte die Nase. „Bist du jetzt nicht ein wenig –"

„Nimm mal die Gans." Ben ergriff Liv an der Hand, zog sie neben sich auf die Stufe und schob ihr das Tier in die Arme. Prompt schnappte Fräulein Ansgar erneut nach seiner Hand. Ben schimpfte halblaut vor sich hin und zog ein Taschenmesser hervor.

„Bitte nicht. Wenn du diese Lichterketten zerschneidest, ist nicht nur Marianne wütend auf mich, sondern auch Curt und der gesamte Stadtrat oder wie das bei euch heißt."

„Nimm das Messer und schneide ein etwa fünfzig Zentimeter langes Stück von diesem Band dort ab."

Liv klappte das Messer auf und gehorchte. Ohne eine Vorwarnung schob Ben seine Hände unter ihrem rechten Arm hindurch und umgriff den Kopf und den Schnabel der Gans, die daraufhin aufhörte, sich gegen die ihr zuteilwerdende Behandlung zu wehren. Bens Brustkorb drückte gegen Livs Schulter, was ein Flattern in ihrem Inneren auslöste, das den verzweifelten Flügelschlägen von Fräulein Ansgar recht ähnlich war.

„So, jetzt bindest du ihr den Schnabel fest zu."

„Die arme –"

„Liv!"

„Ja, schon gut." Liv wickelte das Satinband straff um den Gänseschnabel und band die beiden Enden zusammen. „Soll ich eine hübsche Schleife daraus machen?"

Ben hob den Kopf und sah sie an. Ihr freches Lächeln verblasste ebenso langsam, wie er sich mit seinem Gesicht dem ihren näherte.

„Nein", sagte er nur. Bestimmt und eine Spur vorwurfsvoll. Er war also tatsächlich wütend auf sie.

„Es tut mir leid, dass ich für die ganze Aufregung verantwortlich bin."

„Das sollte es auch." Ben rückte ein Stück von ihr ab und konnte nun besser das Durcheinander aus Bändern, Girlanden und Stromkabeln entwirren, das um den Gänseleib gewickelt war. „Denn durch Hannas Auftauchen – wegen der von dir freigelassenen Gans – wurde ich an etwas wirklich Wichtigem gehindert."

„Ach ja, unser Gespräch."

„Wer spricht denn von einem Gespräch?"

Liv schüttelte irritiert den Kopf und griff fester zu, da Fräulein Ansgar den ersten Schreck überwunden hatte und sich wieder zu sträuben begann.

„Halte ihr die Augen zu", wies Ben Liv an und beugte sich vor, um die letzten Bänder zu fassen zu bekommen. „Ich hatte wirklich etwas ganz anderes im Sinn", raunte er ihr zu.

Liv schaute, ohne den Kopf zu bewegen, erst nach links, dann nach rechts und senkte zuletzt den Blick. Ein warmer Schauer durchlief sie, nun, da sie seine Andeutung verstand.

Schweigend befolgte sie Bens Anweisungen, der die endlich befreite Gans einer kurzen Untersuchung unterzog, sie schließlich mit geübtem Griff hochhob und davontrug.

Er würde mit Liv kein Gespräch über diesen Kuss führen, bevor er sich nicht sicher war, dass sie sich in ihn verliebt hatte. Ben blieb stehen und wuchtete durch eine schnelle Bewegung und ein entsprechendes

Nachgreifen die nicht gerade handliche Gans ein Stück höher. Denn Liv würde ihm vor Augen führen wollen, aus welch unterschiedlichen Welten sie stammten und dass Vierbrücken es weder mit Hamburg noch mit New York aufnehmen konnte.

Nichts von alldem entsprach der Wahrheit – *seiner* Wahrheit –, aber das musste Liv selbst erkennen. Das Problem war nur: Vermutlich würde sie nicht mehr sehr lange hierbleiben.

Ben wünschte, er könnte sich den Schweiß von der Stirn wischen, doch wenn er die Gans jetzt absetzte, müsste er sie womöglich wieder einfangen. Es sei denn, er würde Curt …

Ein Auto überholte ihn, und Ben erkannte Edmund den Dritten darin. Prompt hielt der Wagen am Straßenrand, gleich darauf hörte Ben die aufgeregte Stimme von Eddi dem Vierten. Fräulein Ansgar begann, wild mit den Flügeln zu schlagen, sodass Ben sie doch schnell absetzte. Die Beifahrertür schwang auf, und er sah in Eddis fahles, schmal gewordenes Gesicht.

„Grüß Gott, Herr Doktor. Ist sie ausgebüxt?"

„Das ist sie. Grüß dich, Eddi. Wie schön, dass du wieder hier bist."

„Ja, das finde ich auch. So ein Krankenhaus ist ein ziemlich langweiliger Verein. Und man darf keine Tiere mit reinnehmen."

„Fräulein Ansgar hat dich vermisst. Vermutlich ist sie deshalb so widerborstig."

„Armes Fräulein Ansgar. Aber jetzt bin ich ja wieder da. Zumindest für eine Weile. Denn bald kommt der Arzt aus der Schweiz."

Ben nahm die Information erstaunt auf. Die Schusters hatten den Spezialisten demnach bereits gebeten, sich Eddi anzusehen? Obwohl niemand sagen konnte, wie viel Geld das Sommerfest einbringen würde? Oder hatte Edmund der Dritte eine Hypothek auf seinen Betrieb aufgenommen?

Nachdenklich runzelte er die Stirn. Die Holzverarbeitung war inzwischen ein unberechenbares Metier, und viele Menschen hier in Vierbrücken waren auf ihren Arbeitsplatz bei Edmund dem Dritten angewiesen. Livs Vorwurf, der Mann kümmere sich deutlich mehr um den Jungen als um seine Tochter, war nicht ganz von der Hand zu weisen. Riskierte er für seinen Sohn die Zukunft seines Unternehmens und damit auch die seiner Angestellten?

Ben bückte sich, schob die Gans in Richtung Auto, sodass Eddi sie streicheln konnte, und nickte Eddis Vater grüßend zu. Es war nicht seine Aufgabe, sich über derlei Gedanken zu machen oder sich gar ein Urteil über den Mann zu bilden.

„Können wir Fräulein Ansgar auf den Rücksitz setzen?"

„Sicher nicht!", erwiderte Eddis Vater.

„Aber ich möchte, dass sie diese grässlichen Bänder loswird. Und ich kann doch nicht mit ihr nach Hause gehen. Mein Rollstuhl kommt erst in ein paar Tagen."

Ben wandte sich betroffen ab. Schon jetzt wurde Eddi mit den Folgen des Unfalls konfrontiert, mit den Hindernissen und Einschränkungen, die er vermutlich sein Leben lang würde hinnehmen müssen.

„Da Fräulein Ansgar dir nicht weglaufen wird, könnte ich dich tragen", schlug Ben vor.

„Darf ich, Papa?"

„Meinetwegen." Edmund stieg aus und hob seinen Jungen, dessen linkes Bein von oben bis unten eingegipst war, das rechte bis zum Knie, aus dem Auto in Bens Arme. Der Kleine bedankte sich höflich, Fräulein Ansgar, indem sie Ben in den Allerwertesten zu zwicken versuchte, kaum dass Edmund sie von ihren Fesseln befreit hatte.

Eddis Vater zögerte einen Moment, was Ben ebenfalls abwarten ließ. „Ich hatte noch keine Gelegenheit, mich bei dieser seltsamen Touristin zu entschuldigen. Das hole ich aber heute oder morgen nach."

„Tun Sie das." Ben schritt zügig aus, hauptsächlich, damit Edmund der Dritte nicht sehen konnte, wie breit sein Grinsen ausfiel.

„Komm, Fräulein Ansgar, komm!", lockte Eddi, was völlig unnötig war, da die Gans ohnehin nicht von seiner Seite wich. Sehr zu Bens Leidwesen, denn in ihrer Begeisterung, ihren kleinen Freund endlich wieder bei sich zu haben, versuchte sie fortwährend, Ben in seine vier Buchstaben zu zwicken.

Eddi lachte jedes Mal fröhlich auf, wenn Ben einen Sprung vollführte, in dem Versuch, das Tier von sich fernzuhalten.

„Sei vorsichtig, West-Schuster. Der Junge verträgt solche Erschütterungen noch nicht."

„Na prima", murmelte Ben. „Dann nimm du am besten das Fräulein im Auto mit."

„Das wollte Papa doch nicht", warf Eddi ein und schlang seine Arme noch fester um Bens Hals.

„Er wollte sie nicht auf dem Rücksitz haben. Vom Beifahrersitz hat er nichts gesagt."

„Sie sind lustig, Herr Doktor."

„Und ich bin froh, dass es dir so gut geht."

„Ich auch!", seufzte Eddi. „Ist Fräulein Liv noch da? Die ist nämlich auch lustig."

„Ja, sie ist noch da. Und sie hat hier für eine Menge Spaß gesorgt."

„Ich mag das Fräulein Liv."

„Ich auch, Eddi. Ich auch."

Kapitel 16

Vermutlich würde sie Bens Missbilligung auf sich ziehen, doch das hielt Liv für das kleinere Übel. Also kehrte sie nicht in die Tierarztpraxis zurück, sondern begann damit, das, was Fräulein Ansgar dem Pavillon an Dekoration entrissen hatte, zu entwirren und sorgfältig auf dem Rasen auszubreiten. Nur so konnte sie sehen, wie viel Schaden die Gans – dank Livs Verträumtheit – angerichtet hatte.

Bald gesellten sich Marianne und Ursula zu ihr und beäugten die Überreste der Dekoration.

„Die Bänder werden nicht mehr ausreichen", stellte Ursula verstimmt fest.

„Dann werden wir die vom Brunnen abnehmen. Es sind die gleichen Bänder", schlug Marianne vor, was Liv erneut aufzeigte, dass die Vierbrückenerin in jeder Lage den Überblick behielt und zudem ein ausgeprägtes Organisationsgeschick hatte.

„Aber dann wird der Brunnen so … so … nackt sein."

„Er wird uns schon nicht erfrieren."

Kichernd schaute Liv auf, die mithilfe von Bens Taschenmesser gerade einen weiteren Knoten abgetrennt hatte, der sich nicht mehr lösen ließ. Die Frau besaß tatsächlich Humor. Womöglich war es aber auch nur Galgenhumor.

Marianne wandte sich zu den beiden anderen Frauen um. Diese waren dazu übergegangen, die Überreste der Podestdekoration zu entfernen. Auch hier musste von vorn begonnen werden. „Habt ihr vielleicht noch rote und weiße Bänder übrig? Oder etwas zu Hause, was wir für den Brunnen verwenden können?" Beide verneinten, was Liv einen bösen Blick von Ursula einbrachte. Aus einem für Liv nicht erkennbaren Grund war dem Mädchen der kleine moosbewachsene Brunnen offenbar sehr wichtig. Sie zögerte einen Augenblick, ehe sie sich erhob. „Ich habe da etwas“, sagte sie nur und eilte davon.

Geraume Zeit später kam Liv mit roten Stoffstreifen zurück, die weiß gepunktet waren. „Was denken Sie?“ Fragend hob sie die Hände.

„Die sind akzeptabel“, brummte Walli.

„Vielen Dank, Fräulein Liv.“ Ursula versuchte sich an einem vorsichtigen Lächeln.

„Dann kümmere ich mich um den Brunnen und bringe Ihnen die Bänder von dort“, bot Liv weiter ihre Mithilfe an.

„Gut.“ Marianne nickte ihr zu, nachdem ihr Blick lange auf Livs Friedens- und Hilfsangebot geruht hatte. „Die rote Farbe ist nicht ganz so kräftig wie die der anderen Schmuckbänder, aber da der Brunnen etwas abseitssteht, wird das wohl niemanden stören.“

Damit war Liv für ihre neue Aufgabe entlassen. Sie ging hinüber zu dem Brunnen, aus dessen schlankem Metallrohr klares Wasser in das Becken sprudelte. Da ihr durch das schnelle Laufen warm geworden war, tauchte sie eine Hand in das kühle Nass und benetzte ihren Nacken und ihr Gesicht. Dabei entdeckte sie eine Gedenkplakette. Diese war von einem leichten Moosbewuchs bedeckt, dennoch konnte Liv die Worte *Dankbarkeit* und *Weiß* erkennen. Nun erschloss sich ihr, weshalb der Brunnen Ursula so sehr am Herzen lag. Offenbar war er aus Dankbarkeit für ein Mitglied der Familie Weiß aufgestellt worden.

Zufrieden lächelnd legte sie die Stoffstreifen ab und machte sich ans Werk. Gerade als sie damit fertig war, die Lichterkette erneut anzubringen, gesellte sich Marianne zu ihr, die prüfend den Blick über die Gesamtkomposition gleiten ließ.

„Gut gemacht.“

„Danke, Fräulein Marianne. Und vielen Dank, dass Sie vorhin für mich Partei ergriffen haben.“

„Nun bilden Sie sich mal nichts darauf ein. Es ging vielmehr darum, den Frieden in Vierbrücken zu erhalten.“

„Natürlich!", erwiderte Liv und schüttelte leicht den Kopf. Offenbar hatte sie Mariannes Intention völlig falsch eingeschätzt. Es würde also doch nicht zu einer Annäherung zwischen ihnen beiden kommen.

„Aber das mit dem Weiß-Brunnen haben Sie gut gemacht."

„Danke."

Trotz des Lobes zupfte Marianne noch an einigen Stellen herum, wohl weil sie diese für verbesserungswürdig hielt. Liv sah ihr mit geneigtem Kopf zu. „Also doch nicht so gut?", fragte sie schließlich.

Marianne richtete sich auf und stemmte die Hände in die Seiten. „Ich sprach von Ihrem Friedensangebot an Ursula. Denken Sie etwa, ich sehe nicht, dass das einmal Ihre Bluse war? Ursula war sehr gerührt, als ich sie darauf hinwies, dass Sie für die Dekoration des Weiß-Brunnens eines Ihrer Kleidungsstücke geopfert haben."

„Oh, das haben Sie bemerkt?"

„Ich habe ein Auge für derlei, Fräulein Liv. Und ich weiß eine gute Tat zu würdigen. Wenn man bedenkt, dass Sie das alles hier nicht interessieren müsste", Marianne vollführte eine weit ausholende Armbewegung, „bin ich doppelt beeindruckt. Und dankbar." Damit hob sie die roten und weißen Bänder auf, machte auf dem Absatz kehrt und ging davon.

Liv sah ihr mit hochgezogenen Augenbrauen nach, doch erst als Marianne hinter einer der Buden und damit aus ihrem Sichtfeld verschwunden war, wagte sie es, kurz aufzulachen. „Marianne Schuster. Du hast ja tatsächlich ein Herz."

Beflügelt von Mariannes Entgegenkommen, beschloss Liv, dass es diese Annäherung wert war, Bens Missfallen auf sich zu ziehen. Nach einem letzten Blick auf den geschmückten Brunnen kehrte sie nicht zur Praxis zurück, sondern fand sich erneut beim Pavillon ein. Sie half den Frauen, die noch unversehrten Blumen so umzusetzen, dass die kahlen Stellen nicht mehr so sehr auffielen. Gut eine Stunde später, sie nahm mit ihren erdverkrusteten Fingern gerade eine Blechtasse mit Wasser entgegen, tauchte Curt auf dem Festplatz auf.

„Hier bist du, Liv. Ich habe dich gesucht."

„Hab ich schon wieder etwas angestellt?"

„Du solltest dringend an deinem Selbstbild arbeiten."
„So etwas in der Art hat Pfarrer Schlecht auch gesagt."
„Zum einen ist Ben auf der Suche nach dir."
„Oh nein, es ist ein Tier verendet, weil ich nicht –"
„Beruhige dich. Unsere Tiere haben noch nie so viel Aufmerksamkeit erhalten wie jetzt, da du bei Ben arbeitest."
„Es ist nett, dass du das sagst, aber maßlos übertrieben."
„Wie auch immer. Liv, die Luxuskarosse der Amerikaner springt nicht an. Vielleicht könntest du mal danach sehen."
„Ich komme, sobald ich –"
„Würdest du mich bitte sofort begleiten? Ich habe Prestler gesagt, wir hätten hier in Vierbrücken selbstverständlich einen Automechaniker."
„Den kenne ich ja noch gar nicht. Ein Weiß? Oder ein Stein? Oder vielleicht doch ein Ost-Schuster?"
„Ja, mach dich nur lustig über mich. Das habe ich verdient. Aber bitte repariere nebenbei den Wagen."
„Es tut mir leid, Curt, ich würde dir wirklich gern helfen. Allerdings habe ich hier noch viel zu tun."
„Nun gehen Sie schon!" Marianne gesellte sich zu ihnen. „Amerikanische Gäste sind hier gern gesehen, aber sehr selten. Wenn Mr Prestler und seine Begleiter ihren Verwandten und Bekannten unser wunderschönes Vierbrücken weiterempfehlen, wäre das nur gut für uns."

Liv wollte anmerken, dass sie selbst nicht aus Vierbrücken stammte und Hamburg ebenfalls gern zahlungskräftige Touristen begrüßte, behielt das im Hinblick auf Curts flehenden und Mariannes abschätzigen Blick jedoch lieber für sich. „Wenn Sie mich hier entbehren können, dann mache ich das natürlich."
„Nicht nur das, ich begleite Sie sogar zum Hotel." Marianne drückte Ursula Schere und Garnrolle in die Hand und hakte sich bei Liv unter. Die folgte dem Drängen der jüngeren Frau, warf Curt aber einen hilflosen Blick zu, der ihnen in einigem Abstand folgte und nicht weniger überrascht mit den Schultern zuckte.

So untergehakt erregten die beiden Frauen ein nicht geringes Aufsehen, jedenfalls standen unverhältnismäßig viele ältere Menschen hinter den Fenstern. Jene Einheimischen, denen sie auf der Straße begegneten, drehten sich neugierig nach dem ungleichen Paar um.

Liv, die zu durchschauen meinte, was Marianne mit ihrer Begleitung bezweckte, lächelte vergnügt vor sich hin. Anscheinend hatte sie gerade den Ritterschlag von Vierbrücken erhalten. Wenn Marianne, die sehr offen ihre Missbilligung über die Touristin geäußert hatte, nun so kameradschaftlich mit ihr durch die Straßen flanierte, signalisierte das jedem, dass Liv inzwischen anerkannt war. Sie wichen beide – rein aus Gewohnheit – dem nicht mehr vorhandenen Loch im Gehsteig aus und überquerten den Fluss über die breiteste, eigentlich nicht existente fünfte Brücke. Erst auf dem Parkplatz des Hotels stieß Curt wieder zu ihnen, fast so, als habe er einen gewissen Sicherheitsabstand zu den Frauen einhalten wollen.

„Der ist es." Curt deutete auf einen Mercedes-Benz, von dem Liv annahm, dass die Amerikaner ihn nur für die Dauer ihres Deutschlandaufenthaltes gemietet hatten.

„Das ist eine 300er-Limousine", murmelte sie vor sich hin und wandte sich zu Marianne um. Ihr war beim Anblick des pompösen Wagens wieder eingefallen, dass Marianne ein Elvis-Presley-Konzert angekündigt hatte. „Wie haben Sie denn das Problem mit dem Konzert gelöst?"

„Natürlich ganz elegant." Mehr verriet Marianne nicht.

Liv nickte und öffnete die Kühlerhaube, um sich – oder vielmehr ihr belustigtes Schmunzeln – darunter zu verstecken. Frontalangriffe auf ihre Fehler mochte das Mädchen nicht. Das bewies ihr nun wieder äußerst hochnäsiger Tonfall.

„Ah, da ist ja einer der Gäste." Marianne setzte ihr charmantestes Lächeln auf, nahm eilig die Schürze ab und tastete nach ihrer Frisur, wobei sie wohl feststellte, dass sie noch immer das unvorteilhafte, wenn auch modisch gebundene Kopftuch trug. Liv grinste schief, Curt verdrehte die Augen. Gleichzeitig drehten sie sich um, weil sie sehen wollten, für wen Marianne sich da zurechtzumachen versuchte. Es war einer der Amerikaner, der trotz der Hitze dieses Junitages einen schwarzen Anzug samt Krawatte trug. Er kam direkt auf sie zu und schenkte Marianne ein Lächeln, das tiefe Grübchen in seine Wangen zauberte. Liv glaubte, ein verzücktes Seufzen zu hören. Ernüchtert beugte sie sich erneut in den Motorraum. Dieser Mann, nicht Mariannes Anerkennung gegenüber Liv, war also der Grund dafür gewesen, dass Marianne sie zum Hotel begleitet hatte.

„Sieh an, unsere heimatverbundene Marianne flirtet mit einem wohlhabenden Fremden", flüsterte Curt.

Liv boxte ihm gegen den Oberarm. „Lästern steht dir nicht, Herr Notar. Oder höre ich da Eifersucht heraus?"

„Kümmerst du dich lieber mal um den Motor? Davon scheinst du mehr zu verstehen als von zwischenmenschlichen Beziehungen."

„Marianne umgarnt ihn sicher nur, damit er, sobald er wieder in der Heimat ist, seine amerikanischen Freunde zu einem Urlaub hier animiert. Alles zum Wohle von Vierbrücken."

„Motor, nicht Beziehungen!"

Liv kicherte und verschaffte sich einen ersten Überblick. „Kannst du dich mal reinsetzen und versuchen, den Wagen zu starten?"

„Sicher, ich muss nur dem reichen, umgarnten Sprössling die Schlüssel abluchsen."

„Dann tu das. Vielleicht erlöst du ihn damit von einer Marianne, die versucht hat, über Nacht die englische Sprache zu erlernen."

„Heißt es nicht, dass die Sprache der Liebe universal ist? Da ich aber nur einen Schlüssel möchte – hilf mir bitte auf die Sprünge. Mein Englisch ist ziemlich eingerostet."

„Key."

„Ach, klar."

Liv ließ ein halb genervtes, halb belustigtes Prusten hören, schielte jedoch an der Motorhaube vorbei. Der Amerikaner überreichte Curt nicht nur den Schlüssel, sondern folgte ihm und gesellte sich zu Liv. Marianne tat es ihm gleich und besah sich interessiert den Motorraum.

„Ich bin Ben", stellte der Mann sich in breitem amerikanischen Englisch vor und streckte Liv die Hand hin. Sie betrachtete kurz seine Finger, die verrieten, dass er sich bereits am Motor zu schaffen gemacht hatte, und drückte fest zu.

„Liv. Und, bitte: Darf ich dich Benny nennen? Hier gibt es entschieden zu viele Menschen mit dem gleichen Namen."

„Benny ist gut."

„Also, was hast du schon ausprobiert?"

Benny gab ihr einen kurzen Überblick. Schließlich versuchte Curt, den Wagen zu starten, der aber keinen Mucks von sich gab.

„Hört sich eher nach dem Anlasser an."

„Und das ist schlecht?"

Liv kam nicht dazu, Bennys Frage zu beantworten, weil sich Marianne energisch zwischen sie drängte. Offenbar hatte sie ihre nie zuvor gebrauchten Englischkenntnisse nach ein paar Brocken durchsucht, die sie nun anbrachte, wobei sich weder Liv noch Benny erschloss, wovon sie eigentlich sprach. Über Mariannes Kopf hinweg sahen sie sich irritiert an. Dieser Blickwechsel ließ Marianne genervt schnauben, dann ging sie mit den Worten davon, dass sie im Hotel etwas wirklich Wichtiges zu erledigen habe.

„Keine Angst, so schnell gibt Marianne nicht auf."

Benny nickte, grinste Liv breit an und stützte sich, Livs Beispiel folgend, mit beiden Händen auf das Blech. „Sie ist süß."

„Das findet nicht jeder. Aber wenn du der Meinung bist, dann gut. Marianne ist eine wichtige Stütze dieser Ortschaft." Liv überlegte, mit welchen Worten sie dem wohlhabenden Amerikaner das Mädchen noch anpreisen könnte. Dabei wäre sicher nicht hilfreich zu erwähnen, dass Marianne wohl niemals aus Vierbrücken wegziehen würde. Wobei – wäre erst die Liebe im Spiel …

„Sie ist sehr hübsch und eine aufsehenerregende Erscheinung." Benny war wohl schon überzeugt.

„Das stimmt. Sie ist eine echte Schönheit. Und so zart und zugleich fürsorglich."

„Soll ich den Motor noch mal starten?" Curts Stimme erinnerte Liv daran, dass der Notar sie hören konnte, Englisch sicher deutlich besser verstand, als dass er es sprach, und vielleicht ein kleines bisschen eifersüchtig war.

„Ist sie noch ungebunden?"

„Soweit ich weiß“, erwiderte Liv ausweichend. Von Curt kam nichts. Weder Protest noch ein Aufmucken des Mercedes.

„Tot“, attestierte Liv. *Will Curt sich wirklich tot stellen, was Marianne anbelangt?* „Die Verständigung könnte etwas schwierig werden“, sagte sie zu Benny. *Wenn man bedenkt, wie gnadenlos offen Marianne sagt, was sie denkt …*

„Du kannst doch übersetzen.“

„Ja, das kann sie!“, kam es auf Englisch und überaus eifrig aus dem Wageninneren. Liv verdrehte die Augen. Liebesgeflüster würde es in Anwesenheit einer Dolmetscherin sicher nicht geben. Spekulierte Curt genau darauf?

„Aber vielleicht solltest du Marianne zuerst einmal sagen, wer ich bin.“

„Außer Benny?“ Liv richtete sich auf. Hier konnte sie ohne einen neuen Anlasser vermutlich nichts ausrichten. Also wandte sie ihre ungeteilte Aufmerksamkeit dem gut aussehenden Amerikaner neben sich zu. Sein Anzug, die glänzenden Schuhe, der modische Haarschnitt … Alles deutete auf einen Sohn aus gutem Hause hin. Die Tatsache, dass er sich einen Urlaub in Deutschland leisten konnte, sprach ebenfalls für eine gute Partie – wie ihre Großmutter es nennen würde.

Benny beugte sich ihr entgegen, wohl um zu vermeiden, dass Curt ihr Gespräch weiter mithören konnte. „Ich bin Alvis Prestlers Chauffeur.“

Liv schluckte. Da hatte sie ja gehörig danebengelegen. Und Marianne? „Ein ehrenwerter Beruf.“

„Ich sollte wissen, wie man einen streikenden Wagen wieder ans Laufen bringt.“

„Das kann man lernen.“

„Hast du ein passendes Ersatzteil in der Werkstatt?“

Curt hüstelte.

Liv grinste. Sie fand es interessant, dass Benny keine Probleme damit hatte, eine Frau als Monteurin und Werkstatteigentümerin zu sehen.

„Zuerst werde ich den Anlasser ausbauen und mir ansehen. Dazu brauche ich allerdings das Werkzeug aus *meiner Werkstatt.*“

„Ich habe nie gesagt, dass wir hier eine Werkstatt haben", beteuerte Curt, der noch immer hinter dem Steuer saß, auf Deutsch. „Na gut, ich habe auch nicht widersprochen."

„Und jetzt?"

„Ich hole Werkzeug." Das Auto schaukelte leicht, als Curt ausstieg. Offenbar hatte er es eilig, das Weite zu suchen.

„Ich sehe mal nach Miss Marianne." Benny lächelte versonnen und schlenderte davon. Liv ließ die Motorhaube offen, setzte sich aber hinters Steuer. Begeistert strich sie über das Lederlenkrad und die Chromteile, betrachtete die edle Ausstattung und nickte anerkennend wegen des bequemen Sitzes. Entsprechend zuckte sie zusammen, als sie in unmittelbarer Nähe plötzlich Stimmen hörte. Eine davon gehörte Alvis Prestler, die andere einem seiner Reisebegleiter.

„Wie weit bist du mit den Landaufkäufen?"

„Ein Bauer namens Stein hat schon zugesagt, uns ein Grundstück in Hanglage zu verkaufen. Seine Forderungen sind ein Witz – zu unseren Gunsten. Natürlich ahnt der Kerl nicht, was wir planen. Die Wiese ist zwar steil, was den Bau des Hotels erschweren wird, dafür ist die Aussicht sensationell. Mit einem zweiten Bauern bin ich ebenfalls im Gespräch. Das Grundstück ist deutlich ebener, die Aussicht aber nicht so gut. Südlage am Waldrand. Wir müssten einen Teil des Waldes kaufen und roden lassen."

Liv rutschte vorsichtig tiefer. Was sie da hörte, behagte ihr gar nicht. Landaufkäufe weit unter Wert, mehrere Hotels, Waldrodungen …

„Ich will beide Grundstücke. Mir gefällt der Gedanke an ein Hotel mit Aussicht in Hanglage. Dort werden wir einen kleinen Skilift anbringen und eigens für die Kinder der Gäste einen Skilehrer anstellen. So nehmen wir auf jeden Fall auch noch das Wintergeschäft mit. Aber da ich hier unbedingt ein Hotel mit Innen- und Außenpool bauen will, brauche ich einen weiteren Bauplatz, der leichter zu handhaben ist."

„Dann bemühe ich mich um beide Ländereien."

Liv presste die Lippen zusammen. Die Aussicht, dass in diesem idyllischen Tal bald zwei riesige Hotels gebaut werden könnten, behagte ihr gar nicht. Wusste Curt davon? Sah er darin einen wirtschaftlichen

Aufschwung für Vierbrücken? Was aber würde mit dem Hirschen geschehen? Außerdem konnte er doch nicht einfach die Übervorteilung der Landwirte zulassen!

„Für nostalgisch veranlagte Feriengäste will ich noch ein kleines Hotel direkt im Dorfkern haben. Dafür eignet sich eines von diesen urigen Schwarzwaldhäusern."

„Das, in dem sich der Schönheitssalon befindet, ist recht hübsch. Es liegt direkt an der Hauptstraße, mit Blick auf den Fluss und die gegenüberliegenden Hänge."

„Hübsch, aber zu klein", widersprach Prestler zögernd.

Liv atmete erleichtert aus. Niemand durfte Rita aus deren geliebten Salon vertreiben!

„Es sei denn", fuhr der Mann fort, „wir schaffen eine Verbindung zum benachbarten Haus. Dort wohnt meines Wissens der Dorfarzt, zudem ist darin eine Tierarztpraxis untergebracht."

„Der Arzt wohnt zur Miete, die Tierarztpraxis ist gepachtet. Die Vermieterin ist eine ältere Frau, leider auch eine Schuster, sodass ich nicht weiß, ob die Betroffenen miteinander verwandt sind. Aber die Frau ist Witwe und hat eine Tochter. Sie wäre bestimmt offen für eine Finanzspritze."

Liv meinte zu hören, wie sich der Jüngere voll Vorfreude die Hände rieb.

„Leider gehört der Frisörsalon der Inhaberin, Rita Stein. Sie ist mit dem Bürgermeister verwandt. Aber wir können sie bestimmt mit der Aussicht auf je einen gut ausgestatteten Salon in unseren Hotels locken. Sie wissen schon: zahlungskräftige Touristen aus aller Welt mit hohen Ansprüchen, viel Trinkgeld. Wir werden schnell herausfinden, ob sie den Ansprüchen unserer Gäste genügt, und können sie dann immer noch feuern."

„Ich weiß schon, weshalb ich dich eingestellt habe, Baxter." Prestler lachte dröhnend.

„Ein Problem sehe ich allerdings in der Sägemühle. Nicht nur, was die Holzfällarbeiten in den umliegenden Wäldern betrifft, weshalb die Wanderwege von Zeit zu Zeit gesperrt sind. Hier im Ort ist der

Maschinenlärm nicht zu hören, wohl aber in der Gegend, wo sich das Südlagen-Grundstück befindet."

„Wie ich erfahren habe, ist erst kürzlich ein Kind des Sägewerksbesitzers verunglückt. Übrigens auch ein Schuster."

Baxter lachte.

„Den Gerüchten zufolge braucht die Familie Geld", wusste Prestler. „Vielleicht könnte man da ansetzen."

„Sie meinen, bei seinem Unternehmen? Durch eine finanzielle Beteiligung. Mit baldiger Übernahme, von der er natürlich nichts weiß."

„Es könnte einige Zeit dauern und unangenehm werden. Aber wenn wir das Werk am Ende schließen könnten, wäre es das wert."

„Am besten, nachdem Schuster für uns noch die Bäume da oben abgeholzt hat." Jetzt klang Baxter hämisch.

„Kein Wort zu Ben. Der scheint gerade mit der Tochter der Schuster-Witwe anzubandeln. Das könnte für uns nützlich sein."

„Es ist wie immer, Mr Prestler. Ihnen fällt einfach alles in den Schoß."

Schritte entfernten sich, andere kamen näher.

„Liv?"

Schnell schob sich die Angesprochene im Sitz nach oben und stieg aus dem Wagen. Curt streckte ihr einen mit allerlei Werkzeugen gefüllten Holzkasten entgegen.

„Wir müssen reden!", stieß Liv hervor, zögerte dann aber. Steckte Curt mit den Amerikanern unter einer Decke? Weil dabei auch etwas für ihn heraussprang? Denn woher sonst sollten die Geschäftsleute in so kurzer Zeit ihre Informationen erhalten haben?

„Es tut mir leid, dass ich das Missverständnis nicht sofort aufgeklärt habe." Zerknirscht senkte Curt den Kopf. Liv musterte den Mann einen Augenblick und entschied dann, dass er zu den Guten gehörte.

„Vergiss es. Die Amerikaner haben übrigens ein ganz krummes Ding geplant."

„Ich verstehe nicht."

Liv nahm Curt den Werkzeugkasten ab, ergriff ihn mit der freien Hand und zerrte ihn hinter sich her über die Brücke und nach links auf den friedlich im Sonnenlicht daliegenden Friedhof.

Hastig, regelrecht aufgelöst, erzählte sie von dem, was sie unfreiwillig mitgehört hatte. An Curts zunehmend dunkler werdender Gesichtsfarbe sah sie deutlich, dass Prestler seine Informationen nicht von ihm haben konnte, ja Curt nicht einmal gewusst hatte, warum die Amerikaner hier waren.

„Die Hirschen-Alma und ihre Englischkenntnisse!", polterte Curt los, als Liv endlich eine Pause machte, um Luft zu holen.

„Die jedoch niemals ausreichen würden, um den Amis all diese Informationen über die Dorfbewohner zuzutragen."

„Stimmt." Curt hatte die Hände tief in den Taschen seiner Stoffhose vergraben. Sein Haar war zerwühlt, sein Hemd hinten aus der Hose gerutscht, und er lief wie ein gefangener Tiger zwischen zwei Gräberreihen hin und her. Plötzlich blieb er stehen. Gleichzeitig mit Liv stieß er hervor: „Die Binokel-Männer!"

„Die größten Tratschtanten südlich von Hamburg", murmelte Liv. Curt hatte sich einer freien Wiesenfläche zugewandt und ballte die Hände zu Fäusten, die Oberarmmuskeln angriffslustig angespannt. Besorgt kniff Liv die Augen zusammen. Der Mann sah aus, als überlege er bereits, an welcher Stelle er die Grabsteine für die vier passionierten Kartenspieler aufzustellen gedachte.

Nachdenklich spielte Liv mit ihrer Halskette. Sie mussten doch etwas tun können. Irgendetwas …

„Curt, ich habe eine Idee."

„Ich fürchte, Fräulein Ansgar auf die Amerikaner zu hetzen, wird nicht ausreichen."

Liv lachte kurz auf. Curt und die Gans … „Aber dafür brauchen wir die Binokel-Männer, also lass sie bitte am Leben."

Curt kam mit großen Schritten näher. Erleichterung zeichnete sich auf seinem zuvor so verkniffenen Gesicht ab.

„Und wir brauchen Marianne."

„Sie wird mit von der Partie sein, wenn sie erfährt, was du mir gerade erzählt hast."

Liv war sich dessen nicht so sicher. Immerhin schien das Mädchen Benny zu mögen. Und sie, Liv, würde nun dafür Sorge tragen, dass

Benny seine Miss Marianne schon bald nicht mehr so großartig fand. Was Curt wiederum gefallen dürfte …

Isolde von Salbach war momentan nicht sonderlich gut auf ihn zu sprechen, was Peter so gar nicht behagte. Er konnte es sich nicht leisten, den Zorn der Matriarchin auf sich zu ziehen. Nicht, nachdem Liv …

Er hatte einen weiteren Fehler begangen, indem er sich am Vortag nicht bei der Grande Dame gemeldet hatte. Peter hatte keinen Grund dafür gesehen, schließlich war er nur ziellos durch die Gegend gefahren, ohne Liv auch nur einen Schritt näher zu kommen. Der Schwarzwald war bergig und groß, und in seinen Tälern gab es unzählig viele kleine Ortschaften. Dazu klebte an nahezu jedem Hang ein Bauernhaus, und es gab verstreut daliegende Wohnhäuser und Hotels auf den Anhöhen. Peter wollte gar nicht wissen, an wie vielen Weilern er einfach vorbeigefahren war, weil er sie schlicht nicht gesehen hatte. In einem davon könnte Liv sein.

An diesem Abend nun hatte er Gräfin von Salbach angerufen, um ihr zu versichern, dass er nicht aufgeben würde. Und weil er hatte in Erfahrung bringen wollen, ob Liv zurückgekommen war oder der Zeitungsreporter einen weiteren Artikel verfasst und darin womöglich sogar Livs Aufenthaltsort genannt hatte.

Peter hatte die alte Dame noch nie so aufgebracht erlebt. Ihre barschen Worte bereiteten ihm gehörige Bauchschmerzen. Allerdings wusste er jetzt zumindest, wo Liv war. Jemand hatte sie … verraten.

„Vierbrücken“, murmelte Peter vor sich hin und breitete die zerknitterte Straßenkarte auf der Kühlerhaube aus. Er brauchte trotz des Rasters lange, bis er den winzigen roten Punkt inmitten der grünen Fläche mit den vielen X gefunden hatte, die für bewaldete Berghänge standen. Frustriert stöhnte er auf. Er war zwei Tage zuvor – von Rottweil kommend – durch Schramberg, Schiltach und Haslach gefahren und dabei an Vierbrücken vorbeigekommen, allerdings hatte sich zwischen Liv und ihm einer jener Berge befunden. Keiner von den Einheimischen, die er angesprochen hatte, hatte die Tatsache für erwähnenswert gehalten, dass sich hinter dem nächsten Bergrücken eine weitere Ortschaft versteckte.

Peter fuhr sich mit einer Hand durchs Haar. Ein Windstoß blähte die Karte auf und riss sie beinahe mit sich. Die Gräser am Straßenrand duckten sich raschelnd, von den Bäumen drang ein bedrohlich wirkendes Brausen herüber. Gleich darauf legte sich der Spuk wieder. Erneut zwitscherten die Vögel, zirpten die Grillen und tanzten Schmetterlinge über die Blütenköpfe auf der Wiese, vor der er geparkt hatte.

Wäre er fantasievoller veranlagt, würde Peter behaupten, der Schwarzwald hätte ihn gerade kurz, aber hämisch ausgelacht. Sein Blick wanderte in Richtung Sonne, doch Peter war zu sehr Stadtmensch, um bestimmen zu können, wie lange sie wohl noch am tadellos blauen Himmel stehen würde. Also schaute er auf seine Armbanduhr und beschloss, sich ein Hotel zu suchen und erst am nächsten Tag nach Vierbrücken zu fahren. So wollte er verhindern, mitten in der Nacht dort anzukommen und womöglich unter einer Brücke schlafen zu müssen.

Er faltete die Karte zusammen und setzte sich wieder hinters Steuer. „Ich komme, Liv", murmelte er, ehe er den Wagen anließ. Dabei war ihm durchaus bewusst, dass dies Liv überhaupt nicht gefallen würde. Immerhin war sie nicht grundlos untergetaucht. In einem winzigen Punkt auf der Karte. Peter schüttelte den Kopf.

„Wo warst du?"

Liv lächelte den aufgebracht wirkenden Ben herzlich an, was diesen misstrauisch die Augen zusammenkneifen ließ. „Ich revidiere meine Frage. Was hast du vor?"

„Ich habe geholfen, den Schaden zu beheben, den Fräulein Ansgar auf dem Festplatz angerichtet hat."

„Damit schiebst du der Gans die Schuld zu."

„Sei nicht kleinlich." Liv lächelte weiterhin und stellte sich dicht vor Ben, was sein Stirnrunzeln wegwischte. Genau, wie Liv es gehofft hatte.

„Dann habe ich versucht, den Wagen der Amerikaner wieder zum Laufen zu bringen. Leider vergebens. Sie brauchen einen neuen Anlasser."

„Interessant." Ben verschränkte die Arme vor der Brust, nahm sie aber sofort wieder herunter. Er schob seine Hände, die auffällig rot und rau waren, was er vermutlich der Gans zu verdanken hatte, in die Hosentaschen, nur um sich kurz darauf mit ihnen durchs Haar zu fahren. Anschließend verschränkte er die Arme wieder. Liv legte die Hände auf seine Unterarme, ehe das nervöse Gebaren von vorn beginnen konnte.

Sie fühlte die Wärme seiner Haut und betrachtete kurz die dunklen Härchen auf seinen Armen, ebenso die hervorstehenden Adern. Schließlich ermahnte sie sich selbst zu mehr Konzentration auf das, was sie vorhatte. Dabei würde es sicher helfen, Ben nicht zu berühren. Also zog sie die Hände zurück und legte sie hinter ihrem Rücken ineinander. „Ich habe eine Frage."

„Die da wäre?"

„Du sagtest, es gibt den Verdacht auf Tollwutfälle in der Gegend."

„Jedenfalls hat das Kalb hinter meiner Praxis keine Tollwut."

„Was aber noch niemand weiß, oder?"

„Nein?" Ben zog das Wort in die Länge, während er ihr tief in die Augen blickte. Dabei fanden seine Hände wohl endlich den von ihnen angestrebten Platz: links und rechts an Livs Taille.

„Könntest du das bitte noch eine Weile für dich behalten?"

„Hm?" Ben beugte sich ihr entgegen.

„Dr. Bernhard Schuster! Ich versuche, eine wichtige Unterhaltung mit dir zu führen."

„Mach ruhig."

„Ein Brummlaut als Antwort ist nicht hilfreich."

„Ja."

„Was, ja?"

„Ich behalte es für mich." Bens Hände schlossen sich fester um ihre Taille, gleichzeitig zog er sie dichter zu sich.

„Was genau behält er nun für sich?", murmelte Liv, was Ben sein unglaublich aufregendes Lachen entlockte.

„Das mit der Tollwut und –"

Liv legte ihm den Zeigefinger auf die Lippen, obwohl sie das eine Menge Anstrengung kostete. Viel leichter wäre es, den sich anbahnenden Kuss zuzulassen. Und nicht nur leichter …

„Ich hätte damit zu deinem Vater gehen sollen", sagte Liv, unsicher darüber, ob sie ihr Vorhaben wirklich durchziehen konnte. Nicht, wenn Ben sich so verhielt.

Er grinste sie schief an.

„Also nicht, um ihn zu …" Liv errötete. Entschlossen wand sie sich aus seinen Händen, obwohl Ben ihre Taille nicht widerstandslos freigab. Als es ihr gelungen war, hastete sie hinter den Empfangstresen, um ein Bollwerk zwischen sich und dem Tierarzt zu errichten. Dem Tierarzt, für den ihr Herz schlug.

„Hör zu", stieß sie aufgebracht hervor, denn Ben lachte schon wieder. „Die Zukunft von Vierbrücken hängt von den nächsten paar Stunden ab."

„Ob rechtzeitig die Feuerwehr eintrifft, weil du –"

„Sei still!" Etwas sanfter schob sie ein „Bitte" hinterher.

„Es gibt ein gutes Mittel, um mich zum Schweigen zu bringen. Allerdings müsste ich dazu hinter deine Verteidigungsanlage kommen." Ben setzte sich in Bewegung.

„Und, geht es in Ordnung?", kam es plötzlich aus dem Flur.

Nun war es an Liv, aufzulachen. Bens Gesichtsausdruck, als Marianne hereingestürmt kam, war einfach herrlich.

„Dieser Tierarzt ist störrischer als jeder Esel!", erwiderte Liv auf Mariannes Frage.

„Du hast Ben aber doch gesagt, worum es geht?"

„So weit bin ich noch nicht gekommen. Außerdem denke ich wirklich, dass wir ihn raushalten sollten."

„Ihr duzt euch?" Ben schaute perplex von Marianne zu Liv.

„Ach, lieber Ben", Marianne ging auf den Mann zu, „wir Frauen wissen, wann wir zusammenhalten müssen. Und vielleicht geht es sogar in die Annalen von Vierbrücken ein, dass eine Frau zwar beinahe den Untergang unseres schönen Dorfes eingeläutet hätte – lass mich bitte ausreden, Liv –, als sie einst die Schusters entzweite, nun aber eine andere es zu retten versteht."

Liv nickte gewichtig. Selten hatte das Wort „pathetisch" besser gepasst als bei Mariannes kleiner Rede. Ihr Nicken wurde jedoch von einem Stirnrunzeln abgelöst, als ihr der Verdacht kam, dass Marianne gerade nicht von ihr, Liv, sondern von sich selbst gesprochen hatte. Entrüstet stemmte sie die Hände in die Taille – dorthin, wo sie noch immer Bens Berührungen zu spüren glaubte. Schließlich war es *ihr* Plan, der Vierbrücken vor der Übernahme durch die Amerikaner retten sollte, nicht Mariannes.

„Was ist hier eigentlich los?" Ben trat einige Schritte zurück. Ihm war es wohl nicht ganz geheuer, unmittelbar zwischen Liv und Marianne zu stehen. Marianne lächelte Liv an – offenbar war ihr gerade der gleiche Gedanke gekommen – und Liv erwiderte das Schmunzeln.

„Erzähl du bitte, Liv, warum wir von Ben wissen müssen, welche Symptome ein tollwütiges Tier aufweist. Und dass wir morgen seine Unterstützung brauchen. Ich sorge inzwischen dafür, dass einer der Tische weit genug abseitssteht."

„Gut, aber du sagst Curt, welche zusätzliche Rolle wir uns für ihn ausgedacht haben."

Marianne kicherte, stellte sich auf die Zehenspitzen und hauchte Ben einen mehr als flüchtigen Kuss auf die Wange. Nachdem sie gegangen war, berichtete Liv von dem, was sie gehört hatte und was sie als Gegenmaßnahmen planten. Ben schwieg die ganze Zeit über. Er hatte wohl beschlossen, sein Binokel-Gesicht aufzusetzen. Deshalb konnte Liv einfach nicht ausmachen, was er von ihrem Plan hielt.

Nachdem sie geendet hatte und Ben weiterhin an ihr vorbei aus dem Fenster schaute, fragte sie sich ernsthaft, ob Mariannes Andeutung eines Wangenkusses eine Art Kurzschluss bei ihm ausgelöst hatte. Wie der Mercedes gab auch Ben keinen Mucks mehr von sich. Sie betrachtete den Mann eine Zeit lang, dann ging sie auf ihn zu, küsste ihn auf die andere Wange – weit weniger flüchtig, als Marianne das getan hatte – und sah zu, dass sie wegkam.

Kapitel 17

Der Morgen des Sommerfestes begann mit einem fröhlichen Vogelkonzert und einer Sonne, die strahlend und warm über den bewaldeten Bergen aufging und die Nebelschleier innerhalb von Sekunden auflöste.

Es war noch sehr früh, als Liv das Hotel verließ. Angetan war sie mit der teuersten Garderobe, die sie eingepackt hatte: einem ärmellosen himmelblauen Kleid aus Paris mit Schiffchenausschnitt, zwölf Zentimeter hoher Taille und – was ziemlich unpraktisch war – einem knöchellangen Chiffonrock. Dieser bauschte sich fast so voluminös auf, als trüge sie darunter eine Krinoline aus dem vorigen Jahrhundert.

Wie erwartet traf sie auf dem Festplatz bereits fleißige Vierbrückener an. Einige Frauen bestückten munter plappernd die Stände mit ihren Handarbeiten, andere schleppten in Körben und Wannen klirrendes Geschirr herbei, während zwei Männer die Gulaschkanone aufstellten, in der an diesem Tag Flädlesuppe zubereitet werden sollte, ein Gericht, unter dem Liv sich rein gar nichts vorstellen konnte.

Stromkabel wurden verlegt und Kühlschränke aufgestellt, in die bald schon die ersten selbst gemachten Kuchen und Torten gestellt wurden. Die kleineren Kinder hatten an diesem Samstag schulfrei, und es dauerte nicht lange, bis die ersten von ihnen klatschnass angetrottet kamen, weil sie in den Fluss gefallen waren. Eine der Mütter verdonnerte den Jungen und die beiden Mädchen dazu, sich reglos wie Vogelscheuchen mitten auf den Platz in die Sonne zu stellen, damit sie wieder trockneten. Liv sah die lebenden Statuen an und fand diesen Lösungsansatz bei den jetzt schon hohen Temperaturen weit besser, als die Kinder nach Hause zu bringen und neu anzukleiden.

Nach und nach füllte sich der Tisch für die Tombola mit den gespendeten Gewinnen, daneben lagen Handzettel, auf denen in knappen Worten vermerkt war, wem der Erlös aus allen Einnahmen zugutekommen sollte. Ja, die Vierbrückener hatten eine Mission – genau genommen eigentlich zwei. Denn auch Alvis Prestler sollte heute seinen Teil abbekommen – und dabei handelte es sich nicht um Ländereien.

„Ich hoffe mal, das fällt nicht auf uns zurück."

Liv drehte sich um und fand sich der in Tracht gekleideten Hirschen-Alma gegenüber. Diese knetete nervös die Finger. Offenbar war es Ursula nicht gelungen, ihre Mutter, die gern alles dramatisierte und aufbauschte, zu beruhigen. Vielleicht wäre es besser gewesen, sie nicht einzuweihen.

„Bestimmt nicht, Frau Schuster. Und bedenken Sie doch bitte die Alternative."

„Richtig, richtig. Die Alternative." Alma verdrehte die Augen. „Zwei Luxushotels und ein weiteres, das unserem wohl recht ähnlich wäre, aber im Verbund mit diesen Kolossen die Zimmer günstiger anbieten könnte, und zudem die Nutzung der Annehmlichkeiten wie Skilift und Schwimmbad … Wir müssten innerhalb eines Jahres unseren geliebten Hirschen aufgeben."

„Richtig", pflichtete Liv bei. „Wir versuchen wirklich, dafür zu sorgen, dass die Sommerfestgäste von außerhalb so wenig wie möglich mitbekommen, sodass nicht darüber gesprochen wird oder gar etwas in der Zeitung landet."

„Und Sie glauben –"

„Aber sicher!" Liv war sich überhaupt nicht sicher, ob ihr Plan, den Marianne noch ausgefeilt hatte, tatsächlich Erfolg versprechend war oder ob die ganze Sache gewaltige Wellen schlagen würde, die alle Beteiligten mit sich rissen. Nichts zu tun, war jedoch keine Option. Diese Parole hatte Curt bei der Versammlung am Vorabend verlautbaren lassen.

Die Hischen-Alma blieb noch einen Moment lang unschlüssig stehen, besann sich dann aber auf ihre Aufgabe. Immerhin war sie für den Getränkestand zuständig.

Liv kam nur ein paar wenige Schritte weit, bevor Ben sie am Oberarm ergriff und zum Stehenbleiben zwang. In seiner Begleitung befand sich Edmund der Dritte. Liv wünschte etwas gezwungen lächelnd einen guten Morgen. Seit der Mann sie völlig unberechtigt des Diebstahls und der Werkspionage bezichtigt hatte, war sie ihm geflissentlich aus dem Weg gegangen.

„Fräulein Liv, ich denke, ich sollte noch Abbitte leisten."

„Ähm …", Liv blickte hilflos zu Ben, der allerdings Edmund taxierte, „… das ist doch nicht nötig!"

„Ja dann …"

Liv sah, wie Ben dem älteren Mann die Hand auf die Schulter legte. Was meist eine freundschaftliche oder gar tröstende Geste war, sah im Augenblick vielmehr nach einer Drohung aus. Edmund bewegte die Lippen hin und her, als spüle er den Mund mit Wasser aus. Unwillkürlich trat Liv einen Schritt zur Seite, und prompt spuckte der Mann aus: „Entschuldigen Sie bitte, dass ich Sie so angefahren habe. Das war nicht gerechtfertigt. Nicht, bevor Sie Ihr Anliegen erklären konnten. Und ja, es ist hier üblich, einem Nachbarn in Not auszuhelfen. Nur habe ich in Ihnen keinen Nachbarn gesehen, sondern eine …", Edmunds Blick wanderte zu Ben, der ihm jetzt die Schulter tätschelte, wie er wohl auch einen nervösen Hengst beruhigen würde, „… sondern eine freundliche, hilfsbereite Person, mit der ich allerdings nicht in meinem Arbeitszimmer gerechnet hatte."

Liv hatte Mühe, ernst zu bleiben. Dennoch streckte sie dem Mann die Hand hin, was sie augenblicklich bereute. Sie ging leicht in die Knie, in der Hoffnung, damit dem Schmerz entfliehen zu können. Mit Tränen in den Augen sagte sie: „Ich nehme Ihre Entschuldigung an." Da Edmund keine Anstalten machte, den schraubstockartigen Händedruck zu beenden, fügte sie schnell hinzu: „Und jetzt lassen Sie uns alles für Ihren Sohn geben!"

„Richtig." Der Mann wandte sich mit hängenden Schultern ab. Eigentlich hätte er Livs ganzes Mitgefühl – er litt mit seinem Sohn, und vielleicht war ihm Mariannes Spendenaktion ein klein wenig unangenehm –, aber für echtes Mitgefühl war Liv im Augenblick viel zu sehr damit beschäftigt, nachträglich nicht doch noch einen Schmerzensschrei auszustoßen.

„Was ist?“ Ben trat dicht vor sie und blickte sie besorgt an.

„Der Mann hat versucht, aus meinen Knochen Sägemehl zu machen.“

„Ich werde –“ Ben wandte sich ab und wollte Edmund hinterhereilen, doch Liv stellte sich ihm in den Weg.

„Lass es gut sein. Viel lieber möchte ich wissen, womit du ihn erpresst hast.“

„Seine Entschuldigung war angebracht.“

„Ach, komm schon! Die war erzwungen.“

„Vielleicht ein bisschen“, gab Ben zu. Dabei packte er sie an den Schultern und schob sie vor sich her, vorbei an dem mit ihrer Bluse dekorierten Brunnen und einem weiß blühenden, himmlisch duftenden Jasminstrauch. Dahinter verbarg sich ein schmaler Durchgang zwischen Bens Praxis und der des anderen Dr. Schuster. Da Liv gezwungen war, rückwärtszugehen, sah sie nicht, wohin sie trat, und stolperte prompt über einige auf dem Boden herumliegende Steine. Reaktionsschnell – oder hatte er damit gerechnet? – umfasste Ben sie und zog sie an sich.

„Du wolltest mit mir sprechen.“

Liv benötigte einen Moment, um sich zu erinnern, ob und wann sie diese Bitte geäußert hatte. „Das ist schon eine ganze Weile her.“

„Jetzt bin ich bereit dazu.“

„Gut.“ Liv legte die Hände auf seinen Brustkorb und wollte sich von ihm wegdrücken, was er nicht zuließ. Auf ihren entrüsteten Blick hin grinste er breit.

„Zuerst einmal will ich wissen, womit du Edmund den Dritten erpresst hast.“

„Das war es nicht, wonach du mich fragen wolltest.“

„Oh doch.“

„Das wusstest du noch gar nicht, als du um dieses Gespräch gebeten hast.“

„Die Reihenfolge spielt keine Rolle.“

„Du bist … anstrengend.“

„Das weißt du aber nicht erst seit heute."

„Die Reihenfolge spielt keine Rolle."

Liv lachte und gestattete es sich, ihre Stirn an seine Schulter zu lehnen. Es fühlte sich wunderbar an. Ein wenig so, als wäre sie nach einer langen Reise endlich wieder zu Hause angekommen. Der Gedanke beruhigte und erschreckte sie zugleich. War das die Antwort, nach der sie gesucht hatte? *Vermutlich, allerdings lautet sie anders, als ich gedacht habe.*

„Ich habe Edmund zu Beginn des Jahres dabei erwischt, wie er die Pflastersteine aus dem Gehweg gehebelt hat."

Liv hob den Kopf. „Edmund der Dritte hat das Loch absichtlich gegraben?"

Ben nickte und verstärkte den Druck seiner Arme in ihrem Rücken. „Am Tag davor ist Curt zum Ortsvorsteher gewählt worden. Edmund war sein einziger Gegenkandidat."

„Das war eine … Racheaktion? Das hätte ich von einem Bürger Vierbrückens nie erwartet."

„Na ja, solche Aktionen haben hier eine gewisse Tradition. Und wenn du Edmund fragen würdest, würde er es als eine vorsorgliche Maßnahme für die nächsten Wahlen bezeichnen."

Livs Lachen fiel kurz aus, weil Ben ihr mit dem Daumen über die Wange strich. Dabei hinterließ er eine Spur aus prickelnder Hitze auf ihrer Haut.

„Ich wundere mich bis heute darüber, dass Curt sich nie gefragt hat, warum weder einer der Männer aus Vierbrücken, die das hätten reparieren können, noch das Straßenbauunternehmen im Nachbarort mal eine Stunde Zeit hatten, um den Schaden zu beheben."

„Edmund hat sie bestochen?"

„*Bestochen* ist ein hartes Wort. Vermutlich hat er damit gedroht, ihre Holzbestellungen zweitrangig zu behandeln, falls sie auf Curts Bitte einzugehen gedenken."

„Wo bin ich hier nur gelandet?"

„Du bist in Vierbrücken." Ben zuckte mit den Schultern. „Und genau darüber müssen wir uns unterhalten, Liv."

Liv nickte mit einem Kribbeln in der Bauchgegend und seltsam weichen Knien. Er hatte recht. „Du musst wissen, dass –"

„Ben? Liv? Wo seid ihr denn?" Mariannes Stimme klang sehr nahe. Ben ließ Liv zwar los, allerdings nicht, ohne genervt aufzuseufzen.

„Ach hier. Also, sagt mal?! Was macht ihr an einem so schönen, sonnigen Tag in diesem düsteren Spalt?" Marianne, angetan mit ihrem Trachtenkleid, klang vorwurfsvoll, dennoch meinte Liv, eine Spur Belustigung in ihrer Stimme zu vernehmen. Die Frau war ja alles andere als auf den Kopf gefallen. Doch was bedeutete die heimliche Freude, die Liv herauszuhören glaubte? Dass Marianne nichts dagegen einzuwenden hätte, wenn aus Ben und Liv ein Paar würde? Plötzlich fühlte sich Liv seltsam leicht und beschwingt.

„Du wolltest mir deinen Rasierschaum bringen, Ben", erinnerte Marianne den Mann an seine in ihren Augen wichtigste Aufgabe an diesem Tag.

„Die Himmlisch-Ursi hat ihn."

„Ach, dann ist ja gut."

„Genau, du hättest mich also gar nicht zu suchen brauchen." Ben wandte sich wieder zu Liv um und flüsterte: „Und mich bei etwas extrem Wichtigem stören."

Liv lächelte ihn aufgeregt und voller Vorfreude an und hob dabei weit die Augenbrauen.

„Ach, ehe ich es vergesse", Marianne legte ihre Hand auf Bens Rücken, „Martha Stein sucht dich. Es ist wohl etwas mit einem Kalb, das Marianne oder so heißt. Ich gehe mal davon aus, dass ich den Namen falsch verstanden habe."

„Ganz bestimmt." Ben sah nicht Marianne an, sondern Liv, und zuckte entschuldigend mit den Schultern.

„Geh schon!", flüsterte Liv.

„Ich hoffe, ich verpasse deinen großen Auftritt nicht."

Ben warf die verschmutzte Sonntagshose auf den Boden und roch am Ärmel seines Hemdes. Ja, es trug den Geruch nach Stall an sich, aber da es noch sauber war – und er es eilig hatte –, ignorierte er den strengen Duft und kramte nur eine neue Hose heraus. Dabei stellte er fest, dass er dringend mal wieder waschen sollte. Kurz streifte sein Blick die magere Krawattensammlung, mehr Aufmerksamkeit bekamen die lästigen Kleidungsstücke aber auch diesmal nicht. „Es ist zu heiß", murmelte Ben vor sich hin, verließ das Schlafzimmer und stapfte durch den Flur zur Tür. Dort standen zwei Schuhregale. Das rechte gehörte seinem Vater. Es war beinahe leer, weil sich dessen Schuhe auf dem Boden davor ein fröhliches Stelldichein gaben. Seit Bens Mutter vor fünf Jahren gestorben war, verbreitete Edmund ein kaum erträgliches Chaos um sich herum.

„Nicht mehr lange, hoffe ich." Ben schlüpfte in seine robusten, aber ordentlich geputzten Schnürschuhe und war mit den Gedanken bereits bei Liv. Wenn sie bleiben würde – seinetwegen –, würde er für sie beide ein neues Zuhause finden, vielleicht sogar eines bauen. An diesem Hang von Bauer Klein, von wo er gerade zurückgekommen war und der das Grundstück wirklich gern verkaufen würde. Allerdings nicht mehr an Prestler, so viel stand fest.

Ben hatte Martha noch nie so wütend erlebt wie am Vortag, als er ihr gesagt hatte, was der Amerikaner vorhatte und dass ihr Mann hinsichtlich des Kaufpreises beinahe über den Tisch gezogen worden wäre. Ben zog eine Grimasse. Bauer Klein würde heute vermutlich keinen sehr schönen Tag erleben. Ben schon. Vergnügt pfeifend prüfte er noch einmal sein Erscheinungsbild. Saubere Schuhe, beige Hose, weißes kurzärmeliges Hemd, rasiert … Alles perfekt für ein fröhliches Sommerfest, einen guten Zweck – und einen ganzen Tag mit Liv. „Und abends wirst du sie zum Tanzen auffordern, Ben Schuster. Gleich zum ersten Tanz, und dann wirst du sie nicht wieder loslassen. Tut mir leid, Curt und all ihr anderen Jungs."

Ben verließ das Haus und rang um Atem. Die Hitze war erdrückend. Über den Wiesen und Weiden hinter dem Haus flimmerte die Luft, und der Mäusebussard, der vor dem lichten Blau weite Kreise drehte, würde sich bestimmt auch lieber im Schatten eines Baumes niederlassen.

Etwas weniger eilig, weil er sonst völlig verschwitzt ankommen würde, überquerte Ben kurz darauf den Fluss über die schmale Fußgängerbrücke. Die Holzbohlen ächzten unter seinen Schritten, der kühle Luftzug, der vom gurgelnden Nass darunter aufstieg, war eine Wohltat.

Kritisch beäugte Ben die wenigen entlang des Flusses geparkten Fuhrwerke und Automobile. Es war kurz vor elf Uhr, und somit müssten hier eigentlich mehr Fahrzeuge zu sehen sein. Für gewöhnlich ließen die Leute aus der Umgebung sich gern zu einer Festlichkeit – vor allem, wenn Marianne Schuster sie organisiert hatte – nach Vierbrücken locken. Ben blieb zwischen einem Adler-Motorrad und einem Brezelkäfer stehen, legte den Kopf in den Nacken, kniff die Augen zusammen und wagte einen Blick in das gleißende Sonnenlicht. Ob es den Menschen zu warm war?

Er wischte sich mit seinem Taschentuch den Schweiß aus dem Nacken. Es war entschieden zu heiß, wie schon den ganzen Frühling über. Zu heiß und zu trocken.

Ein Bus näherte sich ihm mit knatterndem und röhrendem Motor, und tatsächlich entstiegen dem Fahrzeug mehrere Familien mit Kindern und einige ältere Leute, die ebenfalls ihre feinste Garderobe zur Schau trugen. Einer der betagteren Männer nickte Ben zu, der erwiderte den Gruß, obwohl er nicht wusste, wen genau er da vor sich hatte. Vermutlich hatte er beruflich mit dem Mann zu tun gehabt.

Ben folgte den Neuankömmlingen, die aus einem der Nachbartäler angereist waren, zum Festplatz, von wo ihm Gelächter, das übliche Stimmenpotpourri und der Duft nach würziger Fleischbrühe entgegenschlugen. Marianne und ihre Helferinnen hatten sich wieder einmal selbst übertroffen. Die rot-weiße Dekoration verbreitete Heiterkeit, die Stände waren gut bestückt, der Pavillon und der Brunnen – die Schmuckstücke des Parks – waren liebevoll dekoriert. Ben warf dem Weiß-Brunnen einen zweiten Blick zu und wandte sich irritiert ab. Vermutlich sollte er Liv besser nicht verraten, dass der ihn irgendwie an sie erinnerte – weshalb auch immer. Das würde ihm sicher erheblichen Ärger einbringen. Welche Frau wollte schon mit einem alten, klobigen Bauwerk verglichen werden?

Hände schüttelnd, lächelnd und ab und zu ein paar Fragen zur Tierpflege beantwortend, schlenderte Ben an den Ständen und deren Auslagen vorbei. Bei Hannas Mutter erstand er ein Paar gestrickte Handschuhe mit Fellfutter, die er dringend brauchte, die ihn aber jedes Mal, wenn er sie nun ansah, noch mehr zum Schwitzen brachten. Schließlich erreichte er die Sitzgelegenheiten vor dem Pavillon und dem Tanzboden. Er holte sich einen Teller Flädlesuppe und suchte sich einen schattigen Platz nahe des ein wenig abseitsstehenden Tisches, den – wie geplant – die Amerikaner in Beschlag genommen hatten. Bei ihnen saßen die Binokel-Männer.

Marianne, ebenfalls mit einem Teller in der Hand, gesellte sich zu Ben. Sie wirkte besorgt.

„Was ist los?", flüsterte Ben. „Sind die alten Herren –"

„Bei denen ist alles bestens. Hoffe ich zumindest. Aber ich hatte mit viel mehr Gästen gerechnet."

„Die Hitze?"

„Vielleicht."

„Für dich und für Eddi tut es mir leid, Anni, wirklich. Wenn ich allerdings an euren Plan denke, könnte es von Vorteil sein, dass sich nicht der halbe Schwarzwald hier eingefunden hat."

Marianne lächelte gequält und tunkte ihren Löffel in die Suppe. Sie kam aber nicht dazu, davon zu kosten, da sich Ursula, ebenfalls in ihrer volkstümlichen Tracht, auf den Baumstumpf neben Ben fallen ließ. „Habt ihr schon in die Zeitung geschaut? In den Vierbrückener-Teil?"

„Nein, wieso?", fragte Marianne.

„Deine Bitte, man möge heute darin veröffentlichen, dass Elvis Presley kurzfristig verhindert sei, wurde abgewandelt in: *Das Sommerfest wurde kurzfristig abgesagt.*"

Mariannes Gesicht wurde erst kreidebleich, dann zornig rot. „Diese kleinstädtischen Schreiberlinge!", zischte sie, warf aber gleich darauf einen erschrockenen Blick über die Schulter. Keinesfalls wollte sie, dass sie von den Binokel-Männern und den amerikanischen Geschäftsleuten gehört wurde. „Es kommen also nur die, die des Lesens nicht mächtig sind?", fügte sie leiser hinzu und schien innerlich noch immer zu kochen.

„Danke auch", entgegnete Ben.

Marianne wedelte mit ihrer schlanken, gepflegten Hand vor seinem Gesicht herum. „Du weißt schon, was ich meine."

„Natürlich!", sagte er und wagte es nicht, eine weitere flapsige Antwort anzubringen, da die Gefahr bestand, dass Mariannes Laune – in Ermangelung eines entsprechenden Loches – weiter in den Keller rutschen würde. Marianne hielt die Augen geschlossen, den Löffel wie eine Waffe in der Hand, und atmete mehrmals tief ein und aus. Schließlich öffnete sie die Lider wieder, schob gewohnt stolz das Kinn nach vorn und setzte ihr bestes Diva-Lächeln auf, von dem Ben nicht wusste, bei wem sie es sich abgeschaut hatte.

„Wie dem auch sei. Ich würde sagen: Lasset die Spiele beginnen."

Ursula beugte sich zu Ben hinüber und flüsterte: „Manchmal macht sie mir ein bisschen Angst."

Marianne stärkte sich mit ein paar Löffeln der herrlich schmeckenden Flädlesuppe, dann erhob sie sich und versammelte die Trachtengruppe um sich. Die Musiker fanden sich ein, und wenig später führten sie drei ihrer Volkstänze auf. Da Marianne gern sehen wollte, wie die Amerikaner – allen voran Benny – darauf reagierten, ärgerte sie sich darüber, dass Curt sie stets ein bisschen zu lange im Arm hielt und auch deutlich fester, als er es beim Proben getan hatte. Außerdem gab er ihr bei der einen oder anderen Figur zu viel Schwung mit, sodass sie ihm, sobald sie sich zurückdrehte, regelrecht in die Arme fiel.

„Übertreib es nicht, Curt. Das ist kein Wettbewerb", fauchte sie ihn schließlich an, als sie gerade wieder die Positionen mit Hanna und deren Tanzpartner wechselten.

„Bist du dir da sicher?"

„Curt!“, stieß sie hervor. Er presste sie so fest an sich, dass sie beinahe keine Luft mehr bekam.

„Ich will doch nur, dass du vor deinem Chauffeur glänzen kannst.“

Marianne verdrehte die Augen, bewegte sich von ihm weg und hakte Ursula unter. Zurück bei Curt rügte sie: „Er ist nicht *mein* Chauffeur. Und bilde du dir bloß nicht ein, du wärst ein besserer Mensch, nur weil du studiert hast.“ Erneut löste sie sich von ihm, hakte diesmal Hanna unter und wechselte dann kurz zu deren Tanzpartner, ehe sie sich wieder bei Curt einfand.

„Das weiß ich wohl, liebe Anni. Ich verstehe dich nur nicht. Dein Credo ist es doch, jeden Vierbrückener vor den Touristen zu warnen. Was ist bei dem Chauffeur anders?“

„Vor den Touristen warnen? So etwas habe ich noch nie getan“, fauchte Marianne, wand sich dabei allerdings ein wenig. Nein, offen gesagt hatte sie das nicht, aber ihre Andeutungen durften gern so verstanden werden.

„Anni, Anni.“ Curt schüttelte den Kopf und reichte sie an Hardi weiter, während er mit Eddis und Hannas Mutter ein paar Drehungen vollführte. Wieder zurück bei Marianne schwieg Curt zwar, seine Miene war aber ungewohnt verkniffen.

Marianne runzelte die Stirn. Curt gehörte – wie Ben – seit Schulzeiten zu ihren Freunden. Sie wollte es sich nicht mit ihm verderben. Und er es sich sicher auch nicht mit ihr. Warum also brach er plötzlich einen Streit vom Zaun? „Ich finde es sogar gut, dass Ben sich um Liv bemüht.“

„Wie überaus großherzig von dir, Marianne Schuster.“

Marianne war froh, als der letzte Tanz dieser ersten Vorführung endete. Sie lächelte, knickste zum Applaus und ließ sich von Curt von der kleinen Bühne hinunterführen. „Sarkasmus steht dir nicht gut zu Gesicht“, raunte sie ihrem Tanzpartner zu, ehe sie sich wieder zu Ben gesellte. „Haben sie schon angefangen?“, fragte sie etwas atemlos und trank einfach aus dem Wasserglas, das vor dem Tierarzt auf dem Tisch stand.

„Wie denn, ohne Curt?“

„Stimmt.“ Marianne holte ihr Spitzentaschentuch aus der Handtasche, die sie bei Ben zurückgelassen hatte, und tupfte sich das Gesicht ab. Sie müsste später dringend ihr Make-up überprüfen. Der Gedanke wurde jedoch von der Erinnerung an Curts seltsames Gebaren vertrieben. So kannte sie den Mann gar nicht.

„Sag mal, Ben. Findest du nicht, dass Curt heute etwas … komisch ist?“

„Nein. Und ehe du fragst: Ich glaube nicht, dass er lieber mit den Amis die Geschäfte abschließen möchte, die du und Liv gerade zu vereiteln versucht. Das würde er Vierbrücken und vor allem dir niemals antun.“

„Was hat das denn mit mir zu tun?“

„Ach, Anni, ihr seid –“

„Pst, sie kommen.“ Marianne deutete auf Liv, die in ihrer sorgsam ausgewählten Garderobe überaus mondän und selbstsicher aussah. Sogar ihre sonst so wilde Lockenpracht war unter dem weißen, breitrandigen Hut mit zum Kleid passender Schleife gebändigt und chic in Szene gesetzt.

Liv sah sich suchend um und lächelte, als Curt sein Wasserglas wegstellte und geschäftig auf sie zueilte. Er begrüßte sie zuerst mit Handschlag und führte dann kurz ihre Hand an seine Lippen.

„Übertreib es nicht, mein Freund!“, hörte Marianne Ben grummeln. Sie konnte ihm nur beipflichten. Curt sollte es wirklich nicht übertreiben … sonst würden die Amerikaner ihnen die Scharade womöglich nicht abnehmen. Sie beugte sich weit zurück, weil sie hören wollte, ob die vier Binokel-Männer den passenden Einstieg in ein Gespräch über Liv finden würden. Das war allerdings gar nicht nötig, denn Prestler kam ihnen mit seiner Frage zuvor, die von Max, dem Amerikaner, der mehr schlecht als recht Deutsch sprechen konnte, übersetzt wurde. „Wer ist die Person, um die sich Ihr Ortsvorsteher gerade so bemüht?“

Marianne vernahm hinter sich ein übertriebenes Ächzen. Vermutlich, weil Otto und Theodor mit dem Rücken zu dem beginnenden Schauspiel saßen und sich nun gespielt interessiert umwandten.

Verärgert kniff Marianne die Lippen zusammen. Zwar waren die vier Männer die beste Besetzung für das sich nun anbahnende Gespräch, da sie den Gästen in den vergangenen Tagen ohnehin schon unzählige Informationen über Vierbrücken geliefert hatten, zugleich waren sie aber auch ein unberechenbares Risiko. Es war schwer abzuschätzen, was ihnen so alles einfallen würde.

„Ach, Sie erkennen die Dame nicht? Hat sie sich Ihnen denn nicht vorgestellt? Das ist doch das Fräulein Liv."

„Oh, Miss Liv!", kam es von Prestler. Er zeigte sich äußerst erstaunt über die Verwandlung der jungen Frau, die er bisher in Hosen, dazu ohne Make-Up und mit zerzaustem Haar gesehen hatte.

„Nun gut, Sie sind nicht aus Deutschland, weshalb sie mit ihrer Person nichts anzufangen wissen", erwiderte Edmund in so flüssigem Englisch, dass Marianne, die bisher das Wesentliche verstanden hatte, weil sie den Text praktisch schon kannte, überrascht die Augen aufriss. Jetzt wusste sie zumindest, wie die intensive Kommunikation zwischen den beiden Herrengruppen hatte zustande kommen können. Auch Ben lehnte sich weit zurück, was auf einem Sitzplatz ohne Lehne nicht ganz einfach war. Doch er wollte die von einigen Übersetzungspausen unterbrochene Unterhaltung ebenfalls aufmerksam verfolgen.

„Das heißt, man muss sie kennen?"

„Sie ist die zukünftige Gräfin von Salbach, Landadel aus dem Alten Land, und zudem die Erbin des international agierenden Von-Salbach-Hotelimperiums."

Ben stieß Marianne so kräftig in die Rippen, dass sie beinahe den Halt verlor. „Tu etwas. Mein Vater trägt viel zu dick auf. Das ist absolut unglaubwürdig."

„Ben, weißt du wirklich –"

„Im Ernst, Anni. Wir hätten uns nicht auf die Binokel-Männer verlassen sollen. Gräfin, Landadel, internationales Hotelimperium!" Ben schüttelte aufgebracht den Kopf.

Während der gut aussehende, charmante Chauffeur zum Sprechen ansetzte, von Baxter aber sofort mundtot gemacht wurde, obwohl er seinen Landsleuten hätte verraten können, dass die „Enkelin der Gräfin" auch ihr Automechaniker war, starrte Marianne fassungslos Bens Profil an. Konnte es sein, dass dem Mann überhaupt nicht bewusst war, *wen* er da heute Morgen in einen dunklen Spalt gezerrt hatte, um sie ungesehen zu küssen?

In Marianne perlte ein Lachen hoch und ließ sich kaum unterdrücken. *Das wird bestimmt lustig.* Sie beschloss, ihr Wissen für sich zu behalten. Und das nicht nur, weil sie sich diesen Spaß nicht entgehen lassen wollte. Vielmehr befürchtete sie, Ben könnte seine Bemühungen um Liv schlagartig einstellen, weil er sich ihr nicht gewachsen, nicht ebenbürtig fühlte. Weil er womöglich halbwegs abschätzen konnte, was da auf ihn zukommen könnte, obwohl er, im Gegensatz zu Marianne, noch nie mit Gräfin Isolde von Salbach gesprochen hatte …

„Du weißt aber schon, dass Livs Familie einige Hotels gehören?"

„Sicher, das hat sie mir gesagt."

„Wie tröstlich." Marianne blähte die Wangen auf, verschob das Problem jedoch auf später. Sie würde mit Liv sprechen müssen, da sie Ben nicht unglücklich sehen wollte. Außerdem war Liv ja gar nicht mal so übel … Jetzt mussten sie alle sich aber zuerst einmal auf die Durchführung ihres Plans konzentrieren.

Inzwischen begleitete Curt Liv von einem Stand zum anderen und pries ihr mit viel zu ausladenden Bewegungen Waren, Menschen, den Festplatz, ja Vierbrücken an. Curt war einfach kein Schauspieler, dafür war er entschieden zu geradlinig. Eine seiner wirklich guten Eigenschaften.

„… der Name von Salbach war Herrn Baxter bereits bekannt, die anderen kannten ihn bisher nicht", übersetzte Bens Vater gerade.

„Wissen Sie, warum die Miss sich hier in Vierbrücken aufhält?", erkundigte sich Max, nachdem Baxter auf ihn eingeredet hatte.

Marianne rieb sich die Hände. Die Amerikaner stellten genau die richtigen Fragen.

„Ja, wissen Sie", begann Edmund enthusiastisch, zügelte sich aber, sehr zu Mariannes Erleichterung. Sie mussten vorsichtig sein. Außerdem würde sie – obwohl eingeweiht – sicher nichts mehr verstehen können, wenn er zu schnell sprach. Dafür war ihr Englisch viel zu schlecht.

„Die von Salbachs expandieren ständig. Während ihres mehrwöchigen Aufenthalts hier hat Fräulein Liv von Salbach einen detaillierten Eindruck von diesem Tal, Vierbrücken und dessen Einwohnern gewonnen und ist überaus beeindruckt."

Marianne erschloss sich zumindest der grobe Inhalt der Sätze.

„Mach halblang, alter Mann", flüsterte Ben, und Marianne legte ihm beruhigend eine Hand auf den Arm. Natürlich waren Vierbrücken und dessen Einwohner beeindruckend. Das musste selbst Liv erkannt haben.

Nun räusperte sich Otto. In einem so bemühten, langsam ausgesprochenen Hochdeutsch, dass es schon fast lächerlich war, erklärte er: „Erst gestern hat das Fräulein dem Stein-Bauern im Namen der von Salbachs ein Angebot für ein Hanggrundstück gemacht. Der Stein wird froh sein, wenn er es los ist." Otto machte eine kurze Pause und wartete, bis das Gesagte übersetzt war. „Sie hätten mal seinen Jubelruf hören sollen, als das Fräulein ihm ihr Angebot genannt hat. Es muss unerwartet … hoch gewesen sein."

„Langsam, Hirschen-Otto, langsam", flüsterte nun Marianne.

In Mariannes und Bens Rücken entstand Unruhe. Es wurde geflüstert und Stühle gerückt.

„Nicht gehen. Wir sind noch nicht fertig", beschwor Marianne die Männer leise.

„Ich habe Fräulein von Salbach und den Stein-Bauern gestern Abend vor dem Notariat gesehen. Sie haben sich die Hand geschüttelt. Übrigens war auch der alte Pfeifer mit von der Partie. Ihr wisst schon, der, der schon lange Stück für Stück seine Nutzflächen verkauft, weil er keinen Nachfolger für seinen Hof hat. Ich hörte sie über diese sonnige Wiese am Waldrand sprechen, oberhalb vom Sägewerk."

Julius machte seine Sache wirklich gut, fand Marianne. Er klang ein wenig gelangweilt und schlürfte nebenbei seine Suppe.

Mit einem zufriedenen Nicken begrüßte sie die Bauernfamilie Stein, die pünktlich zum Zwölf-Uhr-Schlag der kleinen Kirchturmuhr eintraf. Wie gewünscht trug Marthas Ehemann Bärbel herbei. Er setzte sich, behielt das Mädchen aber weiterhin auf dem Schoß. Bärbel hing schlaff in den Armen ihres Vaters, das Gesicht so gedreht, dass die Sonne ihre frische Narbe förmlich anstrahlte. Einige der eingeweihten Dorfbewohner gingen zu ihnen, begrüßten sie und unterhielten sich kurz mit Bernd und seinen Eltern, die lethargisch wirkende Bärbel bekam ein paar Streicheleinheiten ab.

Marianne grinste. Das Mädchen sollte unbedingt Schauspielerin werden. Oder Theologie studieren – was für Frauen aber sicher nicht möglich war. Die Kleine hatte Marianne doch tatsächlich erzählt, wie glücklich sie über ihre wichtige Rolle sei. Nun sei sie sich sicher, dass Gott aus Schlechtem immer auch etwas Gutes machen könne. Dabei hatte Bärbel vorsichtig auf ihre Narbe getippt und gestrahlt, als hätte Marianne zugesagt, ihr das heiß ersehnte Veterinärmedizinstudium zu finanzieren.

Mitten in die zwar leise, aber hitzig geführte Diskussion zwischen den drei amerikanischen Geschäftsleuten schlug Theodor Max kräftig auf den Oberarm, um die Aufmerksamkeit des jungen Mannes zurückzufordern.

Benny hielt sich raus, seit ihm Baxter reichlich derb über den Mund gefahren war, beobachtete aber interessiert, wie Curt Liv etwas über den Pavillon erzählte. Ob er der ganzen Sache deutlich mehr misstraute als die Herren, die er für gewöhnlich durch die Gegend chauffierte? Damit hatte Marianne nicht gerechnet. Ob sie ihn besser ein wenig ablenken sollte?

„Sehen Sie doch, die kleine Bärbel ist hier." Otto deutete auf das Mädchen. Bestürzt sah Marianne, dass sowohl Baxter als auch Prestler angeekelt das Gesicht verzogen. Unwillkürlich ballte sie die Hände zu Fäusten und drehte sich eilig wieder nach vorn. Jetzt wurde es knifflig, wobei der Themenwechsel zumindest schon vollbracht war.

Edmund, der zwar zugestimmt hatte mitzuspielen, jedoch deutlich gemacht hatte, die Männer nicht anlügen zu wollen, sagte scheinbar völlig aus dem Zusammenhang gerissen: „Haben Sie schon gehört, wie schwer es ist, die Tollwut in den Griff zu bekommen?"

„Hm, Tollwut?“ Max sprach das Wort sehr nachdenklich aus.

„Diese tödliche Krankheit. Sie befällt Tiere und ist auch für Menschen ansteckend. Sie verändert das Wesen eines Tieres und macht es deshalb unberechenbar!“, versuchte sich Edmund an einer Erklärung. Marianne wandte sich fragend zu Ben um, doch der schüttelte den Kopf. Offenbar wusste er ebenfalls nicht, was „Tollwut“ auf Englisch hieß, und falls doch, würde er sich nicht einfach in das Gespräch am Nebentisch einmischen können.

„Oft werden sie aggressiv und bissig, greifen andere Tiere und auch mal Menschen an.“

Marianne wollte vor Freude einen Jubelschrei ausstoßen. Edmund hatte es geschafft! Denn obwohl sie nicht hinsah, war sie sich sicher, dass alle vier Binokel-Männer jetzt sehr mitfühlend zu der leidend aussehenden Bärbel hinüberblickten.

„Die Touristen werden selbstverständlich durch Hinweisschilder in den betroffenen Gebieten darauf aufmerksam gemacht.“ Otto klang wieder eine Spur zu übereifrig. „Haben Sie welche gesehen? Vermutlich nicht. Sie waren ja noch auf keiner Wanderung.“ Edmund und Max übersetzten gleichzeitig.

Die Unruhe der Gäste wuchs erneut an. Otto wartete, bis die Amerikaner ihm wieder zuhörten, ehe er mit schrecklicher Grabesstimme den wichtigsten Hinweis lieferte. „Wenn Sie einem Tier gegenüberstehen, das Schaum vor dem Mund hat, ist es zu spät.“ Wie abgesprochen blickten die vier Kartenspieler jetzt sicher erneut zu Bärbel.

Marianne presste die Lippen zusammen, da sie ein triumphierendes Auflachen unterdrücken musste. Dann gab sie dem Teller vor sich einen kräftigen Stoß. Klirrend fiel er zu Boden und zerbrach in mehrere Teile. Marianne sprang mit einem bedauernden Ausruf auf, schwankte heftig und hielt sich dann an Ben fest. Das Klirren des Tellers genügte als Startschuss für Eddi den Vierten und Fräulein Ansgar; Mariannes gespielter Schwindelanfall lenkte zugleich von dem ab, was sie befürchtet hatte: Curts Frühstart.

Der Ortsvorsteher ließ sich nun von Fräulein Ansgar quer über den Platz jagen, und schließlich hinein in die Seitenstraße. Wie geplant traten Ursula, deren Mutter Alma und Hanna ebenfalls die Flucht an. Unter den Gästen aus den benachbarten Dörfern brandete Gelächter auf, was Marianne einkalkuliert hatte, schließlich kannten viele von ihnen die Geschichten um die Gans und den kleinen Jungen. Doch davon nahmen die Amerikaner glücklicherweise kaum Notiz. Sie diskutierten nun noch vehementer, erhoben sich und ließen sich von den scheinheiligen Bemühungen der älteren Herren nicht zum Bleiben überreden.

„Los, Ben!"

„Muss das wirklich sein?"

„Bedenk nur mal, wie aufopferungsvoll Curt dem Plan zugestimmt hat."

Ben rieb sich erst die Hände, dann, bereits im Gehen begriffen, seinen verlängerten Rücken und die Oberschenkel. Marianne wusste, weshalb, immerhin hatte Eddi ihr erzählt, dass Ben ihn nach Hause getragen hatte – in Begleitung von Fräulein Ansgar.

Edmund kam zu Marianne herüber, und diese ließ sich bereitwillig von Bens liebenswürdigem Vater umarmen. „Ihr Mädchen habt unsere Jungen gut im Griff."

„Und Sie und Ihre Freunde die Amis."

Otto verneigte sich wie ein Schauspieler auf der großen Bühne.

„Wir gehen uns das mal ansehen", beschloss Julius, wurde aber vom schweigsamen Theodor zurückgehalten.

„Bitte nicht", warf auch Marianne ein. „Das wäre wirklich zu auffällig. Wir bleiben alle hier."

„Zu schade!", murmelte Julius und setzte sich wieder hin. Marianne konnte ihm da nur aus vollem Herzen zustimmen. Zu sehen, wie Ben einem mit Rasierschaum präparierten Kalb hinterherjagte – nicht, weil er es einfangen wollte, sondern um es vor sich herzutreiben, und zwar genau auf die amerikanischen Geschäftsleute zu –, wäre ihr eine echte Genugtuung gewesen.

Dafür ging Marianne zu den Steins hinüber. Bärbel gefiel es auf dem Schoß ihres Vaters so gut, dass sie dort einfach sitzen geblieben war. Also ging Marianne vor den beiden in die Hocke, sortierte den kostbaren Trachtenrock und legte zögernd eine Hand auf die vernarbte Wange des Mädchens. „Du warst großartig, Bärbel. Eigentlich gebührt dir ein *Oskar.* Weißt du, was das ist?"

Bärbel nickte, und ihr süßes Lächeln ließ Marianne die Narbe unter ihrer Handfläche vergessen.

„Wie wäre es stattdessen mit einem Eis? Für dich und für Bernd?"

„Oh ja, bitte", jubelte Bärbel und fragte an Martha gewandt: „Dürfen wir denn?"

„Ja, ihr dürft. Vielen Dank, Fräulein Marianne."

Marianne nahm die Kinder an die Hand, wobei sie sich vor Bernds klebrigen Fingern ekelte, was sie sich jedoch nicht anmerken ließ, und ging mit ihnen zum Eisstand. Mit einem Blick über die Schulter nahm sie sich vor, den Steins irgendwie zu helfen. Denn aufgrund der heutigen Scharade konnten sie ihr Hanggrundstück nun doch nicht verkaufen.

Kapitel 18

Liv zog die Schürze aus, die sie sich in der Küche vom Hirschen geliehen hatte, um den Anlasser einzubauen, der aus Hardis Auto stammte. Der baldigen Abreise der amerikanischen Delegation sollte ja nichts im Wege stehen. Sie schrubbte ihre Finger mit Kernseife und einer Bürste, bekam die Spuren ihrer Arbeit aber nicht vollständig beseitigt. Schulterzuckend trocknete sie sich die Hände ab und hatte es nun sehr eilig, das Hotel möglichst ungesehen zu verlassen und zum Fest zurückzukehren.

Auf dem Weg am Fluss entlang – und zum wiederholten Male dem nicht mehr vorhandenen Loch ausweichend – betrachtete sie eine tief hängende grauschwarze Wolkenwand, die einige der bewaldeten Höhenzüge förmlich verschlang. Es würde später vermutlich noch gewittern, es sei denn, der Wind trieb dieses in sich bewegte, seltsam brodelnd aussehende Gebilde in eine andere Richtung.

Liv wechselte auf die gegenüberliegende Straßenseite, wo ihr Marianne und Benny entgegenkamen. Das Mädchen hatte sich bei dem Chauffeur eingehängt und sprach in einem fort auf ihn ein. Im Näherkommen musterte Liv die beiden und kam zu dem Schluss, dass sie ein hübsches Paar abgaben. Mariannes gepflegte, aber altmodische Tracht bildete einen interessanten Kontrast zu Bennys modernem Anzug mit weißem Hemd, Weste und Krawatte.

„Benny, wie gut, dass ich dich treffe. Der Mercedes läuft wieder."

„Das mit dem Ersatzteil ging jetzt aber schnell."

„Ach", Liv vollführte eine wegwerfende Handbewegung, sah jedoch, wie Marianne warnend mit den Augen rollte. Benny war definitiv misstrauisch …

„Hier hat jemand einen baugleichen Wagen, den er aber nur selten benutzt. Ich durfte den Anlasser ausbauen, und der Besitzer wartet nun, bis das Ersatzteil kommt."

„Das ist sehr großzügig von dem Herrn."

„So sind die Menschen hier in Vierbrücken, nicht wahr, Marianne? Großherzig und immer um das Wohlergehen der *Touristen* besorgt."

Marianne rollte schon wieder mit den Augen. Fand sie, dass Liv mit dem Feuer spielte? Jedenfalls lächelte sie den Mann an ihrer Seite nun gespielt heiter an.

„Und du hast in diesem Kleid das Auto repariert? Warum die Eile?"

„Das gehört zum Service." Liv fühlte sich jetzt unbehaglich. „Ach ja, die Rechnung liegt im Hirschen an der Rezeption. Bitte sag deinem Chef, er kann sie dort bezahlen." *Mein Lohn geht an Eddis Spezialisten. Und Hardi wird seinen Anlasser spenden, auch wenn er davon noch nichts weiß.*

„Die Hotelrechnung liegt nicht zufällig ebenfalls schon bereit, obwohl wir eigentlich vorhatten, noch einige Tage zu bleiben?"

„Davon weiß ich nichts." Liv schaute beunruhigt zu Marianne, die nicht weniger bestürzt aussah.

Benny löste sich von Marianne, tippte sich an die Mütze und schlenderte davon.

„Tu was, Marianne!", keuchte Liv.

„Hättest du dich mal etwas zurückgehalten!"

„Benny war dein Problem."

„Er war kein *Problem,* bis du zu reden begonnen hast."

„Das tut mir so leid. Was sollen wir denn jetzt tun?" Liv drehte sich um, da Marianne angestrengt an ihr vorbeischaute. Benny war stehen geblieben und hatte sich zu ihnen umgewandt. Nun zog er die Schiebermütze herunter und verbeugte sich, wobei er mit der Kopfbedeckung in der Hand eine weit ausholende Geste vollführte. Anschließend setzte er sich die Kappe wieder auf, grinste breit, schüttelte dabei den Kopf und wandte sich erneut zum Gehen um.

„Er wird nichts sagen", flüsterte Liv erleichtert.

„Er ist einer von den Guten", seufzte Marianne.

„Da hast du wohl recht."

„Ich werde ihn nie wiedersehen."

„Ach, wer weiß das schon? *Elvis Presley* zieht diese Masche bestimmt noch in anderen Schwarzwaldtälern ab, und Benny hat ja jetzt ein gut funktionierendes Auto."

Kichernd hängte sich Marianne bei Liv ein, und gemeinsam gingen sie zum Festplatz zurück, wo gerade der Kinderchor sang.

Peter fuhr nicht oft Auto, entsprechend unsicher lenkte er den Wagen über die Serpentinenstraße. Er hatte sich bereits zweimal verfahren. Beim ersten Mal hatte er das bemerkt, als die ohnehin schlecht befestigte Straße in eine Schotterpiste überging und an einem einsam gelegenen Bauernhof endete. Eigentlich hatte er dort nach dem Weg fragen wollen, doch ein wild kläffender Hofhund hatte ihn am Öffnen der Fahrertür gehindert. Das zweite Mal war er mitten im Wald gelandet. Um zu wenden, hatte er siebenmal vor- und zurückrangiert, und das im Angesicht steil abfallender, felsiger Abhänge auf gleich zwei Seiten.

„Das wirst du mir büßen, Liv", sagte er halblaut vor sich hin und nahm ganz langsam eine weitere der engen, stetig bergauf führenden Kurven. Die Baumstämme links und rechts der Straße ragten weit in den Himmel hinauf, was bisher einen wirklich unangenehmen Wechsel aus Licht und Schatten bedeutet hatte. Umso erleichterter war Peter, als die Sonne nun hinter einer Wolkenwand verschwand und zumindest diese konfusen Lichtwechsel ein Ende hatten.

Auf der Straßenkarte sah es so aus, als müsse er Vierbrücken bald erreichen, doch inzwischen war ihm klar, dass sich ihm wohl noch der eine oder andere Berg in den Weg stellen könnte.

In der nächsten Haarnadelkurve kam ihm eine schwarze Limousine entgegen, deren Fahrer das Manövrieren auf der Bergstraße deutlich besser im Griff hatte – oder zumindest so tat, als ob, denn er war erschreckend zügig unterwegs. Peter bremste abrupt, steuerte gleichzeitig nach rechts und kam von der Fahrbahn ab. Sein Wagen rutschte über den Schotter und prallte gegen einen Baumstamm.

Peter saß einen Moment lang da, das Lenkrad fest umklammert, und fühlte dem Schmerz in seinem Nacken nach. Schließlich öffnete er die Tür, stieg aus und betrachtete den Blechschaden. Von dem anderen Fahrzeug war nichts mehr zu sehen, nur das Brummen des Motors drang noch von weiter unten zu ihm herauf.

„Ich zahle Steuern", rief er den Hang hinunter. „Ein Teil der Straße gehört also auch mir!" Das Motorengeräusch verklang, dafür erfüllte ein sattes Brausen die Luft, in das sich das Knarren von Ästen mischte. Peters nächster Blick galt den schwankenden Baumkronen, die kurz zur Ruhe kamen, sich dann aber erneut wild schüttelten. Blätter, Nadeln und Zapfen fielen herunter, ein Ast folgte und schlug laut polternd auf dem Autodach auf.

„Vielleicht sollte ich zusehen, dass ich hier wegkomme", murmelte Peter und stieg vorsichtig wieder ein. Bei jeder hastigen Bewegung sandte sein Nacken vehemente Schmerzen aus. Er nahm die Karte zur Hand und tippte auf den winzigen roten Punkt, hinter dem sich das Dorf versteckte, in das Liv geflohen war. Vor ihm?!

Die Vierbrückener hatten an diesem Tag wirklich allen Grund zum Feiern. Liv hatte lange bei den Binokel-Männern gesessen und gesellte sich nun zu Marianne, Ursula und Hanna, bei denen auch Curt, Ben und drei weitere junge Männer saßen, denen man ansah, dass sie Brüder waren. Sie stellten sich als Ralf, Georg und Robert vor, wobei Letzterer abgelenkt war. Er beobachtete eine wirklich schöne junge Frau, die mit ihrer Familie an einem anderen Tisch saß und vielleicht aus einem der umliegenden Dörfer stammte. Jedenfalls hatte Liv sie nie zuvor gesehen.

Hanna erhob sich und setzte sich neben Marianne auf einen breiten Baumstamm, was Liv als Einladung verstand, sich auf den frei gewordenen Platz zu setzen. Sie tat dies mit einem Lächeln und glücklich darüber, in Vierbrücken endlich anerkannt zu sein.

Ben zwinkerte ihr zu, wohl, weil er das Gleiche dachte. Einzig Curt wirkte missgestimmt, was Liv nicht nur auf seine Begegnung mit Fräulein Ansgar zurückführte.

„Dein Einsatz heute war heldenhaft, Curt", sagte sie deshalb über den Tisch hinweg. Der Mann lächelte reserviert, hob zum Dank aber sein Glas in ihre Richtung und taxierte Marianne. Sie unterhielt sich aufgeregt mit Ursula über die prompte Abreise der Amerikaner. Curts Gesichtszüge verhärteten sich sofort wieder.

Liv beugte sich zu Hanna hinüber. „Wie geht es Eddi denn heute?"

„Ach, Eddi …" Hanna traten Tränen in die Augen, gleichzeitig lachte sie auf. „Er ist ein Sonnenschein. Ich fürchte, das alles nimmt meine Eltern und mich viel mehr mit als ihn."

„Vielleicht liegt das an seinem jungen Alter? Er vertraut darauf, dass der Spezialist aus der Schweiz ihm helfen kann. Und er sorgt sich noch nicht um die Zukunft, sieht nicht, welche Probleme privater und beruflicher Natur auf ihn zukommen könnten, falls er stark gehbehindert bleiben sollte."

„Glaub mir, das weiß er. Die Ärzte im Krankenhaus müssen da sehr deutlich gewesen sein. Aber dennoch lacht er all dem ins Gesicht. Da kommt er ja." Hanna deutete nach links, und Liv drehte sich in die entsprechende Richtung. Bärbel schob den Rollstuhl mit Eddi darin, dessen eingegipste Beine weit nach vorn ragten. Bernd krabbelte vor dem Rollstuhl und hatte sich ein Seil um die Schultern geschlungen, das Eddi in den Händen hielt, als wären es Zügel.

Liv drehte sich vom Tisch weg und klopfte Bernd, dem Pferd, auf den Rücken, was den Jungen wiehern ließ.

„Wir sprachen gerade von dir, Eddi. Hanna ist sehr stolz auf dich und darauf, wie gut du deine Beeinträchtigung wegsteckst."

„Ach das." Eddi grinste und zeigte dabei seine Zahnlücken. „Man muss auch das Gute sehen, hat Pfarrer Schlecht zu mir gesagt."

„Und, siehst du es?" Liv beugte sich vor und zerzauste sein blondes Haar.

Bernd drehte sich um und flüsterte: „Seine Mama kocht jeden Tag, was er sich wünscht. Und das, obwohl sein Papa sich schon beschwert hat, weil es so oft das Gleiche zu essen gibt. Sein Papa hat vor dem Haus eine Holzrampe gebaut, damit Eddi allein rein- und rauskann. Es macht Spaß, das Ding runterzurasen."

Bärbels beipflichtendes Nicken zeigte, dass auch sie sich gern in den Rollstuhl setzte, um die Rampe hinunterzufahren.

„Papa ist viel mehr zu Hause als vorher. Das ist klasse", fügte Eddi hinzu. „Er spielt mit mir Mensch-ärgere-dich-nicht und bringt mir Binokel bei. Außerdem darf ich jetzt in seinem Büro sein und mithelfen, wenn er dort arbeitet. Er meint, ich bin wirklich fix mit Zahlen. Das wusste ich schon, er aber nicht, weil er sich nie sonderlich für meine Schulnoten interessiert hat."

„Eddi wird später mal den Betrieb übernehmen, so wie ich unseren Hof!", wusste Bernd und klang dabei überaus stolz.

Liv nickte und warf einen prüfenden Blick auf Bärbel. Immerhin war sie die Ältere der Stein-Geschwister. Wie auch Hanna …

Vielleicht wäre es gut, wenn Bärbel tatsächlich ihren Traum wahr machte und studieren ging. Und Hanna? Hatte sie angenommen, den Holz verarbeitenden Betrieb ihrer Familie übernehmen zu können? Immerhin hatte sie sich in den Tagen, in denen Edmund der Dritte durch Abwesenheit geglänzt hatte, gut in die Aufgaben eingefunden. Wobei es für Eddi, falls er wirklich nie mehr richtig würde gehen können, natürlich von Vorteil wäre, hier zu wohnen und zu arbeiten. Was zugleich jedoch bedeutete, dass Hannas Einsatz und Können nicht wirklich viel zählte. War es an der Zeit für die Mädchen, sich zu beweisen?

Dass ihre Großmutter sich geweigert hatte, Liv eine Leitungsfunktion im Familienunternehmen anstreben zu lassen, hatte eindeutig Spuren bei ihr hinterlassen. Das wurde Liv in diesem Augenblick deutlich bewusst. Andererseits gab es jetzt Ben in ihrem Leben. Und Vierbrücken. Eddi, Marianne, Hanna und Curt. Ursula, Martha und …

Was hatte Eddi noch gleich gesagt? Man könne lernen, in allem auch etwas Gutes zu sehen? Bärbel hatte ganz Ähnliches verlauten lassen, nämlich, dass Gott es verstand, aus Schlechtem Gutes hervorzubringen.

Die strikte Weigerung ihrer Großmutter entstammte einem antiquierten Kodex, den Liv nicht verstehen wollte; die Tatsache, dass ihr Berufswunsch in nahezu unerfüllbare Ferne gerückt war, gefiel ihr ebenfalls nicht. Aber vielleicht gehörte das alles ja zu einem größeren Plan?

Waren es ausgerechnet die Kinder, die das viel schneller begriffen als die Erwachsenen, obwohl die sich doch gern damit brüsteten, lebenserfahrener und weiser zu sein? Womöglich waren sie vielmehr … glaubensärmer? Hoffnungsloser – und deshalb auch gern mal unglücklich?

Liv ergriff Eddis Hand, und dieser betrachtete verwundert ihre schwarzen Finger, ehe er ihr wieder in die Augen sah.

„Du machst das genau richtig, Eddi. Halte daran fest, dass Gott es gut mit dir meint, auch wenn du nicht immer den einfachen, direkten Weg gehen kannst." In Livs Herz breitete sich ein schmerzlich-süßes Gefühl aus, als der Junge sich vorbeugte und die Arme um ihren Nacken schlang. Rasch erwiderte sie seine Umarmung und lächelte unter Tränen, zumal er ihr zuflüsterte: „Ich wünsche mir, dass Sie hierbleiben, Fräulein Liv."

„Das liegt nicht an mir."

„An wem dann?" Eddi lehnte sich wieder in seinem Gefährt zurück. Livs Augen wanderten zu Ben, der sich angeregt mit Georg unterhielt.

„Ich könnte Ben zwingen. Vielleicht mit –"

„Eddi!", stieß Liv entsetzt hervor, dann lachte sie.

Der Junge grinste und trieb Bernd mit einem fröhlichen „Hü" an.

„Was habt ihr denn ausgeheckt?", fragte Marianne, sobald sich Liv wieder dem Tisch zugewandt hatte.

„Du musst nicht alles wissen, Marianne Schuster."

Marianne zog die Augenbrauen hoch und sah für einen Moment genauso hochnäsig aus, wie sie Liv gegenüber häufig aufgetreten war. Doch plötzlich wurde ihre Miene weich, ihre Augen begannen zu strahlen, und sie lächelte so natürlich und liebevoll, wie Liv es bei ihr nie zuvor gesehen hatte.

„Lotti! Ist das schön, dass wir uns noch sehen." Marianne stand auf, eilte auf eine ältere Frau zu und schloss sie fest in die Arme.

„Lotti?“ Liv neigte den Kopf zur Seite und betrachtete die Frau in ihrem einfachen Rock, der hübsch bestickten Bluse und mit einem Strohhut auf dem Kopf. Gab es sie also wirklich, diese Lotti, von der Pfarrer Schlecht ihr erzählt hatte? Neben der mütterlich wirkenden Frau stand der Förster. Er bedeutete Ralf, Robert und Georg mit einem Winken, dass sie sich erheben sollten. Laut sagte er: „Ich will euch jungen Leuten ja nicht die Laune verderben, aber da hinten sieht es bedenklich nach einem Unwetter aus.“

Fast zeitgleich, als wolle er die Worte des Forstwirts untermalen, fegte ein kräftiger Windstoß die Servietten vom Tisch, blähte die Budenwände wie Segel auf und wirbelte Staub umher.

„Oh nein! Wir wollten später doch noch die Lichter anmachen und bis in die Nacht hinein tanzen. Die Tombola hat nicht einmal begonnen … und die Leute gehen … und …“ Ursulas Stimme wurde immer schriller.

„Abbau!“, kommentierte Curt trocken, und die Dringlichkeit in seiner Stimme wurde von einem bedrohlichen Grummeln unterstrichen, das auf ein gar nicht mehr so weit entferntes Gewitter schließen ließ.

Während die Gäste davoneilten, wirkten die Vierbrückener wie ein gut organisierter Ameisenstaat. Geschirr, die Auslagen, das Essen und die Getränke wurden abgeräumt, die Gulaschkanone abgebaut, die Planen an den Buden abgenommen und die Tische fortgetragen. Liv half Marianne dabei, die elektrischen Lichterketten abzunehmen, was nicht ganz einfach war, da sie diese wirklich gut befestigt hatten. Rasend schnell rückte die grauschwarze Wolkenwand näher. Blitze zuckten am Himmel, die Donnerschläge wurden zunehmend lauter. Erste Regentropfen fielen. Groß und schwer klatschten sie auf den Boden. Die trockene Erde verwandelte sich in eine schlammige Masse und suchte sich einen Weg über die leicht abschüssigen Pflastersteine. Herumliegende Servietten, ein verloren gegangenes Taschentuch und unzählige Blätter und kleine Äste trudelten umher. Wie auf Kommando zerstreuten sich nun auch die Vierbrückener.

Liv war mit ihrer Arbeit am Brunnen fertig und gesellte sich zu Marianne, die sich am Pavillon zu schaffen machte. Das Mädchen arbeitete verbissen daran, die überteuerte Beleuchtung, die ihr Curts Missbilligung eingebracht hatte, vor dem Unwetter zu retten.

Plötzlich war Ben da. Er packte Liv ein wenig unsanft am Oberarm und sorgte dafür, dass sie ihn ansah. „Was tust du hier? Du solltest längst zurück im Hotel sein."

„Ich bin nicht aus Pappe."

„So ein Gewittersturm ist gefährlich, Liv."

„Marianne ist auch noch hier."

„Anni ist –" Er brachte den Satz nicht zu Ende, zumal Marianne sich nun zu ihnen gesellte. „Ben hat recht. Du solltest zusehen, dass du ins Hotel kommst."

Liv betrachte das Mädchen. Machte Marianne sich mehr Sorgen um sie als um sich selbst? Schwarze Wimperntuscheschlieren liefen ihr über das Gesicht, die Haare klebten an ihrem Kopf, die Tracht sah bemitleidenswert aus.

„Und dabei habe ich so sehr für Regen gebetet", sagte Liv laut gegen das Prasseln und Donnern an.

Marianne riss die Augen auf, wohl in dem Versuch, Liv mit ihrem Blick zu töten.

„Natürlich erst für morgen", fügte Liv eilig hinzu und warf Ben einen Hilfe suchenden Blick zu, der kurz grinste, dann aber den Kopf schüttelte.

„Geh nach Hause, Anni", wandte er sich nun an die Organisatorin.

„Curt wird mich –"

„Wenn Curt wüsste, dass du noch immer hier bist, um diese albernen Lichterketten zu retten, würde er dich eigenhändig nach Hause tragen."

„Die sind nicht albern!"

„Anni. Geh!"

Das Mädchen drehte sich um und hastete davon. Liv zuckte unter einer schnellen Abfolge von Blitzen zusammen. Der Donner ließ nicht lange auf sich warten. Sie hatte das Gefühl, als bebte der Boden unter ihren Füßen. Ben ergriff ihre Hand und zog sie an den traurig aussehenden Blumen und den tropfnassen Girlanden und Bändern vorbei ins Innere des Pavillons. Bis auf die dem Wind zugewandte Seite war es dort trocken, und der Wilde Wein schützte sie zumindest halbwegs vor den heftigen Böen. Grünes Dämmerlicht hüllte sie ein.

Betreten schaute Liv zu Ben auf, dem das Hemd am Brustkorb klebte. Dann griff sie ihm in die nassen Haare und tat das, was sie den ganzen Tag schon hatte tun wollen. Sie zog ihm einige Strohhalme heraus.

„Hab ich die etwa die ganze Zeit …?"

„Keine Sorge. Bei unserem Gespräch heute Morgen waren sie noch nicht da", beruhigte Liv ihn, was den Tierarzt zu einer Grimasse reizte.

„Ich bin eben ein richtiger *Bauernlümmel.*"

„Sieh mich an." Liv streckte ihm ihre ölbefleckten Hände hin. Ben schaute diese an, ergriff sie und zog Liv näher zu sich.

„Scheint, als passten wir gut zusammen."

„Es scheint nur so?"

Liv wurde es unter Bens Blick seltsam heiß, obwohl der prasselnde Regen die Luft merklich abkühlte.

„Ich wollte heute eigentlich mit dir tanzen. Vom ersten Tanz an bis in die Nacht hinein." Ben zuckte bedauernd mit den Schultern.

„Was hindert dich daran?"

„Äh, vielleicht das von dir herbeigebetete Unwetter?"

„Ich weiß wirklich nicht, was du willst, Ben. Deine Tanzpartnerin ist da, hier ist genug Platz zum Tanzen, und wir haben sehr viel Zeit." *Und ungestört sind wir zudem. Endlich mal.*

„Ich vermisse etwas ganz Entscheidendes."

„Und das wäre?"

„Musik."

„Ach das." Liv lächelte ihn an, was ihn dazu verleitete, sie noch näher zu sich zu ziehen.

„Jemand hat mir verraten, dass du nicht nur eine richtig schöne Handschrift hast, sondern auch ein passabler Sänger bist."

„Ich werde meinen Vater –"

Liv entzog Ben eine Hand und legte die Finger auf seine Lippen.

„Komm schon. Ich möchte mit dir tanzen."

„Ich kann nicht singen, wenn mir jemand den Mund zuhält."

„Manchmal bist du so dramatisch veranlagt wie die Hirschen-Alma."

„Soll ich jetzt?"

Liv legte die Hand auf Bens Schulter, was er als Einladung verstand, seinen Arm um sie zu legen und sie fest an sich zu drücken. Er sang zwar nicht, summte aber nahe an ihrem Ohr eine wunderschöne Melodie, während sie tanzten. Um sie herum plätscherte der Regen, tobte der Wind und sorgten die Blitze für geisterhaftes Licht. Einmal strich Ben ihr die nassen Locken zurück, schickten diese doch immer wieder Regentropfen über ihr Gesicht; ein anderes Mal zog Liv ihm noch ein Stück Stall aus den Haaren. Sie hatte es entdeckt, als sie ihren Kopf auf seine Schulter gelegt hatte.

Liv war glücklich, weil sie nun wusste, dass sie hierhergehörte. Zu Ben. Und ganz sicher würde sie in Vierbrücken Aufgaben finden, die sie ausfüllten. Allerdings musste sie endlich das Gespräch führen, das Ben – und die Umstände – immer weiter hinausgezögert hatten. Denn noch wusste er nicht alles über sie.

Ben hielt Liv fest im Arm. Einerseits, weil sich das wunderbar und einfach nur richtig anfühlte, andererseits, weil er verhindern wollte, dass sie zu frieren begann. Ihm jedenfalls war kein bisschen kalt, obwohl er noch immer klatschnass war und der Sturmwind mit eisigen Fingern an Holzbalken, Weinranken und Blättern vorbei nach ihnen griff.

Als Hotelerbin würde Liv sicher gelegentlich verreisen müssen, aber damit kam er klar. Er stellte es sich sogar schön vor, sich jedes Mal neu auf die Rückkehr der geliebten Frau zu freuen … Sie hatte bereits bewiesen, wie gut sie mit den Menschen hier zurechtkam. Wenn sogar Marianne sie akzeptierte, war die schwerste Hürde genommen. Liv war bodenständig und gewillt, kräftig mit anzupacken, außerdem benötigte sie keinen Luxus – das alles hatte sie ihm dadurch gezeigt, dass sie ihm ihre ölverschmierten Hände hingehalten hatte.

Allerdings gab es da noch die Großmutter, die ihre Enkelin vermutlich ungern so weit entfernt von Hamburg wissen wollte. Ben schüttelte den Kopf, was Liv veranlasste, den ihren von seiner Schulter zu heben. Er lächelte sie an, sie erwiderte das Lächeln und legte ihren Kopf zurück. Beinahe hätte er aufgehört zu summen, um zufrieden aufzuseufzen.

Ben konnte gut mit älteren Damen umgehen. Er würde die sicherlich reizende Großmutter schon auf seine Seite ziehen. Somit sah doch alles gut aus. Bis auf eines: Er hatte Liv noch nicht gefragt, ob sie wirklich hier in Vierbrücken bleiben, ja ihn heiraten wollte.

Er trat Liv auf den Fuß, weil der Gedanke nicht nur sein Herz durcheinanderbrachte. „Entschuldige bitte."

„Nicht aufhören", murmelte sie und klang dabei überaus entzückend. Ein wenig schläfrig. Geborgen. Genießend. Das sollte ihm doch Mut machen. Also summte er weiter ein Peter-Alexander-Lied und begann damit, sich die richtigen Worte zurechtzulegen.

„Es tut mir sehr leid, dass ich Ihr romantisches Rendezvous stören muss, aber ich bin – Livi?!"

Liv floh förmlich aus Bens Armen. „Peter? Bist du das? Was machst du denn hier?"

„Ich soll dich nach Hause bringen."

Livi? Der Kerl nennt sie Livi? In Ben braute sich etwas zusammen. Etwas, was gar nicht gut war. Wie der Gewittersturm, der allerdings am Abklingen war, während sich das Etwas in ihm explosionsartig ausbreitete, zumal der Kerl in dem zwar nassen, aber teuer aussehenden Anzug herbeieilte, sich herunterbeugte und Liv einen Kuss auf die Wange gab.

„Die Gräfin ist ziemlich besorgt. Und ungehalten."

Gräfin? Ben kniff die Augen zusammen. Spielte ihm hier jemand einen Streich? Die Binokel-Männer? Curt?

„Sie hatte meinen Brief doch erhalten. Und ich habe mit ihr telefoniert."

Der Kerl ergriff Liv bei der Hand. Und sie überließ ihm diese auch noch.

Ben trat einen Schritt zurück. Gleich darauf einen zweiten. Ihm war, als würde ihn ein Bulle rammen.

„Sie hat ihn erhalten, Livi. Aber deshalb war sie dennoch jeden Tag, an dem wir nichts von dir gehört haben, sehr in Sorge. Beinahe hätte sie die Polizei verständigt."

„Wie konntest du mich finden?"

Offenbar war Liv ebenfalls verblüfft über das Auftauchen dieses Peters, entsprechend wild sprangen ihre Fragen umher. Oder war es ihr schlechtes Gewissen ihm, Ben, gegenüber? Allerdings wirkten die beiden, als hätten sie seine Anwesenheit erfolgreich ausgeblendet. Am besten wäre wohl, wenn er möglichst schnell von hier verschwand.

„Eine Marianne Schuster hat sie angerufen."

Liv schnappte hörbar nach Luft.

„Was richtig von ihr war. Wir mussten doch endlich erfahren, ob es dir gut geht."

Wir, immer dieses wir. Ben schob sich langsam in Richtung der nassen Holztreppe.

„Mir geht es gut. Warum denn auch nicht? Ich bin kein verzärteltes Püppchen."

„Das weiß ich. Aber die Gräfin …" Der Kerl im feinen Zwirn drehte sich zu Ben um, gerade als der endlich die Flucht antreten wollte.

„Wer sind Sie eigentlich?"

„Nur ein Bauernlümmel. Nicht von Bedeutung. Offenbar."

„Das ist Dr. Bernhard Schuster." Liv huschte zwischen ihn und Peter, vielleicht, weil sie Bens zu Fäusten geballten Hände gesehen hatte.

„Ein Arzt. Das ist gut. Mir kam in einer dieser unverschämt engen Kurven ein Wagen entgegen. Viel zu schnell, wie ich anmerken möchte. Ich bin gegen einen Baum gefahren. Seither –" Peter rieb sich bedeutungsschwanger den Nacken.

Ben verschränkte die Arme vor der Brust und überlegte, ob es Peter wohl gefallen würde, wenn er ihn mit einem …

„Dann gehen wir jetzt am besten in die Praxis von Dr. Schuster." Livs Kichern, unter dem Pfeifen des Windes kaum zu hören, ließ Ben aufsehen. Sie zwinkerte ihm zu.

„Außerdem bin ich da draußen auf dem Gehweg gestolpert. Da sind einige Pflastersteine gefährlich erhöht angebracht."

„Das Loch!“ Jetzt lachte Liv laut auf.

„Nein, Livi. Ich sprach von unsachgemäß verlegten Pflastersteinen.“

Peters Tonfall ließ Ben aufhorchen. Der Mann klang, als unterhielte er sich mit einem Kleinkind. Prompt blitzte es in Livs Augen auf. Peter sollte sich lieber etwas vorsehen …

„Gehen wir!“ Liv verließ als Erste den Pavillon und schritt zügig aus, ohne darauf zu achten, ob Peter und Ben ihr folgten.

„Mir scheint, Sie waren derjenige, der gut auf unsere Livi aufgepasst hat?“

Bens Kopf machte mehrere aufeinanderfolgende leichte Nickbewegungen, in seinem Inneren jedoch knurrte ein tollwütiger Hund.

„Die Gräfin wird es Ihnen danken.“ Peter streckte ihm die Rechte hin. Ben drückte zu und sah voller Genugtuung, wie der Kerl in die Knie ging. Er ließ die Hand wieder los; Peter rieb sich diese, ohne es zu verbergen.

„Ich habe schon verstanden, Herr Doktor. Außerdem bin ich ja nicht blind.“ Peter schüttelte die Finger ein weiteres Mal kräftig aus. „Wenn Livi Sie mag, müssen Sie ein ganz besonderer Mensch sein.“

Wenn du noch ein einziges Mal Livi sagst, könnte es sein, dass meine Faust in deinem Gesicht landet. Und nein, ich bin kein besonderer Mensch, sondern ein Mann, der Liv liebt. Aber offenbar bin ich da nicht der Einzige.

„Liv und ich sind zusammen aufgewachsen. Mit Ausnahme der ersten Jahre natürlich, als sie noch in Island gelebt hat. Wir sind schon immer sehr gute Freunde gewesen.“

Gute Freunde, ja? Ben ahnte, was nun folgen würde, und schob die Hände tief in die Taschen seiner Hose, was aufgrund des nassen Stoffes nicht einfach war. Warum stand er eigentlich hier und hörte sich das an? *Weil du Liv für einen ehrlichen, unverfälschten Menschen hältst. Also, halt den Mund und hör zu.* Ben wusste nicht so genau, woher dieser Gedanke gekommen war, hielt ihn aber für einigermaßen vernünftig.

„Mein Vater ist seit nunmehr vierzig Jahren der Geschäftsführer des Von-Salbach-Unternehmens, sein Vater war der Anwalt der Familie. Ich bin seit fast zehn Jahren dabei und werde den Posten bald erben.“

Wie schön, noch ein Erbe. Und was soll dieses lächerliche „von Salbach"? Ben tippte ungeduldig mit dem nassen Schuh auf den Boden. Hatte sein Vater nicht denselben Namen genannt, als er mit den Amerikanern über Liv gesprochen hatte? Über eine Gräfin, Landadel, ein Hotelimperium …? Für einen Moment überkam Ben ein unangenehmes Schwindelgefühl. So mussten sich Menschen fühlen, die kein Blut sehen konnten. Wie Liv. Die Frau, die gern Hebamme oder Krankenschwester werden würde, deren Großmutter das aber nicht zuließ. Weil die alte Dame noch wesentlich älteren Traditionen verbunden war.

Allmählich setzte sich das Bild zusammen. Ein Bild, das ihm Angst machte, gleichgültig, wie sehr er darauf vertraute, dass Liv ihm nichts vorgemacht hatte. Wohl aber so einiges verschwiegen?

„Jedenfalls sind die Gräfin und mein Vater übereingekommen, dass Liv – und damit das Unternehmen – bei mir in guten Händen ist."

Ben kniff ein Auge zu, verstand sofort. *Soll nun Liv gut verheiratet werden oder doch eher das Unternehmen? Ist es das, wovor sie eigentlich davongelaufen ist?*

„Sie müssen das richtig verstehen, mein Freund."

Ich bin nicht dein Freund, Bürschchen, dachte Ben, allerdings war aus dem Hundeknurren ein verhaltenes Katzenfauchen geworden.

„Mädchen wie Liv, die über ein ansehnliches Vermögen verfügen, oder es zumindest eines Tages tun werden, sind schnell von Männern umgarnt, die sich mehr in das Geld verlieben als in den Menschen."

Ben trat einen Schritt auf Peter zu, doch der hob abwehrend die Hand.

„Verstehen Sie mich bitte nicht falsch, Herr Doktor. Damit will ich – was Sie betrifft – nichts andeuten. Mit diesen Arrangements verhindern die Familien, dass ihre Töchter voreilige und für sie schmerzliche Entscheidungen treffen. Das weibliche Herz ist nun mal sehr empfänglich für Schmeicheleien, hübsche Geschenke und romantische Gesten."

Ben ließ den Blick durch den vom Sturm umwehten Pavillon und über die traurigen Reste der Dekoration schweifen. Unter „romantisch" stellte er sich etwas ganz anderes vor. Ein funkelndes Sternenzelt, eine mit Wildblumen übersäte Lichtung oder die kleine Insel im Liliensee.

Er beschloss einfach, nicht zu jenen Galanen zu gehören, die es nur auf den Reichtum einer Frau abgesehen hatten.

„Liv ist ... etwas Besonderes. Und sie ist extrem dickköpfig und eigenwillig."

Zum ersten Mal reagierte Ben auf eine von Peters mit Bedacht getätigten Äußerungen, indem er nickte. Das verleitete den Mann zu einem Grinsen, was ihn beinahe schon sympathisch wirken ließ. Zudem rechnete Ben ihm hoch an, dass er Liv bereits eine Weile lang nicht mehr „Livi" genannt hatte.

„Liv hat Sie im Dunkel darüber gelassen, wer sie ist, nicht wahr?"

Peter wartete, bis Ben nickte. „Demnach verdienen Sie ihre Zuneigung?"

Ben hielt den Kopf stoisch still.

„Sie sind ein Glückspilz. Und Liv sicher auch. Ich selbst ... ebenfalls, denn Liv ist mir ein wenig zu ... Sie wissen schon. Nennen wir es mal ‚lebhaft'."

Ben verzog die Lippen zu einem einseitigen Grinsen.

„Ihre Großmutter allerdings ..." Peter wiegte den Kopf, was er aber schnell wieder unterließ. Vermutlich litt er wirklich unter Schmerzen.

„Ich werde mich bei der Gräfin für Sie einsetzen, soweit das in meiner Macht liegt. Nun, da ich fein raus bin und nicht derjenige sein werde, der den bereits für übernächste Woche geplanten Verlobungsempfang absagt."

Über die Sache mit der „übernächsten Woche" würde er später einmal nachdenken müssen, nahm Ben sich vor. Zudem fand er Peters Vorschlag, sich für ihn einzusetzen, zwar ungewöhnlich, aber durchaus gewinnbringend. Also war es nun an ihm, dem Fremden die Hand hinzuhalten. Peter schlug ein, allerdings verbunden mit einer Grimasse, die verriet, dass er sich erneut auf einen schmerzhaften Händedruck einstellte. Ben war jedoch gnädig gestimmt.

„Da das nun geklärt ist, könnten Sie sich vielleicht meinen Nacken ansehen?"

Ben nickte und deutete zur Treppe, wo in diesem Moment eine ängstlich dreinschauende Liv auftauchte. Anscheinend hatte sie doch noch das Abhandenkommen ihrer beiden Verehrer bemerkt. Sie biss sich nervös auf die Unterlippe, und dazu hatte sie wirklich allen Grund, wie Ben fand. Mit einem Zucken seiner Mundwinkel gestand er sich ein, dass er ebenfalls allen Grund hatte, nervös zu sein. *Gräfin, Landadel, Hotelimperium …*

Peter war so vernünftig, Liv nicht seinen Arm anzubieten, dennoch ließ Ben die beiden vorausgehen.

Jenseits der tief hängenden Wolkenwand, die ihnen nun einen weichen, leise fallenden Sommerregen bescherte, tauchten die ersten Sterne am Nachthimmel auf. Ben deutete dies als ein gutes, ermutigendes Zeichen. Gleich darauf hörte er, wie Peter Liv fragte: „Wie kommen die Patienten denn mit ihrem stummen Arzt zurecht?"

Liv warf Ben über die Schulter hinweg einen kecken Blick zu.

„Jedenfalls bin ich froh, dass er mich trotz der späten Stunde noch behandeln wird."

„Aber selbstverständlich, Peter. Mit Freude", murmelte Ben vor sich hin.

Kapitel 19

„Nein, Großmama, nur weil ich überlege, hier in Vierbrücken zu bleiben, heißt das nicht, dass du mich verlierst, wie du damals meinen Vater verloren hast." Liv warf Ben einen erschrockenen Blick zu. Dass er ihr Telefonat mithörte, war ihr sichtlich unangenehm. Allerdings war dies sein Apparat, er hatte also, so fand er, jedes Recht darauf. Liv wand sich förmlich auf ihrem Stuhl, und Ben wusste, weshalb. Immerhin würde sie wohl nur in Vierbrücken bleiben, wenn ein gewisser junger Tierarzt ihr einen Antrag machte.

Ein leises Geräusch ließ Ben den Kopf wenden. Peter hatte ein belustigtes Auflachen unterdrückt, da auch er durchschaute, was im Augenblick Livs Problem war.

Ben grinste. Er fand ja, dass dieser Peter ein feiner Kerl war.

„Es sei denn, *du* willst das Ganze auf die gleiche Weise handhaben wie bei meinen Eltern", fuhr Liv fort.

Peter hob warnend die Augenbrauen, was Liv mit einem trotzigen Naserümpfen beantwortete und die Warnung somit ignorierte. „Indem du dich gegen meine Pläne stellst und den Kontakt zu un- … zu mir kategorisch abbrichst. Es liegt also an dir."

„Das ist mutig", raunte Peter Ben zu. „Aber so ist Liv nun mal. Während alle vor der Gräfin buckeln, ist sie diejenige, die es wagt, sich von hinten an ihre Großmutter heranzuschleichen und ihr einen Kübel Eiswasser über den Kopf zu schütten. Und wissen Sie, was ich kürzlich herausgefunden habe? Genau das ist es, was der alten Dame an Liv gefällt. Ihr Mut."

Ben beugte sich ein Stück zu Peter hinüber, der neben ihm an der Wand lehnte. „Was aber nichts daran geändert hat, dass trotzdem eine

Ehe für Liv geplant wurde, sie das … Familienunternehmen nicht leiten soll und auch keine Ausbildung zur Krankenschwester oder Hebamme machen darf?"

„Hier treffen die strengen, stolzen und, ja, antiquierten Regularien einer Dame der gehobenen Gesellschaft, deren Familie sich erfolgreich durch verschiedene Wirtschaftskrisen kämpfte und sich nach den Kriegen stets aufzurappeln verstand, mit einem durchaus … resoluten Geist zusammen."

„Und mit einer Enkelin, die zu betören weiß. Und zu kämpfen?"

„Und die geliebt wird. Wobei die Gräfin das nicht sonderlich gut zu zeigen weiß. Und Liv hat recht: Die alte Dame ist sich sehr wohl ihrer Mitschuld daran bewusst, dass Benedikt, Livs Vater, mit dem Mädchen aus Island durchgebrannt ist und sie ihn verloren hat."

„Sie denken, Gräfin von Salbach hat aus diesem Fehler gelernt?"

„Ich hoffe es für Liv. Und für Sie."

„Nein, Großmama, das ist nicht verhandelbar. Ich stand vorhin übrigens neben Peter, als er dir gesagt hat, er habe an einer Verbindung mit mir überhaupt kein Interesse."

„So habe ich das nicht … formuliert", brummte Peter.

Ben unterdrückte ein Auflachen. Nein, der arme Kerl hatte fünf Minuten lang etwas gestottert, das man so hätte verstehen können. Peter war jedoch darauf angewiesen, die Gunst der Gräfin nicht gänzlich zu verlieren, immerhin wollte er weiter für sie arbeiten. Er, Ben, wollte Liv ja nur heiraten.

Plötzlich wurde ihm furchtbar heiß. *Nur?* In Anbetracht der Vorgeschichte ihrer Eltern? Und ihrer eigenen? Des Umfelds, aus dem sie kam? Und dieser … Großmutter?

„Stimmt etwas nicht, Herr Doktor? Sie wirken plötzlich so bleich."

„Haben Sie vielleicht ein paar Tipps für den Umgang mit der *Gräfin?*", fragt Ben.

Peter lachte so laut, dass Liv ihm einen bösen Blick zuwarf und sich das freie Ohr zuhielt.

„Wie Sie vorhin sicher bemerkt haben, bin ich da wirklich der falsche Ansprechpartner."

Ben rieb sich den Nacken, dabei wanderte sein Blick zum Fenster. Der Regen hatte aufgehört, nachdem er die ganze Nacht die Erde befeuchtet hatte. Das meiste Wasser war aufgrund des ausgetrockneten Bodens allerdings unnütz abgelaufen. Nun hingen erneut graue Wolken über dem Tal und ließen auf weiteren Regen hoffen.

„Sie wollen doch nicht fliehen?", interpretierte Peter Bens Blick in Richtung Fenster. *Da liegt er nicht ganz falsch,* musste Ben zugeben.

„Der Gedanke ist mir gekommen. Aber natürlich nur *mit* Liv."

„Wiederholen Sie die Geschichte bitte nicht."

Ben warf Peter einen prüfenden Blick zu und nickte dann. „Nein, das werde ich Liv nicht antun. Ich möchte nicht, dass sie und ihre Großmutter im Streit auseinandergehen, sich … als Familie verlieren."

Peter legte ihm die Hand auf die Schulter und drückte zu, was Ben als einen Ausdruck von Anerkennung verstand. Er lächelte schief und wandte sich wieder zu Liv um. Dabei hatte er sie noch nicht einmal gefragt. Was, wenn sie Nein sagte?

„Keine Angst, Dr. Schuster. Sie verhandelt ja schon über ihr Hierbleiben. Das beinhaltet ganz sicher auch Sie."

Ben stieß sich von der Wand ab. Wie es aussah, konnte man in seinem Gesicht lesen wie in einem Buch.

„Natürlich hätte ich –" Liv wurde unterbrochen. Anscheinend hatte die Gräfin nun endgültig die Geduld verloren, denn zuvor hatte sie ihre Enkelin stets aussprechen lassen. Ben sah, wie Liv zuhörte, mehrmals einen beipflichtenden Laut von sich gab, den Mund zum Widerspruch öffnete, sich aber dagegen entschied und schließlich die Stirn runzelte.

„Marianne Schuster hat *was* getan? Dich erpresst?"

Ben warf Peter einen fragenden Blick zu, doch der zuckte nur mit den Schultern. Wieder hörte Liv lange zu. Dabei wurde ihr Lächeln zusehends breiter, irgendwann presste sie die Faust auf ihre Lippen, vermutlich, um ihr Lachen zu unterdrücken. Immerhin wollte sie ihre Großmutter nicht noch mehr gegen sich aufbringen.

„Ja, Großmama, ich werde es der *impertinenten Person* ausrichten." Liv zögerte kurz. „Weißt du, sie hat sich mit ihrer Spendenaktion wirklich sehr ins Zeug gelegt. Leider kam auch ihr ein Zeitungsreporter in die Quere und –“

Wieder lauschte sie den Worten ihrer Großmutter, und selbst die beiden unbeteiligten Zuhörer konnten hören, wie vehement die Dame am anderen Ende der Leitung vor sich hin wetterte.

„Ja, vielleicht solltest du ein paar Zeitungsagenturen aufkaufen. Jedenfalls kam ihr der Reporter in die Quere. Und mein Gebet um Regen.“ Livs Grinsen fiel dermaßen frech aus, dass Peter warnend den Zeigefinger hob. Liv winkte mit einer missbilligenden Geste ab. Die beiden verstanden sich gut.

Ein Gefühl von Eifersucht, gleich einem Nadelstich ins Herz, durchfuhr Ben. Er bekämpfte es erfolgreich, vor allem, da ihm aufging, dass er und seine drei älteren Schwestern auf ganz ähnliche Weise miteinander kommunizierten.

„Ich halte das für keine gute Idee, Großmama.“ Liv sah Ben nun direkt an, was in seinem Inneren ein flaues Gefühl hervorrief. Dieses steigerte sich noch, als sie schließlich handzahm hinzufügte: „Doch, er ist hier.“

„Ich hätte den armen Kerl mal besser um eine Dorfbesichtigung bitten sollen“, flüsterte Peter vor sich hin. Liv streckte Ben über den Tisch hinweg den Hörer entgegen.

„Das war nicht hilfreich, Neumann“, sagte Ben zu seinem Gast.

„Schreiben Sie mir das bitte auch noch auf die Rechnung.“

Auf die für das Rindvieh in dir? Ben trat einen Schritt vor, dann einen zweiten. *Der Stadtmensch muss doch inzwischen durchschaut haben, dass ich Veterinär bin?*

Er nahm den Hörer und versuchte wenig erfolgreich, Livs entschuldigenden Blick zu ignorieren. „Doktor Bernhard Schuster“, meldete er sich.

„Wofür der Doktortitel? Ich hoffe doch sehr, dass Sie den rechtmäßig erworben und sich nicht erschummelt haben.“

Ben hob die Augenbrauen. Die Frau klang erstaunlich ruhig, ihr Tonfall war jedoch dazu geeignet, den jetzt wieder fallenden Regen in Hagelkörner zu verwandeln.

„Ich bin Veterinär und habe meine Doktorarbeit über –" Weiter kam er nicht, weil ihn das Entsetzen auf Peters Gesicht beinahe zum Lachen gebracht hätte.

„Habe ich Ihnen auf irgendeine Weise signalisiert, dass Sie sprechen dürfen?"

„Für gewöhnlich antworte ich, wenn mir eine Frage gestellt wird, Gräfin von Salbach." Ben setzte sich auf die Tischkante und schaute zum Fenster hinaus. Im Augenblick konnte er weder Liv noch Peter ansehen. Zu sehr war er damit beschäftigt, sich gegen eine Auseinandersetzung mit der Frau zu wappnen, mit der er sich eigentlich gut stellen wollte.

Livs Großmutter schwieg, was Ben Zeit für die Überlegung ließ, ob das nun ein gutes oder schlechtes Zeichen war.

„Ihretwegen will Liv nicht mehr nach Hause zurückkehren. Ihretwegen will sie Peter nicht heiraten."

„Das ist mir bewusst."

„Wie schön!" Jetzt klang die Gräfin bissig. „Und was haben Sie sonst noch zu sagen?"

Ben biss die Zähne zusammen, was in Liv eine gewisse Unruhe auslöste, wie er am Scharren ihrer Füße erkennen konnte. Die Frau am anderen Ende der Leitung brachte ihn in eine unmögliche Situation, und das ärgerte ihn. Entsprechend hart erwiderte er: „Ich liebe Liv, was ich ihr übrigens noch nicht sagen konnte."

Von Liv kam ihr betörend kehliges Kichern. *Das ist nicht hilfreich, Liv.* „Und ich möchte Liv bitten, meine Frau zu werden. Was ich ihr wirklich gern in einer anderen Umgebung, zu einem passenderen Zeitpunkt und in einem deutlich angemesseneren Rahmen gesagt hätte. Ich werde das nachholen, und wenn sie Ja sagt, wovon ich ausgehe, möchte ich gern nach Hamburg reisen, Sie, Gräfin von Salbach, kennenlernen und Sie um Ihren Segen bitten. Das ist mir wichtig, da ich Liv ihrer Großmutter nicht entfremden möchte." Ben holte tief Luft und fügte hinzu: „Ich wäre Ihnen dankbar, wenn Sie uns Ihren Segen erteilen würden. Falls nicht, wird mich das nicht davon abhalten, Liv dennoch zu heiraten."

Bens Blick wanderte zu Peter. Er hätte es gern gesehen, wenn der Mann den Anstand besessen hätte, gleich zu Beginn seines Gesprächs mit der Gräfin den Raum zu verlassen. Seine Anwesenheit machte Bens Geständnis und dessen Ankündigung noch unmöglicher, als sie es ohnehin schon waren.

Peters staunend aufgerissener Mund war dagegen … belustigend. Und sogar ermutigend. Was hatte er vorhin gleich gesagt? *Die einen buckeln und die anderen schütten der Gräfin Eiswasser über den Kopf.* Na gut, Letzteres tat wohl nur Liv, die bei der Frau einen familiären Bonus hatte.

„Sie haben Schneid, so mit mir zu sprechen. Das muss man Ihnen lassen."

„Wenn Sie sehen könnten, wie sehr meine Knie zittern, würden Sie das nicht sagen."

Durch die Leitung drang ein Geräusch, das Ben nur schwer einordnen konnte. Lachte die Frau etwa? Oder stand sie kurz vor einem Herzinfarkt?

„Geht es Ihnen gut, Gräfin von Salbach?"

„Mein Gesundheitszustand braucht Sie nicht zu interessieren, Herr *Veterinär.*"

Ben nickte anerkennend. Im Gegensatz zu ihrer Enkelin und ihrem zukünftigen Geschäftsführer hatte die alte Dame zügig erkannt, wem sie ihre Gesundheit besser *nicht* anvertrauen sollte.

„Jedenfalls haben Sie Ihren Standpunkt sehr deutlich gemacht. Das imponiert mir. Und ja, sie sollten sich wirklich nicht zwischen mich und meine Enkelin drängen."

Ben kniff die Augen zusammen. Er fand die Frau extrem widersprüchlich und dadurch anstrengend. Was genau hatte sie ihm jetzt eigentlich gesagt? Dass sie mit ihm einverstanden war oder dass er sich gefälligst vom Acker machen sollte?

„Richten Sie meiner Enkelin bitte aus, dass sie in dem Hotel, in dem sie untergekommen ist, ein Zimmer für mich buchen soll. Ich werde in zwei Tagen anreisen. Ich plane, Sie sehr genau in Augenschein zu nehmen, Doktor Bernhard Schuster. Außerdem will ich dieses Kind kennenlernen, dem ich jetzt wohl die Behandlung durch einen Schweizer Spezialisten bezahle." Mit diesen Worten legte die Frau einfach auf.

Ben schaute irritiert den Hörer in seiner Hand an, legte ebenfalls auf und wandte sich zu Liv um. „Warum bezahlt deine Großmutter Eddis Spezialisten?"

„Weil Marianne sie erpresst hat. Sie wollte meinen Aufenthaltsort nur preisgeben, wenn Großmama für den nach dem Sommerfest noch ausstehenden Betrag aufkommt."

„Dieses verrückte Mädchen!"

„Großmutter fand sie impertinent *und* formidabel. Letzteres werde ich aber für mich behalten."

Ben rutschte von der Schreibtischkante. „Vielleicht hat Anni dir ein Stück weit den Weg geebnet, Liv. Jedenfalls habe ich den Eindruck, dass deine Großmutter Vierbrücken beeindruckend findet."

„*Suspekt* ist das richtige Wort." Liv erhob sich und kam zu Ben herüber. „*Du* bist beeindruckend!", flüsterte sie ihm zu, was seinen Herzschlag zum Stolpern brachte. „Übrigens liebe ich dich auch. Und: Ja."

„Ja?"

„Ja."

„Was meinst du mit *Ja?*"

„Treten Sie mal einen Schritt zur Seite, Schuster. Offenbar steht ein Rindvieh auf Ihrer Leitung." Peter, der wohl der Ansicht war, noch immer an der Wand lehnen zu müssen, lachte und klang dabei ziemlich großspurig.

„Das müssen *Sie* sein", gab Ben deshalb zurück, ohne den Blick von Livs warmen braunen Augen zu nehmen. Kurz darauf fiel die Praxistür ins Schloss. Peter hatte endlich eingesehen, dass er störte.

„Also, was hat es mit dem Ja auf sich?"

„Das weißt du sehr genau."

Ben schmunzelte. Errötete Liv etwa gerade? Das hatte er bei ihr noch nie gesehen. Außerdem kaute sie schon wieder auf ihrer Unterlippe herum. Dem würde er schnell ein Ende setzen müssen. Diese bedauernswerten Lippen! Die waren für etwas ganz anderes gemacht.

„Auch wenn das jetzt ziemlich überstürzt ist …“, stammelte Liv.

„Bedank dich bei deiner Großmutter.“

„Werde ich bei Gelegenheit.“

„Übermorgen.“

„Übermorgen?“

„Du sollst ihr ein Zimmer im Hirschen buchen.“

„Du meine Güte!“ Liv presste sich die Hände aufs Herz. „Du hast offenbar nicht nur mich, sondern auch sie schwer beeindruckt.“

„Vielleicht war es auch Anni? Oder Eddi?“

„Ben!“

„Ja?“

„Jetzt sind wir also wieder beim Ja?“ Livs Lächeln fiel als angenehme Wärme tief in ihn hinein, an einen Ort, wo sie gern für immer bleiben durfte.

„Richtig.“

„Na gut. Ja, ich werde dich heiraten. Also, nicht sofort und auch nicht in einigen Wochen, aber –“

„Sag bitte nicht: irgendwann.“

„Früh genug.“

„Brav.“

„Würdest du vielleicht …?“

„Bin schon dabei.“ Ben küsste ihren linken Mundwinkel, danach widmete er sich dem rechten. Ehe sie zurückweichen konnte, legte er die Hände an ihre Taille und zog sie dicht an sich. Doch Liv war gar nicht darauf aus, wieder auf Abstand zu gehen, vielmehr war sie es, die ihn erneut küsste.

Liv beobachtete, wie Eddi der Vierte ihrer Großmutter, die sich in das Auto hineinbeugte, kräftig die Hand schüttelte. Die beiden verstanden sich ausgezeichnet; Isolde meinte sogar, dass der Kleine ihrem jüngsten Sohn – Livs Vater – ähnlich sei. Und selbst Fräulein Ansgar hatte sich der Frau aus Hamburg gegenüber vorbildlich verhalten; vermutlich war Livs Großmutter die einzige Person außer Eddi, von der sich die Gans den Hals streicheln ließ.

Edmund der Dritte stieg ein und fuhr los, da er seinen Sohn wieder nach Rottweil ins Krankenhaus bringen musste, wo inzwischen der Schweizer Arzt eingetroffen war. Von Hanna wusste Liv, dass der die Berichte und Röntgenbilder von Eddi bereits angesehen hatte und der Familie wenig Hoffnung machte. War diese Nachricht, die telefonisch eingegangen war, der Grund, weshalb Eddis Mutter gar nicht erst mitfuhr? Weil sie sich davor fürchtete, im Krankenhaus von ihren Emotionen überwältigt zu werden? Vielleicht war das Paar aber auch übereingekommen, Hanna nicht schon wieder für mehrere Tage allein zu lassen.

Jedenfalls winkten nun halb Vierbrücken und Isolde von Salbach dem Fahrzeug nach, bis es um eine Kurve bog und nicht mehr zu sehen war.

Als die Menschenmenge sich verlief, drückte Rita aufmunternd Livs Hand. Nun, da sich Isolde nicht mehr mit Eddi unterhalten konnte, würde sich ihre Aufmerksamkeit wohl erneut auf ihre Enkelin und Ben fokussieren.

„Wo steckt dieser Veterinär, der sich einbildet, meine Enkelin heiraten zu dürfen?"

„Er ist unterwegs. Irgendetwas mit Schafen an einer steilen Hangweide", antwortete Liv.

„Und Peter?"

„Begleitet ihn."

„Die beiden verstehen sich gut", sagte Isolde mit Blick auf die rot-weißen Pelargonien am Brückengeländer.

„Erstaunt dich das?"

„Nein, eigentlich nicht. Ben ist ein gebildeter Mann, der mehrere Jahre in einer Großstadt gelebt und studiert hat. Die beiden verbindet so einiges."

„Nur, dass Ben sich das Studium und die Unterbringung selbst finanzieren musste, während Herr Neumann das für Peter übernommen hat."

„Meine liebe Liv! Ich werde dir jetzt mal ein Geheimnis anvertrauen."

Da sie langsam über die Fußgängerbrücke geschlendert waren, blieb Liv stehen und lehnte sich seitlich an das Geländer. Fragend schaute sie ihre Großmutter an.

„Ben hat meinen Respekt. Allein dadurch, dass er es am Telefon gewagt hat, in dieser Direktheit mit mir zu sprechen. Gestern Abend saß ich noch bei den – wie nennst du sie? – Binokel-Männern?"

Liv nickte. Sie hatte die vier Kartenspieler nie zuvor so charmant erlebt wie am Vorabend. Dass Isolde länger im Gastraum geblieben war als Liv, verdeutlichte, wie wohl die Dame sich in der Männerrunde gefühlt haben musste.

„Jedenfalls gesellte sich Ben dazu, weil er etwas mit seinem Vater zu besprechen hatte. Die beiden führen gemeinsam die Tierarztpraxis, obwohl Edmund – Herr Schuster – das Tagesgeschäft eigentlich komplett in Bens Hände gelegt hat. Also nahm ich den jungen Mann beiseite, und wir haben uns lange unterhalten. Weißt du, was mir gefallen hat?"

„Du wirst es mir sicher verraten."

„Einerseits sein Tonfall, sobald er von dir spricht. Der wird immer ganz weich – zärtlich, würde man wohl sagen, wäre man nicht ein so trockener Knochen, wie ich nun mal einer bin."

„Großmama, du bist kein –"

„Papperlapapp. Ich weiß, was ich bin. Und jetzt lass mich bitte zu Ende erzählen. Bei deinem Großvater war das auch so, wenn er meinen Namen aussprach. Und machen wir uns nichts vor: Isolde ist nicht gerade ein Name, der sonderlich weich oder zärtlich klingt. Eher hart und wie ein … Vorwurf."

Liv lachte, und ihre Großmutter schmunzelte ebenfalls.

„Andererseits habe ich den Herrn Doktor sehr genau beobachtet, als ich ihm gestern die Größe deines Erbes vor Augen geführt habe. Sagen wir so: In meiner Jugendzeit hätte ich das Riechfläschchen hervorgeholt und ihm unter die Nase gehalten. Du hast den armen Mann offenbar gänzlich im Unklaren gelassen."

„Nicht mit Absicht, Großmama. Es ist nur so, dass –"

„… du dich nicht darüber identifizierst. Das macht dich übrigens zu einer wunderbaren, großherzigen und liebenswerten jungen Dame. In diesem Fall finde ich die Tatsache, dass dir Einfluss und Reichtum nicht sonderlich viel bedeuten, dass du deinen gesellschaftlichen Status nicht offen zur Schau trägst, sogar überaus praktisch, denn dadurch können wir beide sicher sein: Der Herr Doktor liebt dich, nicht dein Erbe."

Liv ergriff die Hände ihrer Großmutter. Aufregung wirbelte in ihr umher wie die Schmetterlinge, die die Blüten am Brückengeländer umtanzten.

Isolde erwiderte den Händedruck. „Ich habe ihm gestern Abend – oder vielmehr heute Nacht – meinen Segen gegeben."

Liv fiel ihrer Großmutter um den Hals, die unbeholfen wie immer, wenn Liv sich zu solch einer Zuneigungsbekundung hinreißen ließ, die Schultern ihrer Enkelin tätschelte.

„Ich danke dir, Großmama. Das bedeutet mir so viel! Ich hätte nicht gewusst, was ich tun soll, wenn – aber egal. So ist es wunderbar! Ich hab dich sehr lieb, Großmama." Liv drückte der nach Vanille duftenden Frau einen Kuss auf die Wange.

„Ich hoffe nur, du kommst mich häufig besuchen."

„Das werde ich."

„Danke. Und jetzt Schluss mit den Sentimentalitäten. Ich möchte umgehend dieser impertinenten Person vorgestellt werden, die es gewagt hat, eine von Salbach zu erpressen."

„Du wirst Marianne mögen."

„Warum? Weil sie mir ähnlich ist?"

Liv hakte sich bei ihrer Großmutter unter und führte sie wieder von der Brücke hinunter. Der Gedanke, Marianne könnte viel mit Isolde gemein haben, beschäftigte Liv so intensiv, dass sie beinahe über die Erhebung gestolpert wäre, die das Loch im Gehweg abgelöst hatte.

Sie brachte Isolde zum Haus der Schusters und betrat zum ersten Mal das von außen betrachtet hübsche rustikale Holzgebäude mit dem weit nach unten gezogenen Reetwalmdach. Die Innenausstattung hingegen war erschreckend modern, ja fast steril und kalt.

Vielleicht hätte es Liv nicht wundern sollen, doch Marianne und ihre Großmutter verstanden sich wirklich auf Anhieb, und selbst Walli, die sich zu ihnen gesellte, schien von Isolde beeindruckt zu sein. Womöglich war sie aber auch eingeschüchtert; das konnte Liv nicht einschätzen, da sie Mariannes Stiefmutter nicht besonders gut kannte. Sie selbst jedenfalls fühlte sich in dem unbequemen Designersessel nicht sonderlich wohl, in der Runde zudem bald überflüssig und entschuldigte sich deshalb. Rita hatte ihr angeboten, ein Zimmer in der Wohnung über dem Salon für sie freizuräumen, bis mit Liv und Ben „alles seine Richtigkeit" habe. Liv wollte sich den Raum ansehen, wobei sie keinen Zweifel daran hegte, dass er wunderschön war. Vielleicht ein bisschen zu rosa für ihren Geschmack.

Sie stellte es sich lustig vor, einige Wochen mit Rita zusammenzuwohnen – bis sie Ben heiraten würde. Ihren Ben!

Liv wäre am liebsten am Fluss entlanggetanzt. Wer hätte gedacht, dass ihre Flucht vor einer Verlobung und vor den Einschränkungen, die ihre Großmutter ihr auferlegt hatte, so viele positive Veränderungen in ihrem Leben nach sich ziehen würde?

Sie würde in Vierbrücken bleiben, obwohl sie sich bei ihrer Ankunft sicher gewesen war, hier niemals leben zu können. Und sie hatte sich in einen wunderbaren Mann verliebt. Zwar hatte Ben ihren beruflichen Träumen den Garaus gemacht, und zudem konnte sie ihn nicht bei seiner Arbeit unterstützen, weil das unweigerlich zu einer Kollision zwischen ihr und dem Thema „Blut" führen würde, doch sie liebte ihn von ganzem Herzen. Und er hatte es mit ihrer Großmutter aufgenommen. Erfolgreich!

Während ihres mehrwöchigen Aufenthalts hier in Vierbrücken hatte Liv Hamburg und die Menschen dort nicht großartig vermisst – Isolde, Peter und dessen Vater Wilhelm einmal ausgenommen. Umso mehr freute sie sich nun darauf, ihr Leben mit Hanna und Rita zu teilen. Mit den Binokel-Männern, Eddi und seiner Gans, mit Bärbel, Bernd und Martha, Curt – und wohl auch mit Marianne.

Und Ben! Ben! Ben! Der kam ihr in Begleitung von Peter gerade entgegen. In der einen Hand hielt er seinen schwarzen Koffer, in der anderen einen Pullover, den er früh morgens noch getragen hatte, für den es nun aber zu warm war. Liv beschloss, den Besuch bei Rita noch ein wenig aufzuschieben.

„Wie war es bei den Schafen?“, fragte sie fröhlich und hätte sich so gern von Ben in den Arm nehmen lassen. Allerdings war das in der Öffentlichkeit nicht möglich.

„Interessant!“, erwiderte Peter nicht minder heiter. Er schlug Ben kräftig auf die Schulter. „Na denn, Ben. Viel Erfolg.“

„Sie wird ihre Meinung schon nicht geändert haben“, meinte der, hängte den Pullover über den Koffer, ergriff Liv bei der Hand und zog sie sanft, aber bestimmt hinter sich her.

„Was hast du vor?“

„Ich möchte dir etwas zeigen.“

Liv strahlte ihn an, einfach weil sie Überraschungen liebte und weil sie inzwischen wusste, dass ihre Großmutter den Mann an ihrer Seite gernhatte. Sie überquerten den Fluss, während Liv von Isoldes Besuch bei Eddi erzählte, von dessen dankbarer Höflichkeit, verbunden mit kindlicher Begeisterung und ausgelassener Heiterkeit, die er verströmte wie die am Wegesrand wachsende Zypressen-Wolfsmilch den Duft nach Honig. Bald darauf ließen sie den Schotterweg hinter sich und stapften einen immer steiler ansteigenden Weg hinauf, vorbei an kleinen Baumhainen, Pferde- und Kuhweiden und vereinzelt daliegenden grauen Felsen. Schließlich verließen sie den Pfad und bahnten sich einen Weg durch das hohe Gras eines steil abfallenden Hanges. Dieser war mit Wiesenkerbel, Sauerampfer und Klee getupft, die an bunte Farbkleckse auf einer Leinwand erinnerten.

Mitten auf der Wiese hielt Ben schließlich inne. Liv blickte hinunter auf den silbrig glitzernden Fluss, der sich in wilden Windungen durch das Tal schlängelte, auf die fünf unterschiedlich breiten Brücken und hinüber zu den Häusern am gegenüberliegenden Hang. Ein träger Wind blies weiße Wolken über den Himmel, brachte die Gräser um sie herum zum Flüstern und entlockte dem Bergahorn, in dessen Schatten sie standen, ein lautes Rauschen. Die Tannen neben dem Laubbaum stimmten mit ein. Vögel zwitscherten, Grillen zirpten, Insekten brummten, und zu der friedlichen Melodie gesellten sich ein süß-herber Duft und angenehm warme Luft – das Fluidum eines perfekten Junitages.

„Gefällt dir dieser Fleck Erde?“ Bens Stimme klang seltsam heiser. Liv ließ seine Hand los, lehnte sich aber an ihn. „Hier ist es wunderschön. Wobei ich nicht weiß, ob das nicht hauptsächlich an meinem Begleiter liegt.“

Ben hauchte ihr einen Kuss auf die Stirn, stellte dann seinen Koffer ab, nahm den Pullover herunter und öffnete die Kofferschnallen.

„Was hast du vor?“ Liv sah sich neugierig um. Ben wollte doch sicher keine der hier herumkrabbelnden oder -fliegenden Insekten verarzten? Er grinste sie von unten herauf an und öffnete den Koffer. Zuoberst lag eine blau-grün karierte Decke, die er herausnahm. „Hier, die kannst du mal ausbreiten.“

Liv konnte nicht anders, als den Mann schon wieder anzustrahlen. Mit der gefalteten Decke in der Hand stutzte sie dann aber. „Du warst mit Peter gar nicht bei irgendwelchen Schafen?“

„Wer hat dir das denn erzählt?“

„Das stand in deinem Praxiskalender.“

„Ja, so etwas!“ Ben schüttelte den Kopf, als könne er nicht verstehen, wie der Eintrag dort hineingelangt war.

„Was hat das zu bedeuten?“

„Du sollst die Decke ausbreiten und nicht eine Menge Fragen stellen.“

„Na gut, Dr. Schuster.“

Liv schüttelte die Picknickdecke auf und legte sie in das hohe Gras, zog die Schuhe aus und schritt die Decke Stück für Stück ab, um die erhabenen Stellen niederzudrücken, erst dann setzte sie sich. Vor ihr bogen sich Mohn und Margariten im Wind.

„Wunderbar!“, kommentierte Ben und ließ sich neben ihr nieder. Gemeinsam genossen sie den Ausblick auf die würdevollen Berge mit ihrem dunklen Baumbewuchs. Das hochgewachsene Gras und die Wildblumen verdeckten ihnen die Sicht ins Tal.

„Ich konnte deine Großmutter davon abhalten, dir hier in Vierbrücken einen Palast bauen zu lassen.“

„Wie bitte?“

„Was denkst du denn, Liv? Die Gräfin liebt dich, will dich bestens versorgt wissen und alles dafür tun, dass es dir gut geht und es dir an nichts mangelt.“

„Danke für deinen Einsatz!“

„Du bist …“, Ben stellte ein Bein auf und wandte sich halb zu ihr um, „… wirklich außergewöhnlich.“ Zart strich er mit den Fingern ihre Kinnlinie entlang. In Livs Innerem erwachten gut ein Dutzend Schmetterlinge zum Leben. Schließlich ergriff Ben eine ihrer dunklen Locken, die der Wind ihr fortwährend ins Gesicht pustete, und ließ sie durch seine Finger gleiten. Dabei sah er Liv tief in die Augen, als wolle er sehen, was sie dachte, fühlte …

„Deine Großmutter und ich haben uns geeinigt: Du und ich bauen unser Haus selbst. Aber sie hat das Grundstück gekauft. Genau dieses, auf dem wir sitzen.“

„Die Wiese, die Marthas Mann an Elvis Presley verkaufen wollte?“

„Genau die.“

„Es hieß aber, es sei sehr aufwendig, das Grundstück zu bebauen. Weil es so steil abfällt.“

„Wir sprechen von einem Haus, meine liebe Liv. Nicht von einem Hotel oder einem Palast.“

„Ich bin nicht in einem Palast aufgewachsen!“

„Im Vergleich zu unserem Haus wird dir dein ehemaliges Zuhause wie ein Palast vorkommen.“

„Das ist in Ordnung. Wenn nur du mit mir darin wohnst.“

Ben lächelte sie breit an. „Ich hatte gehofft, dass du das sagst.“ Er ließ die Locke los, die er sich als Nächstes ausgesucht hatte, und strich ihr stattdessen über die Augenbrauen. Genießerisch schloss Liv die Augen, riss sie aber auf, als Bens Lippen sanft die ihren streiften. Allerdings zog er sich sofort wieder zurück.

„Liv, ich habe mich in dich verliebt, als du an deinem ersten Tag in Vierbrücken mit sehr viel Eleganz, Beherrschung und Humor hingenommen hast, von einem Tierarzt behandelt zu werden. An jedem Tag, der seitdem vergangen ist, ist meine Zuneigung zu dir in die Höhe gewachsen und hat zugleich tiefere Wurzeln geschlagen. So wie es dieser Ahorn hier getan hat, auch wenn der Untergrund – so wie deiner und meiner – reichlich uneben ist. Ein bisschen so, als sollte er hier eigentlich gar nicht stehen, als wäre es unmöglich, dass er an diesem Platz den Unbilden der Natur trotzen kann. Deshalb möchte ich dich im Schatten dieses Baums fragen, ob du meine Frau werden willst?"

Liv presste die Lippen zusammen, um nicht laut loszujubeln. Ben machte seinen verkorksten Antrag, den er im Grunde ihrer Großmutter unterbreitet hatte statt ihr, wieder wett. Auf dieser Anhöhe, die ihre Zukunft bedeuten würde, umgeben von Blütenduft, Sommersonne und Schatten spendenden Bäumen, Insektenbrummen, Gräserflüstern und unter einem Himmel, in dem Gott, da war sie sich sicher, gerade lächelte. Weil dieses dumme Mädchen, das unbedingt seinen Kopf hatte durchsetzen wollen, davongelaufen war, um hier von Ben gefunden zu werden.

„Ich liebe dich, Ben, seit … dem Unfall der Kinder. Weil ich da gesehen habe, wie viel dir deine Mitmenschen bedeuten. Und weil ich verstanden habe, dass hinter deinen Worten mehr steckt, als es zunächst den Anschein hat. Du nennst deinen Vater gern *alter Mann,* meinst damit aber *mein geliebter Vater.* Und ich liebe dich noch viel mehr, seit du meiner Großmutter so tapfer die Stirn geboten hast. Und ja, ich möchte dich heiraten, hier oben mit dir leben und eine Familie gründen. Mit dir an lauen Sommerabenden auf einer Bank unter diesem Ahorn sitzen und das friedliche Tal bewundern. Unser Tal. Unsere gemeinsame Heimat."

Ben öffnete den Mund, doch Liv legte ihm den Zeigefinger auf die Lippen. „*Wenn* du Frau Klein feuerst und ich ihre Stelle einnehmen darf. Und wenn ich ab und zu an einem Motor herumschrauben kann."

„Ich dachte mir schon, dass da noch was kommt." Ben schüttelte lachend den Kopf. „Auf meinem Schreibtisch warten bereits zwei Reparaturaufträge auf dich."

Liv hätte Ben gern geküsst, zumal er hier oben wirklich den perfekten Platz gewählt hatte. Niemand konnte sich ihnen hier überraschend nähern und ihre Zweisamkeit stören.

Sie zuckte zusammen, denn Ben ergriff fest ihre Hand. Etwas Goldenes blitzte in seiner Handfläche auf, dann schob er ihr einen schmalen Ring über den Finger.

„Die Schafe, bei denen Peter und ich heute waren, standen in einem Schmuckgeschäft in Rottweil."

„Was hatten die denn da zu suchen?"

„Einen Ring."

Liv kicherte und half Ben, den Ring über das mittlere Gelenk ihres Ringfingers zu schieben. Er passte perfekt, was sie erschrocken den Kopf heben ließ. „Hatte Peter schon einen Ring? Wusstest du deshalb die Größe?"

„Er hatte von Isolde einen von deinen Ringen zugesteckt bekommen, damit er einen Verlobungsring besorgen kann. Das hat er allerdings nie getan."

Erleichtert stieß Liv die Luft aus.

„Ich würde meine zukünftige Ehefrau jetzt wirklich gern küssen."

„Was hindert dich daran?"

„Du mit deinen vielen Fragen."

„Ich bin ganz still, weil –"

Ben brachte sie endlich erfolgreich zum Schweigen.

Kapitel 20

Liv war am Vortag aus Hamburg zurückgekehrt und betrat nun den Schönheitssalon. Sie winkte Rita zu, die gerade einer Frau aus dem Nachbardorf die Haare wusch.

„Grüß Gott, Frau Mitbewohnerin. Ben hat vorhin zwei Stühle nach oben getragen, die er und sein Vater entbehren können, ist aber wieder weg. Dafür hat Hanna nach dir gefragt. Eddi ist zurück."

„Wie schön, danke, Rita."

„Wenn du mich fragst: Ich halte es für übertrieben, dass Ben die Möbel aus seinem Elternhaus hierherschleppt, nur um sie in einigen Wochen, wenn ihr verheiratet seid, wieder zurückzutragen."

„Du willst, dass ich auf dem Boden sitze?"

„Ich habe dich gern hier bei mir, aber wenn ihr bereits in wenigen Wochen vor den Altar treten wollt, kannst du bis dahin auch ein Zimmer in dem wirklich großen Haus der Schusters beziehen."

„Fräulein Stein!", empörte sich die Frau am Waschbecken. Rita bearbeitete umgehend die eingeschäumten Haare weiter, schmunzelte aber rebellisch. „Du wirst sehen, Liv. In einigen Jahren werden sich Paare offen auf der Straße küssen und gemeinsam –"

„Das wollen wir nicht wissen, Fräulein Stein, und derlei unanständiges Verhalten auch nicht herbeireden."

Rita rollte einmal mehr gekonnt mit ihren großen Augen.

„Fortschritt ist gut, aber nicht alle Grenzen müssen unendlich weit ausgedehnt werden", fügte die Frau noch hinzu und deutete dann auf die Modezeitschrift, die in ihrem Schoß lag. „Sehen Sie sich das doch mal an. Lederjacken und Jeanshosen für Mädchen. Kurze Hosen für Frauen. Und der Stoffverbrauch bei Röcken wird auch immer geringer.

Jetzt sind wir schon knapp unterhalb vom Knie angelangt. Was kommt danach? Dass die Röcke oberhalb der Knie enden? Damit ist der Sittenverfall dann endgültig eingeläutet."

„Bei der Bademode zeigen wir Frauen inzwischen deutlich mehr Bein –"

„Ich nicht!", wetterte die Frau gegen Rita.

„Da fällt mir ein, Liv, hast du die neuesten Bikinimodelle schon gesehen?"

„Wollen Sie mich provozieren, Fräulein Stein?"

„Ach wo, ich unterhalte mich nur mit meiner lieben Freundin."

„In Ihrem Alter sollten Sie keine Freundin haben, die etwa halb so alt ist wie Sie. Kein Wunder, dass Sie auf so rebellische Gedanken kommen."

Liv, unglücklich darüber, wieder einmal als Schuldige ausgemacht worden zu sein, warf Rita einen vorwurfsvollen Blick zu. Die Friseurin beantwortete diesen mit einem Schmunzeln, ansonsten schwieg sie aber.

„Selbstverständlich kann das Mädchen nicht mit zwei unverheirateten Männern im selben Haus wohnen. Ganz gleich, dass sie den einen davon bald ehelichen wird."

„Auch das wird sich ändern." Rita blieb unnachgiebig.

„Fräulein Stein, setzen Sie diesen jungen Dingern doch nicht fortwährend Flausen in den Kopf."

„Bitte, Rita, du solltest deine Kundschaft nicht ständig herausfordern", warf Liv jetzt beschwichtigend ein. Sie befürchtete, Rita könnte demnächst gehörige finanzielle Einbußen erleiden.

„Keine Sorge, Liv. Die Frauen kommen doch eigens, weil sie wissen, dass sie hier auf die skandalöse Rita mit einer Menge *Flausen im Kopf* treffen."

Liv schaute ihre Freundin entsetzt an, allerdings verrieten ihr das Schweigen und die hochgezogenen Schultern der Kundin, dass Rita damit offenbar recht hatte. War Rita in ihrem Herzen womöglich gar nicht die Rebellin, die sie nach außen hin gab? Entstammte ihr sorgsam gepflegter Ruf etwa einer gut durchdachten Geschäftsstrategie?

Immerhin kleidete sich Rita zwar überaus modern, aber eigentlich eher … zurückhaltend, fast bieder. Männergeschichten kursierten über sie ebenfalls keine, vielmehr galt sie in Vierbrücken als äußerst angesehene, wenn auch unverheiratete Frau.

Kopfschüttelnd drehte Liv sich um und verließ den Salon. Sie eilte die Hauptstraße entlang und die ansteigende Gasse hinauf, um gleich darauf in die Straße einzubiegen, die zur Sägemühle führte. Wenig später betrat sie durch das offen stehende Tor den Hof. Der Duft von Holz vermengte sich mit dem der Rosen, die nun Anfang Juli in voller Blüte standen, wobei die roten, weißen und gelben Blütenköpfe allesamt Hauben aus Sägemehl trugen. Es lief nur ein einzelner Motor in einer der Lagerhallen, sodass der Krach erträglich war.

Liv nahm die Rollstuhlrampe statt der Treppe, um dem Vibrieren und Knacken unter ihren Schritten zu lauschen, das sie ebenso liebte wie das dumpfe Klopfen auf dem Holz unter ihren Sohlen. Auf ihr Läuten hin öffnete Hanna die Tür.

„Liv! Wie schön. So früh habe ich gar nicht mit einem Besuch von dir gerechnet."

„Guten Tag, Hanna. In der Tierarztpraxis ist gerade wenig los."

„Davon ging ich aus." Hanna lachte und führte Liv in die gute Stube. Die Anwesenheit des Mannes, der vor Eddi stand, erklärte Hannas seltsame Andeutung. Ben war ebenfalls hier, um den Kleinen nach einem zweiten langen Krankenhausaufenthalt willkommen zu heißen.

Livs Herzschlag legte prompt an Geschwindigkeit zu. Als Ben sie anlächelte, schien ihr Herz über seinen eigenen Rhythmus zu stolpern.

„Guten Morgen, zusammen!", grüßte Liv. Eddis Vater erwiderte den Gruß höflich und verließ lieber den Raum. Ben kam ihr entgegen, strich ihr aber nur flüchtig mit dem Finger über die Wange. Ihr in der Öffentlichkeit mehr Zuneigung zu schenken, war schlicht nicht angebracht. Ehe er auf der Couch Platz nehmen konnte, musste er einige der unzähligen Kissen einsammeln und auf einem Beistelltisch übereinanderstapeln. Da Liv es liebte, ihm bei derlei alltäglichen Tätigkeiten zuzuschauen, ließ sie ihn nicht aus den Augen. Es würde herrlich sein, dies schon bald den ganzen Tag lang tun zu dürfen. Bereits morgens beim Aufwachen …

Liv wandte sich eilig Eddi zu, der sie fröhlich anstrahlte. Er saß in einem Sessel, neben ihm lagen zwei Gehhilfen, deutlich modernere als jene, die Liv in den ersten Tagen in Vierbrücken benutzt hatte. Seine Beine waren nicht mehr eingegipst, allerdings ragten unter der kurzen Hose Metallschienen hervor. Diese waren mit Lederriemen oberhalb seiner Knie befestigt, dann noch einmal unterhalb und schließlich in Höhe seiner Strümpfe.

„Es sieht aus, als könntest du wieder gehen?“, sagte Liv, ging vor ihm in die Hocke und klopfte gegen sein rechtes Schienbein, als wolle sie prüfen, ob es auch den richtigen Ton von sich gab. Eddi lachte darüber. Im Hintergrund entstand Unruhe; Marianne und Ursula kamen herein. Liv machte ihnen Platz, damit sie Eddi begrüßen konnten. Nachdem die beiden sich zu Ben auf die Couch gesetzt hatten, kniete sich Liv wieder vor den Jungen und betrachtete neugierig die Vorrichtung.

„Ich kann das linke Knie leicht beugen, das rechte aber gar nicht“, erklärte Eddi den Anwesenden. Von Ursula kam ein erstickt klingendes Geräusch. Offenbar hatte sie sich von dem Spezialisten, der beinahe vier Wochen lang mit Eddi gearbeitet hatte, mehr erhofft.

„Ich stakse wie ein betrunkener Storch, sagt der Bernd“, erzählte Eddi und klang dabei nicht weiter beeindruckt.

„Oh mein Gott!“, kam es nun von Ursula.

„Fräulein Ansgar, die Gans, und Eddi der Vierte, der Storch. Was für ein lustiges Gespann“, meinte Liv und zwinkerte dem Kleinen zu. Der grinste breit.

„Also wirklich!“, empörte sich Marianne.

„Das will ich jetzt aber unbedingt sehen!“ Liv stand auf und streckte Eddi auffordernd die Hände entgegen.

„Sie dürfen mir nicht helfen, Fräulein Liv. Ich muss das allein meistern.“

„Hat das der Arzt aus der Schweiz gesagt?“

„Ja, Dr. Hefti und Schwester Esther. Die ist ein Drache. Das hat Dr. Hefti gesagt.“

Liv kicherte. „Na, dann zeig mir mal, ob du aus diesem tiefen Sessel wirklich allein aufstehen kannst."

„Und meinen beschwipsten Storchengang wollen Sie auch sehen?"

„Unbedingt!"

Eddi stellte sich sehr geschickt an und war schnell auf den Beinen. Die zitterten heftig, trotz des Stützgestells, doch als er sich erst einmal die Gehhilfen unter die Arme geklemmt hatte, hörte das Beben sofort auf. Gleich darauf stakste er, ohne die Knie zu beugen, durch das Wohnzimmer, wobei er einen kleinen Halbkreis beschritt. Jetzt erschloss sich Liv auch, weshalb hier alle Läufer und Teppiche entfernt worden waren.

Ben stand auf, um dem Kind vorsichtshalber zu folgen. Als er an Liv vorbeikam, flüsterte er: „Eigentlich schade. Du wärst eine großartige Krankenschwester."

Liv lächelte ihm hinterher. Sie wurde hier in Vierbrücken gebraucht, so wie Pfarrer Schlecht es ihr gesagt hatte. Dessen war sie sich inzwischen sicher.

Sie drehte sich zu den verbliebenen Frauen um. Ursula betupfte ihre Augen mit einem rot-weißen Taschentuch, das vermutlich aus dem Stoff einer aussortierten Tischdecke genäht worden war. Marianne tätschelte ihrer Freundin beruhigend den Oberschenkel, schaute aber Liv an. „Du hast wirklich ein Händchen für unseren Eddi."

„Ich habe in Hamburg einige Kriegsversehrte kennengelernt. Diejenigen, die nicht weiter mit ihrem Schicksal haderten, sondern es akzeptierten und sich auf ein Leben mit ihren Beeinträchtigungen einstellten, ja dafür kämpften, ein möglichst eigenständiges Dasein zu führen, waren weit besser dran als die anderen. Eddi ist ein aufgeweckter, fröhlicher und liebenswerter Junge. Das ist es, was ihn ausmacht, nicht seine steifen Knie oder diese Beinschienen."

„Ich denke, er sieht das genauso."

„Dann sollten wir ihm nichts anderes einreden."

Marianne nickte ihr beipflichtend zu. Ben und Eddi kamen in Begleitung von Curt und den Binokel-Männern zurück. Jetzt wurde es eng im Wohnzimmer, da alle von Eddi hören wollten, was er mit dem

Spezialisten und dem Drachen erlebt hatte. Ben gesellte sich zu Liv, die vor einem der Fenster im Raum stand, streichelte heimlich erst ihren kleinen Finger und ergriff schließlich ihre Hand. Er ließ sie auch nicht los, als Marianne und Hanna zu ihnen herüberkamen.

„Livs Großmutter war so freundlich, die gesamten Arztkosten zu übernehmen", teilte Marianne den anderen mit, was sogar Liv erstaunt aufsehen ließ. Das hatte sie nicht gewusst.

„Das heißt, dass wir den Gewinn vom Sommerfest dafür verwenden können, Eddis Bewegungsfreiheit in Vierbrücken zu verbessern."

„Was schwebt dir da vor?", hakte Curt nach.

„Treppengeländer an den wichtigsten öffentlichen Gebäuden und Geschäften. Dazu eine Art Plattform an der Bushaltestelle. Immerhin wird er ab dem kommenden Jahr mit dem Bus zur Schule fahren müssen", begann Marianne eifrig aufzuzählen.

„Die hohen Bordsteine sind ein Problem", wusste Liv aus eigener Erfahrung. „Entweder müssen sie an einigen Stellen abgesenkt werden oder wir brauchen dort jeweils eine Art Stufe."

„Ein wirklich guter Gedanke." Marianne lächelte Liv an, und Ben drückte fest ihre Hand. Wollte er ihr dadurch zeigen, wie sehr er sich über die Einigkeit zwischen ihr und der vormals so misstrauischen Marianne freute?

„Damit dürfte dein Gewinn aufgebraucht sein", vermutete Curt.

„Ich fürchte, ja." Mariannes Seufzen ging in Eddis fröhlichem Lachen unter, der mit den Binokel-Männern unüberhörbar viel Spaß hatte.

Liv trat einen Schritt vor, ließ dabei aber Bens Hand nicht los, was ihr einen entrüsteten Blick von Marianne einbrachte. Vielleicht, so überlegte Liv, sollte sie mal ein Kaffeekränzchen mit Rita und Marianne veranstalten …

„Wir könnten für das nächste Jahr eine weitere Hilfsaktion planen. Unter Beteiligung der Kinder, mit einem Kunsthandwerkermarkt und verschiedenen Wettkämpfen, unterstützt von zahlungskräftigen Sponsoren."

„Liebe Liv, dir ist schon klar, dass die Organisation solcher Veranstaltungen in Vierbrücken in meinen bewährten Händen liegt? Und natürlich in denen von Martha Stein als Vorsitzende des Kulturvereins?" Marianne klang verschnupft.

„Sicher", beteuerte Liv schnell. „Für neue Ideen bist du als moderne junge Frau aber immer offen, nicht wahr?"

Mariannes Nicken ließ erahnen, dass Liv gerade noch einmal Gnade vor ihren Augen gefunden hatte.

„Bis auf die Brücke beim Hotel sind alle anderen mit ziemlich schmalen und sehr hohen Stufen versehen. Die wird Eddi nicht bezwingen können."

„Ich denke nicht, dass wir an unseren historischen, himmlisch schönen Brücken bauliche Veränderungen vornehmen sollten", begehrte Ursula auf, wandte sich aber an Marianne und fügte schnell hinzu: „Oder was denkst du?"

„Das müssen wir uns wirklich gut überlegen."

„Wenn Edmund der Dritte das Holz spendet, müsste es doch zu schaffen sein, eine weitere Fußgängerbrücke zu bauen. Eine ohne Stufen und Stolperfallen für Eddi", schlug Liv vor.

Das Gesicht von Marianne lief so schnell rot an, als hätte jemand Kirschsaft über sie geschüttet. Liv wich vorsichtshalber einen Schritt zurück, Ben schüttelte sachte warnend den Kopf. Erst da wurde Liv bewusst, dass sie wieder einmal mit beiden Füßen in einem tiefen Fettnapf gelandet war. Oder eher in einer ganzen Wanne, einem … See. Ohne Brücke.

„Fräulein Liv! Wenn Sie tatsächlich hier leben wollen, müssen Sie endlich eines akzeptieren: Die Anzahl unserer Brücken ist kein Gesprächsthema für Sie. Für niemanden!"

Liv presste die Lippen zusammen. Sie waren also plötzlich wieder beim Sie gelandet.

„Bisher ging ich davon aus, dass Sie bereit sind, aus Ihren Fehlern zu lernen. Aber da habe ich mich wohl getäuscht. Ich versichere Ihnen: Sie machen sich hier keine Freunde, wenn Sie nun, da sie sich einen unserer Vierbrückener Bürger geangelt haben, meinen, sich wie der sprichwörtliche Elefant im Porzellanladen verhalten zu dürfen. Das steht Ihnen nicht zu. Heute nicht und in fünfzig Jahren auch nicht.

Komm, Ursula, wir haben zu tun." Marianne streckte die Nase in die Luft und zog ihre Freundin hinter sich her.

„Also ab morgen und in den neunundvierzig Jahren dazwischen?", murmelte Liv.

Marianne wirbelte herum und taxierte sie mit zusammengekniffenen Augen, zusammengeschobenen Augenbrauen und gerunzelter Stirn. Die geballte Ladung an Missbilligung, die sich sonst immer auf Marianne, Ursula und Hanna verteilte, wie Liv sehr genau wusste.

„Lass gut sein, Anni", ging Curt beschwichtigend dazwischen. „Wir wissen deinen Einsatz für Vierbrücken sehr zu schätzen. Das gilt auch für Liv, die gerade nur etwas müde von ihrer langen Reise ist."

Liv öffnete den Mund, doch Bens fester Händedruck ließ sie ihren Protest herunterschlucken.

Marianne und Ursula rauschten davon, während Curt ihnen mit hochgezogenen Schultern nachsah. Dann schüttelte er den Kopf und kam zu Ben und Liv zurück. „Entschuldige bitte ihr aufbrausendes Temperament, Liv. Sie meint es nicht böse, doch Vierbrücken ist ... so etwas wie ihr Kind. Sie würde es gegenüber allem und jedem verteidigen."

„Und ich dachte, wir hätten uns inzwischen etwas angenähert." Liv klang enttäuscht.

„Sie ist nun mal ... Anni." Curt lächelte und zuckte mit den Schultern. „Und seien wir mal ehrlich: Es wäre ziemlich langweilig hier, wenn wir Anni nicht hätten. Sie und ihre ganz spezielle Art."

Liv neigte nachdenklich den Kopf und betrachtete Curt einen Moment lang. Dann schlich sich ein Lächeln auf ihr Gesicht. „Du hast recht. Ihr Unterhaltungswert ist enorm."

Curt nickte zufrieden und wandte sich zum Gehen um, weshalb ihm Bens warnende Worte entgingen. „Übertreib es bitte nicht, Liv."

„Curt hat schon recht. Gemeinsam mit Marianne in diesem Tal zu wohnen, wird bestimmt ganz besonders aufregend, spannend, turbulent und lustig."

„Du sollst mit *mir* zusammenwohnen, nicht mit Anni", brummte Ben.

Liv warf einen Blick auf die Binokel-Männer und Eddi, die sich keinen Deut um sie und Ben kümmerten. Also wandte sie sich zu ihm um und gab ihm einen Kuss, der Ritas Kundin garantiert entsetzt die Flucht ergreifen lassen würde.

Der Verlag weist ausdrücklich darauf hin, dass im Text enthaltene externe Links nur bis zum Zeitpunkt der Buchveröffentlichung eingesehen werden konnten. Auf spätere Veränderungen hat der Verlag keinerlei Einfluss. Eine Haftung des Verlags für externe Links ist stets ausgeschlossen.

FSC www.fsc.org
MIX
Papier aus verantwortungsvollen Quellen
FSC® C014496

Das Bibelzitat wurde der Lutherbibel von 1912 entnommen.

1. Auflage 2021
Bestell-Nr. 817708
ISBN 978-3-95734-708-4

Umschlaggestaltung: Hanni Plato
Umschlagfoto: Shutterstock
Lektorat: Carolin Kilian
Satz: Verlagsservice Apel, Celle
Druck und Verarbeitung: GGP Media GmbH, Pößneck
Printed in Germany

www.gerth.de